DROEMER

Über die Autorin:

Wendy Joseph ist Richterin am Obersten Gerichtshof und dort vorwiegend mit Mordfällen betraut. Sie war die erste Frau, die 2012 als Richterin ans altehrwürdige Old Bailey berufen wurde.

Wendy Joseph

Das Geheimnis des Cellolehrers

Roman

Aus dem Englischen
von Gabriela Schönberger

DROEMER

Besuchen Sie uns im Internet:
www.droemer.de

FSC
www.fsc.org
MIX
Papier aus verantwortungsvollen Quellen
FSC® C083411

Ein Imprint der Verlagsgruppe
Droemer Knaur GmbH & Co. KG, München

Redaktion: Ilse Wagner
Covergestaltung: Sabine Kwauka
Coverabbildung: Stephen Mulcahey / Trevillion Images,
schankz / shutterstock
Abbildung im Innenteil: schankz / shutterstock
Satz: Adobe InDesign im Verlag
Druck und Bindung: CPI books GmbH, Leck
ISBN 978-3-426-30652-9

2 4 5 3 1

Für meine Schwester, für ihre endlose,
selbstlose Großzügigkeit und Unterstützung.

Prolog

Tritt sanft, denn du trittst auf meine Träume …

Kapitel 1

Nennen Sie mich Lacie. Irgendwie müssen Sie mich ja ansprechen. Und ich werde … »Leser« zu Ihnen sagen. Sie finden das altmodisch? Sie haben recht. Mit achtzig Jahren habe ich meiner Ansicht nach jedoch jedes Recht, altmodisch zu sein.

Achtzig, heißt es, sei ein gutes Alter. Offen gestanden finde ich es absolut fantastisch. Keine Ahnung, wie ich es so weit geschafft habe. Der Geburtstag kam vermutlich nach dem neunundsiebzigsten. Mein neuntes Lebensjahr ist mir so klar in Erinnerung wie der Anblick von Sonnenschein auf dem Wasser, mein neunzehntes hingegen erinnere ich als verhangen und kühl. Danach scheint alles zu verschwimmen. Vielleicht liegt das an den Mitteln, die sie mir gegen die Schmerzen geben. Mich plagt eine Auswahl erlesener Krankheiten, aber es ist mein Herz, sagen sie, das mich umbringen wird. Und gegen ein versteinertes Herz gibt es kein Heilmittel. Die Drogen sind ja gut gemeint, aber sie verwirren meinen Geist. Ich sage Ihnen das jetzt gleich am Anfang, damit Sie Geduld mit mir haben, falls ich … na ja, Sie wissen schon.

Und es ist wichtig, die Dinge gleich zu Beginn richtigzustellen. Das hier, zum Beispiel, schreibe ich im Sterben liegend in meinem Bett, in meinem Haus am Rand des Parks, doch wenn Sie das hier lesen (und das werden Sie, in einem Zug oder in einem Sessel), dann bin ich nicht mehr achtzig Jahre alt und liege im Sterben, dann bin ich bereits tot. Dessen kann ich mir absolut sicher sein, da ich alles so arrangieren werde, dass niemand das hier lesen wird, bevor ich es wirklich bin. Tot, meine ich. In meinem Grab liegend. Und ich weiß, dass es eine Grabstelle sein wird, weil ich auch das arrangiert habe. Keine Einäscherung, sagte ich. Eine richtige Beerdigung. Ich will anständig vermodern. Sollen die Würmer doch kommen. Neun Jahre alt und so klar wie Sonnenschein auf dem Wasser waren wir, als wir sangen:

»Die Würmer kriechen rein, die Würmer kriechen raus,

dürr kommen sie rein, und fett kommen sie raus.«

Damals fanden wir das komisch.

Und eines sollten wir auch noch klarstellen. Ich schreibe nicht für Sie, geneigter Leser. Ich schreibe für mich. Ich schreibe, um eventuelle Missverständnisse aus dem Weg zu räumen; denn ehe ich das nicht getan habe, kann ich nicht in Frieden ruhen. Ich habe mein ganzes Leben damit zugebracht, diese Geschichte zu verheimlichen, aber wie ich jetzt sehe, habe ich nur meine Zeit verschwendet. Am Ende wird sie ihre Nase hinausstrecken wie Polonius hinter dem Vorhang.

Ich will aber nicht, dass Sie jetzt denken, das sei meine Idee gewesen. Es war ihre. Ich bin nicht sicher, wann sie das erste Mal aufgetaucht ist, wahrscheinlich zusammen mit der Morphiumpumpe. Doch eines Nachts wachte ich auf oder träumte, aufzuwachen, und da war sie. Ein grünes Auge, das aus der Ecke zu mir herüberblinzelte. Ein Seufzer wie das Rascheln trockener Blätter. Eine vom Nichtgebrauch eingerostete Stimme. Eigentlich hätte ich mich zu Tode erschrecken sollen, doch stattdessen verspürte ich unbändigen Zorn in mir aufsteigen. Die erste impulsive Regung seit Ewigkeiten.

»Du«, sagte ich. »Nach all der Zeit.«

»Ist nicht so lange her.«

»Dazwischen liegen Welten. Das ist Geschichte jetzt.« Ich starrte sie an. Ihr glattes junges Gesicht war unverändert. »Du siehst nicht einen Tag älter aus.« Mir dämmerte, was das zu bedeuten hatte. »Du meinst, ich werde für immer so bleiben. All das …« Ich blickte auf mein geblümtes Nachthemd. »Ich dachte, ich würde …«

»Was?«

»… zu meiner Bestform zurückkehren. Schwarzes Haar, rote Wangen. Sommersprossen. Kesse Brüste.«

»Ein langes Leben wiegt kesse Brüste auf«, sagte sie.

Ich runzelte die Stirn. »Warum bist du gekommen?«

»Ich konnte am Ende nicht anders. Oder zuvor schon nicht. Es gibt etwas, das du tun musst.«

Natürlich wusste ich es. Ich schüttelte den Kopf. »Es ist zu lang her. Ich kann mich nicht erinnern.«

Sie schüttelte den Kopf. »Und wennschon, du musst es tun.«

»Ich kann nicht.« Irgendwo in meinen Lungen stieg Panik auf. »Meine Arterien machen das nicht mit. Ich sterbe an einem versteinerten Herzen.«

»Du stirbst mit *einem versteinerten Herzen, und ich werde das nicht zulassen. Nicht, wenn ich es war, die es zu Stein hat werden lassen.«*

»Du?«

»Natürlich ich. Schau dich doch an, Lacie, und frag dich, was dich zu dem gemacht hat.«

»Der Verlust eines Ehemanns«, erwiderte ich. »Die Last eines bedürftigen Kindes. Und …«

»Und ich. Vor allem ich. Du hast mein Geheimnis zu lang mit dir herumgetragen, und du kannst es nicht mit ins Grab nehmen. Du bist Schriftstellerin. Schreib unsere Geschichte auf. Dann kannst du sterben.«

Natürlich ist alles da, verankert in meinen Zellen und Synapsen, aber die Erinnerung daran habe ich mir nie erlaubt. Bereits der bloße Gedanke an die Dorset-House-Tagesschule für Mädchen überschwemmt meine Zellfortsätze mit wässriger Flüssigkeit, so wie Speichel sich sammelt, ehe man erbricht. Vor all diesen Jahren schwor ich mir, die Bruchstücke niemals zusammenzufügen, bis mein Gehirn die Arbeit einstellt: Zimmer für Zimmer würden die Lichter gelöscht, die Türen geschlossen und die Erinnerungen mit mir in den Äther gesandt werden. Oder über die Gedärme eines Wurms entsorgt. Das hatte ich zumindest immer gedacht. Doch jetzt bringt sie mich dazu, noch einmal darüber nachzudenken.

»Du bist Schriftstellerin«, wiederholt sie. Nun, damit mag sie recht haben. Ein Dutzend meiner Bücher steht auf dem Kaminsims. Sie sind meine Kinder, die Frucht meiner Lenden, meines Schoßes. Ein jedes habe ich in eine andere Farbe gekleidet. Große Erfindungsgabe war nötig, um so viele von ihnen zu produzieren. Einige von ihnen sind verblichen, sodass Geschwister wie Zwillinge

aussehen. Es hat mich einiges gekostet. Manches war Einbildung. Nun ja, am Ende ist alles Einbildung. Oder Gewürm.

»Schreib einfach«, sagt sie, als müsste ich nichts anderes tun als meine Hand nach dem Notizblock ausstrecken. Diese kleine Hand … Die Haut einst so glatt, die Finger lang mit schimmernden Nägeln, in denen sich das Sternenlicht verfing. Wann kamen die Leberflecke, wann ging es dahin mit den Nägeln? Wann schwanden die Muskeln, verdickten sich die Venen und krümmten sich wie … vermaledeite Würmer.

»Schreib einfach«, wiederholt sie, »und dann kannst du sterben.«

Nehmen wir doch einmal Folgendes an – auch wenn ich ungern allzu viel spekuliere: Falls Sie das hier lesen, hat man mich bereits aus meinem Bett mit den Laken aus ägyptischer Baumwolle gehoben (dreißig Jahre alt, aber diese Baumwolle besteht jede Bewährungsprobe). Die Bestatter haben mich mit Öl einbalsamiert. Man hat mich hergerichtet und die Teile, die nicht mehr aufgefrischt werden können, diskret verstöpselt. Nicht sonderlich aufregend bisher. Für ein bisschen mehr Aufregung müssen wir in mein Schlafzimmer zurückkehren, wo langsam und gesetzten Schrittes die Trauergäste eintreffen. Malen Sie es sich aus. Bemühen Sie sich. Unterlegen Sie das Ganze um der Wirkung willen mit etwas feierlicher Musik. Vielleicht mit einem Trommelsolo im Takt eines stockenden alten Herzens. Beobachten Sie die Reaktion auf den verblichenen Lavendel. Ich vermute, John geht voran. Das Privileg des ältesten Sohnes. Des einzigen Kindes. Der Enttäuschung. Der Teppich ist an manchen Stellen arg abgetreten. Vielleicht stolpert einer von ihnen darüber. Das kann man nur hoffen. Da schreiten sie dahin über den Teppich mit dem Pfingstrosenmuster, vorbei an der Frisierkommode, wo ich oft meine Reisen in die … nein, das ist falsch … reiß dich zusammen, Lacie. Beobachten Sie ihr Schreiten, mehrfach reflektiert in dem dreiteiligen Spiegel.

»Arme Mutter.«

»Liebste Lacie.«

»Sie war ein Schatz.«

Sie glauben, mich zu kennen. Ich frage mich, wie lange es dau-

ern wird, bis sie ihren Fehler begreifen. Dann wird es aufregend werden.

In wessen Hände werden sie zuerst fallen? Nicht in die von John, hoffe ich. Ich will seine plumpen Finger nicht auf meinen makellosen Seiten sehen. Ich dürfte keine derartigen Gefühle hegen, aber ich tue es nun mal. Das war immer so. Seit dieser Neugeborene mich das erste Mal ansah, seine Augen ähnlich denen seines toten Vaters. Ich schätze, mein Herz war bereits damals am Versteinern. Kann Kummer die Blutgefäße angreifen? Ganz gewiss hat er Auswirkungen auf das Urteilsvermögen. Es war nicht fair, die Geburt des Babys für das Verschwinden des Vaters verantwortlich zu machen … aber wessen Schuld war es dann, wenn nicht die von John? Als die Hebamme sagte, »ein Junge«, versteinerte mein Herz. Als sie fragte, »der Name?«, dachte ich: »Name? John genügt.« Im Nachhinein muss ich einräumen, ich hätte es besser hinkriegen können mit ihm. Es war ein Fehler. Der Name, meine ich. Der Junge auch. Er war ein blasses, plumpes, unsympathisches Kind, und jetzt ist er ein blasser, plumper, unsympathischer Mann. Er bezeichnet sich als Schriftsteller – so wie ich; aber er ist ganz und gar nicht wie ich. Er schreibt doch nur Theaterstücke und Drehbücher. Voller vermaledeiter Dialoge und Apostrophe. Aber es geht hier nicht um sein Schreiben. Es geht um meines.

Doch das Schreiben, das mir immer so leichtfiel, ist jetzt ein hartes Stück Arbeit. Letzte Nacht griff ich unter dem wachsamen grünen Auge zum ersten Mal zu Block und Bleistift, die ich unter meinem Plumeau verstecke – jawohl, Plumeau. Ich sagte Ihnen doch, ich bin ein Kind der Dreißigerjahre. Steppdecken sind nichts für mich. Meine Finger nahmen mühelos die vertraute Haltung ein. Der Geruch nach Grafit stieg mir in die Nase. Ich schlug ein weißes Blatt auf. Doch keine Worte stellten sich ein. Ich dachte an all die Notizblöcke in all den Nächten meines Lebens und daran, wie diese bald zu einer einzigen langen Nacht verschmelzen würden. Und ich überlegte, welche Träume wohl kommen mögen, wenn ich mich ausgeklinkt habe … und dass ich es bestimmt nicht sanft angehen werde. Ich war noch nie eine Leisetreterin und werde jetzt am Ende nicht damit anfangen. Und dann war es natürlich vorbei mit dem Schreiben.

Und so liege ich heute hier, den Bleistift in der Hand, und lausche den Kirchenglocken auf der anderen Seite des Parks. »Tablettenzeit«, bimmeln sie, und ich warte auf Doreen. Man kann nicht sagen, dass Doreens Schritte bedächtig und ehrerbietig wären. Ich vermute, John hat sie aus ebendiesem Grund zu meiner Tagesschwester auserkoren. Ich kann Doreen nicht ausstehen. Ihre tüchtige, schroffe Art könnte ich noch ertragen, das kalte Thermometer, das sie mir in den Mund rammt. Übrigens das Einzige an mir, das noch rosig und warm ist. Ich könnte mich sogar mit dem antiseptischen Geruch ihrer Achselhöhlen abfinden. Es ist das Knistern von blauem Nylon, das ich nicht mehr aushalte. Doreen ist die Heimsuchung meiner Tage, doch die Nächte bringen mir Mercy. Mercy mag ich. Für Mercy danke ich dir, John. Seltsam, dass John Doreen für die Tage und Mercy für die Nächte ausgewählt hat. Ich vermute, für einen Autor von Drehbüchern liegt darin ein hübscher Gegensatz begründet. Doreen ist weiß und eckig, Mercy schwarz und in jeder Hinsicht überbordend. Doreen hält sich immer bedeckt, während Mercy ein warmes Lächeln hat, sich in der Dunkelheit neben mich legt, mich an ihren Doppel-H-Busen bettet und mir Geschichten über Zauberei und Affenkönige erzählt. Und wenn ich vor dem Ende einschlafe, ist das nicht ihre Schuld. Meine Schuld ist es auch nicht. Es liegt an den Arzneien, die sie mir geben. Aus reiner Güte.

Mercy kommt erst, wenn die Sonne untergeht, aber jetzt muss ich mich zunächst einmal mit Doreen auseinandersetzen. »Lacie, Lacie!«, ruft sie aus dem Treppenhaus. Schnell. Weg mit Block und Bleistift, sonst nimmt sie sie mir fort. Doreen nimmt mir alles weg, das mich am Ruhen hindern könnte. Ruhe, ermahnt sie mich hundert Mal am Tag, ist der Königsweg zur Genesung.

»Zeit für Tabletten.«

Selbst mit zusammengekniffenen Augen kann ich erkennen, dass Doreen ein hinterhältiges Grinsen im Gesicht hat.

»Sehen Sie nicht, dass ich schlafe. Hat Ihnen denn niemand ge-

sagt, dass ich meine Ruhe brauche, falls ich diesen verdammten Weg zur Genesung jemals einschlagen soll?«

»Kein Grund, ausfallend zu werden, Lacie.«

Es gibt alle erdenklichen Gründe, ausfallend zu werden. Gerade öffne ich meinen Mund, um das zu sagen, da schiebt sie mir die Tabletten hinein. »Und jetzt Ruhe!«, kreischt sie. Wie immer spricht sie mit Ausrufezeichen und unangemessen vertraulich. »Ruhe ist der Weg zur Genesung!«

»Doreen!« Auch ich kann mit unangemessener Vertraulichkeit kontern, wenn man mich dazu treibt. »Wen wollen Sie denn mit dem Spruch verarschen, Schätzchen? Diesseits des Grabes werde ich nie wieder gesund.«

Auf jeden Fall habe ich die Tabletten geschluckt, sie hat die Morphiumpumpe neu eingestellt, und dann ist sie gegangen. Also wieder zurück zu den Kirchenglocken. Ich will, dass das klar ist. Als ich schrieb, ich konnte sie hören, *war das auch so. Aber während Sie das lesen, kann ich es nicht mehr, da meine Ohren voller Würmer sind. Oder die Würmer sind voll von meinen Ohren. Aber die Kirchenglocken läuten trotzdem, und jetzt können Sie sie ebenfalls vernehmen. Und das ist die Magie des Schreibens. Ich erschaffe die Welt aus dem Wort. Ich hauche Luft in Nüstern, die ich kreiert habe. Hätte ich mir John ausgedacht, hätte ich ihm niemals diese Nase verpasst. An dem Punkt ist die Kunst der Natur letztendlich überlegen. Und deswegen ist es so schwer, wie ich jetzt bemerke, dieses letzte Buch zu schreiben. Weil ich keine Personen für eine Geschichte erfinde. Ich versuche, Ihnen zu erzählen, was geschah, ehe es zu spät ist.*

Kapitel 2

Ich sagte, ich würde es versuchen, aber einfach ist das nicht. Während die Schatten über den Teppich krochen und die Kirchenglocke die einzelnen Stunden schlug, muss ich wohl eingedöst sein, denn die elfte und die zwölfte Stunde habe ich nicht mitbekommen. Doch jetzt um ein Uhr weckt Doreen mich auf und hält mir einen geräucherten Schellfisch unter die Nase. Adrenalin überflutet mich und löst Ekel in mir aus. Und plötzlich finde ich, wonach ich gesucht habe: eine Erinnerung an Dorset House. So gestochen scharf, dass ich hörbar die Luft einziehe. Ich sage Doreen, sie soll den Fisch wieder mitnehmen, und konzentriere mich lieber auf den sanften Anstieg zum Bahnhof, auf die Bahnlinie am Fuß des Hügels, auf die Kirche, die dort oben thront, und auf die wuchtigen, paarweise angeordneten Häuser, die aneinandergewachsen sind wie siamesische Zwillinge. Die Schule ist in zwei von diesen Gebäuden untergebracht, in »Durchbruchshäusern«, wie es so schön heißt. Hätte mich jemand gefragt, mir wäre bestimmt eine elegantere Formulierung eingefallen.

Wenn ich diese Geschichte schreiben will, muss ich mich daran gewöhnen, in Gedanken wieder an diesen Ort und zu den Menschen dort zurückzukehren, und … Langsam, Lacie, immer mit der Ruhe. Schritt für Schritt. Lass die Straße und das Rattern der Züge hinter dir (drei in der Stunde, zwei, die halten, einer, der mit Getöse weiter nach London ins Zentrum fährt), durchquere das Tor und schreite die Auffahrt hinauf bis zu der Eingangstür mit der Buntglasscheibe. Lege deine Hand auf den Messingknauf und drücke die Tür nach innen. Atme den Geruch nach Politur und Gladiolen ein. Lass deinen Blick die Eichentäfelung entlang bis zu der Stelle wandern, wo du dich vor all diesen Jahren umdrehtest und Alice das erste Mal sahst.

Zwölf Jahre alt war ich damals und so lange in Dorset House, dass ich jeden Winkel und jedes Kämmerchen kannte, wie es wohl nur einem Kind möglich ist. Irgendwo in mir ist noch immer alles vorhanden. Suchend schaue ich mich um. Da ist er, der vertraute, vergessene Flur. Ich frische meine verblichenen Erinnerungen auf und sehe die Türen vor mir, auf denen Handarbeitsraum und Vorschule steht. Dahinter das Arbeitszimmer, in dem die beiden Ms Parker residieren.

Ms Victoria Parker, die ältere Schwester und Schulleiterin, war grobknochig, forsch und streitbar. Ms Violet ähnelte mehr einem Kissen, auf dem jemand zu lang gesessen hatte. Ms Victoria Parker trug mit Vorliebe Tweed mit einem Hauch von Lila, was Assoziationen an Hochmoore und tote Vögel weckte. Ms Violet bevorzugte Spitze. Ms Violet organisierte Naturlehrwanderungen, Ms Parker alles andere. Hätte ich die beiden für eines meiner Bücher erschaffen, ich hätte sie nicht besser erfinden können. Ich spüre, das ist ein guter Anfang. Ermutigt mache ich mich auf die Suche nach weiteren Erinnerungsfragmenten, setze meinen Rundgang fort und gelange in den Bereich, der wohl am besten mit dem Begriff »Übergang« charakterisiert ist und in dem wir unsere frühe Kindheit in der Vorschule hinter uns ließen. Hier war das Reich von Mrs Elphinston. Fällt Ihnen etwas auf? Die englische Sprache ist wahrhaftig immer für Überraschungen gut. Hätte ich ihren Namen »Elfinstone« geschrieben, hätten Sie – ja, Sie dort im Zug – ein elfengleiches Wesen mit feinsten Spinnwebhaaren damit assoziiert. Sie hätten sich getäuscht. Die Natur hatte der Frau ihren Namen mit Absicht gegeben. Sie war Elphinston durch und durch, was nicht von ungefähr an einen Elefanten erinnert. Die Kleinmütigen verließen ihr Reich stotternd oder mit einem Tic, alle Übrigen mit einem Etikett versehen, das wieder abzulegen Jahre dauern würde. Auf meinem stand: »Keinerlei künstlerische oder musikalische Begabung. Mangel an Konzentrationsfähigkeit. Wird gern frech und ist schnell beleidigt.« Aus dem Mund einer Lehrkraft, die laut Schulprospekt die Grundlagen der Grammatik lehrte, glich dies einer unverhohlenen Kritik, doch war diese weniger falsch als unvollständig. Sie hätte noch hinzufügen können: »Lacies Fantasie hat eine dunkle Seite«, oder »Lacie fällt es schwer, Freundschaften zu schlie-

ßen«. Vielleicht war auf dem Vordruck kein Platz für weitere Einzelheiten.

Vom Morphium beflügelt, gehe ich weiter, die Treppe hinauf in die Grundschule. Dieses Treppengeländer, diese Spindeln, das abgetretene Holz unter meinen Füßen. Ich erinnere mich, ich erinnere mich … nein. Mist. Wo ist mein Taschentuch? Doreen legt die Taschentücher nie dorthin, wo ich sie finden kann. Ich schaffe das nicht. Du in der Ecke, hörst du mich? Ich werde das nicht tun.

»Aber«, sagt sie, »du kannst das, Lacie, und du wirst es tun. Du musst, denn erst wenn du es getan hast, kannst du dich ausruhen.«

»Es ist zu schwer«, jammere ich. »Mein Herz hält das nicht aus. Mein Herz wird zerspringen.« Ich taste nach dem Knopf meiner Pumpe und drücke ihn mit bebenden Fingern. Ich warte, dass mein Atem leichter wird.

»Du packst die Sache falsch an«, sagt sie. »Du schaust deinen achtzigjährigen Füßen zu, wie sie die Treppe deiner Schule hinaufsteigen.«

»Ich dachte, du wolltest das.« Jetzt bin ich plötzlich eingeschnappt und werde frech. Schließlich bin ich ein nationales Kulturgut, rufe ich mir ins Gedächtnis.

»Vergiss deine Schuhe Größe neununddreißig«, weist sie mich an. »Schließ deine Augen und stell dir Halbschuhe in Größe fünfunddreißig an dir vor. Dazu grüne Kniestrümpfe. Einen wunderbaren Tag zu Beginn des Frühjahrs. Du stehst auf dem Gang und beobachtest, wie blasse Sonnenstrahlen durch die Buntglasscheibe der Eingangstür fallen. Du hast dich an die Wand gelehnt, den Kopf zurücksinken lassen. Du stehst …«

»Ich stehe draußen vor dem Handarbeitsraum.« Da stehe ich, und auf der anderen Seite höre ich Ms Raffertys Stimme die Vorzüge des Rückstichs preisen. Ich beherrschte weder den Rückstich noch irgendetwas anderes, das mir beizubringen Ms Rafferty sich bemühte. Sosehr ich es auch versuchte, meine Stiche bildeten nie eine gerade Linie. Ich stach mich in die Finger und blutete den Stoff voll. Ich hasste Handarbeiten. Ich hasste Ms Rafferty. Und Ms Rafferty hasste mich. Ich bin elf Jahre alt. Wir schreiben das Jahr 1938, und alles in meiner Welt wird in Bälde auf den Kopf gestellt werden.

Im Lauf der Jahre habe ich so viel Zeit vor dieser Tür verbracht, dass ich jede Körnung der Türfüllung kenne, die Messingangeln, den abgegriffenen Knauf. Verzweifelt lehne ich meinen Kopf dagegen. Fest entschlossen, auch in Handarbeiten gute Leistungen zu erbringen, bin ich aus den Ferien zurückgekehrt, aber jetzt stehe ich wieder hier, nachdem Ms Rafferty mich zum wiederholten Male vor die Tür geschickt hat.

An diesem Vormittag lernte ich ein Gedicht auswendig. Es handelte von einem Esel namens Nicholas, der alle möglichen Sachen fraß: Disteln und Gras und Sauerampfer. »Disteln und Sauerampfer«, sage ich. Es fühlt sich gut an auf meiner Zunge. Auf jeden Fall besser als der Tapiokabrei, den es zum Mittagessen gab. Der schmeckt überhaupt nicht. Um mich abzulenken, betrachte ich eingehend die Wand. Die untere Hälfte ist von der oberen durch einen aufgemalten Balken getrennt. Ich kratze mit dem Fingernagel die Farbe ab und lausche der Musik, die von oben aus dem Dachgeschoss, wo irgendein kleines Mädchen gemäß Stundenplan Klavierunterricht bei Professor Chambers hat, zu mir herabschwebt.

Meine Gedanken wandern zu Professor Chambers, und ich höre mit dem Kratzen auf. Bevor er kam, hatten wir nie einen in Dorset House. Einen Professor, meine ich. Und einen Mann auch nicht. Er traf mit dem neuen Jahr bei uns ein; um seinen Unterricht macht er kein großes Aufsehen, aber irgendwie umgibt ihn eine dunkle Aura. Früher war unsere Musiklehrerin Ms Plumtree, aber die besaß keinerlei Ausstrahlung, wurde irgendwann ziemlich dick und weinerlich und verließ schließlich die Schule. Als meine Mutter davon erfuhr, meinte sie nur: »Tja, ja.« Doch Dimitys Mutter seufzte: »Gott, vergib dieser Frau«, was so viel hieß, wie Dimity zu berichten wusste, dass Ms Plumtree eine gefallene Frau war. Dimitys Vater ist Pfarrer, und deswegen kennt sie sich aus mit gefallenen Frauen und Mädchen. Dimity hat uns das in der Pause mal ganz genau erklärt, und jetzt wissen auch wir Bescheid, aber ich versuche, nicht viel darüber nachzudenken, weil ich Ms Plumtree gut leiden konnte. Und dann, bei der ersten Morgenandacht nach Weihnachten, war da plötzlich Professor Chambers.

Wie eine Distel in einem Beet aus Gänseblümchen stand er zwischen den Lehrerinnen. Die ganze Lesung über starrten wir ihn an. Sogar beim Sprechen des Gebets beobachteten wir ihn unter halb geschlossenen Augenlidern. Alles an ihm war fremd. Sein Kopf war groß, mit buschigen Augenbrauen und einem Schopf grauer Haare obenauf. Seine Lippen traten als dünner rosa Strich zwischen einem Schnurrbart und dem eckigen Gestrüpp darunter hervor. Ich hatte noch nie so viele Haare an einem Mann gesehen, und obwohl alles ordentlich geschnitten war, machte es irgendwie einen unnatürlichen Eindruck. Seine Hände waren groß, die Finger lang, die Nägel gerade gefeilt. Sein Kopf schien zu groß für seinen Körper zu sein, der in einem korrekten, dreiteiligen Anzug steckte. Neben ihm stand eine Aktenmappe. Das Leder war dunkel und rissig, aber die Schließe glänzte in der Morgensonne. Als er mit dem Gebet fertig war, stellte ihn Ms Parker uns vor.

»*Professor* Chambers«, sagte sie, mit Betonung auf dem Wort Professor. »Wir können uns glücklich schätzen, ihn bei uns zu haben, da er viele Jahre in Paris gelebt hat. Das ist die Hauptstadt von Frankreich, und er hat seine Ausbildung am con-ser-va-toire genossen.« Dabei neigte sie den Kopf in seine Richtung, als wäre er ein niedriger Bogengang, durch den sie hindurchmusste. Er trat einen Schritt vor, verbeugte sich und bedankte sich bei Ms Parker für ihre Willkommensworte. Er sprach sehr präzise, als prüfte er jedes Wort, bevor er es für den Gebrauch auswählte. Das, dachte ich, macht Frankreich mit einem. Im Jahr zuvor hatte ich meinen Klavierunterricht aufgegeben und überlegte nun – während ich den Professor anstarrte –, ob mein aktenkundiger Mangel an musikalischem Talent einer erneuten Überprüfung unterzogen werden würde. Ich stellte mir vor, wie ich mich mit ihm in dem kleinen Musikzimmer befand, aber etwas in mir mochte dieses Bild nicht, und ich verbannte es aus meinem Kopf.

Daran erinnere ich mich jetzt, während ich hier stehe, die Farbe von der Wand kratze und dem fernen Klang von Tonleitern lausche. Die Noten stolpern und überschlagen sich wie ein Eichhörnchen, das vor einem Raubvogel flieht. Dann flicht eine andere Hand sie zu einem einzigen langen Bogen. Mir tut das Eichhörnchen leid. Oben unter dem Dach wird der Professor die Hand ausstrecken und die Finger des kleinen Mädchens in die richtige Position biegen. Die Tonleiter bricht ab. Die Melodie, die daraufhin angestimmt wird, ergibt zuerst keinen Sinn, erst als der Professor übernimmt und sich plötzlich ein Kontratanz daraus entwickelt. Ich frage mich, wie es sein muss, den gnadenlosen Tasten des Instruments diesen Klang zu entlocken. Und dann ist die Musik vorbei, und ich stehe wieder draußen vor dem Handarbeitsraum, umgeben von Stille.

»Es ist nicht meine Schuld«, sage ich, ohne irgendjemanden im Besonderen damit anzusprechen. »Ich kann tun, was ich will, aber ich kann Ms Rafferty nichts recht machen.« Ich entferne eine weitere Schicht des Anstrichs. »Es ist nicht meine Schuld, dass ich keinen geraden Saum nähen kann.« Und dabei schaue ich auf den zerknüllten Stoff in meiner Hand. Früher war er einmal grün und frisch, aber jetzt ist er schmuddelig und voller Flecken, was nicht sehr überraschend ist, da ich seit letztem September daran arbeite. Alle anderen legten die Schablone auf den Stoff, schnitten die Vorlage aus, nähten, kanteten und produzierten einen Rock. Der von Dimity hat sogar einen bestickten Bund, aber Dimitys Mutter leitet auch den Nähzirkel der Pfarrei. Die Röcke von Susan und Mary sind absolut gleich bis hin zu den kleinen Perlenknöpfen, die sie als Verschluss gewählt haben. Der von Alfreda leuchtet in einem hässlich grellen Orangeton, aber die Nähte sitzen, der Saum hält, und das Ding ist erkennbar ein Rock. Sogar Jacqueline hat das Teil zustande gebracht. Nur meiner ist immer noch ein Stoffknäuel mit einem schiefen Saum, der immer wieder aufgetrennt wurde und wie ein trauriger Sack herunterhängt. Ein paar der Flecken sind meine getrockneten Tränen. Und an einer Stelle sieht man noch den Rotz, wo ich mir heulend achtlos die Nase geputzt habe. »Disteln und Sauerampfer«, murmele ich trotzig vor mich hin.

Und trotzdem. Wenn man schon irgendwo stehen muss, ist der Handarbeitssaal immer noch besser als die meisten Räume, da man von hier aus wenigstens einen Blick auf die Eingangstür hat. Ich drücke meine Wange an die Wand und schaue zur Eingangstür hinüber, wo die Buntglasscheibe den Fußboden mit Diamanten in Rot und Grün übersät. Hinter mir ist das schwache Klappern von Besteck zu hören, ein Geruch nach Kohl und Rindertalg zieht zu mir herüber. Ich schließe die Augen und übe mich darin, blind zu sein. Dann übe ich, blind und einbeinig zu sein. Dann falle ich um. Ich rapple mich wieder auf und halte die Luft an. Eins, zwei, drei … sie hat es nicht gehört … vier, fünf … ganz bestimmt hat sie nichts gehört … sechs … sie hat es gehört. Ms Rafferty füllt die Stelle, wo zuvor die Tür gewesen war. Ihr strohblondes Haar steht von ihrem Kopf ab wie das eines Renaissance-Engels, der auf die schiefe Bahn geriet. Ihr ganzes Gesicht besteht aus Nase.

»Noch ein Ton von dir, Lacie Forrester, und du wirst nach der Schule nachsitzen.« Klopf, klopf, macht mein Herz. Das Ende des Schultags ist das Leuchtfeuer, das mich auf Kurs hält. Mir wird übel bei dem Gedanken, nach dem Läuten der Glocke auch nur eine Minute länger dableiben zu müssen.

»Ja, Ms Rafferty. Ich meine, nein, Ms Rafferty. Ich meine …«

Ms Rafferty ist es egal, was ich meine. Sie verschwindet wieder. Die Tür schließt sich. Ich strecke ihr die Zunge heraus.

»Ms Rafferty«, sage ich, »ich hasse Sie. Hasse Sie, hasse Sie, hasse Sie. Und eines Tages werden Sie für Ihre Grausamkeit bestraft.«

»Das will ich doch hoffen«, sagt eine kühle Stimme.

Ich schrecke zusammen, drehe mich um und erblicke ein Mädchen, das ich noch nie zuvor gesehen habe. So passiert es. So tritt Alice in mein Leben.

»Ich kenne sie natürlich nicht«, sagt das Mädchen, »aber sie klingt gemein.«

Das Mädchen trägt die Schuluniform von Dorset House, neu und steif. Sie sieht ungefähr so alt aus wie ich, unterscheidet sich aber ansonsten in jeder Hinsicht von mir. Sie ist größer und schlanker. Während mein Haar dunkel, gerade und kinnlang geschnitten ist, weil es sonst nicht zu bändigen wäre, glänzt das ihre golden und fällt artig auf ihre Schultern. Um ihre Schläfen ringelt es sich wie bei Kolumbine. Ihre Haut ist so rein, dass meine dagegen schmutzig aussieht. Ihre Nase ist gerade und klein, und ihre Lippen sind so rot, als hätte sie gerade an Brausepulver geleckt. Sie wirkt so zart wie das chinesische Porzellan meiner Mutter. Sie ist geradewegs meiner Fantasie entschlüpft. Ich habe Geschichten über sie geschrieben. Sie …

»Alice«, sagt sie und streckt die Hand aus wie eine Erwachsene.

»Lacie«, erwidere ich rasch und klemme mir die Näharbeit unter den Arm.

»Ich komme in Ms Morgans Klasse«, sagt sie.

»Das ist meine Klasse.«

Plötzlich grinst Alice. Mit einem Schlag wirkt sie verändert und sieht überhaupt nicht mehr zerbrechlich aus. Eher spitzbübisch wie ein Äffchen. »Vielleicht könnten wir uns eine wirklich gute Strafe für sie ausdenken.«

»Für wen?« Einen Moment lang habe ich Ms Rafferty völlig vergessen.

»Wer immer es ist, den du hasst, hasst, hasst.« Sie lächelt mit ihren roten Lippen. »Der Feind meines Freundes ist auch mein Feind. Aber der Feind meines Feindes ist mein Freund. Das sagt mein Vater immer.« Ich bin noch damit beschäftigt, diese Information zu verdauen, als sie bereits weiterredet. »Dein Name und der meine. Sie sind aus den gleichen Buchstaben zusammengesetzt.«

Das stimmt. Alice und Lacie. Ich sehe sie staunend an, aber sie schaut nicht mehr her zu mir. Ihre Augen sind auf meine zerknüllte Näharbeit gerichtet, und sie verzieht angewidert den Mund. »Also, das ist wirklich nicht schön«, sagt sie energisch. »Und wird es auch nie sein. Das werfen wir besser weg.«

Ich lasse sie gewähren, als sie den Stoff unter meinem Arm hervorzieht. Suchend schaut sie sich um und entdeckt neben der Eingangstür den Schirmständer aus Elefantenfuß. Seit über einer Woche hatten wir keinen Regen mehr, und der Fuß ist voller fest zusammengerollter Schirme. Einen Moment später verschwindet der grüne Stoff dazwischen. Wir begutachten das Ergebnis. Es wird schon sehr stark regnen müssen, ehe jemand meine Schmach entdeckt.

»Zur Hölle damit und mit Ms Rafferty«, sagt Alice.

Ich erröte. An solche Ausdrücke bin ich nicht gewöhnt, verspüre aber plötzlich das verzweifelte Bedürfnis, zu beweisen, dass ich ihrer Freundschaft wert bin. »Disteln und Sauerampfer soll sie fressen«, verkünde ich laut.

Alice lacht. »Disteln und Sauerampfer«, wiederholt sie. »Ms Rafferty wird uns nicht kleinkriegen. Sie ist schließlich nur eine Handarbeitslehrerin.«

Das entspricht zwar nicht ganz der Wahrheit, aber es scheint mir nicht nötig, das bereits jetzt zu erwähnen, denn hinter der Biegung des Korridors ertönt eine Stimme, so laut und klar wie die von Alice, nur tiefer und gesetzter.

»Alice, Liebes, wo bist du?«

»Ich bin hier, Mutter.«

»Ah, da bist du.« Eine hochgewachsene Frau erscheint. Ich kenne das Wort genau, das sie beschreibt. Ich habe es in Büchern gelesen. Elegant. Ihre Strümpfe sind sehr fein, und ich bin sicher, dass ich, wenn sie sich umdreht, dort Nähte so kerzengerade wie die Striche in meinem Geometriebuch erblicken werde. Ihr Kleid fällt in seidigen Falten über schmale Hüften. Ihre Brüste sind sicher hinter einem dezenten Ausschnitt verborgen. Sie nimmt Alice' Hand in die ihre, als wollten sie etwas spielen. Meine Mutter hält meine Hand nie auf diese Weise.

»Ms Parker hat mir die Küche und den Inhalt der Speisekammern gezeigt«, sagt sie. »Alles ist sehr …«

»… gesund, Mutter?«

»Ja.« Sie macht eine Pause. »Jede Menge …«

»Ballaststoffe«, schlägt Alice feinsinnig vor.
»Ich wollte gerade Vitamine sagen, Liebes.«
Mutter und Tochter lächeln einander zu. Meine Mutter lächelt mich nie so an.

Letztendlich werde ich herausfinden, dass diese Alice nur eine von vielen ist. In der zerbrechlichen Alice werde ich auf einen Schmetterling aus Eisen stoßen; die spitzbübische Alice existiert Seite an Seite mit einer Alice von größter Ernsthaftigkeit. Doch in jeder Alice, die ich jemals kennenlernen sollte, steckt die eine, die meine loyale, meine beste, meine einzige Freundin werden wird.

Kapitel 3

Die Kirchturmglocke schlägt drei Uhr, und ihr Klang verharrt schwebend in der Sommernacht. Ich drücke mich an Mercys Seite. Die Kerze ist ausgegangen und hinterlässt einen exotischen Duft. Mercy kauft die Kerzen auf dem Brixton Market. Sie tragen die würzigen Aromen einer Welt in sich, die ich niemals kennenlernen werde. Mercy hat sich auf dem Plumeau ausgebreitet und belegt den größten Teil des Bettes mit Beschlag, aber ich brauche nicht mehr so viel Platz wie früher. Ich lausche ihrem gleichmäßigen Atem und frage mich, ob sie vielleicht wach ist. Wahrscheinlich nicht. Wahrscheinlich bin nur ich wach. Ich und der Fuchs, der auf leisen Pfoten um die Mülltonnen schleicht.

»Alles in Ordnung, Schätzchen?«

Also ist Mercy doch wach. Als Antwort lehne ich mich gegen ihren tröstlichen Körper, und wir liegen in freundschaftlichem Schweigen nebeneinander. Dann höre ich mich fragen: »Haben Sie eine beste Freundin, Mercy?« Zuerst antwortet sie nicht, und ich überlege, ob ich zu weit gegangen bin. Schließlich opfert sie mir ihre Nächte nicht aus Kameradschaft, sondern für Geld. Hätte sie die Wahl, würde sie nicht hier neben mir liegen, ein kräftiges Bein über den Bettrand hängend, um uns beide sicher in der Dunkelheit zu verankern.

Ich frage mich, wo sie – hätte sie die Wahl – jetzt sein würde. Ich schaue sie an, ob ich sie beleidigt habe, aber sie scheint nur nachdenklich zu sein.

»Tjaaa«, meint sie schließlich gedehnt, als führte sie dies zu einem unzulässigen Schluss, »ich habe meinen Mann.«

»Ich hatte auch mal einen«, erwidere ich. »Er hat sich nicht lang gehalten.« Gerade lang genug, um mich schwanger mit John zurückzulassen.

»Wo ist er jetzt?«, will Mercy wissen und verlagert ihr Gesicht, sodass das Bett schwankt wie bei Wellengang.

»Weg«, sage ich. »Eines schönen Tages im Sommer ging er ins Meer und kam nie mehr heraus.«

Mercy hebt die Augenbrauen.

Ich nicke. »In Hove.«

Sie hebt den Kopf und schaut mich stirnrunzelnd an, als wäre das Rätselhafte an der Sache der Ort und nicht die Tatsache an sich.

»Wo ist der Ihre?«, frage ich.

»Zu Hause, hoffe ich, und passt auf die Kinder auf.«

Ich verspüre einen Anflug von Schuld, dass diese Kinder der Aufsicht eines Vaters anvertraut sein sollen, von dem sie nur hoffen kann, dass er auch da ist. Es ist die liebevolle Obhut ihrer Mutter, die sie bräuchten. Aber ich eben auch. Und es wird ohnehin nicht mehr lang dauern.

»Wie viele Kinder haben Sie denn, Mercy?«

»Sieben«, erwidert sie. »Fünf Mädchen und zwei Jungen. Einer lebt noch, der andere ist schon gestorben.« Als ich seufze, meint sie: »Ist schon okay, Schätzchen. Er ist in Abrahams Schoß.«

Ich gestehe nicht, dass mein Seufzen nicht dem toten Jungen, sondern den lebenden Mädchen galt. Keines von ihnen wird je goldenes Haar haben. »Ich sehe schon, für eine beste Freundin hatten Sie immer zu viel zu tun.« Nach einer Pause füge ich hinzu: »Dem Herrn sei Dank für Wegwerfwindeln«, und sie sagt: »Finde ich auch.« Und dann verfallen wir wieder in Schweigen.

Ich stelle mir ihr Zuhause voller Menschen und Gespräche vor, voller Lachen und Tränen und Beutel schmutziger Windeln, die darauf warten, weggeworfen zu werden. Ich sehe ihre starken Arme vor mir, die Babys baden. Ich denke an den Aberglauben und den Affenkönig. Und an den Mann. Als hätten ihre Gedanken einen ähnlichen Weg eingeschlagen, sagt sie: »Meiner mag das Meer nicht.«

Nicht der einzige Unterschied zwischen ihrem Mann und meinem. Meiner blieb nicht einmal ein ganzes Jahr. Das gibt mir zu denken, und ich komme zu dem Schluss, dass der Unterschied vielleicht nicht zwischen den Männern, sondern zwischen Mercy und mir liegt. Wäre ich ein Mann, wäre ich bei Mercy geblieben. Ich bin nicht sicher, ob ich es mit mir ausgehalten hätte.

»Haben Sie denn eine beste Freundin?« Sie stellt die Frage aus reiner Höflichkeit.

Ich schweige lang. »Ich hatte sie einmal«, sage ich, »aber jetzt nicht mehr.«

Kapitel 4

Am Ende werde ich alles über Alice herausfinden, aber das Ende ist noch weit. Im Moment gibt es nur den nächsten Morgen, als Ms Morgan, die Geschichte – unter besonderer Berücksichtigung der Tudors – unterrichtet, mit ihr im Schlepptau erscheint.

»Das ist unsere neue Schülerin, Alice Fairfax«, verkündet Ms Morgan. »Wer von euch würde sie denn gern unter ihre Fittiche nehmen?«

Alice verharrt fast reglos vor unseren neugierigen Blicken.

Dimitys Hand schnellt nach oben. »Das ist doch ein Akt christlicher Nächstenliebe, Ms Morgan.«

Meine Hand ist ebenfalls erhoben. »Alice und Lacie«, sage ich. »Unsere Namen bestehen aus den gleichen Buchstaben.«

Ms Morgan lächelt. »Lacie«, beschließt sie.

Dimitys christliche Nächstenliebe wird auf eine harte Probe gestellt, da sie die Bank wechseln muss, damit Alice neben mir sitzen kann.

Als der Tag zu Ende geht, haben wir eine Menge über Alice erfahren. In Geschichte und Englisch ist sie uns um einiges voraus, dafür in Geografie im Hintertreffen. Ms Jolliffe beklagt ihre kläglichen Kenntnisse in Geometrie, aber im Gegensatz zu uns allen, die wir erst am Ende des folgenden Jahres an unseren neuen Schulen damit beginnen werden, hat sie bereits mit Latein angefangen. Mit ihren langen Fingern kann Alice wunderbare Fadenspiele weben, und auf dem Klavier spielt sie bereits Stücke des Schwierigkeitsgrades vier. Aber sie erhält zu Hause Unterricht und wird deshalb nicht in Professor Chambers' Stunden gehen. Sie wohnt weiter außerhalb der Stadt als die meisten von uns und wird jeden Tag mit dem kleinen Zug in die Schule fahren. Ihr Vater ist Anwalt bei Gericht, und ihre Mutter hat ihr einen Pflaumenkuchen für uns mitgegeben.

In der ersten Pause scharen wir uns vor ihrem Spind um Alice. Sie holt den Kuchen heraus, teilt ihn mit der Kompassspitze in mehrere Stücke und schneidet ihn mit dem Winkelmesser auf. Als Alice' designierter Freundin steht mir das erste Stück zu, Dimity das zweite aus Respekt vor ihrer christlichen Nächstenliebe. Der Kuchen schmeckt ausgezeichnet.

An diesem Abend kommt mein Vater erst spät nach Hause. Er ist müde. In der Gegend sind die Windpocken ausgebrochen, und er war den ganzen Tag unterwegs und hat viele unter schlimmem Juckreiz leidende Kinder behandelt. Beim Abendessen spricht er kaum etwas, und danach verschwindet er hinter seiner *Times*. Er hat es sich in seinem Polstersessel gemütlich gemacht, aber ich sehe ihm an, dass er nicht sonderlich entspannt ist. Eine seiner glänzenden Schuhspitzen tippt nervös auf den Boden. Offenbar beunruhigt ihn etwas, das in der Zeitung steht. Meine Mutter blickt hoch von ihrer Stickerei.

»Es ist so schwierig, sie vom Kratzen abzuhalten«, sagt sie.

Mein Vater hält sich die Zeitung höher vor das Gesicht. Anzeigen für Haushaltsauflösungen und Schuhpolitur springen mir ins Auge. Ab und zu gibt er ein Schnauben von sich wie das Pferd des Bäckers, während er weiterliest. Meine Mutter näht. Ich erzähle ihnen von Alice.

»Sie ist hübsch«, sage ich.

Meine Mutter schüttelt den Kopf. »Beim Kratzen können hässliche Narben zurückbleiben.«

»Und klug«, fahre ich fort.

»Früher hat man den Kindern Fäustlinge übergezogen ... oder war das bei Masern?«

»Und sie spielt schon schwierige Stücke auf dem Klavier.«

Endlich blickt mein Vater hinter seiner Zeitung auf. Seine Stirn ist gerunzelt. Er betupft sie mit seinem Taschentuch. Es dauert einen Moment, bis er wieder ganz er selbst ist.

»Schwierigkeitsgrad vier?«

Ich nicke.

»Du meine Güte. Und du hast es noch nicht einmal bis zu Grad zwei geschafft. Vielleicht solltest du wieder damit anfangen, meine Liebe, und diesmal mehr üben.«

»Vielleicht sollte ich das.«

Bei der Vorstellung, ich könnte wieder mit dem Klavierspiel anfangen, stöhnt meine Mutter leise auf. »Lacie hat nicht das geringste Talent für Musik«, erklärt sie. »Diese Dinge kann man nicht erzwingen.«

Ich schaue auf meine kurzen Finger voller Tintenflecken. Ebenso mein Vater. Er tätschelt meine Hand.

»Man kommt nicht gegen seine Natur an, Lacie. Es gibt viele andere Dinge, in denen du gut bist.«

»Danke, Daddy.«

»Aber was wissen wir über sie?«, fragt meine Mutter.

Wenn meine Mutter so etwas fragt, will sie nicht hören, was wir über Alice, sondern was wir über deren Familie wissen. Der Vater von Alice ist Anwalt, sage ich zu ihr.

»Einer mit Gerichtszulassung? Nicht bloß Anwalt?«

»Ein Gerichtsanwalt«, bestätige ich.

Meine Mutter scheint zufrieden.

Weil ich diejenige bin, die von Ms Morgan auserwählt wurde, Alice unter ihre Fittiche zu nehmen, ist es nur normal, dass wir von nun an alles zusammen machen. Wenn Ms Violet anweist, »tut euch zu zweit für eine Naturlehrwanderung zusammen«, oder Ms Potts sagt, »wählt eine Partnerin für rhythmische Gymnastik«, muss ich nicht länger warten, bis ich weiß, wer ohne zurückbleibt. Jetzt habe ich Alice. Wir sitzen zusammen in der Fensternische, während Ms Bertram aus der *Schatzinsel* vorliest. Im Naturwissenschaftssaal teilen wir uns einen Bunsenbrenner. Wir lachen über die gleichen Dinge. Ich weiß, was sie denkt, wenn sie hinter Ms Raffertys Rücken die Stirn runzelt. Sie will meine Geschichten lesen und hat Vorschläge für weitere. Mir wird klar, dass ich zum ersten Mal eine beste Freundin habe.

Alice scheint mit allen von uns auszukommen und fügt sich überall gut ein. Auch wenn sie zerbrechlich aussieht, sollen wir bald erfahren, wie zäh sie ist. Und voller Ideen. Jeder scheint sie zu mögen. Und deswegen habe auch ich, wie ich feststelle, als ihre auserwählte Kameradin einen neuen Status erlangt. Mädchen, die mir zuvor keinerlei Aufmerksamkeit geschenkt haben, richten nun das Wort an mich. Vor allem Jacqueline. Jacqueline hat kurzes, blondes Haar, das sich wie eine Kappe an ihre Ohren schmiegt. Im letzten Jahr, als sie mich kaum wahrzunehmen schien, war ich froh, ihre Freundin zu sein, aber jetzt ist sie es, die mich fragt: »Kann ich mit dir und Alice gehen, Lacie? Möchtet ihr etwas von meinem Schokoladenkuchen haben, Lacie?«

Und sie sagt sogar: »Ich esse deinen Eintopf für dich, Lacie.«

Das letzte Angebot ist wahrhaftig verlockend, da Ms Parker nicht zulässt, dass etwas auf unseren Tellern übrig bleibt, und erst gestern musste ich würgen, bis ich die Knorpel schlucken konnte, aber ich lehne standhaft ab. Doch dann mache ich mir Sorgen, falsch gehandelt zu haben.

»Alle mögen dich, Alice«, sage ich. »Jacqueline und Alfreda und Susan – sie alle.«

Alice unterbricht ihr Fadenspiel. Das Gespinst verharrt zitternd an ihren Fingern. Schließlich erwidert sie: »Gemocht zu werden ist nicht immer gut.«

Ich verstehe zwar nicht, aber ich erkenne an der Röte, die in ihre Wangen steigt, und der Art, wie ihr Blick über meine Schultern hinwegwandert, dass ich hier besser nicht nachfragen sollte, und so nicke ich, als wäre mir alles sonnenklar. Daraufhin erkläre ich den anderen, dass sie nur unsere Freundinnen sein können, wenn ihr Name aus den Buchstaben unserer Namen besteht. Das schließt alle aus bis auf Jacqueline, die, rosig vor Aufregung, erklärt, dass ihr Name ebendiese Buchstaben enthält – das A, das L, das I, das C und das E.

»Ich dachte, du wolltest meine Freundin sein«, erwidere ich pikiert. »Das wäre L-A-C-I-E. Außerdem, was sollen wir mit den irrelevanten Buchstaben anfangen?« Irrelevant ist mein neues Lieblingswort, und Jacqueline weiß keine Antwort darauf.

Im Gegensatz zu Jacqueline ist Alfredas Fall, alphabetisch gesehen, hoffnungslos, aber sie geht Alice trotzdem auf die Nerven. Alice scheint über ihr Ansinnen nachzudenken, ehe sie den Kopf schüttelt und bedächtig einwendet: »Aber dir fehlen ein I und ein C. Sozusagen ein Ic.« Am Ende des Tages wird Alfreda von allen in der Klasse nur noch »Ic« genannt. Am Ende der Woche ist daraus »Icky« – das Ekel – geworden, und das wird für den Rest ihrer Zeit am Dorset House so bleiben. Das freut mich, weil ich Alfreda nicht ausstehen kann.

Alles an Alfreda Hollerby ist irgendwie zu viel, zu übertrieben, so wie der orangerote Rock, den sie gerade näht. Ihr Haar gleicht einem Bausch aufgeplusterter dunkler Watte, die ein konturloses Gesicht umrahmt, in dem dunkle Augenbrauen über winzigen dunklen Augen fast zusammenstoßen. Alfredas Augen sprechen Bände in den Tagen, die auf ihre Icky-Werdung folgen und in denen Alice ihren Platz unter uns einnimmt, um eine von uns zu werden. Alfreda weiß, dass sie niemals unsere Freundin sein kann, und erklärt sich deshalb zu unserer Feindin. Sie starrt uns finster an. Runzelt die Stirn. Schürzt die Lippen. Dann beginnt das Geflüster. Alfreda hat sich Dimity zu ihrer Vertrauten auserkoren. Dimity ist eine Tochter der Kirche. Zumindest ist sie die Tochter eines Pfarrers. Gott muss Dimity näherstehen als mir. Ich habe ein ungutes Gefühl, wenn ich Alfredas großes Gesicht neben Dimitys kleinem, verkniffenem sehe. Alice lacht nur, wenn ich ihr davon erzähle. Also lache ich ebenfalls.

»So was von albern«, sagt Alice.

Und es spielt keine Rolle, ob sie damit Alfreda oder mich oder uns beide meint, weil die Sache an sich albern ist, und ich schwöre mir, mir davon mein neues Glück nicht kaputt machen zu lassen. Drei Tage lang bleibe ich meinem Schwur treu, bis Alfreda mir in die Garderobe nachschleicht. Man hat mich hierhergeschickt, damit ich mein Taschentuch suche. Jeden Morgen verlasse ich das Haus mit einem sauberen, und es ist allen Lehrern ein Rätsel, warum ich nie eines habe, wenn ich es brauche. Es ist mir selbst ein Rätsel. Mein Spind befindet sich in einer Ecke, und als Alfreda auf mich zukommt, gibt es kein Entrinnen mehr. Sie beugt sich ganz nahe an mich heran. Ihr Atem, der mir in die Nase steigt, riecht nach Tapioka.

»Lacie«, flüstert sie, »weißt du, warum Alice mitten im Sommerhalbjahr zu uns gekommen ist?«

Ich starre sie an.

»Kein Mensch kommt mitten im Sommerhalbjahr«, fährt sie fort. »Es sei denn ...« Sie lässt den Rest des Satzes offen.

Habe ich da etwas nicht mitbekommen? Ich habe Alice nicht nach dem Grund gefragt. Sie ist gekommen, und das hat mir gereicht. »Warum nicht?«, erwidere ich beherzt. »Leute tun so etwas.«

»Oh, Leute tun so etwas«, sagt Alfreda, »wenn sie hierher umziehen. Aber die Familie von Alice hat schon immer hier gewohnt. Sie haben ein großes Haus mit einem Tor, wo man hindurchfährt, und noch eines, wo man wieder hinausfährt.«

Ich will nichts mehr hören von dem, was Alfreda über meine Freundin weiß, was – wie ich feststelle – mein eigenes Wissen übersteigt. Aber Alfreda ist nicht zu bremsen.

»Zuvor war Alice im Internat, aber jetzt ist sie wieder zu Hause, und die Frage ist, warum.«

»Ach, halt die Klappe, Icky«, schnauze ich sie an.

Das wirkt. Alfredas kleine Augen werden noch kleiner. »Mein Vater sagt, da ist etwas faul an der Sache. Mein Vater sagt, er wäre nicht überrascht, wenn sie von dieser piekfeinen Schule geflogen wäre, an der sie zuvor war. Er sagt ...«

Ich werde mir nicht länger anhören, was Alfredas Vater über Alice sagt. Mr Fairfax ist Anwalt bei Gericht, Mr Hollerby nur ein einfacher Advokat. »Was weiß dein Vater schon!« Ich beende den Satz mit einem Ausrufezeichen, denn ich bin sicher, dass er nichts weiß. Ich liege falsch.

»Er fährt jeden Tag mit dem Zug in die Stadt, zusammen mit dem Vater von Alice. Er weiß es eben.«

Ich spüre, dass ich erröte. Tränen brennen mir in den Augen, und ich muss mich an Alfreda vorbeidrängeln, damit sie es nicht sieht. Schubsen, so etwas tun wir nicht im Dorset House, aber ich stoße sie trotzdem zur Seite. Draußen entdecke ich Alice, die auf dem Rasen sitzt und ein Buch liest. Ich trockne meine Augen mit dem Handrücken und lasse mich neben sie auf den Boden plumpsen.

»Alfreda hasst uns«, sage ich.

»Manchmal«, sagt Alice, ohne aufzublicken, »ist es besser, gehasst als geliebt zu werden.«

Ich habe keine Ahnung, was Alice damit meint, aber ich nicke. Trotzdem wirken Alfredas Worte wie Gift in meinem Kopf, und ich muss sie loswerden. »Alice?«

»Hmm …«

»Alice?«

Sie legt das Buch zur Seite und schenkt mir endlich ihre Aufmerksamkeit. Plötzlich will ich nicht länger sagen, was mir auf der Zunge liegt, aber ich tue es dennoch.

»Alice, warum bist du fort aus deiner letzten Schule?« Ihr Gesicht verändert sich plötzlich. Ich sehe, wie ihr alles Blut aus den Wangen weicht, und ich wünsche mir von Herzen, ich hätte nicht gefragt. »Spielt keine Rolle«, sage ich rasch. »Wirklich nicht.« Sie entgegnet noch immer nichts. »Ich meine, wenn du tatsächlich rausgeworfen wurdest, ist mir das egal. Du bist meine beste Freundin, was immer du … was immer …« Der Ausdruck auf ihrem Gesicht lässt mich verstummen.

»Ich bin nicht rausgeworfen worden«, erwidert sie ruhig.

»Ja. Nein. Natürlich nicht. Aber …«

»Aber ich will nicht darüber reden.« Sie ist sehr weiß im Gesicht. Das ist sie immer noch, als die Glocke das Ende der Pause einläutet.

Alle Mädchen mögen Alice, abgesehen von Alfreda und Dimity vielleicht. Auch die Lehrkräfte. Und das ist der Grund für den ersten Schatten, der sich über unsere Freundschaft legt. Ich freue mich für Alice, dass sie bei fast allen so beliebt ist. Sogar bei Ms Jolliffe, die so viel vom Bruchrechnen versteht, oder bei Ms Potts, bei der wir immer rennen dürfen, wenn das Gras trocken ist. Bei allen ist mir das recht, nur bei Ms Bertram nicht. Mit ihren braunen Locken, die ihr Gesicht umrahmen, und den schelmisch funkelnden Augen, als wüsste sie immer irgendeinen Witz, den sie mit uns teilen will, ist Ms Bertram die Jüngste und Hübscheste von ihnen allen. Sie unterrichtet uns in Englisch und steht mir deswegen besonders nahe, weil sie, abgesehen von meinem Vater, der einzige Mensch ist, den ich kenne, der die geheime Magie der Wörter versteht. Als ich noch sehr jung war und mit Ms Elphinstons Beurteilung – »keinerlei künstlerische oder musikalische Begabung« – die Grundschule verließ, war es Ms Bertram, die meine Aufsätze las und feststellte: »Also wirklich, Lacie, du hast das Ohr einer Schriftstellerin.« Ich verstand zuerst nicht, was sie damit meinte, aber als sie mich darauf aufmerksam machte, wie der Klang eines Wortes Teil seiner Bedeutung sein kann, hörte ich das überall heraus. Ich hörte, dass das Wort »ruppig« genau Ms Raffertys Art wiedergab, wenn sie mit mir sprach, und auch, dass ihr Name ebenso böse und reizbar klang wie sie selbst. Mir erschloss sich das Geheimnis der Silben eines Wortes wie »mysteriös«. Ms Bertram war es auch, die zu mir sagte: »Suche dir jeden Tag ein neues Wort, meine Liebe, und es wird dir Freude bringen.« Das war Ms Bertrams Geschenk an mich, und dafür liebe ich sie. Ich kann es nicht ertragen, dass sie außer mir eine andere Lieblingsschülerin haben soll.

Aber jetzt ist Alice da. Seit fast einer Woche ist sie schon in Dorset House, und wir erörtern Gedichte: *The Highwayman.* Ms Bertram bittet Alice, laut vorzulesen. Sie liest gut. Die Straße ist ein Band aus Mondlicht über der lila Heide, die Spitze am Kinn des Wegelagerers ist getränkt mit seinem Blut, Bess' Herz ist gebrochen, und ebenso das meine, denn ich sehe, dass Ms Bertram Alice' Stimme mit derselben Aufmerksamkeit, mit demselben Lächeln lauscht, die sie sonst immer mir zuteilwerden lässt. Alice kann all die anderen haben, nur nicht Ms Bertram.

Ich bin verletzt und wütend und weiß nicht, auf wen oder warum. Es ist nicht Alice' Schuld, das verstehe ich durchaus. Und Ms Bertram hält noch immer große Stücke auf mich, das sehe ich auch. Aber jetzt muss ich sie teilen. Und ich muss noch mehr teilen. Am nächsten Morgen steht englisches Drama auf dem Stundenplan, und seit Monaten arbeiten wir nun schon am *Sommernachtstraum*. Wir haben das Stück gelesen, es besprochen und Teile daraus gespielt. Ich bin Puck. Ms Bertram hat mich auserwählt.

»Du verkörperst die Rolle so gut, Lacie«, hatte sie gesagt, »du mit deinen dunklen Augen, deinem dunklen Haar und deinem kleinen, herzförmigen Gesicht.«

Ich war erstaunt und erfreut. Ich lernte sofort meinen Text auswendig, damit ich meiner Rolle entsprechend agieren konnte, und ich habe diesen Puck auf jede erdenkliche Weise gespielt, sogar in meinen Träumen. Ich könnte die Welt in vierzig Minuten umrunden, wenn Ms Bertram mich darum bäte, ich weiß, ich könnte es.

Und nun, an diesem ersten Freitag nach Alice' Ankunft, sagt Ms Bertram: »Wir müssen unserer neuen Schülerin eine Chance geben, bei der Leseprobe mitzumachen. Welche Rolle wäre denn geeignet für sie?« Sie blättert in dem Skript, als überlegte sie, aber eigentlich steht die Figur außer Frage. Alice sollte den Part der Titania, der Feenkönigin, übernehmen. Das ist mehr als offensichtlich, weil sie danach aussieht, und nicht zuletzt deshalb, weil im Moment Jacqueline, die sich bei fast jedem zweiten Wort verhaspelt und weder königlich noch feenhaft wirkt, die Rolle liest. Alice wird brillieren in dieser Rolle. Deshalb dauert es einen Moment, bis ich begreife, was ich soeben gehört habe.

»Die des Puck, finde ich«, wiederholt Ms Bertram. »Ich bin sicher, Lacie hat nichts dagegen.« Ms Bertram sieht mein Gesicht und zögert kurz. »Lacie wird für diese eine Stunde nichts dagegen haben.«

Doch Lacie hat etwas dagegen. Lacie hat so viel dagegen, dass sogar die Wörter, ihre Verbündeten in einer feindlichen Welt, sie im Stich lassen, wie sie feststellen muss.

»Braves Mädchen«, sagt Ms Bertram.

Lacie lässt den Kopf hängen, und zwei dicke, runde Tränen kullern auf Pucks Rede in dem Buch.

Nach der Stunde nimmt Alice meine Hand und versucht, das

Thema nicht mehr anzusprechen. Ein gewisser Trost ist das durchaus, aber irgendwo unter meinen Rippen, dort, wo in meiner Vorstellung mein Herz sein muss, verbleibt eine wunde Stelle. Und gleich darauf haben wir Handarbeiten bei Ms Rafferty. Und es gibt eine Grenze dessen, was ein Mensch ertragen kann.

Wir suchen uns einen Tisch ganz hinten im Handarbeitsraum, so weit weg von Ms Rafferty wie möglich. Alice hilft mir, den Faden in das Nadelöhr einzuführen. Der Unterricht nimmt seinen Lauf. Ms Rafferty stolziert zwischen uns umher, späht über gebeugte Schultern, greift hier korrigierend ein, rückt dort etwas zurecht. Früher oder später wird sie auch zu uns kommen. Ich arbeite wie schon zuvor an dem blassgrünen Stoff, der wundersamerweise aus dem Elefantenfuß wieder zum Vorschein gekommen ist. Alice näht nur eine Schürze, da man der Meinung war, es sei zu spät für sie, in diesem Schuljahr noch mit einem Rock anzufangen. Seit ihrer Ankunft hatten wir erst zwei Unterrichtsstunden, aber sie hat den Stoff bereits zurechtgeschnitten und geheftet. Sie ist gerade damit beschäftigt, mit zierlichen Stichen eine Naht zu schließen, als Ms Raffertys Schatten auf uns fällt. Kritisch betrachtet sie Alice' Stiche und korrigiert den Einstichwinkel ihrer Nadel. Alice nickt. Ms Rafferty lächelt, ehe sie sich eines Besseren besinnt, sich einen Ruck gibt und mir zuwendet. Mein armer Saum, endgültig entkräftet durch das ständige Auftrennen, hängt schlaff durch. Ein langer Faden steht ab. Entsetzt ziehe ich daran, und er löst sich aus dem Stoff. Noch ein Faden zeigt sich. Wieder ziehe ich daran. Und noch einmal. Hektisch zerre ich so lange daran, bis keine Fäden mehr vorhanden sind und an der Stelle stattdessen ein großes Loch klafft. Ms Rafferty streckt die Hand nach dem aus, was von meinem Rock übrig ist. Nichts würde ich lieber tun, als loszulassen, aber meine Finger haben sich darin verkrampft, und ich habe jede Kontrolle über sie verloren.

»Lacie Forrester«, zischt sie, »jedes Mädchen, das ich unterrichte, lernt zu nähen. Jedes Mädchen außer dir. Ich habe es dir immer und immer wieder gezeigt, und was steht am Ende meiner Mühen? Nichts. Schlimmer noch als nichts. Hinaus mit dir. Stell dich vor die Tür und nimm dieses … dieses …« Verzweifelt sucht sie nach einem Wort, um meine Handarbeit zu beschreiben. Selbst mir fällt keines dafür ein. Alice schon.

»Monstrosität?«, schlägt sie vor. Ms Rafferty und ich sehen sie an. Ihr Gesicht scheint ungerührt, nur ihre Augen glitzern verdächtig. »Gott hat Lacie mit einer Monstrosität sondergleichen bestraft, Ms Rafferty, und wissen Sie was … mir ist genau dasselbe passiert.« Sie lächelt ironisch, als wollte sie sagen: *Dieser Gott, was ist er doch für ein Schelm*. Dabei hält sie ihre Schürze in die Höhe. Unten am Saum klafft ein langer Riss und schlägt eine entsetzliche Wunde in den strahlend weiß gestärkten Stoff.

»Soll ich auch vor die Tür gehen wie Lacie, Ms Rafferty?«, fragt Alice höflich und mit argloser Miene, aber es kann kein Zweifel an ihrer Absicht bestehen. Sie bietet einer Lehrerin die Stirn. Das darf nicht sein, aber Alice tut es dennoch. Ms Raffertys Augen drücken Entsetzen aus. Aus Alice' Augen spricht pure Unschuld, ihr Ausdruck ist undurchschaubar, es sei denn, man versteht darin zu lesen. Ich kann es, und Ms Rafferty jetzt auch. Plötzlich fällt mir ein, was Alfreda in der Garderobe zu mir gesagt hat, und ich frage mich schaudernd, ob das wohl der Grund ist, weshalb Alice die andere Schule verlassen hat. Mittlerweile sind auch die anderen Mädchen aufmerksam geworden. Alfreda stößt Dimity in die Seite. Mary und Susan lassen mit verwirrter Miene ihre Nadeln sinken. Ein Mädchen nach dem anderen dreht sich um und starrt uns an. Schweigen senkt sich über uns. Keine näht mehr. Keine rührt mehr einen Finger. Die Sekunden werden größer und lauter. Zeit erfüllt den Raum um mich. Ich kann mir nicht vorstellen, wie das hier ausgehen soll. Dann läutet plötzlich die Glocke. Ms Rafferty senkt den Blick, Alice faltet ihre Näharbeit zusammen und steckt sie in den Handarbeitsbeutel. Alle anderen ebenfalls, so als wäre die Außergewöhnlichkeit dessen, was soeben geschehen ist, allen verborgen geblieben außer Alice und mir. Und natürlich Ms Rafferty. Draußen auf dem Gang ergreift Alice meine Hand. Zwischen uns herrscht wortloses Einverständnis. Die Sache mit Puck, die ist vergessen.

Kapitel 5

Am nächsten Morgen tischt mir Doreen zum Frühstück ein Ei auf. Ich mache mir nichts aus Eiern. Seit den Mahlzeiten meiner Kindheit hatte ich keines mehr verspeist. Aber angesichts der wenigen Zeit, die mir noch bleibt, darf ich mir keinen Genuss entgehen lassen. Ich schlage das Ei auf. Doreen hat das Unmögliche fertiggebracht. Das Eiweiß ist wässrig und das Eigelb hart. Gratuliere, Doreen.

Kapitel 6

Das Gute steckt alles im Eigelb. Sagt mein Vater. Die Hühner arbeiten hart daran. Sagt er ebenfalls. Er kennt sich aus mit Hühnern, weil er auf einem wunderschönen alten Gehöft in den Bergen von Wales aufgewachsen ist. Jedes Jahr an Ostern fahren wir dorthin. Alles ist grün und dunstig. Das Gras auf den Hügeln fühlt sich weich an unter meinen Füßen, die Luft ist von makelloser Reinheit. Meine Großmutter hat große Hände, die zupacken können. Ich komme immer gern nach Wales. Bis jetzt zumindest. Ich esse mein legefrisches Frühstücksei und trotte zu einem Sessel in der guten Stube meiner Großmutter. Dort mache ich es mir gemütlich. Ich habe ein Buch in der Hand, aber ich lese nicht. Meine Mutter steckt den Kopf durch die Tür.

»Was ist los mit dir, Lacie?«

Ich habe keine Antwort auf ihre Frage – jedenfalls keine, die meine Mutter zufriedenstellen wird.

»Hör auf, Trübsal zu blasen, und geh raus«, fährt sie fort.

Das ist unfair, ich blase nicht Trübsal. Ich bin nur einsam. Trotzdem gehe ich hinaus, wo eine blasse, helle Aprilsonne am Himmel scheint. Neugeborene Lämmer üben sich in Bocksprüngen und gucken überrascht. Die großen, alten Sauen schnüffeln grunzend im Stroh. Die Hühner gackern empört, während mein Vater ihre Eier einsammelt.

»Hallo«, sagt er. »Was treibst du gerade?«

Ich zucke die Schultern.

Er betrachtet mich genauer, stellt den Korb mit den Eiern auf den Boden, nimmt mich bei der Hand und wandert mit mir den Hügel hinauf. »Sieh mal«, sagt er und deutet auf ein Schaf mit seinem Lamm. »Welche Farbe haben die beiden?«

»Sei nicht albern, Daddy.«

»Das ist eine ernsthafte Frage«, entgegnet er und macht ein dementsprechendes Gesicht.

»Weiß«, sage ich.

Er schüttelt den Kopf und deutet auf die Wolken, die über den Himmel ziehen. »Die sind weiß.«

Ich starre auf die Wolken, die Schafe und die Lämmer und beginne zu begreifen, was er meint. Ohne lang nachzudenken, antworte ich: »Das Schaf hat die Farbe von Großmamas Brot.«

»Gut. Und das Lamm?«

Einen Moment lang überlege ich. Das Lamm hat die Farbe von Gips, wie ich sehe. Da mein Vater Arzt ist, weiß ich alles über Gips. Und die Wolke? Sie ist weißer als mein Bettlaken; weißer als die weißeste der Rosen meiner Mutter; weißer als alles. Danach lassen sich die Ferien besser an, aber ich bin immer noch einsam und zum ersten Mal froh, aus Wales abzureisen und wieder zur Schule zu gehen. Es ist gut, wieder mit Alice vereint zu sein und das ganze Sommerhalbjahr vor uns zu haben.

Die Sommerhalbjahre unterscheiden sich sehr von den anderen, weil an deren Ende immer der Tag der offenen Tür steht, an dem unsere Eltern sich davon überzeugen können, was wir während des ganzen langen Jahres geleistet haben. Die Vorbereitungen für dieses große Ereignis senken sich wie ein Schatten über alle unsere Aktivitäten. In der Hoffnung auf einen Goldstern werden ganze Aufsätze umgeschrieben. Wir legen uns ins Zeug, um im Fach Rhythmische Gymnastik auftreten zu dürfen. Wir lernen Gedichte auswendig und fertigen Zeichnungen nach der Natur an. Der Chor des Professors übt ohne Unterlass, nur ich darf nicht mitsingen, weil ich nicht in der Lage bin, auch nur einen Ton zu halten. Jede Lehrkraft ist fest entschlossen, ihr Fach im hellsten Licht erscheinen zu lassen, und appelliert an unseren Ehrgeiz – appellieren ist mein neues Lieblingswort –, unser Bestes zu geben. Jede Lehrkraft, mit Ausnahme des Professors.

Inzwischen ist seine Gestalt samt Anzug, Krawatte und Aktenmappe ein vertrauter Anblick an unserer Schule. Ich habe mich an seinen dichten Bart und die buschigen Augenbrauen gewöhnt, doch auch die größere Vertrautheit lässt ihn nicht weniger fremd erscheinen. Er nimmt an der Morgenversammlung teil, fungiert als Tischvorstand beim Mittagessen, gibt Musikunterricht und drillt den Chor. Andere Lehrer appellieren, Professor Chambers setzt voraus. Er setzt voraus, dass sich der Chor frühmorgens und spätabends noch mit Halbtönen herumschlagen wird. Er setzt voraus, dass sich die Stimmen der Mädchen zu ungeahnten Höhen aufschwingen werden, von denen eine Ms Plumtree nie zu träumen wagte. Er setzt voraus, dass die Lehrer derjenigen Fächer, denen er persönlich keinerlei Wert beimisst, ihren Schülerinnen für zusätzliche Übungsstunden bei ihm freigeben werden. Ich bin mir bewusst – wir alle sind uns der Tatsache bewusst –, dass er dem Fach Handarbeiten nicht den geringsten Wert beimisst.

Die Spannung zwischen den beiden ist mit Händen zu greifen. Ms Rafferty fährt bereits die Stacheln aus, sobald sie ihn nur sieht. Der Professor hingegen scheint sie kaum wahrzunehmen. Er ist nicht unhöflich; er bemerkt sie einfach nicht. Je weniger Aufmerksamkeit er ihr schenkt, desto heftiger fährt sie die Stacheln aus. Irgendwann spitzt sich die Situation erbarmungslos zu, und ich bin dabei, als dies geschieht. Wir befinden uns im Handarbeitsraum. Mein Rock ist endgültig entsorgt worden, und als äußeres Zeichen meines Versagens hat man mir ein Kreuzstichmuster wie in der Vorschule aufgetragen. Scham und Erleichterung lassen mich heftig erröten, als der Professor, seine Aktenmappe in Händen, den Raum betritt und das Klassenzimmer mit kurzen, exakten Schritten wie ein Metronom durchquert.

»Ich brauche Georgina und Ernestine«, sagt er. Die Mädchen, die ihren Namen hören, blicken auf.

»Wie bitte!?« Ms Raffertys schrille Stimme klingt empört.

»Für ihr Duett«, fährt der Professor fort. »Für den Tag der offenen Tür.« Der Mann ist nicht groß, aber er blickt von oben herab auf Ms Rafferty, die zusammenzuckt, als attackierte er sie körperlich.

»Ich kann die Mädchen aber nicht freistellen, Professor. Ihre Näharbeiten sind wichtig. Genauso wichtig wie …« Wird sie sagen, wie Musik? Wird sie sagen, das Fach Handarbeiten nähme einen der oberen Ränge auf dem Lehrplan ein und sei von größerem Nutzen für ein Mädchen als Tonleitern? Ich bin sicher, dass sie das tun wird, aber sie sieht den Professor an und sagt nur: »… so wichtig wie alles Übrige.«

Der Professor blinzelt verständnislos. »Sie werden *Rose of England* singen«, sagt er mit einem Tonfall, als würde das alles erklären, doch Ms Rafferty bleibt ungerührt. Er verstummt, als suchte er nach Worten. Dann versucht er es erneut. »Diese Mädchen sind Englands Rosen. Wissen Sie denn nicht, was sich tut in der Welt, Ms Rafferty? Finden Sie nicht, dass England ausgerechnet jetzt, in Zeiten wie diesen, seine Rosen in voller Blüte wissen sollte?«

Das ist die längste Rede, die ich je aus seinem Mund gehört habe, aber ich verstehe sie nicht. In welchen Zeiten wie diesen denn? Was haben Rosen mit den Zeitläuften zu tun? Derselbe Gedanke muss wohl Georgina durch den Kopf gegangen sein. Und Ernestine. Sie sehen erst einander, dann Ms Rafferty an, die sich nun zu ihrer vollen Größe aufrichtet und starr auf die Knöpfe an der Weste des Professors blickt.

»Und was«, beginnt sie langsam, »haben Englands Rosen mit Ihnen zu tun?« Es ist weniger eine Frage als eine Anklage. Der Professor errötet zutiefst. Seine Lippen verschwinden in seinem Bart. Emotionen huschen über sein Gesicht, viel zu schnell und zu subtil für mich, um sie zu begreifen. Ich sehe nur, wie viel Mühe es ihn kostet, sich zu beherrschen. Doch bereits im nächsten Moment erstarrt sein Gesicht erneut zu einer Maske. Er umklammert seine Aktenmappe und befingert nervös den goldenen Verschluss. Zwischen den beiden ist eine Brücke überschritten worden. Oder eingestürzt. Ich vermag nicht zu sagen, was. Am Ende ist es Ms Rafferty, die den Blick senkt und Ernestine und Georgina kurz zunickt. Schweigend folgen sie dem Professor aus dem Zimmer. Alice atmet tief ein und starrt ihnen nach.

In der Pause haben wir kaum ein paar Schritte hinaus in den Garten getan, als Jacqueline bereits angerannt kommt und Alice mit Beschlag belegt. Im Handumdrehen sind wir von weiteren Mädchen umringt.

»Worum ging es bei der ganzen Sache?«

»Was wollte sie …?«

»Als ob er ein Geheimnis hätte«, sagt Jacqueline.

»Als ob sie ihn hassen würde«, sagt Bethany.

Alice überlegt und nickt schließlich. »Als ob er ein Geheimnis hätte und Ms Rafferty ihn dafür hassen würde.«

Die Angelegenheit ist auch Thema der Diskussion nach dem Mittagessen und zum Ausklang des Tages, aber am nächsten Morgen denkt nur noch Alice daran.

»Was weiß sie über ihn, das sie ihn hassen lässt?«

Ich zucke die Schultern. Ms Rafferty hasst eine Menge Leute. Einschließlich mich. Sie ist mein Feind. Der Feind meines Feindes ist mein Freund. Selbstverständlich ist der Professor nicht mein Freund, aber ich bin geneigt, ihn interessant zu finden. Ich verstehe nicht, weshalb Alice ihm plötzlich mit Missbilligung begegnet.

Das Trimester schreitet voran. Alice und ich arbeiten hart und genießen die Zeit. Meistens jedenfalls. Wenn ich genauer darüber nachdenke, macht mir nur Sorge, dass am Ende des Halbjahrs die Ferien stehen, doppelt so lange wie die an Ostern. Die Vorstellung ist deprimierend, all diese Wochen ohne Alice verbringen zu müssen, und ich frage mich, was dagegen zu unternehmen ist. Eines Abends, beim Essen, lote ich meine Möglichkeiten aus.

Die abendlichen Mahlzeiten sind generell eine Prüfung für mich. Mein Vater hat spezielle Ansichten, was das Essen betrifft. Das liegt daran, dass er Mediziner ist. Das Mehl für das Brot darf nicht zu fein gemahlen sein. Jedes Gericht muss irgendetwas Rotes und etwas Grünes beinhalten. Zweimal die Woche muss es Fisch geben. Meine Mutter hat damit keine Probleme, solange sie nicht den Fisch zubereiten muss, und deshalb obliegt diese Aufgabe Minnie. Minnie kommt fast täglich zum Kochen und Saubermachen zu uns und bringt immer ihre Katze mit. Heute ist jedoch kein Fisch-Tag. Heute ist keine Katze da und auch keine Minnie, nur wir drei und unsere Lammkoteletts. Meine Mutter sitzt an einem Ende des Tisches und mein Vater am anderen. Ich mag die Art, wie sie über meinen Kopf hinweg miteinander reden, weil ich mich in ihr Gespräch einmischen kann oder nicht, je nach Lust und Laune. Gerade eben verspüre ich keine Lust dazu. Ich konzentriere mich lieber darauf, den Fettrand von meinem Lamm zu entfernen. Das muss sehr sorgfältig geschehen, denn wenn ich Fett esse, wird mir schlecht, aber lasse ich es auf dem Teller liegen, kommt meine Mutter wieder mit den hungernden Kindern in Afrika daher. Diese afrikanischen Kinder sind bei allen Mahlzeiten meines Lebens als vage Drohung präsent. Der Trick besteht darin, das Fett abzuschneiden, in meine Tasche zu schieben und dabei gleichzeitig die Aufmerksamkeit meiner Mutter abzulenken. Zum Glück habe ich heute ein Thema parat.

»Daddy?«

Er blickt auf. Für ihn stellt das Fett kein Problem dar, wenn ich dazu irgendetwas Rotes und irgendetwas Grünes verspeise.

»Daddy, fahren wir diesen Sommer in Urlaub?«

»Iss deine Tomate, Lacie.«

»Ja, aber fahren wir?« Natürlich weiß ich, dass wir nach Torquay fahren werden. Wie jedes Jahr.

»Lacie, wir sind bei Tisch. Würdest du bitte essen?«

Ich esse die Tomate, da diese noch das kleinere Übel darstellt. »Aber …«

»Wir fahren nach Torquay«, sagt meine Mutter resolut. »Da gefällt es dir doch.«

Stimmt das? Gefällt es mir in Torquay? Rosa Zuckerwatte und essigsaure Schnecken erscheinen vor meinem geistigen Auge. »Könnte ich vielleicht eine Freundin mitnehmen?«

Die Blicke meiner beiden Eltern richten sich auf mich, ihre Gabeln verharren in der Luft. »Ich habe keine Lust, die Verantwortung für ein fremdes Kind zu übernehmen«, erklärt meine Mutter. »Ich habe schon genügend Ärger mit meinem eigenen.«

Ich versuche klarzustellen, dass ich weniger Ärger machen würde, wenn ich jemanden zum Spielen hätte, woraufhin mein Vater meint, er würde es sich eventuell überlegen, wenn Eltern tollkühn genug wären, ihm ihre Tochter anzuvertrauen. Damit muss ich mich vorerst zufriedengeben, doch es reicht, um die Sache mit Alice zu besprechen.

»Torquay ist nett«, erkläre ich ihr. »Zuckerwatte, Esel.«

»Hmm. Ich kriege immer nur Ziegen und Käse.«

Ich starre sie verständnislos an.

»Du weißt schon«, sagt sie. »In Frankreich.«

Ich wusste es nicht, hätte es aber wissen sollen. Selbstverständlich würde die Familie Fairfax im Ausland Urlaub machen, wo alles anders ist, wo es Ziegen statt Esel gibt.

»Èvian-les-Bains«, fügt sie hinzu. »Wir fahren jeden Sommer dorthin. Wir haben Verwandte in der Nähe. Daddy sagt, das ist gut für Mummys Gesundheit und für mein Französisch.«

Ich schaue betreten zur Seite. Ich lerne nicht Französisch, und meine Mutter erfreut sich bester Gesundheit.

Alice drückt meine Hand. »Ich werde Tagebuch für dich führen und alles aufschreiben«, versichert sie mir. Ein kleiner Trost, und ich verspreche, dass auch ich Tagebuch schreiben werde, damit jede von uns an dem teilhaben kann, was die andere gemacht hat. In der Zwischenzeit verbiete ich mir jeden Gedanken an Torquay ohne Alice. Ich werde stattdessen an andere Dinge denken.

Der Tag der offenen Tür findet stets am vorletzten Schultag statt, und alles verläuft nach Regeln, die in Stein gemeißelt sind. So hat man es immer gemacht, und nie wird sich etwas daran ändern. Der Vormittag vergeht mit den letzten Vorbereitungen. Um zwei Uhr treffen die Eltern ein, um Handschriftenproben und Beispiele schriftlicher Teilungen zu bewundern und um den Namen ihrer Tochter auf den Tischen mit den Goldsternen zu suchen. Anschließend findet Ms Potts Rhythmische Gymnastik statt, gefolgt von Tee und einem bunten Unterhaltungsprogramm. Danach hält Ms Parker eine Rede, in der sie die Leistungen des vergangenen Jahres würdigt, woraufhin den Eltern Erfrischungen gereicht werden, um sie für das kommende Theaterstück zu stärken. Die Aufführung bildet den Höhepunkt des Tages und wird von den ältesten Mädchen dargeboten, von denen aus der Oberstufe. Es handelt sich immer um ein Stück von Shakespeare, das an Alter und Anzahl der Akteure angepasst wird. Im Jahr zuvor war es *Julius Cäsar*. Dieses Jahr ist es der *Kaufmann von Venedig*. Voller Vorfreude frage ich mich, was es nächstes Jahr sein wird, wenn Alice und ich mitspielen werden.

Um Punkt zwei Uhr stellen wir uns in Reih und Glied auf, um die Eltern zu begrüßen. Ich unterziehe die meinen einer kritischen Prüfung und stelle erleichtert fest, dass sie recht manierlich aussehen. Manche Mädchen haben Väter, die zu laut sind, oder Mütter, die sich zu sehr aufdonnern, aber meine Mutter sieht hübsch aus in blassblauem Leinen, und mein Vater sieht aus, wie ein Arzt aussehen sollte, mit einer Rose im Knopfloch. Er zieht mich heraus aus der Reihe der Mädchen, schiebt meine Hand unter seinen Arm, als wäre ich bereits ziemlich erwachsen, und sagt: »Nun, Lacie, wir sind schon sehr gespannt.«

»Würden Sie mir bitte folgen«, erwidere ich in exakt dem Tonfall, den man uns beigebracht hat.

Mein Vater neigt gnädig den Kopf und lässt mir den Vortritt. Mein Ziel ist es, ihn nach oben zu lotsen, ohne beim Handarbeitsraum anzuhalten. Doch der Instinkt meiner Mutter ist untrüglich. Vor der Tür, vor der ich so oft gestanden habe, bleibt sie stehen.

»Du nähst doch einen Rock, nicht wahr?«

Sie weiß genau, dass es so ist. War. Sie hat schließlich den Stoff ausgesucht. Blassgrün hätte mir ohnehin nicht gestanden. Doch der grüne Stoff ist Geschichte, nur noch der Kreuzstich ist übrig, und meine Mutter geht bereits in Richtung Tür. Nichts wird mich vor der Schande bewahren außer einer göttlichen Fügung. Ich habe einmal ein Buch gelesen über ein Mädchen, das durch göttliche Fügung gerettet wurde, und so bin ich nicht überrascht, als diese tatsächlich eintritt. Das Überraschende daran ist nur, dass diese in Gestalt von Dimitys Vater auftritt. Er steht vor der Tür, und da er einen steifen Kragen trägt, lässt meine Mutter ihm den Vortritt. Er lächelt und geht einen Schritt weiter. Doch dann bleibt er im Türrahmen stehen, um sich mit einer anderen Mutter zu unterhalten, und meine steht noch immer draußen auf dem Korridor.

»Komm doch mit und schau dir unser naturwissenschaftliches Projekt an«, schlage ich rasch vor. »Es sind diesmal Schmetterlinge.«

»Schmetterlinge«, wiederholt meine Mutter. »Wie hübsch.«

Mit den Schmetterlingen dürfte ich auf der sicheren Seite stehen, denn meine und Alice' Arbeit nimmt einen Ehrenplatz unter den naturwissenschaftlichen Exponaten ein. Nachteil ist nur, dass sich der Naturwissenschaftssaal im obersten Stockwerk des Gebäudes befindet, außer dem Musikzimmer natürlich, und die vielen Stufen dort hinauf habe ich nicht bedacht. Als wir endlich oben ankommen, ist meine Mutter ziemlich außer Atem, und ich versuche, sie abzulenken.

»Siehst du«, sage ich, »unsere Schmetterlinge.«

Sie starrt sie an. »Du meine Güte«, meint sie schließlich. »Sie sehen so … lebendig aus.«

Schweigen. Ich betrachte meine Schmetterlinge mit ganz neuen Augen. Wir haben uns große Mühe mit dem Feststecken gegeben, sodass sie aussehen, als könnten sie sich tatsächlich jeden Moment von den fein säuberlich gepressten Blumen erheben und davonflattern. Panik schnürt mir die Kehle zu bei der Vorstellung, dass sie für immer an den blauen Karton gefesselt sind und niemals mehr davonfliegen, niemals mehr in der warmen Sonne Blütentau saugen werden. Niemals mehr, nicht einmal dann, wenn die Welt bis zum Jüngsten Gericht bestehen sollte.

»Das sieht sehr wissenschaftlich aus«, erklärt mein Vater mit fester Stimme. »Sehr gut gemacht.«

Doch meine Freude über unsere Leistung ist verflogen, und mir fällt jeder Atemzug schwer, jetzt, da ich weiß, dass die Schmetterlinge keine Luft mehr bekommen.

»Gehen wir lieber wieder hinunter«, schlägt mein Vater vor. »Die Luft hier oben ist ziemlich stickig.«

Ich bin froh, den Dachboden und die Atemnot verursachenden Schmetterlinge hinter mir zu lassen, aber als ich eilig auf die Treppe zugehe, öffnet sich die Tür zum Musikzimmer einen Spalt, und ich höre Professor Chambers mit einem Mann reden. Nur ist genau das Gegenteil der Fall. Der Mann spricht auf den Professor ein. Und nicht einmal das stimmt, denn die Stimme des Mannes ist viel lauter als bei einer normalen Unterhaltung. Als der Professor endlich zu Wort kommt, sagt er: »Aber Tonleitern sind die Basis von allem. Ihre Tochter muss die Tonleitern beherrschen, bevor sie etwas anderes in Angriff nehmen kann.«

»Sie beherrscht ihre Tonleitern«, widerspricht der Mann. »Alle im Haus beherrschen die vermaledeiten Tonleitern. Wir haben uns lang genug damit herumgeschlagen.«

»Mr Hollerby.« Der Professor klingt plötzlich müde, als überforderte ihn die Mühe, mit diesem Mann zu sprechen. »Alfreda spielt die Tonleitern wie ein Bauer. Wenn sie sie wie eine Prinzessin beherrscht, können wir einen Schritt weitergehen.«

Es handelt sich also um Alfredas Vater. Ich habe ihn bereits zuvor mit Alfreda gesehen. Ihn umgibt die gleiche dunkle Schwere wie sie. Ich bin sicher, dass sie die Tonleitern nie wie eine Prinzessin spielen wird. Vielleicht denkt Mr Hollerby das Gleiche.

»Und was soll das heißen, hä?«, sagt er. »Ist mein Geld vielleicht nicht gut genug, damit sie eine Melodie lernt?«

»Mein lieber Herr«, antwortet der Professor, »ich versichere Ihnen, dass Alfreda ihre Melodien viel schöner spielen wird, sobald sie ihre Tonleitern beherrscht. Haben Sie Geduld. Ihr Entlein kann sich durchaus noch in einen Klavierschwan verwandeln.«

Damit scheint sich Mr Hollerby vorerst zufriedengeben zu müssen, aber er ist anscheinend nicht glücklich. Wie ein Kork aus der Flasche platzt er aus der Tür und stürmt an mir vorbei zur Treppe. Gefolgt von einer blassen, verhärmt aussehenden Frau. Alfreda hat also auch eine Mutter. Das sollte mich eigentlich nicht sonderlich überraschen. Mein Vater legt mir die Hand auf den Arm, um sie vorbeizulassen, aber als wir ihnen folgen, streift uns noch die Bugwelle von Mr Hollerbys Empörung. »Er hält sich wohl für zu gut für uns.« Und: »Konservatorien sind nicht alles.« Ich würde gern noch mehr hören, aber mein Vater wird ungeduldig.

»Nun zu deinem Klassenzimmer, Lacie«, sagt er bestimmt. Mir bleibt nichts anderes übrig, als meine Eltern hinzuführen, wo sie prüfend meine Handschrift betrachten, die gerade noch so Gnade vor ihren Augen findet, und meinen Aufsatz über Gartenvögel lesen, der allerdings großes Lob erntet. Mein Rechenheft wird großzügig übersehen und meine Erklärung eines Altwassers für gut befunden. Hocherfreut registriert meine Mutter, dass ich eine erhebliche Anzahl Goldsterne vorzuweisen habe. Die Schmetterlinge habe ich bereits vergessen, und ich bin gerade wieder richtig obenauf, als die Glocke läutet und die Mädchen für die Rhythmische Gymnastik zusammenruft, damit sie in ihre Musselinkittel schlüpfen und hinaus auf den Rasen laufen. Ich bin eine von ihnen.

»Alice und ich sind Partner«, verkünde ich.

»Das wissen wir«, erwidert meine Mutter. »Das hast du uns schon hundert Mal gesagt.«

»Wir sind die beiden ganz vorn links neben dem Klavier«, flüstere ich eindringlich.

Mein Vater tätschelt mir die Hand. »Deine Mutter und ich werden dich ganz sicher erkennen.«

»Wir tragen …«

»Was immer du anhast, ich werde wissen, wer meine Lacie ist«, sagt er.

Kapitel 7

Damals hatte er wahrscheinlich recht, aber heute würde er mich nicht mehr wiedererkennen. Ich erkenne mich selbst kaum wieder. John ist nötig, um mich daran zu erinnern, wer ich bin.

»Hallo, Mutter«, sagt er an der Tür.

Wie können mich zwei so unschuldige Wörter aus der Fassung bringen? An dem »Hallo« kann es nicht liegen. Die Leute sagen das ständig zueinander. Wenn es ihnen ein ähnliches Gefühl bereiten würde wie mir jetzt, wäre es schon vor langer Zeit aus der Mode gekommen. Dann muss es an dem Wort »Mutter« liegen. Ja. Das wird es sein.

»John«, sage ich und nicke. Er trägt eine kleine schwarze Plastiktüte mit goldenem Schriftzug bei sich. Veilchenkonfekt. Mir läuft das Wasser im Mund zusammen. Ich sehe zu, wie er den Stuhl heranzieht und sich neben mich setzt. Der Stuhl ist sehr zierlich. Ich werfe einen scharfen Blick auf Johns schwere Schenkel und Gesäßbacken, die über den Sitz quellen. Ich öffne den Mund, um eine Bemerkung zu machen, aber er ergreift meine Hand, streichelt sie und sagt: »Ich werde ganz still sitzen, Mutter. Versprochen. Ich bin froh, dass du dich besser fühlst.«

»Ich fühle mich nicht besser.« Liegt da ein Vorwurf in meiner Stimme?

Wieder tätschelt er mir die Hand, bevor er sie auf das Plumeau zurücklegt. Dann nimmt er die in Schokolade gehüllten Veilchen aus der Tüte und bietet sie mir an.

»Ich esse sie später.«

»Selbstverständlich. Ich mache nur die Verpackung ab.«

Ich will protestieren, aber das Zellophan dürfte eine Herausforderung für mich darstellen, für deren Bewältigung ich Doreen um Hilfe bitten müsste, und so lasse ich ihn gewähren. Der dunkle Geruch der Schokolade verbreitet sich im Raum. John legt die Schachtel auf meinen Nachttisch.

Nach einer Weile fährt er fort: »Das Stück läuft gut.«

Das Stück. Sein Stück. Ein einziger verdammter Dialog. Er muss mir nicht sagen, dass es gut läuft. Doreen hat die Kritiken gelesen und es sich nicht nehmen lassen, daraus zu zitieren.

»Hast du davon gehört?«

»Nein«, lüge ich. Mehr kann ich nicht sagen, da mein Mund voller Veilchencreme ist.

»Man hat mir angeboten, das Drehbuch zu schreiben. Das würde bedeuten, nach Amerika zu gehen. Was hältst du davon?«

»Geh«, sage ich.

Er lächelt. »Ich werde darüber nachdenken.«

Ich stochere mit der Zunge in meinem Mund herum, auf der Suche nach letzten Veilchenspuren. »Denk nicht zu lang nach.«

Wieder lächelt er. »Das ist noch eine Weile hin.«

»Nicht zu lang«, sage ich. »Falls ich es bin, um die du dir Sorgen machst … zur Beerdigung kannst du dann ja nach Hause fliegen.«

Der Stuhl gibt ein Seufzen von sich, als John sich erhebt. Er beugt sich vor, um mich auf die Wange zu küssen, und dann ist er weg. Eines muss man John lassen. Er weiß es, einen Raum zu füllen. Es ist nicht so, dass ich ihn vermissen würde, verstehen Sie mich nicht falsch. Ich bin sicher, dass ich ihn nicht vermisse. Aber wenn er geht, bleibt eine Leere zurück. Ich vermute, das liegt daran, weil er so groß ist. Er sollte abnehmen. In Amerika wird ihm das sicher nicht gelingen. Dort drüben ist alles groß. Und männlich. Wie hätte mein Leben ausgesehen, wenn John ein Mädchen gewesen wäre? Ich stelle mir ein kleines Mädchen vor, das im Gras sitzt, eine halb aufgefädelte Kette aus Gänseblümchen in der Hand. Ich wecke die Kleine aus ihrem Dornröschenschlaf, und ihr goldenes Haar flattert beim Laufen im Wind. Wäre John ein Mädchen gewesen, hätten wir Freunde werden können.

Kapitel 8

Ich sause in die Garderobe, schlüpfe in meinen Musselinkittel und geselle mich zu den anderen draußen auf dem Rasen. Alice ist bereits da. Old Bobkins und sein Sohn Young Bobkins haben das Klavier von seinem Stammplatz in der Vorschule herausgetragen und auf Bretter in einer Ecke der Rasenfläche gestellt. Alice und ich nehmen unsere Plätze daneben ein. In der Ferne läutet nochmals die Glocke, und ein Strom aus Eltern setzt sich in unsere Richtung in Bewegung. Ms Potts klatscht in die Hände.

»Nehmt eure Position ein, Mädchen«, weist sie uns an.

Es ist äußerst wichtig, dass dies beizeiten erfolgt, damit wir wie griechische Statuen und nicht wie Kartoffelsäcke aussehen, wenn die Eltern sich vor uns versammeln. Ms Potts' Worte. Ms Potts ist eine begeisterte Anhängerin der Rhythmischen Gymnastik und besitzt sogar ein Buch darüber. Dort gibt es ein Kapitel über griechische Musen, und sie hat uns den darin enthaltenen Illustrationen entsprechend postiert. Ich bin ein wenig besorgt, dass die Eltern dies nicht gleich erkennen werden und statt der Musen nur zwölf kleine Mädchen sehen werden, barfuß in weichen, weißen Tuniken, die ihre dünnen Beine umflattern. Alice sieht entzückend aus in dem neuen weißen Musselin. Der meine ist grau verfärbt, da er erst einmal gewaschen werden musste, um die Grasflecken herauszubekommen, die vom letzten Mal stammen.

Der Professor nimmt seinen Platz am Klavier ein. Er trägt seinen üblichen Anzug, den er mit einem Panamahut komplettiert hat. Ich weiß nicht, ob zu diesem Anlass oder um nicht von der Sonne geblendet zu werden. Er dreht den Kopf in unsere Richtung, aber seine Augen sind unter der Krempe verborgen. Alice schaut ihn an. Dann schaut sie wieder weg. Gleich darauf zieht sie den Saum ihres Rocks nach unten. Ms Potts lässt uns warten, während die Eltern sich verteilen. Wir verharren so reglos wie möglich. Alice' Arme liegen auf meinen Schultern, wie es in Musenkreisen üblich ist. Jacqueline schnieft und greift nach dem Taschentuch, das sie in ihr Höschen geschoben hat. Ms Potts wirft ihr stirnrunzelnd einen Blick zu. Auch meine Nase juckt jetzt, was sie sonst nie tut. Ich versuche, mich mit meiner Zunge zu kratzen, und stelle fest, dass es mir nicht gelingt. Sehr interessant, da ich nämlich weiß, dass Dilly das recht gut kann. Dilly ist Minnies Katze. Sie begleitet Minnie immer zum Kochen und Putzen in unser Haus. Wird Fisch gekocht, kann man Dilly dabei beobachten, wie sie ihre Nase leckt. Mir ist nicht ganz klar, weshalb Dilly das kann, ich aber nicht. Ich denke noch immer darüber nach, als Ms Potts ihre Arme hebt und Professor Chambers zunickt. Er legt die Hände auf die Tasten. Die langen Finger flattern unruhig. Ich schaue von seinen Händen auf sein Gesicht. Sein Panamahut ist zur Seite gerutscht, und ich sehe, dass er Alice und mich anstarrt. Die Intensität seines Blicks hat etwas Beängstigendes an sich. Auch Alice bemerkt dies, nimmt ihre Arme von meinen Schultern und zieht ihren Rock so fest nach unten, bis sich der Stoff gefährlich dehnt. Professor Chambers schaut wieder auf sein Klavier. Da kommt Ms Potts zu uns. Griechische Musen fummeln nicht herum, sagt sie. In dem Moment setzt die Musik ein, sie wogt und windet sich, und auch wir wogen und winden uns. Ich verbiege mich nach Art der Griechen, wedle mit den Armen wie ein griechischer Baum im Wind und rolle meine Schultern vor und zurück wie die griechischen Gezeiten. Auch wenn es eine Ehre ist, für die Aufführung der Rhythmischen Gymnastik auserkoren zu werden, bin ich froh, als es endlich vorbei ist. Vielleicht sind es die Eltern auch, weil sie gar so schnell applaudieren und rufen »wie schön« und sich rasch umdrehen, um zu ihrem Tee zu kommen.

Am Nachmittag scheint die Sonne, und es weht ein leichter Wind. Gutes Wetter gehört einfach zum Tag der offenen Tür. Rosenduft liegt in der Luft. Mädchen mit weißen Schürzen tragen Tabletts zu den kleinen Tischen vor der Terrasse. Teekannen entströmt ein zartes Aroma. Es gibt Heringspastete und Gurkensandwiches. Dazu Madeleines und Erdbeeren mit Schlagsahne. Den Eltern werden alle möglichen Köstlichkeiten dargeboten, während wir in der Garderobe in unsere Kleider wechseln und trockene Kekse mit klebrigem Orangensaft hinunterspülen. Dann reihen wir uns in die lange Schlange der Mädchen ein, die beim Unterhaltungsprogramm mitmachen.

Draußen auf der Terrasse haben der alte und der junge Bobkins das Klavier vom Rasen wieder nach oben geschleppt. Weiße Leintücher dienen als Vorhänge, und von dahinter dringen leises Stimmengemurmel und das sanfte Klirren von Silberbesteck gegen Porzellan an unser Ohr. Meine Eltern befinden sich auf der anderen Seite des Vorhangs. Plötzlich muss ich mich vergewissern, dass sie noch da sind, und als Ms Rafferty einmal nicht herschaut, laufe ich los, um zu spionieren. Ich sehe die beiden auf den ersten Blick. Mein Vater hat ein Bein über das andere gelegt und wippt mit dem Fuß, wie er es immer tut, wenn er entschlossen ist, sich zu amüsieren, koste es, was es wolle. Ich halte Ausschau nach Alice' Mutter und entdecke sie ganz in der Nähe. Sie trägt einen winzigen, kirschroten Hut mit schwarzem Schleier, der ihre Augen, nicht aber Nase und Mund bedeckt. Der Hut meiner Mutter hat keinen Schleier. Ich frage mich, ob das ein Fehler ist. Bei Mrs Fairfax steht ein Mann. Zuerst sehe ich nur einen geraden Rücken und korrekt gekämmtes Haar, so goldblond wie das von Alice, nur mit silbernen Strähnen, in denen sich das Sonnenlicht verfängt. Er greift nach einer Madeleine. Er neigt den Kopf, als wollte er das Gebäck einer Prüfung unterziehen, führt es jedoch anschließend mit einem Beben der Schultern, das ein Lachen sein könnte, an den Mund. Die Fairfax' sitzen so nahe bei meinen Eltern, dass die beiden Mütter einander berühren könnten, wenn sie die Hände ausstreckten. Ich stelle mir vor, wie sie das tun, lächeln und …

»Lacie Forrester.« Ms Raffertys Augen durchbohren mich. »Zurück auf deinen Platz.«

Ich gehe zurück.

Der Chor, von dessen Reihen ich wegen meiner Unfähigkeit,

einen Ton zu halten, ausgeschlossen bin, wird zwischen den einzelnen Darbietungen singen. Die Mädchen aus der Instrumentenklasse werden für die musikalische Begleitung sorgen, darunter auch Alice, die schließlich bereits über den vierten Schwierigkeitsgrad hinaus ist. Die Vorschulkinder werden *Peter Rabbit* aufführen, und Ms Elphinstons Übergangsklasse soll *The Charge of the Light Brigade* zu Gehör bringen. Ernestine und Georgina werden als Englands Rosen erklingen. Ich werde Nicholas Nye rezitieren, selbstverständlich mit besonderem Nachdruck auf Disteln und Sauerampfer, und Alfreda wird ihren Rattenfänger von Hameln zum Besten geben. Der Text ist zwar länger als das Gedicht von Nicholas Nye, doch bietet er mehr Gelegenheit, um schauspielerische Akzente zu setzen. Als ich an die Reihe komme, bin ich wild entschlossen, meinem Publikum die Tränen in die Augen zu treiben. Ich sehe den Mund meines Vaters zucken, ehe er nach einem Taschentuch greift, kurz sein Gesicht darin vergräbt, und bin entzückt. Ich heimse eine Menge an Lächeln und Applaus ein und spüre, dass ich vor Freude erröte, als ich mich verbeuge.

Als alle aufgetreten sind und wir uns zu unseren Familien gesellt haben, hält Ms Parker eine Rede, nach der meine Mutter sich auf den Weg macht, um die Rosen zu bewundern. Sie ist kaum fort, als Alice mit ihren Eltern kommt. Mr Fairfax ist größer und dünner als mein Vater, so wie auch Alice größer und dünner ist als ich. Er streckt mir die Hand entgegen wie Alice an dem Tag, an dem wir uns kennenlernten, aber als ich ihm die meine entgegenhalte, schüttelt er sie nicht. Stattdessen hält er sie einen angenehmen Moment lang fest. Ich sehe den Schwung von Alice' Mund in dem seinen, ebenso die gleiche breite Stirn. Wie die ihren sind auch seine Augen eine Mischung aus Braun und Grün.

»Das also ist Lacie«, sagt er. »Ich muss mich bei dir bedanken, meine Liebe, dass du dich so gut um meine Tochter kümmerst.« Er lächelt. »Wie ich höre, kannst du geschickt mit Worten umgehen, Lacie. Vielleicht wirst du einmal Anwältin bei Gericht werden, wenn du groß bist. Worte sind die Werkzeuge eines Advokaten.« Er sieht mich an, als könnte er in mich hineinschauen. »Du könntest recht gut darin sein.«

»Eigentlich …« Plötzlich bin ich zu schüchtern, um zu sagen, was ich sagen will, aber wieder lächelt er, und auf einmal kann ich es doch. »Eigentlich will ich Schriftstellerin werden. Vielleicht wird Alice ja Anwältin.«

»Möglicherweise«, erwidert er. »Alice hat gewiss einen starken Gerechtigkeitssinn geerbt.«

Ich begreife nicht so recht, was man unter Gerechtigkeit zu verstehen hat. Mir spuken Wörter durch den Kopf wie Strafe und Vergeltung und …

»Oh, ich weiß nicht.« Jetzt ist es Alice, die lächelt, aber es ist ein wehmütiges Lächeln. »Ich bin nicht so wie Lacie«, sagt sie. »Ich habe keine Ahnung, was ich mal werden will.« Dabei schüttelt sie den Kopf, lacht, ergreift den Arm ihres Vaters und lässt ihn nicht mehr los, bis auch er lacht, aber es liegt etwas Trauriges darin, das ich nicht erklären kann, obwohl ich noch lang darüber nachdenke.

»Nun, meiner Meinung nach hat Lacie ihr Gedicht wunderbar vorgetragen«, sagt Alice' Mutter. Ihre Augen hinter dem kurzen Schleier blicken hell und freundlich. »Ich bin sicher, sie könnte jeden Richter, der auch nur halbwegs ein Herz für Esel hat, zu Tränen rühren.«

»Danke«, sage ich, und die Erwachsenen werfen einander diese Art von vertraulichem Blick zu, der so irritierend wirkt. Noch mehr Lächeln und Händeschütteln, als meine Mutter zurückkommt. Dann läutet Ms Parker mit einer kleinen Glocke und fordert alle auf, ins Haus zu kommen, denn, wie sie sagt, das Unterhaltungsprogramm sei lang gewesen, und sie sei sicher, dass sich die Eltern vor dem Theaterstück gern noch ein paar Erfrischungen zu Gemüte führen würden.

Der Speisesaal ist der einzige Ort, der Platz genug für so viele Menschen bietet, die sich – was auch immer – dort zu Gemüte führen könnten. Bevor die Schule eine Schule war, als sie noch aus zwei durch eine Mauer miteinander verbundenen Häusern bestand, hatte es darin bestimmt je einen großen Empfangsraum gegeben, doch dann hatte man die trennende Wand entfernt, um daraus einen einzigen großen Raum zu erschaffen. An dessen einem Ende hat man nun eine Bühne errichtet, sodass die Schauspieler durch die dahinterliegenden Türen bequem auf- und abtreten können. Dort, wo normalerweise die Esstische stehen, wurden Stühle aufgestellt, und am anderen Ende des Saals mit weiteren Eingängen wurde ein Bereich gestaltet, in dem die Eltern flanieren, Sherry aus funkelnden Gläsern trinken und Käsewürfel und Oliven knabbern können. Der alte Bobkins und sein Sohn waren bereits wieder fleißig und haben Klavier und Leintücher ins Haus gebracht. Ich nehme einen seltsamen Duft wahr und habe Old Bobkins in Verdacht. Flüsternd teile ich das meinem Vater mit, der nur sagt: »Unsinn, das sind die Oliven.« Dann wird der Sherry eingeschenkt, und ein neuer Geruch lässt mich an das braunrote Antiseptikum denken, das mein Vater auf meine Schürfwunden gibt, aber auch an den weihnachtlichen Plumpudding. Es ist warm im Saal, und die Eltern machen einen ermatteten Eindruck, doch da die Lehrer sich unter sie mischen, reißen sie sich zusammen. Ich wünschte mir, Ms Bertram wäre hier, aber sie hat hinter den weißen Tüchern zu tun.

Der Sherry verschwindet. Das Gemurmel der Unterhaltung und das Lachen werden lauter. Ich stehe dicht bei meinem Vater, der mit Mr Fairfax redet. In ihrem Gespräch kommen Wörter vor wie »Toleranz« und »Anstand« und andere Dinge, die ich nicht so recht verstehe. Alice steht stirnrunzelnd neben mir. Die Schalen sind voller Cocktailspieße und den Überresten der zerkauten Oliven. Mampfen, sage ich automatisch. Mein neues Wort. Ich betrachte die übrig gebliebenen Würfel aus Cheddarkäse. Schweißig, fällt mir dazu ein. Der Anblick des feuchten Käses verursacht mir ein flaues Gefühl im Magen, und ich wende mich ab. Ich sehe Alfreda und ihren Vater näher kommen Den Blick fest auf Mr Fairfax gerichtet, schiebt er sich an den Leuten vorbei, und mir fällt wieder ein, dass er der Mann ist, der Alice' Vater kennt und der bestimmte Ansichten über Alice hat. Ich starre ihn an. Es gibt viel zu starren an ihm. Er ist nicht groß, aber sein Fleisch drückt sich gegen die Falten seines Leinenanzugs, als wollte es den Stoff sprengen. Der Rücken seiner Hand, die er jetzt ausstreckt, ist mit borstigen, schwarzen Haaren bedeckt. Einen Moment lang befürchte ich, diese schreckliche Hand wird sich auf mich herabsenken, aber sie schiebt sich an meiner Nase vorbei.

»Gute Aufführung, wie, Fairfax?«, sagt er.

Alice' Vater macht ein Gesicht, als versuchte er, sich zu entsinnen, wer dieser Mann sein könnte. Dann scheint er sich zu erinnern und schüttelt die dargebotene Hand.

»In der Tat«, erwidert er.

»Das haben sie nicht schlecht gemacht, unsere Mädchen.« Alfredas Vater grinst, und ich sehe zerkaute Olivenreste zwischen seinen Zähnen hängen. »Aber dafür zahlen wir schließlich auch, nicht wahr. Die kleinen Extras. Das griechische Drumherum. Der Chor. Der Rattenfänger. Und« – er wendet sich an Alice – »was hast du gleich noch mal gespielt, junge Dame?«

»Mozart«, murmelt Alice, rot bis unter den Haaransatz. »Das Rondo alla Turca.«

»Hat mir gefallen«, sagt Alfredas Vater. »Da scheinen ja jede Menge Tonleitern drin gewesen zu sein.« Er legt die Hand, die er Mr Fairfax entzogen hat, Alfreda auf die Schulter. »Mozart, wie?« Dann streckt er in einer einzigen langsamen, schrecklichen Bewegung die andere Hand aus und legt sie Alice auf den Kopf. Wie ein monströser Riese thront sie auf ihrem goldfarbenen Haar. »Bin froh, dass unsere Mädchen so gute Freundinnen sind, Fairfax.«

Mr Fairfax antwortet nicht, sondern starrt auf die Hand auf Alice' Kopf. Ebenso Alice' Mutter. Ich auch. Alice ist sehr bleich und ruhig geworden. Sie blickt konzentriert, als bemühte sie sich, an etwas weit Entferntes zu denken. Eine Blase aus Schweigen umgibt uns. Alfredas Vater platzt fast vor Stolz. Alice wird es nicht mehr lang unter der Last seiner Hand aushalten, und ich frage mich, was passieren wird, wenn sie sie abschüttelt. Aber wir werden gerettet von Ms Parker, die mit ihrer kleinen Glocke bimmelt und uns auffordert, unsere Plätze für das Theaterstück einzunehmen. Alfredas Vater entfernt sich, und Alice reibt erbost über ihr Haar. Ihre Mutter beugt sich über sie und flüstert etwas. Alice hört zu reiben auf und strafft sich. Ich folge ihrem Beispiel, und wir gehen zusammen hinter unseren Eltern her und setzen uns.

Auf jedem Sitzplatz liegt ein Programm. Nur eine Seite, aber die Kunstklasse der Oberstufe hat sie gestaltet und in einer echten Druckerei drucken lassen. Die Klasse hat auch die Kulissen gemalt, und ihr Venedig wird allseits bewundert. Wir alle haben Glas aus Murano zu Hause und erkennen die Farben und Formen. Mein Vater studiert das Programm.

»Der ›Kaufmann‹«, sagt er. »Eine mutige Wahl in der heutigen Zeit.«

»Das ist aber nicht das ganze Stück«, erkläre ich. »Nur die gekürzte Fassung für Schulen.«

»Freut mich, das zu hören«, antwortet mein Vater.

Mrs Fairfax runzelt die Stirn. »Ich könnte mir vorstellen, dass Herr Hitler es gutheißen würde, wenn ein kleines Mädchen einen Juden seiner gerechten Strafe zuführt.« Etwas an der Art, wie sie das Wort »gerecht« betont, lässt mich noch mehr an dessen Bedeutung zweifeln.

Die Lichter gehen aus. Ms Parker spricht ein paar einleitende Worte, betont, wie schwer die Mädchen gearbeitet haben, und stellt Professor Chambers als den neuen Musiklehrer vor, der seit dem letzten Jahr zu ihrer großen Freude das Kollegium vervollständigt. Der Professor verneigt sich vor ihr und dem Publikum und geht zu seinem Klavier. Wie die Eltern bei dem bunten Unterhaltungsprogramm bereits bewundern konnten, habe er wahre Wunder vollbracht, seit er mit den Kindern arbeite, fügt Ms Parker hinzu, während er reglos unter ihrer Lobeshymne verharrt und geduldig darauf wartet, den Geist von Venedig für uns heraufbeschwören zu können. Mrs Fairfax beugt sich vor. Sie scheint ein wenig verwundert zu sein.

»Der Professor unterrichtet hier? Aber ich dachte, alle Lehrkräfte seien ausschließlich Frauen. Ich dachte, Ms Plumtree ist die Musiklehrerin.« In ihrer Stimme liegt ein gewisses Knistern, das ich nicht einordnen kann. Ich drehe mich zu Alice um, aber sie weicht meinem Blick aus.

»Ms Plumtree ist eine der gefallenen Frauen«, sage ich.

Alice' Eltern sehen mich an. Mein Vater hat den Mund geöffnet, meine Mutter ihre Lippen fest zusammengepresst. Doch genau in dem Moment fängt der Professor zu spielen an, und bald sind wir umgeben von Wasser und Brücken, verschwommen taucht eine Stadt aus dem Nebel auf, und Ms Plumtree ist vergessen.

Kapitel 9

Ohne Zwang«, sage ich.

Doreen schaut auf die Teekanne, die sie neben mein Bett gestellt hat. »Sie müssen ihn ja nicht trinken«, erklärt sie pikiert.

»Ich rede nicht über den Tee, Doreen. Ich rede über die Art der Gnade.«

Doreen richtet sich in ihrer blauen Nylonuniform zu voller Größe auf. »Die Nachtschicht«, sagt sie schroff, »ist leichter.«

Bis ich begriffen habe, was sie meint, ist sie bereits nach unten gegangen. Ich trinke meinen Tee und denke nach über Gnade, die weiß von keinem Zwang und träufelt wie des Himmels milder Regen zur Erde unter ihr. Die Erde unter ihr, das ist natürlich Venedig. Vor meinem inneren Auge beschwöre ich Paläste und Kanäle herauf, Kaufleute und Wucherer, das Bild eines fremden Juden und das des edlen Antonio. Und das von Porzia. Verzogene, vorlaute Göre! Jemand hätte dieses Kind bei der Geburt ertränken sollen. Ich sehe mich selbst, wie ich das quäkende, kotzende Baby nehme und in einen dunklen Kanal werfe. Als das Wasser über ihrem Kopf zusammenschlägt, schaut die Kleine mich an, und es ist Baby John. Ich strecke die Hand aus, um ihn in Sicherheit zu bringen, aber seinen Vater hat auch niemand aus dessen feuchtem Grab gerettet. Wo wäre ich jetzt, hätte ich damals … nein, nicht Baby John getötet, das nicht … aber sein ungeborenes Leben riskiert, um das seines Vaters zu retten? Hätte ich die Wahl gehabt, hätte ich gezögert? Hätte ich nicht. Und lässt mein Herz mich Böses ahnen bei diesem Gedanken? Schwante Shakespeare Böses, als er einen alten Mann peinigte, weil der Gerechtigkeit suchte?

Ich schließe meine Augen. Als ich sie wieder öffne, ist er da. John, meine ich. Nicht Shakespeare. Er lächelt mit dem Mund seines Vaters. Ich erinnere mich an das letzte Mal, als ich seinen Vater lächeln sah, der zu mir sagte:

»Ich gehe kurz schwimmen.«

»Ich komme mit dir.«

»Bestimmt nicht«, erwiderte er lachend und legte seine Hand auf meinen dicken Bauch.

»Ich will aber mitkommen.«

Er schüttelte den Kopf. Den Kopf, den ich so liebte. »Ich bleibe nicht lang.«

Das war eine gemeine Lüge. Eine gemeine, treulose Lüge. Seit über einem halben Jahrhundert ist er nun schon fort, und inzwischen erwarte ich ihn nicht mehr zurück.

Zuerst, ohne einen Leichnam, wollte ich nicht glauben, dass er tatsächlich fort war. Ich stellte mir vor, wie er an ein fernes Ufer gespült wurde, jeder Erinnerung beraubt. Ich wartete darauf, dass sein Gedächtnis wiederkehren und ihn zu mir nach Hause zurückbringen würde. Die letzten Wochen der Schwangerschaft war ich noch voller Hoffnung, doch als John geboren wurde, wusste ich, dass sein Vater nie mehr zurückkommen würde. Ich wusste es von dem Moment an, als ich das ernsthafte kleine Gesicht sah, das mir aus dem Steckkissen entgegenblickte. Sein Mund war so perfekt, dass ich sicher war, sein Vater hatte keinerlei Verwendung mehr dafür. Jetzt lächelt mich John mit ebendiesen Lippen an, die geschwungen sind wie eine Harfe. Ich mache die Augen wieder zu.

»Ich dachte, du bist in Amerika«, sage ich. »Hast du dich anders entschieden?«

»Ich habe bisher noch keine Entscheidung getroffen.«

»Es ist das Land der unbegrenzten Möglichkeiten. Und der niedrigen Steuern.«

»Es gibt noch andere Dinge im Leben außer Aussichten auf Gewinn und niedrige Steuern.«

»Richtig«, entgegne ich, »aber banal.«

Ich schlage meine Augen wieder auf und sehe, dass aus seinem Lächeln ein breites Grinsen geworden ist. »Ich habe dir was mitgebracht.«

Gut. Da ich im Jenseits nicht mit Veilchenkonfekt rechne, ist es nur recht und billig, wenn ich vor meinem Abgang nehme, was möglich ist. Ich schaue auf die Verpackung, die er mir hinhält, und runzele die Stirn. »Das ist die falsche Form«, sage ich.

»Nein, Mutter, es ist genau die richtige Form.« Er öffnet die Verpackung und holt ein Notizbuch und sechs gespitzte Bleistifte heraus. »Mir ist aufgefallen, dass dein letztes bald voll ist.«

»Du hast mich bespitzelt!«

»Nicht bespitzelt. Es ist nur …« Er macht eine Pause, während ich ihm einen bösen Blick zuwerfe. »Ich weiß, dass du noch eine Menge in dir hast.«

Ich nehme das Notizbuch und die Bleistifte und verstaue sie umständlich in der Schublade meines Nachttisches. »Du hast keine Ahnung, was noch alles in mir steckt.«

»Ich hoffe, du zeigst es mir, bevor du abtrittst.«

»Du verlangst eine Menge als Gegenleistung für sechs Bleistifte.«

Nichtsdestotrotz ist es stets eine Freude, einen frisch gespitzten Bleistift in der Hand zu halten. Als Versprechen auf einen Neuanfang. Mein Vater schenkte mir zu Beginn eines jeden Schuljahrs immer eine Packung mit sechs neuen Bleistiften, und ich träumte davon, etwas absolut Perfektes damit zu schreiben. Danke dir, John, für die Bleistifte. Aber gegen Veilchenkonfekt hätte ich auch nichts gehabt.

Kapitel 10

Mein Vater sagt, ich hätte einen süßen Zahn. Das heißt jetzt nicht, dass einer meiner Zähne süß schmeckt, sondern dass ich alles liebe, was süß ist. Ich kann es nicht leugnen, und deshalb wundert es ihn, dass ich keine Zuckerwatte mag. Aber die Zuckerwatte muss immer dann als Trost herhalten, wenn ich während der endlose Stunden dauernden Fahrt nach Torquay in sein drückend heißes Automobil gepfercht bin, und es ist in meiner Erinnerung stets mit Benzingestank und Übelkeit verbunden.

Das Versprechen auf Zuckerwatte war also nicht dazu angetan, meine Laune zu verbessern, aber als wir endlich ankommen, heben die kühle Brise vom Meer, das Rauschen der Wellen und das Flattern der weißen Segel an den kleinen Booten im Hafen schlagartig meine Stimmung.

Wir gehen durch den von weißen Säulen getragenen Eingang des Palm Court Hotels. Wir logieren immer im Palm Court. Meine Mutter liebt die Gartenanlagen, die in diesem Sommer besonders schön sind. In diesem Sommer ist offenbar jedermann fest entschlossen, alles besonders perfekt zu machen, so als würde es keinen weiteren Sommer mehr geben. Sogar meine Mutter, die nie auf den Eseln reitet, sagt »warum nicht«, und zu dritt zuckeln wir langsam den Strand entlang. Mein Vater hat längere Beine als sein Esel, und so muss er sie ständig hochziehen. Lachend gibt sich meine Mutter dem wiegenden Gang des Tiers hin. Ich hole tief Luft und verstaue die Erinnerungen tief in mir.

Jeden Tag schwimme ich im Meer, mache einen Spaziergang im Park und laufe zum Pier hinunter, wo es eine kleine Bühne für populäre Schlagersänger und eine Punch-und-Judy-Bude gibt. Jeden Abend speise ich mit meinen Eltern und lustwandle anschließend mit ihnen unter dem Sternenhimmel. Als wir am letzten Abend der Ferien aus dem Park zurückkommen, stoßen wir auf eine kleine Menschenmenge, die sich unter den Palmen versammelt hat.

»Das ist der Mann von der Punch-und-Judy-Bude«, sagt meine Mutter.

Und er ist es tatsächlich. Er hat seine kleine Bühne auf einem Karren hierhertransportiert und aufgebaut. Stühle wurden in Reihen davor aufgestellt und ringsum Laternen platziert. Mrs Judy liebkost ihr Baby. Mr Punch schleicht um sie herum, hat seinen Knüppel unter dem Arm versteckt. Auf einem Grammofon läuft ein Lied, und während die Handpuppen singen, dass sogar glücklich verheiratete Paare ihre Höhen und Tiefen haben, werden ihre ohnehin schon hohen und verzerrten Stimmen noch höher und schriller. Mir ist natürlich klar, dass in Wirklichkeit nicht die Puppen singen. Ich habe den Handpuppen-Mann und seine Frau unten am Pier beobachtet und weiß, wie die Sache funktioniert. Trotzdem lache ich wie alle anderen, als sich das Puppen-Paar über die Bühne jagt. Mr Punch holt mit seinem Knüppel aus, aber Judy ist zu schnell für ihn, zu gewitzt. Ich feuere sie an, ihm davonzulaufen, und freue mich, als sie das tut. Es ist genauso, wie ich es unten am Pier schon einmal an diesem Tag gesehen habe. Dann ist plötzlich alles anders. Die Musik bricht ab, und die Handpuppen verschwinden. Einen Augenblick lang herrscht Stille, bis das Grammofon erneut einsetzt. Jemand singt »*Rule Britannia*«. Mr Punch und Mrs Judy sind wieder da und schwenken den Union Jack über ihren Köpfen, während drohend eine neue Puppe über ihnen schwebt, eine dunkle Gestalt ganz in Schwarz mit einem flatternden roten Umhang, auf dem ein gleichschenkeliges Kreuz mit abgewinkelten Linien zu sehen ist. Jetzt gehen Mr Punch und Mrs Judy nicht länger aufeinander los, sondern stürzen sich auf den komischen dunklen Mann und prügeln auf ihn ein, bis er hinfällt. Alle sind ganz aufgeregt, springen auf und brechen in lauten Jubel aus. Alle, bis auf meinen Vater. In der Dunkelheit kann ich den Ausdruck auf seinem Gesicht nicht erkennen, aber er nimmt meine Hand und die meiner Mutter und zieht uns beide fort.

An diesem ersten Tag des Herbsthalbjahrs bringt mein Vater mich zur Schule. Alice sitzt wahrscheinlich in dem kleinen Zug, der zweimal stündlich im Bahnhof am Fuß des Hügels hält. Oder vielleicht geht sie auch bereits auf die Schultore zu und spürt dieselbe Sonne im Rücken wie ich. Der September ist zur Hälfte vorüber, und das Wetter hat noch nicht umgeschlagen. Ich trage noch immer Kleid und kurze Socken.

»Ein richtiger Altweibersommer«, sagt mein Vater.

Normalerweise würde ich ihn jetzt fragen, ob es sich bei den alten Weibern um die aus dem Ort handelt, ob es frühe und späte Altweibersommer gibt und wie lang der Sommer dauern muss, bis er zu einem Altweibersommer wird. Die Fragen steigen in meinem Hinterkopf auf wie Luftblasen in einem Reizdarm, aber ich stelle sie nicht, da der vordere Teil meines Gehirns mit Gedanken an das neue Schuljahr belegt ist. Mein Vater sieht mich an, sagt weiter nichts und nimmt meine Hand, was mir die Freiheit gibt, an Alice zu denken.

Sie hat mir aus Frankreich eine Postkarte geschickt. Ich stecke meine freie Hand in meinen Schulranzen und berühre sie. Dort, wo ich die Karte viele Male betastet habe, sind die Ränder abgegriffen und weich. Ihr Anblick ist mir so vertraut, dass meine Fingerspitzen die weiße, kursive Schrift »Èvian-les-Bains, Lac Leman, France« und den sepiabraunen Kurpark voller agiler Männer und Frauen, die einander über seltsame Schnabeltassen hinweg zulächeln, direkt an meine Augen weiterleiten. Auf die Rückseite hat Alice geschrieben: »Kann mir nicht vorstellen, was sie so lustig finden. Das Wasser in diesen Tassen schmeckt FAULIG.« Ich brachte lange Zeit damit zu, mir diese Menschen anzuschauen, ihre Gesichter, ihre Kleidung. Jedem von ihnen habe ich einen Namen gegeben, eine Familie und Geschichten über sie erfunden, warum sie einen Ort aufsuchten, an dem das Wasser FAULIG war.

Jetzt taste ich in meinem Ranzen nach dem anderen Gegenstand, den ich hineingesteckt habe. Einen Moment lang suche ich vergebens, dann schließen sich meine Finger um das dicke, rote

Schreibheft mit meinen Notizen. Ich stelle mir vor, wie Alice darin liest, und verspüre leichte Vorfreude in mir aufsteigen. Der Gedanke treibt mich an, bis wir das Schultor erreicht haben, wo mein Vater sich bückt, um mich auf die Wange zu küssen. Ich schmiege mich an seine weichen Schnurrbarthaare, ehe ich mich losmache und die Auffahrt hinaufmarschiere, zurück in die Welt von Dorset House.

Die Garderobe ist voller Mädchen, die in ihre Hausschuhe schlüpfen. An den blitzenden Haken hängen Blazer und Panamahüte. Ich muss an den Altweibersommer denken.

»Unpassend für die Jahreszeit«, sage ich.

»Was?« Auf die Stimme folgen zwei Arme, die mich von hinten umschlingen und herumwirbeln. Sie lacht und schüttelt gleichzeitig den Kopf. Dann hält sie mich auf Armeslänge von sich weg und schaut mir ins Gesicht.

»Du siehst noch genauso aus«, sagt sie schließlich. »Das freut mich.«

Zuerst verstehe ich nicht, was sie meint, aber dann schaue ich genauer hin und sehe, dass sie nicht mehr so aussieht wie zuvor. Trotz ihres Lachens wirkt sie blass und ein wenig älter. Es muss an ihren Ferien liegen. Abgesehen davon hatte ich auch Ferien. Ich greife nach dem roten Schreibheft und halte es ihr hin.

»Ich habe jeden Tag was reingeschrieben.«

Sie zögert, doch dann nimmt sie das Heft, schaut hinein und blättert Seite für Seite um. »So viel habe ich nicht für dich geschrieben«, erklärt sie unsicher.

Ich verspüre einen Anflug von Enttäuschung. Natürlich nicht. Natürlich hatte sie zu tun. Natürlich.

»Ich habe es versucht«, sagt sie, »aber …« Sie schüttelt den Kopf, macht die Tasche auf und holt ein kleines, schwarzes Notizbuch heraus. »Du wirst ja sehen«, fährt sie fort. »Du wirst sehen, dass ich es versucht habe.« Einen Moment lang wirkt sie verloren, doch gleich darauf ist sie wieder ihr altes, lächelndes Selbst, und die Glocke läutet, und sie entschwebt in Richtung der Tür und schlängelt sich zwischen den Mädchen hindurch, bis sie mit einem Objekt zusammenstößt, das wir noch nie zuvor gesehen haben. Alle versammeln sich darum und starren darauf. Es ist eine Art hölzerne Schachtel, größer als wir. Die untere Hälfte hat die Gestalt von Ms Plumtree, bevor sie uns verließ, und die obere Hälfte den Hals einer Giraffe ohne die Flecken.

»Was ist das?«

»Ein Sarg für ein Mädchen mit einem langen Hals und einem winzigen Kopf.«

»Ein Behälter für Tennisschläger.«

»Was für den Naturkundeunterricht.«

»Das ist …«

»Das ist für ein Violoncello«, sagt eine Stimme, die nur dem Professor gehören kann.

In seinem adretten Anzug steht er unter der Tür, mit seiner Aktenmappe in der Hand. Andere Lehrer sagen »Willkommen zurück, Mädchen«, »Ich hoffe, ihr werdet euch dieses Jahr alle ordentlich anstrengen« oder »Hattet ihr einen schönen Sommer?«, aber vom Professor bekommen wir zu hören: »Das ist ein Kasten für das schönste aller Instrumente, für das Violoncello.«

Wir starren unverwandt darauf. Klaviere, Geigen, Tamburine und Zimbeln, das ist uns alles bekannt. Ich hatte sogar einmal ein Spielzeug-Xylofon, und Bethany lernte Flöte, bis ihre Mutter der Meinung war, dass dies einen hässlichen Mund machen würde. Keine von uns hat jedoch jemals ein Violoncello gesehen. Wir würden gern mehr fragen, trauen uns aber nicht und zögern, weil der Professor – trotz seines unermüdlichen Einsatzes beim Chor und bei der Rhythmischen Gymnastik und trotz seiner Musikstunden – noch immer ein Fremder für uns ist. Dann geht er weg und überlässt uns unserem Schicksal und unserer Vorbereitung auf den neuen Tag, das neue Jahr, auf die Oberstufe.

Die Oberstufe bringt zwei entscheidende Vorteile mit sich: An die Stelle von Handarbeiten tritt Französische Konversation, und Ms Bertram übernimmt die Klassenleitung. Ich liebe Ms Bertram noch immer und bin wild entschlossen, dass in meinem letzten Jahr am Dorset House alles vollkommen sein soll. Ich erwarte nicht, dass es leicht werden wird. Aus bitterer Erfahrung weiß ich, wie schwierig es ist, Vollkommenheit zu erlangen, aber ich habe mir vorgenommen, es auf jeden Fall zu versuchen. Die Glocke läutet, und wir wollen gerade nach oben laufen, um unsere neuen Schulbänke zu besetzen, als Ms Rafferty erscheint.

»Willkommen zurück, Mädchen.« In ihrer Stimme liegt kein freundlicher Empfang. »Ich hoffe, ihr werdet euch dieses Jahr alle ordentlich anstrengen. Lacie, du hast dich wieder mal nicht gekämmt. Du siehst aus wie eine Vogelscheuche.«

Das ist unfair, da Vogelscheuchen keine Haare haben. Außerdem war mein Haar bestens gekämmt, als ich das Haus verließ, und für den Wind kann man mich nicht verantwortlich machen. Ich fange an, dies zu erklären, aber Ms Rafferty ist nicht interessiert.

»Bring dein Haar in Ordnung«, sagt sie, und mir bleibt nichts anderes übrig, als zu dem trüben Spiegel im Waschraum zu gehen, während alle anderen davonstürmen und Ms Rafferty ihnen nachruft: »Es ist verboten, auf den Korridoren zu rennen.«

Als ich endlich nach oben stapfe, bin ich sicher, dass die besten Bänke bereits alle belegt sind und das Jahr von vornherein ruiniert ist; aber Alice hat zwei Plätze am Fenster besetzt, nicht zu weit vorn und mit Blick auf die Auffahrt. Unten kann ich den alten Bobkins mit einem Besen in der Hand sehen, wie er eine Wehe welker Blätter beäugt. Das sind mit Sicherheit die beiden besten Plätze im Klassenzimmer. Es wird doch noch ein wunderbares Jahr werden. Und zwanzig Sekunden lang ist es das auch. Doch dann, gerade als ich mich setzen will, schlüpft Alfreda an mir vorbei auf meine Bank. Ich verspüre einen kalten Schock, als hätte man mich geschnitten, und der Schmerz würde jeden Moment einsetzen. Ich will sie von meinem Platz wegzerren, weiß aber nicht, wie. Körperliche Gewaltanwendung ist nicht vorgesehen am Dorset House. Alice muss mir helfen, doch zu meinem großen Entsetzen sehe ich, wie sie Alfreda zulächelt und sich über sie beugt.

»Alfreda, liebste Alfreda …«, höre ich.

Alfreda erwidert ihr Lächeln. Alice flüstert in ihr Ohr, wie beste Freundinnen es tun. Ich frage mich, was geschehen wird, sollte ich mich auf den Klassenzimmerboden übergeben. Dann sehe ich, wie Alfreda aufsteht und zu der Bank hinter Alice geht. Die Kotze fällt wie ein Klumpen zurück in meinen Magen. Alice grinst, als ich mich auf den von Alfreda geräumten Platz setze. Ich markiere mein Territorium mit meinem neuen Bleistiftspitzer, aus dessen metallenem Bett mir die Kante der Schneide entgegenfunkelt. Wehe dem, sagt sie, der versucht, Lacie diesen Bankplatz wegzunehmen. Zur Belohnung lege ich dem Spitzer drei Bleistifte zur Seite. Ich bin noch immer damit beschäftigt, meine Habseligkeiten zu ordnen, als ich sehe, dass Alice sich zu den anderen drüben an der Wand gesellt hat, wo Ms Bertram immer alles Mögliche aufhängt. Ich bin die Letzte, die dazukommt, die Letzte, die Folgendes liest:

WILLKOMMEN IN DER OBERSTUFE, MÄDCHEN.

ARBEITET HART, GEBT EUER BESTES,

UND WIR WERDEN EIN WUNDERBARES JAHR MITEINANDER HABEN.

Im Stillen verspreche ich Ms Bertram, hart zu arbeiten, und wende mich dem Stundenplan zu, vor dem grinsend ein paar Mädchen stehen und auf die Spalte FREITAG deuten, wo der ganze Nachmittag mit zwei Wörtern ausgefüllt ist. DAS STÜCK. Unser Jahrgang wird es dieses Mal aufführen. Welches wird es sein? Jede hat so ihre Wünsche. Ich wünsche mir den Sommernachtstraum, weil ich weiß, dass ich ein perfekter Puck wäre.

»Ich könnte Lady Macbeth spielen«, sagt Alfreda.

»Klar doch, du wärst ein großartiger Wald von Birnam«, erwidere ich. Ich habe ihr die Sache mit der Bank nicht verziehen. Aber Alfredas Kenntnisse über Macbeth reichen nicht bis zum vierten Akt, und so schaut sie mich verständnislos an.

»Heinrich der Fünfte«, schlägt Alice vor. »Würden wir nicht entzückend aussehen in Wams und Strumpfhosen?«

»Das werden sie nie erlauben«, wirft Dimity ein. »Die lassen niemals zu, dass wir unsere Beine herzeigen.« Dimity sind die

Ansichten der Kirche von England bereits in Fleisch und Blut übergegangen.

»Bei der Aufführung haben wir mehr gezeigt«, meint Alice.

»Das war Rhythmische Gymnastik«, widerspricht Dimity fest. »Das zählt nicht. Das ist Kunst.«

»Das ist auch …«

Doch das Interesse an dem Stück wird jäh unterbrochen, als sich jemand die Aufstellung mit den Belohnungssternen, die Ms Bertram neben dem Stundenplan an der Tafel befestigt hat, näher ansieht und dabei eine Entdeckung macht. Für jede Klasse gibt es eine eigene Tabelle, auf der unsere Leistungen verzeichnet sind. Links sind in alphabetischer Reihenfolge wie im Klassenbuch die Namen der Schülerinnen aufgeführt, darüber stehen Spalten wie GUTES BENEHMEN, GUTE ARBEIT, SPORTLICHE ERFOLGE UND FREUNDLICHKEIT. Der Rest ist leer und harrt der Sterne in Gold, Silber und Rot, die wir während des Jahres zu erringen hoffen. Es ist immer dasselbe und hat uns bisher nicht sonderlich interessiert, bis Jacqueline die Augen zusammenkneift, dann noch einmal hinschaut und schließlich ruft: »Seht mal.«

Dabei deutet sie auf unsere Namen, nur dass es jetzt nicht mehr zwölf, sondern dreizehn sind. Wir waren zwölf Schülerinnen in der ersten und zwölf in der zweiten Klasse. In der dritten waren wir kurz zu elft, als ein Mädchen mit Asthma ging, um zu Hause unterrichtet zu werden, aber dann kam Alice zu uns, und wir waren wieder zu zwölft. Und jetzt steht ganz unten ein dreizehnter Name auf der Liste.

»Zimm… Zimmer… was ist das? Zimmermann? Was ist denn das für ein Name?«

Es ist Alice, die uns erklärt: »Ein deutscher Name.«

»Dreizehn ist eine Unglückszahl«, sagt Dimity schnippisch. »Als Jesus gekreuzigt wurde, waren sie zu dreizehnt beim letzten Abendmahl.«

Die Mädchen weichen von der Wandtafel zurück und sehen einander bestürzt an. Dreizehn ist eine Unglückszahl, und von nun an werden wir dreizehn sein. Nur Alice bleibt stehen und schaut weiter auf die Wand, ehe sie sich zu Dimity umwendet.

»Ja, glaubst du denn wirklich«, sagt sie betont lässig, »er wäre nicht gekreuzigt worden, wenn sie beim letzten Abendmahl nur zu zwölft gewesen wären?«

Ich sehe Dimity an, dass sie Alice am liebsten anfahren würde, sie soll gefälligst den Mund halten. Aber sie murmelt nur etwas, während Alice mit nachdenklicher Miene zu ihrer Schulbank zurückgeht. Ich starre weiter auf die Wandtafel, als könnte ich ihr mehr Information über dieses dreizehnte Mädchen mit dem ausländischen Namen entlocken.

Plötzlich scharren Stühle, Ms Bertram betritt den Raum. Ich eile auf meinen Platz, und sie ist freundlich genug, nichts zu sagen. *Es wird doch noch ein perfektes Jahr werden*, denke ich. Dann bemerke ich, dass Ms Bertram nicht allein ist. Neben ihr steht das dreizehnte Mädchen. Das muss sie sein, denn alles an ihr ist ausländisch. Sie trägt zwar die Uniform von Dorset House, aber während wir alle noch unsere Sommerkleider und Strickjacken anhaben, ist sie bereits in voller Wintermontur mit Trägerrock, Bluse, Krawatte, Pullover und Kniestrümpfen. Der Trägerrock ist ihr zu lang, das sehe ich auf den ersten Blick, und die Ärmel, aus denen ihre dünnen Handgelenke herausragen, sind zu kurz. Der Kragen liegt nicht an ihrem mageren Hals an, und ihre Krawatte ist mit einem Doppelknoten gebunden, was nicht den Vorschriften von Dorset House entspricht. Sie steht vor uns und beißt sich auf die Unterlippe, ein leichter Schweißfilm glänzt auf ihrem blassen Gesicht.

»Willkommen in der Oberstufe, Mädchen«, sagt Ms Bertram, »vor allem aber heiße ich unsere neue Schülerin Celia Zimmermann willkommen.« Sie legt einen Arm um Celia, und mir fällt auf, dass das neue Mädchen unschöne Sommersprossen hat. »Celia ist den ganzen weiten Weg aus Deutschland zu uns gekommen«, fügt Ms Bertram hinzu.

Ernestine hebt die Hand. »Soll das heißen, dass wir mit ihr Deutsch reden müssen, Ms Bertram? Weil, ich spreche nämlich kein Deutsch, und ich kenne niemanden, der das tut, und das wird alles ziemlich schwierig werden, wenn …«

Ms Bertram lächelt und schaut auf Celia Zimmermann, die zu Boden sieht. »Sag du es ihnen, Celia«, fordert sie sie auf.

Celia zwingt sich dazu, aufzuschauen, aber unser Anblick scheint zu viel für sie zu sein, und sie schließt die Augen. »Meine Mutter ist Engländerin«, sagt sie leise. »Ich spreche Englisch fast genauso gut wie Deutsch.«

Hinter mir höre ich jemanden flüstern: »Angeberin.« Einen Moment lang finde ich das unfair, aber dann sehe ich, wie Ms Bertram Celias dünne Schultern drückt, und ich denke mir, nur weil jemand zwei Sprachen spricht, macht einen das noch nicht zu etwas Besonderem. Alice spricht Französisch, fast, jedenfalls, und sie gibt nicht vor allen damit an.

»Nun«, sagt Ms Bertram, »ihr seht also, dass Celia weit weg von zu Hause und ihrer Familie ist. Ihr könnt euch vielleicht vorstellen, wie sich das anfühlt, und deshalb erwarte ich von euch, dass ihr alle freundlich und rücksichtsvoll mit ihr umgeht.«

Bin ich die Einzige, die den Eindruck hat, Ms Bertrams Augen würden einen Moment lang zu der Sternentabelle hinüberwandern und kurz auf der Spalte für Freundlichkeit verharren? Ich habe mir dafür noch nie einen Stern verdient und stelle mir manchmal die Frage, ob ich eigentlich das Zeug dazu habe. Wieder mustere ich die Neue, die auf ihre gefalteten Hände hinunterschaut. Ihr Haar ist kurz geschnitten und so straff gebürstet, dass es elektrische Funken zu sprühen und ein Eigenleben zu führen scheint. Einen Fingerbreit über ihrem Kragen pocht kaum merklich eine Ader. Ich komme zu dem Schluss, dass ich tendenziell doch kein freundlicher Mensch bin.

»Also«, fragt Ms Bertram, »wer wird sich denn nun Celias annehmen und dafür sorgen, dass sie sich bei uns wohlfühlt?«

Ich drehe mich zur Seite, um einen Blick mit Alice zu wechseln, und stelle verblüfft fest, dass sie die Hand gehoben hat.

»Ich würde mich gern um Celia kümmern, Ms Bertram. Bitte, kann ich das übernehmen?«

Ich versuche, Alice' Blick zu erhaschen, und schüttele den Kopf so fest, wie ich es wagen kann, aber Ms Bertram antwortet bereits.

»Gut. Sehr gut. Danke dir, Alice. Nun, dann braucht Celia jetzt einen Platz neben Alice.«

Einen Moment lang fällt Ms Bertrams Blick auf mich, den ich trotzig, mit einem entschlossenen »Nein« in den Augen erwidere. Sie wird doch nicht … sie kann doch nicht … Ihr Blick wandert an mir vorbei zu Alfreda.

»Alfreda, meine Liebe, würdest du dich bitte dort drüben hinsetzen.« Sie deutet mit dem Kopf auf die andere Seite des Klassenzimmers. Alfreda sieht aus, als wollte sie zu diskutieren anfangen, doch dann ergreift sie ihren Bleistiftkasten und ihren Schulranzen und steht langsam auf. Zum zweiten Mal an diesem Vormittag muss sie umziehen, und Celia Zimmermann nimmt ihren Platz ein.

Vor der Pause haben wir noch zwei Unterrichtsstunden. In dieser Zeit drehe ich mich mehrmals um, um mir die Neue genauer anzuschauen, aber sie hält den Kopf gesenkt, und mehr, als dass ihr Haar dünner ist, als man erwarten würde, bekomme ich nicht heraus. Vielleicht liegt das an dem vielen Bürsten. Alice versucht unentwegt, meinen Blick einzufangen, aber ich bleibe stur. Am Ende schiebt sie mir einen Zettel zu. Darauf steht: »Du verstehst das doch, oder? Sie gehört zu uns. Lacie und Alice und Celia. Wir sind aus denselben Buchstaben gemacht.« Als die Glocke das zweite Mal läutet, räumen wir unsere Bücher weg. Ms Bertram entlässt uns in die Pause. Wieder scharren Stühle und trommeln Füße, während alle zur Tür eilen. Alice hat Celias Hand ergriffen, dreht sich aber um, um sich zu vergewissern, dass ich ihnen folge, als Ms Bertram mich zurückhält.

»Lacie.«

»Ja, Ms Bertram.«

»Würdest du bitte noch kurz dableiben und mir helfen?«

Normalerweise wäre ich überglücklich, Ms Bertram helfen zu dürfen, aber heute nicht. Heute muss ich unbedingt bei Alice sein, wenn sie mit Celia hinaus in den Garten geht, ihr alles zeigt und ihr alle möglichen Fragen stellt: Warum sie nach England gekommen ist, wann sie wieder heimfährt, warum sie hier ist ohne ihre englische Mutter, von der man doch annehmen könnte, dass sie ihren eigenen Vater besucht und …

»Danke, Lacie, das ist sehr freundlich. Würdest du bitte die neuen Schulbücher austeilen?«

Plötzlich halte ich dreizehn Exemplare eines Geometriebuchs in Händen und muss mich konzentrieren, sie nicht fallen zu lassen.

»Bitte eines auf jeden Platz, Lacie.« Sie wendet sich einem Stapel Papiere zu, und mir bleibt nichts anderes übrig, als ihr widerwillig zu gehorchen. Als Nächstes gibt sie mir dreizehn Ausgaben Französische Konversation für Mädchen. Die interessieren mich schon mehr. Das ist das erste Jahr mit Französischunterricht für uns, aber Alice kann bereits eine Menge, und ich muss ziemlich viel aufholen, wenn wir jemals zusammen nach Frankreich fahren wollen. Ich werfe einen verstohlenen Blick in ein Buch und bin enttäuscht, als ich dort Bilder eines kleinen Jungen namens Toto sehe, der mir auf den ersten Blick unsympathisch ist.

»Und jetzt die hier.« Ms Bertram hält mir einen weiteren Stapel Bücher hin, dieses Mal dunkelblau und mit weichem Einband und so ganz anders als die, mit denen wir bisher gearbeitet haben. Aber ich weiß, was das ist. Bücher wie diese habe ich im vergangenen Jahr oft in den Händen der Oberstufenschülerinnen gesehen. Auch im Jahr davor. Ich habe Mädchen darin lesen sehen, wenn sie hätten schwänzen oder Fangen spielen können. Ich habe sie in Kitteln stecken sehen zum Schutz vor Wind und Wetter. Es ist unser Stück. Unser Shakespeare. Gekürzt und adaptiert für den Gebrauch an Schulen. Gedruckt auf dünnem, gelbem Papier. Erworben von den beiden Ms Parker zu neun Pence das Stück.

»Hör auf, die Luft anzuhalten, Lacie. Du bist ja schon ganz rot im Gesicht«, sagt Ms Bertram. Ich atme aus. »Ich dachte mir schon, dass dich das interessiert«, fährt sie fort.

Und ob. Es könnte sich immerhin um den Sommernachtstraum handeln, und ich könnte den Puck spielen. Oder auch Hamlet, und ich könnte der Prinz sein, oder vielleicht auch …

»Ein Exemplar auf jeden Platz, bitte.«

Ich nehme die Bücher. Sie sind leichter als die Geometrie- und noch leichter als die Französischbücher. Ich sehe auf den Titel, wo in großen Lettern geschrieben steht: »Die höchst ehrenwerte und bedauerliche Tragödie von Romeo und Julia«, und darunter in kleineren Buchstaben: »Adaptiert für die Jugend«.

»Ich wusste, du würdest dich freuen«, sagt Ms Bertram.

Ich lege auf jeden Platz ein Exemplar und schiebe sie vorsichtig unter das Geometriebuch, damit sich das Geheimnis nicht sofort den Besitzerinnen offenbart. Das von Alfreda lege ich mit dem Titelblatt nach unten, damit sie es als Letzte erfährt. Bis ich das alles erledigt habe, hat die Glocke geläutet, und die Korridore hallen wider vom Getrappel der Füße. Mädchen stürmen ins Zimmer. Als Alice sich setzt, beugt sie sich vor, um mir etwas zuzuflüstern, aber ich bin noch zu erfüllt von der ehrenwerten und bedauerlichen Tragödie, um zu erfassen, was sie sagt. Dann aber verstehe ich.

»Das Cello«, sagt sie. »Es gehört Celia.«

Kapitel 11

Was für ein reizendes Geschenk, Lacie«, flötet Doreen. »Sind Sie nicht ein glückliches Mädchen?«

Ich werfe ihr einen langen Blick zu. »Über eines sollten wir uns im Klaren sein, Doreen. Nichts daran ist reizend, ich bin nicht glücklich und ein Mädchen schon gleich gar nicht.«

»Nun«, erwidert sie, »es ist auf jeden Fall nützlich, und Sie sind glücklicher als die meisten.« Eine kurze Pause, dann: »Ich gebe jedoch zu, dass Sie kein Mädchen mehr sind.«

Ich stelle fest, mir gefällt, wie sie das sagt. Das erste Mal, dass mir überhaupt etwas gefällt an Doreen. Verstehen Sie mich nicht falsch. Ich erwärme mich nicht plötzlich für diese Gestalt im blauen Nylon, aber ich erkenne immerhin an, dass ein Mensch darin steckt. »Lassen Sie mich mal sehen«, sage ich widerwillig.

Sie legt die Schachtel auf mein Bett und tritt einen Schritt zurück. Wir starren auf das Ding.

»Schauen wir uns die Sache doch mal an«, meint sie munter und klappt den Deckel des Kartons auf, woraufhin ein Apparat zum Vorschein kommt. Doreen deutet auf die Knöpfe. »Die sind für das Radio«, erklärt sie, »und mit dem hier können Sie Ihre CDs abspielen.«

»Ich habe aber keine CDs.«

»Dann sollten Sie sich welche kaufen«, erklärt sie. »Ein paar Strauß-Walzer wären doch schön.«

Ich gestatte mir eine Kunstpause, ehe ich sage: »Wollen Sie, dass ich Walzer tanze, Doreen?«

Aber Doreen ist nicht zu bremsen. Sie fängt an, auf Knöpfe zu drücken, und eine Frau verkündet den Rückgang der Syphilis in Afrika. Hastig drückt Doreen auf einen anderen Knopf, und wir erfahren, dass es Jones nicht gelungen ist, zu punkten, und er nicht darauf hoffen kann, sich erneut blamieren zu dürfen. Mutig versucht Doreen es ein drittes Mal und landet endlich bei einem Mu-

sikprogramm. Sie lächelt. Erst als die süßen, schmerzhaften Klänge eines Cellos den Raum erfüllen, mir die Luft zum Atmen nehmen und sie mich mit Morphium beruhigen muss, stellt sie den Apparat hinten auf meinen Nachttisch, wo ich ihn nicht mehr sehen kann.

»Ihr Sohn hat es gut gemeint«, sagt sie. »Er ist ein guter Mensch.«

Ist er das? Ist er ein guter Mensch? Schwer zu sagen, schließlich habe ich ihn großgezogen. Aber vielleicht unterschätze ich mich selbst.

»Er bringt Ihnen immer etwas mit«, fährt sie fort. »Ich bin sicher, er würde Ihnen alles bringen, was Sie sich wünschen.«

»Ich will aber nichts.«

»Ein Drehbleistift ist immer ein willkommenes Geschenk«, bemerkt Doreen.

Prüfend betrachte ich ihren Gesichtsausdruck. Was weiß sie von meinen Bleistiften? Ich habe mich nie beim Schreiben von ihr erwischen lassen und achte immer darauf, die Bleistifte mit meinem Messer anzuspitzen und die Späne in meiner Wärmflasche zu verstecken. Man kann nicht vorsichtig genug sein mit solchen Dingen.

Kapitel 12

Zwei Abende in der Woche kommt Minnie zu uns. Zum Fischkochen. Dilly begleitet sie und schaut ihr dabei zu. Ich kann Fisch nur essen, wenn der Kopf nicht mehr dran ist, aber heute Abend bekomme ich ihn auch ohne Kopf nicht runter. Ich stochere in dem gräulich weißen Fleisch inmitten der petersiliengesprenkelten Soße. Jetzt weiß ich, was Ungerechtigkeit bedeutet. Warum, warum nur, muss das neue Mädchen Celia heißen? Warum nicht Demelza? Oder Elspeth. Aber sie heißt Celia, und es steht außer Zweifel, dass ich sie mit Alice teilen muss. Ich habe inzwischen mit Celia gesprochen, und es stimmt, ihr Englisch ist ausgezeichnet. Sie redet wie wir. Also, nicht nur so wie wir. Sie wählt ihre Worte sehr sorgfältig und spricht wenig, aber nicht, weil sie eine halbe Deutsche ist. Ich glaube, sie ist einfach jemand, der Wörter nicht sonderlich mag. Und noch etwas fällt mir auf an der Art, wie sie redet. Sie antwortet auf Fragen, die man zwar im Kopf, aber noch nicht ausgesprochen hat. Ich schiebe meinen Fisch hin und her.

»Nun«, sagt mein Vater, »wie war dein Tag?«

Ich zucke die Schultern und ziehe voller Konzentration eine Gräte aus dem Fleisch.

»Ach, Schatz«, seufzt mein Vater.

Ich teste die Gräte an meinem Daumen. »Wir haben ein neues Mädchen in der Klasse. Sie heißt Celia. Sie spielt Cello.«

»So?« Mein Vater wirkt interessiert.

»Zimmermann«, sage ich herausfordernd. »Celia Zimmermann. Aus Deutschland.«

Jetzt ist es meine Mutter, die aufblickt. »Tatsächlich?«

Natürlich tatsächlich. Ich werde das wohl kaum falsch verstanden und mir Celia Zimmermann nur eingebildet haben. Aus Deutschland. Mit Cello. Ich greife wieder nach der Gräte.

»Lass das, Lacie«, sagt meine Mutter. Und wie ein Beagle, der eine Fährte aufgenommen hat, fügt sie hinzu: »Heute in der Stadt haben alle über die Deutschen geredet. Das heißt, eigentlich mehr über die deutschen Juden.«

»Wer sind die deutschen Juden?« Ich frage das nur, um von dem Fisch abzulenken, den ich nicht esse, aber als mein Vater sagt: »Das ist nichts, worüber du dir Sorgen machen müsstest«, ist mein Interesse geweckt.

»Warum waren dann in der Stadt alle in Sorge deswegen?«, frage ich.

Meine Mutter runzelt die Stirn. »Ich habe nicht gesagt, dass alle in Sorge waren. Ich sagte, sie haben darüber geredet.«

»Warum haben sie dann darüber geredet …«

»Iss deine grünen Bohnen«, sagt mein Vater.

»Aber sie scheinen trotzdem ein Problem zu sein«, fährt meine Mutter fort. »Sogar noch nach der Konferenz in Frankreich, und obwohl alle Länder zu helfen versuchen.«

Mit der Präzision eines Chirurgen zerteilt mein Vater eine Kartoffel. »Ich denke nicht, dass die deutschen Juden das Problem sind, eher schon Herr Hitler.«

»Aber Herr Hitler hat doch angeboten, sie alle auf Luxusdampfern unterzubringen«, entgegnet meine Mutter.

»Sie können ja wohl kaum für immer die Welt umsegeln, nicht einmal auf Luxusdampfern«, erwidert er. »Irgendwo werden sie aussteigen müssen.«

»Aber wir können sie auch nicht alle hier haben«, sagt sie, »und das ist eine Tatsache.«

»Selbstverständlich können wir sie nicht alle hierherholen, aber ich hoffe doch, dass jedes zivilisierte Land einige von ihnen aufnehmen wird. Das erfordern Güte und Anstand.« Er schaut mich an. »Wie auch immer«, fügt er hinzu, »das ist nichts, worüber wir uns Sorgen machen müssten. Reden wir über etwas anderes.«

Mehr sagt er nicht über Celia, aber mir scheint, als verharrten die Worte »Güte und Anstand« noch lang, nachdem die Laute längst verklungen sind, zwischen seinen Lippen. Ich denke an Ms Bertram und daran, wie sie gesagt hat, Celia sei weit weg von ihrem Zuhause und wir müssten sie mit offenen Armen bei uns aufnehmen. Ich denke an die Liste mit den Sternen, an die Rubrik für Freundlichkeit und den leeren Platz neben meinem Namen. Noch ein Gedanke kommt mir, und ich lege die Gräte endgültig zur Seite und sehe meine Mutter an.

»Woran erkennt man einen deutschen Juden, wenn man einen trifft?«, frage ich.

»Nun, ich glaube nicht, dass du dir darüber Gedanken machen musst«, antwortet meine Mutter.

»Ich vermute, daran, dass sie Deutsch sprechen«, sagt mein Vater.

»Nicht, wenn sie nur halbe Deutsche sind und die Mutter Engländerin ist«, wende ich ein.

Fragend schaut meine Mutter mich an. »Du kommst heute mit den seltsamsten Fragen daher, Lacie.«

»Aber woran würdest du das Jüdische erkennen?« Ich lasse nicht locker. »Woran würdest du es bei einem kleinen Mädchen erkennen?« Ich hatte wieder den Kaufmann von Venedig vor Augen. »Ich meine, ein kleines Mädchen hat doch keinen Bart oder ein Scheitelkäppchen.«

Mein Vater hat inzwischen Messer und Gabel abgelegt. »Du würdest es an gar nichts erkennen«, entgegnet er. »Du würdest nur ein kleines Mädchen sehen. Ein verlorenes kleines Mädchen.«

Ich kämpfe mit der Roten Bete, der heutigen roten Beilage. Und mit noch etwas anderem schlage ich mich herum. »Gibt es viele von ihnen? Verlorene kleine Mädchen?«

»Zu viele«, erwidert er knapp und sieht aus, als wünschte er, er hätte sich die Antwort verkniffen.

»Wo werden sie hingehen?«

»Genau für dieses Problem hat im Sommer Mr Roosevelts Konferenz in Frankreich versucht, eine Lösung zu finden.«

»Und was haben sie beschlossen?«

»Nichts.« Ich kann sehen, dass mein Vater aufgebracht ist, und ich bin nicht sicher, ob es an mir oder an Mr Roosevelt liegt.

»Sie haben es immerhin versucht«, sagt meine Mutter.

»Nicht entschlossen genug. Und in der Zwischenzeit …« Er verstummt und beißt sich auf die Lippe.

Etwas an der Art, wie er den Satz abbricht, weckt in mir das Bedürfnis, fortzufahren. »Was? Was geschieht in der Zwischenzeit mit den verlorenen kleinen Mädchen?«

»Ich habe dir doch gesagt, du sollst dir darüber keine Gedanken machen, Lacie. Das sind Probleme für Erwachsene, nicht für Kinder.«

Meine Mutter schluckt den letzten Rest Rote Bete hinunter und legt Messer und Gabel auf den Teller. »Iss deinen Fisch«, sagt sie, »oder du bekommst keine Nachspeise.«

Ich wollte ohnehin keine Nachspeise.

Ich gehe in mein Zimmer, lege mich auf mein Bett und starre auf das Tapetenmuster – kleine Sträuße aus gelben Blumen. Es sieht aus, als seien sie diagonal angeordnet, aber kneift man die Augen zusammen, springen sie plötzlich in die Horizontale und Vertikale. Lang liege ich so auf meinem Bett, lasse die Blumen hin und her hüpfen und sehe wieder Celias Handgelenke aus ihren Ärmeln ragen, sehe ihre langen, zarten Finger und überlege, wie ihr Name, meiner und der von Alice schicksalhaft miteinander verwoben sind. Dann schiebe ich den Gedanken an Celia beiseite und wende mich Alice und ihrem schwarzen Notizbuch zu, das unten in meinem Schulranzen verstaut ist. Dutzende Male habe ich mich im letztem Moment gebremst, danach zu greifen. Ich kann nicht erklären, warum. Doch, ich kann es. Es war der Ausdruck auf Alice' Gesicht, als sie es mir gab. Ihr freudloser Blick. Aber sie hat das Tagebuch für mich verfasst, also muss ich es auch lesen. Und deshalb hole ich jetzt meinen Ranzen, krame das Heft heraus und trage es zum Bett zurück. Ich ermahne mich, nicht allzu viel zu erwarten, da Alice bestimmt eine viel zu schöne Zeit verbracht hat, um ausführlich zu schreiben. Vielleicht sollte ich es lieber doch nicht lesen. Zögernd schlage ich das Buch auf. Die mit Bleistift geschriebenen Wörter schlängeln sich in seltsamen Kurven über die Seite.

»1. Juli 1938. Falls meine Schrift ein wenig krakelig erscheint, liegt das daran, weil ich unter der Decke in meinem Schlafwagen schreibe.«

Auf einmal sehe ich sie vor mir, wie sie den Rand der Decke gerade so weit anhebt, um genügend Licht zu bekommen. Ich sehe ihr Gesicht. Sie hat die Stirn gerunzelt, während sie überlegt, was sie schreiben soll. Lächelnd lese ich weiter.

»Du weißt doch, wenn Ms Bertram sagt, sie hat so viel zu tun, dass ihre Füße kaum den Boden berühren – also, so hat es sich heute für mich angefühlt. Meine Füße haben seit der Victoria Station kaum den Boden berührt. Ich war erst in einem Zug, dann auf einem Schiff und wieder in einem Zug und habe halb Frankreich durchquert, ohne auch nur einen Schritt gegangen zu sein. Ich habe das schon Hunderte Male zuvor getan – na, vielleicht nicht hundert –, aber jedes Jahr, solange ich mich erinnern kann, und ich mache es immer noch gern. Ich liebe das Stampfen des Schiffes und das Rütteln des Zuges und das Geräusch, das damit einhergeht. Ich liebe meinen süßen kleinen Schlafwagen mit seinem Nachtlicht, das bis zum Morgen nicht ausgeht. Ich liebe das Flattern in meinem Magen, wenn wir in die Dunkelheit eintauchen. Ich hoffe, ich werde mich immer so fühlen, jedes Jahr, bis zu dem Tag, an dem ich sterbe. Ich hoffe, niemals alt genug zu werden, um dies nicht mehr spannend zu finden. Daddy scheint dieses Jahr die Fahrt nicht übermäßig zu genießen. Er hat den ganzen Tag über nur Zeitung gelesen. Ich hoffe, er wird nicht langsam alt.«

Ich blättere um.

»2. Juli 1938. Als ich aufwachte, lag die Schweiz am anderen Ufer des Sees, so nahe, dass ich glaubte, den Arm ausstrecken und mir eine Handvoll davon greifen zu können.

Der Zug kam nachts im Bahnhof an, und wir frühstückten noch an Bord, ehe wir ausstiegen. Lacie, du würdest es lieben, dieses französische Frühstück. Dicke, fette, goldgelbe Croissants, die im Mund zergehen, wenn du hineinbeißt, dazu herbe, gelbe Konfitüre, Schalen mit Milchkaffee und große, weiße Weintrauben. Das Gepäck wurde schon abgeholt, und wir spazierten im Schatten der Berge mit den weißen Häusern und dem grünen Wald hinunter bis zum See. Alle bummelten gemütlich dahin, und wir mit ihnen. Vom Wasser her konnte man das Schlagen von Rudern hören und das Lachen von Menschen.«

Ich schließe die Augen und sehe auf dem Wasser tanzendes Sonnenlicht vor mir. Ich stelle eine Bank an das Seeufer und setze mich darauf. Ich höre Akkordeonmusik auf den Schwingen einer sanften Brise herantreiben und verschönere die dunklen Büsche mit roten Blüten.

»3. Juli 1938. In diesem Jahr bin ich zum ersten Mal für alt genug erachtet worden, um die Spielbank zu besuchen. Mutter macht deswegen ein großes Theater. Ich habe ein neues Kleid bekommen – weiß mit Muschelspitze und einem blauen Band. Natürlich darf ich mir das Haar noch nicht hochstecken, aber ich habe es zu Ringellocken aufrollen lassen. Versuche, dir das vorzustellen. Ich weiß, du kannst es. Das gelingt dir immer. Und hier habe ich noch etwas für dich. Stell dir das Spielkasino vor mit seinen schlanken Säulen, den breiten Balkonen und einem wunderhübschen Dach, das mein Vater als neobyzantinische Kuppel bezeichnet. Ich habe die Wörter exakt so wiederholt, wie er sie sagte, weil ich weiß, dass sie ganz nach deinem Geschmack sind. Ich höre dich schon sagen: ›Nun, Ms Rafferty, ich denke, ich werde einen Teekannenwärmer im Stil einer neobyzantinischen Kuppel entwerfen.‹ Jedenfalls ist die Spielbank von außen sehr schön, aber drinnen gefiel sie *mir weniger. Überall roter Plüsch und Zigarrenrauch, und heute Morgen hat mein hübsches Kleid nach abgestandenem Tabak gerochen, und Mutter musste es in die Wäscherei geben!«*

Roter Plüsch. Und Zigarrenrauch. Und wie mir das gefallen hätte. Manchmal raucht mein Vater eine Zigarre. Dann hänge ich mich an seinen Arm und atme tief den Geruch ein. Und dabei ist Alice erst ein paar Tage dort. Ich kann es kaum erwarten, dass sie in ein kleines Restaurant zum Essen geht und in den Bergwald zum Wandern.

»4. Juli 1938. In der Stadt halten sich mehr Menschen auf als sonst. Es scheint, als sei die ganze Welt hier versammelt, und als ich das sagte, erklärte mir Vater, das sei wegen einer Konferenz, die bald beginnt …«

Ich höre zu lesen auf, halte die Luft an und sage mir, dass in Frankreich wahrscheinlich jedes Jahr viele Konferenzen abgehalten werden.

»… sie findet im Royal statt, wo auch wir logieren. Wie aufregend, sagte ich, doch Mutter meinte, wir dürften uns davon nicht unseren Urlaub verderben lassen, und als ich wissen wollte, warum, runzelte Vater die Stirn und sagte, ich sei alt genug, um zu verstehen, dass es Böses in der Welt gebe und dass jeder anständige Mensch sich dagegen erheben müsse, und Mutter wiederum sagte: ›Jawohl, mein Lieber, aber wir dürfen nicht zulassen, dass deshalb Alice die Ferien verdorben werden.‹ Und so sind wir heute zu einer Burg gefahren und haben dort in einem Garten gegessen, wo die Männer Bier tranken. Wir aßen Käse, der so pikant war, dass uns die Augen tränten, und kalte, in Scheiben geschnittene Wurst, so fettig, dass sie eigentlich scheußlich hätte schmecken sollen, was sie aber nicht tat.«

Ich atme den prickelnden Geruch reiner Luft, würzigen Käses und fremdartiger Wurst ein, ehe ich umblättere.

»5. Juli 1938. Schön und gut, dass Mutter der Meinung ist, wir sollen uns von der Konferenz nicht die Laune verderben lassen, aber das ganze Hotel ist erfüllt von dem schrecklichen Mr Hitler und dem, was er den Juden antut. Es wimmelt von Delegierten und Sprechern, und das alles hat Mr Roosevelt organisiert …«

Ich muss mich zwingen, weiterzulesen.

»… aber er selbst ist nicht gekommen, und mein Vater sagt, das ist eine Schande, und Gott sei Dank haben wir Lord Winterton hier, sonst würde Herr Hitler denken, dass niemand sich für Gerechtigkeit interessiert. Als ich wissen wollte, was er damit meint, sagte Mutter: ›Bitte, Schatz, nicht jetzt. Warum gehst du nicht hinaus auf die Terrasse und bestellst Tee für uns alle? Wir kommen gleich nach.‹ Ich wollte gerade erklären, dass ich keinen Tee will, aber ich sah ihnen an, dass die abscheuliche Konferenz sie bedrückte, und so ging ich. Ich hatte mich an einem kleinen Tisch niedergelassen und las in der Speisekarte, als etwas ganz Außergewöhnliches geschah. Eine Stimme hinter mir sagte: ›Ich empfehle Ihnen den Streuselkuchen.‹ Die Wörter klangen englisch, aber mit einem starken Akzent, der sie zerlaufen ließ wie … nun, wie Zuckerguss, der zu lange in der Sonne stand, und als ich mich umdrehte, sah ich einen alten Mann, der in seinen langen, grauen Bart lächelte. Seine schwarze Jacke war zugeknöpft bis zum Hals, obwohl es ein warmer Tag war, und auf dem Kopf trug er eine kleine Scheitelkappe wie die, womit Ms Bertram den Shylock im Kaufmann ausstaffiert hatte.
Er fügte hinzu: ›Haben Sie etwas dagegen, wenn ich mich zu Ihnen setze? Um ehrlich zu sein, ich bin völlig erschöpft

von so viel dummem Gerede und würde eine vernünftige Unterhaltung zu schätzen wissen.‹
Er bestellte Streuselkuchen beim Kellner, und während wir darauf warteten, fragte ich ihn, ob er an der Konferenz teilnehme. ›... falls sie jemals anfangen sollte‹, lautete seine Antwort. Bisher, erzählte er, hätten sie eigentlich nur besprochen, wer den Vorsitz übernehmen solle, und das mache ihn ziemlich böse. Mein Vater sei auch böse auf Mr Hitler, erklärte ich ihm, und nicht sehr zufrieden mit Mr Roosevelt, woraufhin er erwiderte, dass es ihm ähnlich ergehe. Nachdem der Kuchen gebracht worden war und wir ihn aßen, erzählte er mir, was in Deutschland vor sich geht. Lacie, es ist schrecklich. Mr Hitler hasst jeden, der anders ist als er. Am meisten aber hasst er die Juden. Er lässt ihnen weder ihre Arbeit noch ihr Geld oder ihre Häuser. Er hat bereits Tausende von ihnen vertrieben, und jetzt tut er dasselbe in Österreich. Dagegen gibt es doch sicher ein Gesetz, sagte ich, aber der alte Mann erwiderte, dass Hitler die Gesetze mache. Stell dir mal vor, Lacie, eine Welt, in der die Gesetze alle falsch sind! Es ist so ungerecht. Ich hatte noch viele Fragen, aber bevor ich sie stellen konnte, kamen meine Eltern. Sie schüttelten dem Mann die Hand und baten ihn, doch sitzen zu bleiben, aber er meinte, er müsse zurück zu der Konferenz.«

Ich kenne Alice und ihre Meinung zum Thema Ungerechtigkeit. Deshalb weiß ich, dass ich an diesem Tag nichts mehr über französisches Essen und hübsche Kleider erfahren würde. Trotzdem hält mich irgendetwas davon ab, auf der Suche nach angenehmeren Erlebnissen weiterzublättern. Hätte ich diese Sätze damals im Juli gelesen, als sie sie schrieb, hätten sie mir nichts bedeutet, doch jetzt ... Ich klappe das Tagebuch zu, wage kaum, mich zu bewegen, und versuche, mich zu erinnern, was meine Mutter und mein Vater zuvor gesagt haben. Ich sehe eine Reihe verlorener Mädchen vor mir. Sie haben alle Celias Gesicht. Ich denke an Alice, wie sie die Hand hebt. »Ich würde mich gern um Celia kümmern, Ms Bertram. Bitte, kann ich das übernehmen?« Schweren Herzens greife ich erneut nach dem Heft.

»6. Juli 1938. Heute sind wir zu unseren Cousins und Cousinen am anderen Ufer des Sees in die Schweiz gefahren. Normalerweise machen wir immer einen Spaziergang durch den Wald und besuchen die Ziegenherde, aber heute wollten die Erwachsenen nur über die Konferenz reden und wohin die armen Juden gehen werden, wenn Mr Hitler sie ausweist. Daddy erzählte, dass an der Konferenz zweiunddreißig Länder teilnehmen, das sollte doch ausreichen, um Mr Hitler in die Schranken zu weisen, aber alle schüttelten den Kopf und schauten traurig.«

»7. Juli 1938. Oh, Lacie, es ist schrecklich. Wieder ist ein Tag vorbei und keine Einigung gefunden. Daddy sagt, Hitler und seine Nazis werden sich ausschütten vor Lachen, obwohl es natürlich nichts zu lachen gibt.«

»11. Juli 1938. Die Konferenz läuft noch immer, und es sind noch immer viele Teilnehmer im Hotel, aber alle machen nun ernste Gesichter. Die Lobby ist voller Zeitungsjournalisten, die darauf warten, über irgendwelche Beschlüsse berichten zu können, aber nichts wurde beschlossen.«

»13. Juli 1938. Gestern sind sie endlich zu einer Entscheidung gekommen, aber ich war zu zornig, um das zu Papier zu bringen. Zweiunddreißig Länder, und keines davon will helfen. Als wir heute Morgen den Frühstücksraum verließen, sahen wir den netten alten Mann wieder. Mein Vater ging auf ihn zu. Er schüttelte ihm die Hand, sagte, wie leid es ihm tue, und meine Mutter fügte hinzu, dass am Ende *doch sicher jemand helfen würde. Aber der alte Mann seufzte nur und klagte: ›Und wer, meine Freunde, wird Hitler jetzt noch aufhalten?‹«*

Alice' Angst entströmt dem Papier wie ein fauliger Geruch, geht über auf mich und lässt mich ratlos zurück. Ich will etwas lesen über französischen Käse und den Genfer See, nicht über ihr Entsetzen. Trotzdem kann ich nicht aufhören und blättere um. Die Seite ist leer. Das war alles.

Kapitel 13

Der Arzt kommt fast jeden Vormittag. Ich muss gestehen, ich freue mich, ihn zu sehen, auch wenn ich deswegen gezwungen bin, meine Schreibutensilien zu verstecken. Er würde es sicher nicht gutheißen, wüsste er davon.

»Keine Aufregung für Sie«, betont er immer wieder.

Ich könnte jetzt argumentieren und sagen: »Und was soll das Ganze, wenn es keine Aufregung mehr gibt im Leben?«, aber dieses Risiko werde ich nicht eingehen. Trotzdem ist es interessant, in seinen Augen das Echo meines Pulsschlags zu lesen. Heute sehe ich ihm an, dass er zufrieden ist.

»Sie scheinen mir irgendwie munterer zu sein«, meint er.

»Gesünder?«

Er schweigt. Er ist ein ehrlicher Mann. »Nein, munterer.«

Bin ich das? Munterer? Mag sein. Ich finde immer einen Weg, weiterzumachen. Ich muss. Ich habe noch einiges zu erledigen, bevor ich sterbe.

»Sie müssen nicht jeden Tag herkommen«, erkläre ich dem Arzt. »Sie werden es schon erfahren, wenn Sie einen Totenschein ausstellen sollen.«

»Ehrlich gesagt« – er beugt sich vor, um mir ins Ohr zu flüstern –, »ehrlich gesagt macht es mir ziemlich viel Spaß, bei Ihnen vorbeizuschauen. Sie haben doch nichts dagegen, oder?«

»Nehmen Sie ein Veilchenkonfekt«, sage ich.

John kommt jeden Nachmittag. Dann setzt er sich auf meinen zierlichen Stuhl und hält meine Hand, wenn ich es ihm gestatte. Fast zärtlich die Art, wie er nach ihr greift, um mich zu berühren … lächerlich. Als kleiner Junge hat er das immer so gemacht.

Plötzlich habe ich ein Bild von damals vor Augen, sein frisch gewaschenes Gesichtchen, das aus der Stirn gebürstete Haar, die zarten kleinen Hände, die aus den überlangen Ärmeln seines Pyja-

mas ragen. Ich starre auf das Bild. Er muss fünf oder sechs Jahre alt sein, und er ist alles andere als plump. Nun, in einem gewissen Alter war er das aber. Ich erinnere mich klar und deutlich. Wieso kauert er da eigentlich unter dem Schreibtisch? An wessen Beinen klammert er sich da fest? Ach, ich bitte dich, Lacie, du weißt es. Du erinnerst dich an die langen Nächte, in denen du schreibend dasaßest. Erinnere dich daran, wie der goldene Lichtschein der Lampe sich über das weiße Papier ergoss und den Rest des Zimmers, des Hauses, der ganzen Welt in Dunkelheit tauchte. Ich vermute, er hatte Angst, allein oben in seinem Bett, das wie ein Floß im weiten Ozean der Stunden trieb. Hast du gelitten, kleiner John? Haben wir das nicht beide?

Es lag am Schreiben, weißt du. Das Schreiben verlangt deine ganze Aufmerksamkeit. Du musst dich ihm mit Haut und Haaren hingeben. Du kannst deine halb ersonnene Welt nicht im Stich lassen, um ein weinendes Kind zu trösten. Doch um fair zu sein, ich kann mich nicht entsinnen, dass John je geweint hätte. Er war ein stoischer kleiner Bursche. Er hätte einen Vater gebraucht, um seinen Nächten den Schrecken zu nehmen. Und ich einen Ehemann. Aus der Distanz meiner Erinnerung blicke ich auf ihn hinab und warne ihn. »Wenn du bleiben willst, musst du ganz leise sein.«

»Das hast du immer zu mir gesagt, als ich noch klein war.«

Ich schlage die Augen auf und finde ihn an meinem Bett sitzend vor. »Du erinnerst dich?«

Er nickt. »Es hat Mut erfordert, durch die Dunkelheit zu dir hinunterzugehen.«

Ich denke an die vielen Treppen ohne Licht. »Warum bist du dann gekommen, Nacht für Nacht?«

Er schweigt. Denkt nach. »Um dich zu trösten«, sagt er schließlich.

Ich schließe die Augen. Wie konnte ein kleiner Junge mich besser verstanden haben als ich mich selber. Schweigen legt sich auf uns. Er wischt mir die Tränen von den Wangen und sagt: »Ich liebe dich, Mutter.«

Ich weiß, was er will. Er will, dass ich sage: »Ich liebe dich auch,

John.« Das kann er sich abschminken. Ich bin wieder ganz die Alte. »Was weißt du über Èvian«, frage ich.

Er überlegt kurz. »Wasser. In Flaschen.«

Ich habe einen Idioten zur Welt gebracht. »Nicht das Wasser«, fauche ich ihn an. »Den Ort. Èvian-les-Bains.«

»Oh. Hm. Kurort auf der französischen Seite des Genfer Sees.«

»Lac Leman.«

»Ist das nicht dasselbe?«

»Nicht für die Franzosen. Nicht 1938.«

Er nickt. »Ich verstehe«, sagt er.

»Nun, die Juden konnten nicht für immer die Welt umsegeln, oder? Nicht einmal auf Luxusdampfern. Das Leben ist voller Enttäuschungen. Heute Morgen erst hat Doreen die Armen Ritter anbrennen lassen.«

Er seufzt. Sein Blick wandert meinen Nachttisch entlang zu dem neuen Apparat, den er mir mitgebracht hat. »Soll ich dir vielleicht ein paar CDs besorgen, Mutter? Irgendetwas Fröhliches?«

»Untersteh dich«, sage ich.

Kapitel 14

Am nächsten Morgen sehe ich Celia in einem anderen Licht. Ich sehe sie mit Alice' Augen, aber nicht mit deren Herzen. Doch auch ich habe ein Herz, und das wird erschüttert von dem, was als Nächstes passiert. Alles fängt damit an, dass Alfreda darum bittet, auf den leeren Platz neben Dimity, die hinter Celia sitzt, wechseln zu dürfen. Obwohl Alfreda hin und wieder mit Dimity tuschelt, so richtig enge Freundinnen waren sie nie, und ich kann sehen, dass Ms Bertram überrascht ist. Aber warum nicht. Alfreda musste schon einmal ihren gewählten Platz räumen. Keine große Sache, wenn man ihr jetzt erlaubt, sich wieder umzusetzen. Und so nimmt Alfreda ihr Federmäppchen, ihre Bücher und ihre Schultasche und kehrt zurück auf unsere Seite des Klassenzimmers. Ms Bertram nickt und dreht sich zur Tafel um. Jacqueline wird aufgerufen und soll ein Umstandswort finden, das zu »laufend«, aber nicht zu »gehend« passt. Es folgt eine längere Pause. Schließlich sagt sie: »Kommentar.« Ms Bertram ist gezwungen, sich vollkommen auf die gestellte Aufgabe zu konzentrieren, und bekommt das Getuschel nicht mit, als es losgeht. Ich aber schon. Und ebenso Alice. Ein giftiges Zischen, das hinter Alfredas Hand, die sie vor den Mund hält, hervorquillt. Das Flüstern ist nur für Celia gedacht, und sie hört es auch. Alice und ich drehen uns um. Celia blickt starr geradeaus. Sie scheint sich auf die Umstandswörter zu konzentrieren, aber langsam breitet sich eine tiefe Röte ihren Hals hinauf bis in ihre Wangen aus. Ms Bertram hat das, was mein Vater einen sechsten Sinn nennt. Unvermittelt hört sie auf, an die Tafel zu schreiben, und dreht sich zu uns um.

»Stimmt etwas nicht?«, fragt sie. »Celia?«

»Nein, Ms Bertram.«

»Alfreda?«

»Nein, Ms Bertram.«

»Lacie?«

Ich blicke zu Boden.

»Lacie?«

Ich spüre, wie mich eine kleine Hand sanft am Arm berührt. Einen kaum merklichen Druck. Celias Flehen. »Nein, Ms Bertram.«

»Dann wäre ich dankbar für eure Aufmerksamkeit.«

Die bekommt sie. Zumindest tun wir so. Die ganze Episode dauerte nicht länger als eine Minute. Doch in dieser Minute hat sich etwas verändert. Es liegt der Hauch von Gift in der Luft, und wir alle atmen dieses Gift ein.

In der Pause nimmt Alice Celia bei der Hand und zieht sie zum anderen Ende des Gartens. Wir beugen uns über das Gatter und lassen den Blick über das Feld hinweg bis zu der Bahnstrecke im Tal schweifen.

»Was hat sie geflüstert?«, will Alice wissen.

Celia schüttelt den Kopf. Tränen hängen zitternd an ihren weichen, braunen Wimpern, aber sie sagt nichts. Wir betrachten die Szenerie unter uns. Hinter der Hügelkuppe sieht man weiße Rauchwölkchen aufsteigen, und einen Moment später erscheint ein kleiner Zug. Der Schnellzug, der sich unter schrillem Pfeifen seinen Weg um die Kurve bahnt. »Seht her«, scheint er zu keuchen, und das tun wir, bis er außer Sichtweite ist. Alice wendet sich wieder Celia zu und öffnet den Mund, als wollte sie darauf bestehen, zu erfahren, was Alfreda gesagt hatte, aber dann überlegt sie es sich anders.

»Celia«, sagt sie sanft, »wir sind deine Freundinnen. Wir helfen dir.«

Einen Moment lang scheint Celia darüber nachzudenken, aber schließlich erwidert sie: »Das ist mein Problem, nicht das eure.«

Genau das denke ich auch, und deshalb ist für mich die Sache erledigt. Nicht jedoch für Alice. Sie ergreift Celias und meine Hand und läuft mit uns zurück durch den Garten und quer über den Rasen. Wenn Alice in dieser Stimmung ist, kann nichts und niemand sie aufhalten, und deshalb lasse ich es zu, dass sie mich dorthin schleift, wo Dimity und Alfreda sitzen und die Köpfe zusammenstecken.

»Wie könnt ihr nur?«, ruft Alice empört. »Wie könnt ihr nur, wo sie so weit weg von zu Hause ist und Ms Bertram extra gesagt hat, wir sollen nett zu ihr sein.«

Alfreda verzieht die Lippen zu einem boshaften Lächeln. »Wie können wir was, Alice?«

Aber Dimity ist nicht so schlau. »Die Juden haben Christus getötet«, sagt sie, »das ist eine Tatsache.«

Bei den letzten Worten muss ich an meine Mutter denken, und plötzlich weiß ich so genau, als wäre ich dabei gewesen, dass außer meiner noch andere Mütter im Lebensmittelladen waren und sich kopfschüttelnd über die Luxusdampfer unterhalten haben. Plötzlich sehe ich vor mir, dass sich das Gleiche beim Metzger, beim Friseur und in der Bibliothek zugetragen hat. Die Unterhaltung, die ich mit meinen Eltern am Abend zuvor geführt habe, hat außer bei mir auch bei anderen zu Hause stattgefunden. Haben auch andere Väter gesagt, wir sollen nett sein? Oder doch eher: »Nun, schließlich haben die Juden Christus getötet.«

Nie zuvor habe ich mir über solche Dinge Gedanken machen müssen, und jetzt will ich eigentlich auch nicht darüber nachdenken. Am liebsten würde ich sie vollkommen ausblenden, aber Alice ist meine Freundin. Ich will Dimity eigentlich widersprechen und ihr sagen, dass sie falschliegt, habe aber das ungute Gefühl, dass sie recht haben könnte. Haben die Juden Christus getötet? Mir kommt eine Erinnerung …

»Aber Celia ist vielleicht gar keine Jüdin.« Es dauert einen Moment, bis ich realisiere, dass ich das bin, die das gesagt hat.

Alfreda wirft mir einen verächtlichen Blick zu. Alice ignoriert mich und fährt fort: »Im Übrigen war es Pontius Pilatus, der Christus töten ließ, meine liebe Dimity. Und Pontius Pilatus war Römer, kein Jude.«

Natürlich. Natürlich. Ich wusste doch, da war was.

»Aber er hat es wegen der Juden getan«, widerspricht Dimity.

»Dimity«, sagt Alice langsam, als spräche sie mit einer Idiotin, »das ist zweitausend Jahre her. Und es hatte nicht das Geringste mit Celia zu tun.«

»Aber es hat doch keiner gesagt, dass Celia Jüdin ist«, versuche ich es erneut. Jetzt drehen sich alle zu mir um, einschließlich Celia, die mich entgeistert anstarrt.

»Aber natürlich bin ich Jüdin«, sagt sie.

Natürlich ist sie es. Natürlich ist sie eines dieser verlorenen kleinen Mädchen, die nicht wissen, wohin. Warum sonst wäre sie wohl ausgerechnet hierhergekommen, wo es Menschen gibt wie Alfreda und Dimity?

Celia spricht leise, aber mit hocherhobenem Kopf und direktem Blick, und auch wenn sie nicht meine Freundin ist – noch nicht –, bewundere ich sie dafür. *Eines Tages*, denke ich, *werde ich ein Buch mit einer Heldin schreiben, die spricht wie sie. Nicht als Celia, aber als Heldin. Dieser Blick. Die Neigung des Kopfes.*

»Natürlich ist sie Jüdin«, sagt Alice. »Das ist doch offensichtlich.«

»Ihr solltet hören, was Mr Hitler über die Juden sagt«, wirft Alfreda ein, packt Dimity am Arm und zieht sie mit sich fort.

»Auf jeden Fall ist sie die Dreizehnte in unserer Klasse«, ruft Dimity und dreht sich noch mal zu uns um, »und Dreizehn ist eine Unglückszahl.«

Auf dem Weg zurück ins Klassenzimmer hat sich Alice mit stolzer Miene bei Celia untergehakt, als Warnung für die anderen, sich ja nicht auf Alfredas Seite zu schlagen. Was sie nicht tun. Aber sie können auch nicht ignorieren, was gerade vor sich geht. Über die Sache mit Pontius Pilatus sind sie sich nicht sicher, doch dass Dreizehn eine Unglückszahl ist, das wissen sie.

»Was ist hier eigentlich los?«, erkundigt sich Ms Bertram irgendwann am Nachmittag.

Keine sagt es ihr. Irgendwie bringen wir den Rest des Schultages hinter uns, während Alfredas Augen sich in Celias Hinterkopf bohren, Celia den Blick auf ihr Pult gesenkt hält und Alice wütend danebensitzt. Alle anderen vermeiden es, Partei zu ergreifen, sind aber angespannt und wachsam. Ich bin Alice verpflichtet – wie es scheint, auch Celia – und in eine Sache verwickelt, ohne zu wissen, worum es dabei geht.

An diesem Abend gehe ich in das Arbeitszimmer meines Vaters. Er ist über einen medizinischen Text gebeugt, hat seine Pfeife im Mund und kaut auf dem Mundstück herum. Das heißt, er denkt nach. Eigentlich soll ich ihn nicht stören, wenn er in Gedanken versunken ist, aber ich muss.

»Daddy?«

»Nicht jetzt, Lacie.«

Störe ich ihn ein zweites Mal, wird er mich hinausschicken, aber noch einmal halte ich einen Tag wie heute nicht aus. Deshalb muss ich ihm mein Problem schnell und klar begreiflich machen. Nur dass ich weder schnell noch klar denken kann. Ich gebe mein Bestes.

»Daddy, warum haben die Leute Angst vor der Zahl Dreizehn, obwohl das auf keinen Fall Celias Schuld sein kann, weil das alles ja schon vor zweitausend Jahren passiert ist?«

Einen Moment lang erwidert er nichts. Seine Augen sind noch immer auf das Buch gerichtet, aber ich spüre, dass seine Aufmerksamkeit sich verschoben hat. Endlich blickt er hoch, nimmt die Pfeife aus dem Mund und betrachtet sie. Dann dreht er sich mir zu.

»Sie sind so gehässig zu Celia, weil sie die Dreizehnte in der Klasse ist und weil es dreizehn beim letzten Abendmahl waren, und …« Ich verstumme.

»Tja«, meint mein Vater, »manche albernen Menschen haben eine grundlose Angst vor der Zahl Dreizehn.« Dabei dreht und wendet er die Pfeife in seiner Hand. »Dafür gibt es auch ein Wort. Triskaidekaphobie. Tris-kai-deka-phobie.«

Es gibt ein Wort dafür. Mit Wörtern fühle ich mich sicher. Ich lasse die Silben auf meiner Zunge zergehen. Ein Wort genügt, um meine Angst im Zaum zu halten, und ich spüre, wie sie sich verflüchtigt.

Als am nächsten Tag die Pausenglocke läutet, ruft Ms Bertram mich zurück.

»Lacie«, sagt sie, »was ist hier eigentlich los?«

Die Sache mit dem Jüdischen oder mit Pontius Pilatus kann ich nicht erklären. Ich kann ihr unmöglich sagen, dass es nur noch schlimmer kommen wird für Celia, wenn ich Alfreda verpetze. Aber jetzt habe ich ja ein Wort. »Tris-kai-deka-phobie«, antworte ich und laufe aus dem Klassenzimmer, ehe sie mehr fragen kann.

Ms Bertram ist eine kluge Frau. Als wir aus der Pause zurückkommen, hat sie bereits eine Lösung gefunden. Über der Liste mit unseren Namen steckt ein Stück Papier, das vorher nicht da war.

»Wie ihr seht, Mädchen«, sagt sie, »habe ich die Sternentabelle umgestellt.«

Dreizehn Augenpaare richten sich auf die Wand, an der die Aufstellung hängt. Von unserem Platz aus können Alice und ich es nicht lesen, aber diejenigen, die direkt danebensitzen, können es lesen und schauen neugierig darauf.

»Ihr werdet sehen, dass ich die Reihenfolge eurer Namen verändert habe. Ich habe eure Nachnamen durch eure … eure Vornamen ersetzt. Vornamen klingen freundlicher, und ich will, dass meine Klasse die freundlichste in der Schule ist.«

Jetzt ist Celia nicht mehr das dreizehnte Mädchen. Sie kommt gleich nach Alice und Bethany und noch vor Dimity. Und das Mädchen, das jetzt die Nummer dreizehn trägt, ist mit uns zusammen, seit wir fünf Jahre alt waren, und keiner kann sagen, dass sie Unglück bringt. Und damit sollte die Sache eigentlich beendet sein. Nur leider ist sie das nicht.

»Bei Alfreda hat nie etwas ein Ende«, sagt Alice traurig.

Wir drei waschen uns die Hände und reihen uns hinter den Mädchen ein, die zum Mittagessen anstehen. Es gibt zehn Tische, die jeweils für neun Mädchen und eine Lehrkraft eingedeckt sind. Eigentlich wollten wir zu Ms Bertram an den Tisch, aber der ist bereits voll. Auch Ms Violet und Ms Jolliffe sind beide geneigt, gnädig darüber hinwegzuschauen, wenn man einen kleinen Knorpel unter dem Besteck verschwinden lässt. Aber weder Ms Violet noch Ms Jolliffe haben drei Plätze übrig. Die Mädchen verteilen sich rasch, und bald haben nur noch Ms Rafferty und Professor Chambers Platz für uns. Alles ist besser als Ms Rafferty.

»Na«, sagt der Professor mit dem Anflug eines Lächelns, »da seid ihr ja alle drei.«

»Ja«, erwidert Alice, »hier sind wir.«

Er deutet mit dem Kopf auf die drei freien Plätze zu seiner Rechten. »Bitte, nehmt Platz«, sagt er. Alice setzt sich auf den Stuhl, der am weitesten von dem Professor entfernt ist, und zieht Celia neben sich. Ich habe keine andere Wahl, als mich direkt neben ihn zu setzen, und komme dem Professor dadurch näher, als ich es je war. Ich muss an den dünnen, flatternden Musselinstoff denken, und rutsche so weit wie möglich weg von ihm.

»Das ist Celia«, sagt Alice höflich. »Sie ist eine neue Schülerin.«

»Oh, ich kenne Celia«, entgegnet der Professor. »Sie wird Cellounterricht bei mir bekommen.« Er lächelt ihr zu, und das Unbehagen in mir wächst. Da ist etwas an der Art, wie er sie ansieht. »Celia ist eine sehr vielversprechende Musikerin«, fügt er hinzu. Seine Augen ruhen noch immer auf Celia, aber ich bemerke, dass seine langen Finger, die noch einen Moment zuvor auf seinem Schoß lagen, nun auf der Tischkante liegen und zucken, als führten sie ein Eigenleben. Mir fällt wieder ein, wie er sie beim letzten Tag der offenen Tür über den Tasten des Klaviers bewegte. Damals war es nur ein leichtes Beben. Jetzt hat er sich noch weniger im Griff. Verzweifelt suche ich nach einem Thema für eine gepflegte Konversation. Im vorletzten Schuljahr hatten wir Unterricht in gepflegter Konversation, aber ich scheine alles vergessen zu haben, was ich damals gelernt habe. Ah, jetzt fällt mir etwas ein.

»Haben Sie schöne Ferien verbracht, Professor? Sind Sie weggefahren?«

Er starrt mich an. »Weg?«, sagt er, reißt die Augen auf und

bläht die Nasenflügel, als ob er schnell gelaufen wäre. Ich spüre, wie sich meine Nackenhaare sträuben. Ich habe aber nichts anderes an gepflegter Konversation anzubieten. In der nun einsetzenden Stille wird der Hackfleischauflauf kalt und das Fett um die Kartoffeln fest. Bethany, die immer Hunger hat und am anderen Ende der Bank sitzt, verlagert ungeduldig ihr Gewicht und sendet damit ein unterirdisches Beben die ganze Reihe entlang.

»Jemand muss das Tischgebet sprechen, Professor«, sagt Alice ruhig.

»Tischgebet?« Er spricht das Wort aus, als hätte er es noch nie gehört, obwohl er bereits seit zwei Trimestern am Dorset House ist und das Tischgebet täglich an jedem Tisch gesprochen wird. »Tischgebet«, wiederholt er und wendet endlich den Blick ab von Celia. »Vielleicht möchtest du das für uns übernehmen, Alice.«

Danach wird die Mahlzeit fortgesetzt, und als wir fertig sind, sammelt Bethany als Tischverantwortliche die leeren Dessertteller ein und ordnet sie zu zwei Stapeln. Wir warten auf das Zeichen, aufstehen zu dürfen, als Ms Bertram zu uns herüberkommt und sich neben mich und den Professor stellt. Ich will nicht lauschen, aber als sie sich zu ihm vorbeugt, kann ich schlecht meine Ohren verschließen. Und warum sollte ich auch? Es ist schließlich kein Geheimnis, was sie sagt.

»Es wäre wirklich nett, Professor, wenn Sie heute Nachmittag eine halbe Stunde erübrigen und zu mir in die Klasse kommen könnten. Die Oberstufe wird ihre erste Lektion in Französischer Konversation bekommen.«

Er sieht sie an, als hätte sie in einer Fremdsprache mit ihm gesprochen.

»Nun, ich dachte mir, da Sie so lange in Paris gelebt haben …«

»Paris?«

Ich sehe, wie die Röte in ihre Wangen steigt. »Natürlich nicht, wenn das ein Problem für Sie ist. Mir kam nur der Gedanke, dass …«

Der Professor sagt etwas, das für mich zu leise ist, um es verstehen zu können.

»Ich verstehe.« Sie nickt. »Vielleicht im nächsten Trimester.« … »Lieber Dienstag als Mittwoch.« Die schmale Linie seiner Lippen entspannt sich zu einem Lächeln. Nur weil ich dicht neben ihm sitze, sehe ich, wie seine Hände einen Trommelwirbel auf seinen Knien spielen.

Und so findet unsere erste Französischkonversation ohne die Hilfe des Professors statt. Um zwei Uhr betritt Ms Bertram das Klassenzimmer, und statt zu sagen: »Einen schönen Nachmittag, Mädchen«, flötet sie: »Bonjour, mes enfants.«

Wir lernen zu antworten: »Bonjour, Mademoiselle Bertram«, und fügen abwechselnd hinzu: »Je m'appelle Alfreda, Alice, Bethany, Celia, Dimity, Ernestine …« Bevor ich an die Reihe komme, hat sich meine Aufmerksamkeit allerdings bereits vom Klassenzimmer hinaus zum Fenster verlagert.

»Lacie, ich habe soeben deinen Namen aufgerufen«, sagt Ms Bertram. »Du bist unkonzentriert und nicht bei der Sache.«

Das stimmt ganz und gar nicht. Ich war sogar sehr konzentriert, allerdings auf den Professor, der gerade die Auffahrt hinunter- und durch das Schultor ging. Voller Konzentration beobachtete ich ihn, wie er seine Aktenmappe abstellte und seine Handschuhe anzog, obwohl wir doch einen Altweibersommer haben. Konzentriert sah ich ihm zu, als er sich umwandte, um den Hügel hinunter zum Bahnhof zu gehen.

Kapitel 15

Ich nehme nicht an, dass es noch ein Judenproblem gibt.« Selbst ich kann hören, wie herausfordernd ich klinge.

John lässt sich nicht so leicht provozieren. »Tatsächlich nicht, Mutter?«, entgegnet er.

»Nein. Jetzt sind die Schwarzen und die Schwulen dran.«

Das darauffolgende Schweigen dehnt sich wie ein Gummiband, es spannt sich und spannt sich und kann jeden Moment reißen. Ich versetze ihm einen ermutigenden Klaps. »Was denken Sie, Doreen?«

Doreen steht am Fenster und sortiert blaue, orangefarbene und weiße Pillen. Ich sehe, wie sie aus dem Takt gerät und empört die Schultern strafft, doch sie reißt sich zusammen. Immerhin bin ich eine alte Frau, die sie bis zum Tod pflegen wird.

»Was denken Sie, Doreen?«, wiederhole ich meine Frage so unschuldig wie möglich. »Über die Juden?«

»Nichts«, sagt sie.

»Sehen Sie!«, erwidere ich triumphierend. »Aber über Schwarze und Schwule machen Sie sich Gedanken, oder?«

»Nicht oft«, antwortet sie. Inzwischen hat sie die Tabletten völlig durcheinandergebracht. Ich warte darauf, dass sie von Neuem mit dem Zählen beginnt, vergeblich. Stattdessen sagt sie: »Ich mache mir nur dann Gedanken über sie, wenn sie meine Patienten sind. Dann leiden und sterben sie wie alle anderen auch.«

Das sieht Doreen so unähnlich, dass ich ihr eine Antwort schuldig bleibe. Wo ist ihr erbarmungsloser Frohsinn?

»Ganz recht, Doreen«, sagt John. »Blutet nicht auch ein schwuler Mann?«

»Ganz bestimmt tut er das«, entgegnet Doreen. »Und eine schwule Frau ebenso.«

Gegen meinen Willen betrachte ich Doreen mit neuem Respekt. Das hält an, bis sie die Pillen in die Plastikbox eingeordnet hat, und schwindet endgültig, als sie den Raum unter lautem statischem

Knistern ihres Nylonkittels verlässt. Ich drehe mich zu John um, der gerade in einem Roman blättert, den er mir mitgebracht hat. Summt er tatsächlich leise vor sich hin? Ich spitze die Ohren, bin aber nicht sicher. Mein Gehör ist auch nicht mehr das, was es einmal war.

John würde ganz gewiss bluten, würde man ihn stechen. Er macht den Eindruck, als wartete sein Blut nur darauf, aus ihm herauszuströmen. Selbstverständlich ist John schwul. Zumindest mutmaße ich es. Ich habe ihn nie mit einem Freund gesehen, mit einer Freundin aber auch nicht. Vielleicht sollte ich es herausfinden und ihn fragen: »Gehörst du auch zu diesen Männern, die bluten würden?« Ich fixiere ihn scharf und stelle fest, dass er meinen Blick erwidert.

»Nein«, sagt er. »Jedenfalls glaube ich das nicht.«

Es dauert einen Moment, bis ich realisiere, dass er auf eine Frage antwortet, die ich ihm offensichtlich gestellt habe. Ich muss vorsichtiger im Umgang mit dem Morphium sein. Aber er wirkt nicht sonderlich irritiert. Na, dann schauen wir doch mal, was wir daraus machen können. »Was meinst du mit, du glaubst es nicht?«

»Ich weiß es wirklich nicht«, sagt er, ehe er hastig, als sähe er ein, wie dürftig seine Antwort ist, hinzufügt: »Ich gehe nicht leicht eine Beziehung ein, weder mit Männern noch mit Frauen.«

»Und das ist vermutlich meine Schuld.« Mein Tonfall deutet an, dass ich mitnichten dieser Meinung bin. »Ich war keine gute Mutter.«

»Es war schwer für dich«, erwidert er, »als …«

Ich habe genug von seinem Verständnis und werde nicht zulassen, dass er seinen Vater oder meinen Verlust erwähnt. »Also nicht schwul«, konstatiere ich nachdenklich, »aber … ein Sadist? Päderast?«

»Weder das eine noch das andere.« Er machte eine Pause. »Vielleicht überhaupt nichts.«

»Sei nicht lächerlich, John. Jeder ist etwas.«

»Vielleicht bin ich niemand.«

»Wie kannst du niemand sein!« Ich durchforste meinen Geist

nach literarischen Beispielen für jemanden, der niemand ist. Mir fällt nichts ein außer dem Roman The Diary of a Nobody. *»Persönliche Beziehungen«, sage ich, »sind Teil einer jeden menschlichen Existenz. Mensch zu sein, das heißt, zu lieben oder wenigstens zu begehren.«*

Er überlegt. »Tust du das, Mutter?«, fragt er. »Liebst du? Begehrst du?«

»Selbstverständlich tue ich das. Also, vielleicht nicht im Moment. Nicht in dieser Minute. Aber ich tat es. Schau dir nur meine Bücher an. Dort steht alles drin.«

»Oh, in meinen Stücken auch«, erwidert er. »Ich bin nur nicht sicher, ob es auch in mir ist.« Und dann fügt er noch drei boshafte Vokabeln hinzu: »Oder in dir.«

Das hört sich ganz und gar nicht nach John an, der normalerweise ohne Groll und Boshaftigkeit spricht. Die Boshaftigkeit ist in den Worten selbst begründet. Ich spüre, wie ich sehr still werde. Dann steigt Ärger in mir hoch. Ein leichtes Pochen in meinen Schläfen kündigt ihn an. Er läuft über mein Gesicht meinen Hals entlang und breitet sich in meiner Brust aus wie Hitze. Wie kann er sich erdreisten und so tun, als wisse er über die Lieben meines Lebens Bescheid! Wie kann er sich erdreisten und so tun, als wisse er, was ich durchgemacht habe! Habe ich nicht seinen Vater mit jeder Faser meines Herzens geliebt … mit all dem Herzen, das ich noch übrig hatte … Wäre ich nicht schwanger gewesen mit diesem verdammten Baby John, wäre ich dann nicht an seiner Seite im Meer gewesen, um ihn zu retten? Ist es nicht ganz und gar Johns Schuld, dass sein Vater in Hove ertrank? War nicht immer alles Johns Schuld? Begreift John denn nicht, wie es ist, immer, immer, immer in der Nähe zu sein und ahnungslos, während ein Mensch, den man liebt, stirbt?

Kapitel 16

Ich weiß, was Alice will. Sie will, dass ich sie mit Celia teile. Sie will, dass wir drei beste Freundinnen werden. In mir regt sich heftiger Widerstand, aber irgendwie kann ich nicht umhin, Celia zu bewundern. Sie redet nicht viel, hört aber aufmerksam zu. Außerdem ist sie eine ausgezeichnete Schauspielerin und großartig darin, Dimitys jammernden Tonfall, Alfredas anmaßende Art und sogar Ms Rafferty nachzuahmen, wenn die wie eine Eidechse ihren dürren Hals reckt. Celia kann Cello spielen und ist in Mathe besser als jede von uns. Und sie hat drei Schwestern. Für Alice und mich, die wir Einzelkinder sind, ist die Vorstellung, Schwestern zu haben, sehr verlockend. Wir wollen alles über sie erfahren. Celia braucht eine Weile, ihre Erinnerungen zu sortieren.

»Wir sehen alle gleich aus«, erklärt sie schließlich. »Wir alle zusammen sehen aus wie eine Person in vier verschiedenen Formaten. Ich bin die Größte. Wir spielen alle ein Instrument. Ilse ist das Klavier, Gabrielle die Geige und die kleine Chloe die Flöte. Ich bin natürlich das Cello.«

Sie erzählt uns, dass sie sich alle ein Zimmer teilen. »Abends kommt unsere Mutti, setzt sich zu einer von uns ans Bett und singt uns etwas vor.« Sie summt eine Melodie, langsam und traurig. Alice und ich sind bezaubert von dem Bild, das sie vor unseren Augen entstehen lässt, und wollen mehr erfahren über ihre Mutter und die Schwestern.

»Am Freitag ist es immer am schönsten in der Familie«, fährt Celia nach einer Weile fort. »Nach der Schule wird reihum gebadet, damit wir sauber und rein den Sabbat begehen können.« Sie beschreibt uns die Blechbadewanne, die vor dem Feuer steht, das sommers wie winters brennen muss, um heißes Wasser zubereiten zu können. Nach dem Bad sitzen ihre Schwestern vor dem Feuer und trocknen sich die Haare, während ihre Mutter Geschichten erzählt. Sind die Haare trocken und die Geschichten zu Ende, stehen die vier Mädchen in ihren sauberen Schürzenkleidern nebeneinander und halten sich an den Händen, während ihre Mutter die Sabbatkerzen entzündet und die Sabbatgebete spricht. Celias Schilderung ist so anschaulich, dass wir die ganze Familie vor uns sehen, wie sie an einer Tafel mit weißem Tischtuch und funkelnden Gläsern sitzt. Wir sehen, wie ihr Vater das Brot bricht, vom Wein trinkt und lacht, bis sein Gesicht im Kerzenschein erstrahlt. So wie sie das beschreibt, hat es den Anschein, als würde es noch immer geschehen, und das alles klingt so wunderbar, dass ich mich frage, warum sie überhaupt nach England gekommen ist. In dem Moment, in dem ich diese Frage laut ausspreche, weiß ich, dass ich besser meinen Mund hätte halten sollen. Celias Gesicht wird ernst, und eine Weile sagt sie erst mal gar nichts. Als sie weiterredet, ist ihre Stimme nur noch ein leises Flüstern.

»Weil die Nazis mich haben wollten.«

Ich starre sie verständnislos an. Warum sollten die Nazis ausgerechnet Celia haben wollen, wo es in Deutschland doch so viele verlorene Mädchen gibt? Aber Alice begreift schneller.

»Dein Cello«, sagt sie.

Celia nickt. »Ich spiele, seit ich drei Jahre alt bin. Mein erstes Konzert habe ich mit fünf gegeben. Vor sechs Monaten haben sie mich geholt, um für Hitler zu spielen. ›Wenn der Führer mit ihr zufrieden ist‹, sagten sie zu meinen Eltern, ›wird sie in die deutsche Volksgemeinschaft aufgenommen. Ihr Blut wird reingewaschen, und sie wird zur Arierin gemacht. Sie sollten stolz sein‹, hieß es.«

Alice nimmt Celias Hand. »Und so musste deine Familie dich aus Deutschland hinausschaffen.«

»Ich bin im Kofferraum eines Automobils gekommen. Es war sehr gefährlich. Meine Schwestern …« Sie verstummt und reißt sich zusammen. »Sie konnten nur einem Kind die Überfahrt ermöglichen.«

Ich stelle mir Celia im Kofferraum eines Automobils vor, über ihr wie ein monströser Schatten dieser Herr Hitler. Ich denke an Ilse, an Gabrielle, die kleine Chloe und das Sabbatmahl. Ich sehe die Kerzen flackern und erlöschen und die kleinen Schwestern in der nicht enden wollenden Dunkelheit dasitzen.

Und so beginne ich, Celia zu verstehen. Oder glaube es zumindest. Noch akzeptiere ich sie nicht – das werden erst die Zeit und Alfreda bewerkstelligen –, aber am Mittwochabend bin ich immerhin bereit, sie zu erwähnen.

»Sie ist anders als wir«, erkläre ich meinen Eltern beim Abendessen.

»Anders ist gut«, meint mein Vater.

Ich ignoriere die Bemerkung.

»In welcher Hinsicht anders?«, fragt meine Mutter.

»Also …« Ich spieße eine Tomate mit der Gabel auf und steche damit in die Luft. Bis auf die Tomate und ein Schweinekotelett ist mein Teller leer, und das Kotelett versuche ich geflissentlich zu übersehen. »Es liegt wahrscheinlich am Cello. Ich meine …« Was meine ich? »Sie bekommt extra Musikunterricht und braucht viel Zeit zum Üben.«

»Das erscheint mir nicht sonderlich abschreckend«, sagt mein Vater.

Das sehe ich ein. Ich habe Mühe, zu erklären, was so anders ist an Celia. »Sie hat Konzerte gegeben in Deutschland.«

Meine Mutter reißt die Augen auf. »Wirklich?«

»Ihr Großvater hat ein großes Automobil mit einem Mann, der es fährt. Ich schätze, das braucht sie für ihr Cello.«

»Sie muss sehr gut spielen«, sagt mein Vater. »Ich würde sie gern einmal kennenlernen.«

Das also war der erste Mittwoch in diesem Trimester. Was ist nicht alles passiert, worüber man sich Gedanken machen müsste oder könnte. Heute ist Donnerstag, und außer dem üblichen Unterricht und einem Gefühl nervöser Erwartung hat er nichts zu bieten. Unsere ganze Vorfreude konzentriert sich auf den Freitag, genauer gesagt, auf den Freitagnachmittag und die »höchst ehrenwerte und bedauerliche Tragödie von Romeo und Julia«. Alice hat das Stück schon auf einer echten Bühne gesehen. Es sei wunderbar und schrecklich tragisch zugleich, aber manche Szenen seien auch schwer zu verstehen, sagt sie. Ich mache mir keine Sorgen, ich bin sicher, dass ich alles begreifen werde. Ich habe die Geschichte in meinem Band »Erzählungen nach Shakespeare« gelesen und bin vorbereitet.

Den ganzen Freitagvormittag über gehen meine Gedanken auf Wanderschaft und landen immer wieder in Verona, statt sich mit Arithmetik oder Afrika zu beschäftigen. Was mir reichlich Ärger einbringt, aber ziemlich egal ist. Zum Mittagessen gibt es zähes, knorpeliges Fleisch, und der Vanillepudding hat Klumpen, aber auch das macht mir nichts aus. Außer dem Stück ist mir alles egal, und zwei Dinge weiß ich mit Bestimmtheit: Alice wird eine perfekte Julia abgeben und ich den besten Romeo aller Zeiten.

Um zwei Uhr sitzen wir wieder in unseren Schulbänken. Keine würdigt die andere eines Blickes. Jede hat eine bestimmte Rolle im Visier – außer Celia. Sie versteht nicht, warum wir alle so einen Wirbel darum machen, aber sie hofft, dass jede die Rolle bekommt, die sie haben will. Dann wandert ihr Blick zum Fenster hinaus auf die Buchen, und mehr ist nicht mehr aus ihr herauszubekommen.

Um eine Minute nach zwei Uhr hören wir, dass Ms Bertram im Anmarsch ist. Noch ehe die Tür aufgeht, registriere ich, dass sich mehrere Personen nähern.

»Guten Tag, Mädchen.«

»Guten Tag, Ms Bertram. Guten Tag, Ms Rafferty.« Ich stimme nicht ein in diesen Chor aus Drill und Gewohnheit, und mein Schweigen fällt natürlich auf.

»Lacie«, sagt Ms Bertram, »stimmt etwas nicht?«

Und da passiert es. Ich kann nicht reden. Das Entsetzen und die Enttäuschung haben mir die Stimme geraubt. Ms Rafferty hat mich meiner Stimme beraubt. Natürlich hätte ich es wissen müssen. In der Vergangenheit wurde Ms Bertram immer von Ms Plumtree als Regieassistentin unterstützt. Jetzt gibt es keine Ms Plumtree mehr, und Professor Chambers hat keine Ahnung von der Schauspielerei, sodass jetzt Ms Rafferty hier ist, die mich hasst und die mich niemals im Leben den Romeo spielen lassen wird. Ich blicke einer düsteren, kalten Zukunft entgegen.

»Lacie?« Ms Bertram bedenkt mich mit einem langen Blick, ehe sie sich wieder dem Rest der Klasse zuwendet. »Heute Nachmittag«, fährt sie fort, »werden wir mit der Leseprobe des Stücks beginnen. Jede wird die Chance haben, verschiedene Rollen zu lesen. Ms Rafferty wird den Unterricht leiten, und ich werde im Hintergrund zusehen und mir Notizen machen. So werden wir das jeden Freitagnachmittag handhaben, bis zum ersten Freitag im November, an dem wir dann festlegen, wer welche Rolle spielen wird. Danach wird sich während der diesjährigen Proben jede auf ihre eigene Rolle konzentrieren. Schlagt eure Bücher auf bei Akt eins, Szene eins.«

Ms Rafferty nimmt Ms Bertrams Platz ein, und wir beginnen zu lesen. Ms Rafferty ruft einzelne Namen auf, schlendert durch den Raum, schaut sich das eine oder andere Mädchen genauer an und späht über seine Schultern. Meine werden immer runder. Ich weiß es jetzt schon, ich bin ganz sicher, dass sie mich zu einem Bürger, zu einem Verwandten oder sonst jemandem machen wird, der eine Fahne trägt. Aber Ms Bertram nickt mir aufmunternd zu, dass ich mich gerade hinsetzen soll. Sie lächelt, und mir fällt ein, dass es viele Rollen in dem Stück gibt und dass ich bestimmt eine Sprechrolle bekommen werde. Wenn ich nur Ms Rafferty irgendwie beeindrucken könnte. Und sie ist ja nicht die Einzige, die etwas zu sagen hat – Ms Bertram wird auch noch ein Wörtchen bei der Entscheidung mitzureden haben. Ms Bertram wird sogar den größten Anteil daran haben. Ms Bertram wird womöglich erkennen, dass ich der perfekte Romeo bin, selbst wenn …

»Lacie, lies den Prolog.«

Ich nehme das Buch in beide Hände, glätte das gelbe Papier

mit meinen Fingern und beginne zu lesen: »›*Wo Bürgerblut die Bürgerhand befleckt*‹.« Gerade als ich »›*aus dieser Feinde fataler Lenden*‹« deklamiere, schießt Dimitys Hand in die Höhe. Ich verstumme. Alle Blicke richten sich auf Dimity, deren Stirn so stark gerunzelt ist wie die des Ochsen auf dem Ölgemälde im Arbeitszimmer meines Vaters.

»Bitte, Ms Rafferty, was sind fatale Lenden?«

Ms Rafferty schaut irritiert. »Fatal«, sagt sie, »bedeutet so viel wie todbringend. Und Lenden sind der Teil der Anatomie, der sich zwischen den Rippen und den Hüftknochen rechts und links der Wirbelsäule befindet.«

Dimity schaut noch immer verwirrt. Das ist meine Chance, sie zu beeindrucken. »Wie eine Schweinelende, Ms Rafferty?«, schlage ich vor.

»Mit einer Schweinelende hat das absolut nichts zu tun, Lacie. Lies weiter.«

Ich erröte und lese weiter, versuche aber gleichzeitig, dahinterzukommen, warum das hier nichts mit einer Schweinelende zu tun hat, was wiederum dazu führt, dass ich den Text verpatze und Ms Rafferty ein grimmig erfreutes Lächeln entlocke.

Jetzt sind Alice und Alfreda mit Gregorio und Simson an der Reihe. Ich höre Alice an, dass sie sich für Julia aufspart und keine Lust auf Gregorio hat, aber Alfreda ist fest entschlossen, zu zeigen, was in ihr steckt. Sie spielt sich in einen wahren Rausch mit »›*ein Hund aus Montagues Hause*‹« und erklimmt den Gipfel ihrer Kunst mit der Zeile »›*und daher werden die Weiber, da sie die Schwächeren sind, immer gegen die Mauer gedrückt*‹.«

Wieder schießt Dimitys Hand in die Luft. »Aber was heißt das, Ms Rafferty?«

Ms Rafferty scheint genervt. »Mach dir keine Gedanken, was das heißen soll, Dimity«, sagt sie.

»Aber …«

»Ich sagte, mach dir keine Gedanken. Lies du jetzt weiter.«

Alfreda, die sich ihres krönenden Moments beraubt fühlt, wirft ihrer Freundin einen bösen Blick zu.

Normalerweise würde Dimity nicht lockerlassen, aber Alice spricht bereits wieder ihren Text, und sie muss darauf antworten. »›*So will ich mir die Mädchen unterwerfen*‹«, liest sie, »›*ich werde sie ihrer jungfräulichen Häupter berauben*‹.«

»›*Die Jungfrauen enthaupten?*‹«, liest Alice/Gregorio.

»›*Jawohl, die Jungfrauen enthaupten oder ihnen ihre Jungfräulichkeit nehmen*‹.« Dimity hält inne. »Aber ...«

»Lies weiter«, zischt Ms Rafferty.

»Aber ...« Dimity sieht sich im Klassenzimmer um. »Weiß eine von euch, was das heißen soll?« Verständnislose Gesichter, unwissend wie Gänseblümchen, erwidern ihren Blick. Jetzt sehe ich meine Stunde gekommen, denn hier bewege ich mich auf sicherem Terrain. Ich werde Ms Rafferty beweisen, dass ich zwar zwei linke Hände beim Nähen habe, man jedoch mit mir rechnen muss, wenn es um Worte geht. Ich hebe die Hand. Winke. Ms Rafferty ignoriert mich.

»Lies weiter, Dimity«, sagt sie laut.

Ich muss rasch handeln, sonst ist der Moment vorbei. »Ich weiß es, Ms Rafferty.«

»Dimity, lies sofort weiter, sonst ...«

»Die Jungfrau ist ein Berg in der Schweiz«, platzt es aus mir heraus.

Schweigen. Alle starren mich an, bis auf Ms Bertram, die angestrengt etwas in ihr Notizbuch kritzelt. Ms Rafferty hat einen ganz starren Blick bekommen. Ich freue mich, lächle. Ich werde ein wunderbarer Romeo sein. Was als Nächstes passiert, trifft mich allerdings völlig unerwartet. Ms Rafferty gibt einen Laut von sich wie ein Wasserkessel, der am Überkochen ist.

»Raus«, kreischt sie. »Verlass sofort diesen Raum, du abscheuliches Mädchen.«

Bestürzt schaue ich sie an. Sie ist lila im Gesicht vor Zorn. Ich habe etwas Schreckliches getan und weiß nicht, was. Ich klappe mein Buch zu und verlasse das Zimmer. Nach einer Weile kommt Ms Bertram heraus und reicht mir ein Taschentuch. Ich trockne mir die Augen.

»Mach dir nichts draus, Lacie«, sagt sie. »Ich habe etwas anderes für dich im Sinn als den Prolog.«

Ich verbringe ein schlimmes Wochenende, hin- und hergerissen zwischen Verzweiflung bei dem Gedanken an Ms Rafferty und Hoffnung, wenn ich an Ms Bertram denke. Mein Vater rät mir, mich auf Ms Bertram zu konzentrieren.

»Jeder Tag hat genug an seiner eigenen Plag«, sagt er und klopft mir auf die Schulter.

»Willst du wirklich den Romeo spielen?«, fragt meine Mutter. »Das bedeutet harte Arbeit, und vielleicht bist du letztendlich doch nicht so gut.«

Ich versuche, Vaters Rat zu beherzigen, aber am Montagmorgen bin ich ein Nervenbündel.

»Warum machst du dir deswegen eigentlich so viele Gedanken?«, will Celia wissen.

Wie ich sehe, ist sie tatsächlich zutiefst verwundert, und deshalb erkläre ich ihr, dass ich die Rolle sehr gut spielen werde, dass Alice als Julia besser sein wird, wenn ich ihr als Romeo zur Seite stehe – zustimmendes Nicken von Alice –, und dass dies generell ein großer Augenblick in meinem Leben sein wird.

»Das ist doch nur Schülertheater. Kleine Mädchen, die so tun, als ob«, sagt Celia sanft. »Das ist doch keine echte Tragödie.«

Ich bin empört. Natürlich ist das eine echte Tragödie. Was könnte tragischer sein? Aber auf Celias Gesicht liegt ein seltsamer Ausdruck. Alice greift nach ihrer Hand und hält sie fest, und ich sehe zerknirscht ein, dass es, selbst wenn es nichts Tragischeres geben sollte, allemal jedoch etwas Realeres gibt. Schwestern, zum Beispiel, die in der Dunkelheit um einen kahlen Tisch sitzen. Der stickige Kofferraum eines Automobils, das dich von den Menschen entfernt, die du liebst.

In der Pause, als Celia Cello übt, zieht Alice mich auf die Seite. »Glaub mir, Lacie, wir können Freundinnen werden. Wirklich.«

Ich weiß, dass ich ein mürrisches Gesicht mache. Immerhin sind es Luxusdampfer. »Sie ist eben anders«, sage ich schließlich.

Alice nickt. Mein Vater hat gesagt, anders zu sein, ist gut, wie mir gerade wieder einfällt. Aber ich glaube, da täuscht er sich. Anders zu sein, ist schlecht.

Im Lauf der nächsten Woche gewöhne ich mich jedoch langsam an Celia. Auch wenn sie nicht viel spricht, fange ich allmählich an zu verstehen, was in ihrem Kopf vor sich geht. Sie achtet stets peinlich genau darauf, nicht meinen Platz einzunehmen. Wenn wir etwas in Zweiergruppen unternehmen, hält sie sich immer zurück, sodass Alice und ich weiterhin ein Paar bilden. Aber bei der Naturlehrwanderung dürfen wir zu dritt mitgehen, und auch im Naturwissenschaftsraum arbeiten wir drei Seite an Seite. Doch noch immer dominiert ihr Anderssein meine Wahrnehmung von ihr, bis etwas geschieht, das mich erkennen lässt, dass sie mir zumindest in einem Punkt sehr ähnlich ist: Sie kann Ms Rafferty nicht ausstehen.

Am Freitag darauf passiert es. Wir sollen damit beginnen, uns mit dem Inhalt des Stücks vertraut zu machen.

Ms Bertram erzählt uns den Handlungsablauf und fügt hinzu: »Wir werden jetzt eine Übung machen, um eurer Fantasie auf die Sprünge zu helfen. Ms Rafferty wird jeder von euch einen Charakter aus dem Stück zuteilen, und ihr habt fünfzehn Minuten Zeit, um einen Hintergrund für diese Person zu erfinden. Dann werdet ihr aufgefordert, eine Szene aus dem Leben dieser Person vorzutragen. Das hat nichts mit der Rolle zu tun, die ihr dann tatsächlich spielen werdet. Es soll euch nur dabei helfen, eure Vorstellungskraft zu schulen.« Wir schauen einander an, runzeln die Stirn, grinsen. Ein Summen liegt in der Luft wie von einem aufgeschreckten Bienenschwarm. Ms Bertram lächelt. »Dann lasse ich euch jetzt mit Ms Rafferty allein.«

Alice bekommt die Rolle von Tybalt, Dimity die von Lady Capulet. Ich bin die Amme. Einer nach dem anderen werden die Rollen zugeteilt. Als Letzte kommt Celia an die Reihe.

»Celia«, sagt Ms Rafferty, »du bist Bruder Lorenzo, ein Franziskanermönch, der sein Leben Jesus Christus, unserem Herrn, gewidmet hat. Nehmt euren Stift und macht euch Notizen. In fünfzehn Minuten werde ich jede von euch bitten, eine kurze Szene aus dem Alltag eures Charakters vorzuführen.«

Alice starrt auf Ms Rafferty, Celia auf ihr leeres Blatt. Alfreda grinst breit, und Dimity stößt ein prustendes Lachen aus, das zu unterdrücken sie sich nicht die Mühe macht. Alice' Hand schießt plötzlich in die Höhe.

»Dürfte ich mit Celia tauschen, Ms Rafferty?«

»Nein, das darfst du nicht. Mach weiter mit Tybalt.«

»Aber ich könnte …«

»Alice Fairfax, du machst entweder weiter mit Tybalt oder gehst hinaus vor die Tür.«

Alice senkt den Kopf und nagt an ihrer Unterlippe. Dann greift sie zu ihrem Bleistift und bringt immer wieder dieselbe Zeile zu Papier: »Ich bin Tybalt, ein wildes Tier, und eines Tages werde ich jemanden töten.«

Bald hallt das Zimmer wider vom Kratzen der Bleistiftminen, doch mittendrin befinden sich Inseln der Ruhe. Celia ist über ihr Blatt Papier gebeugt, aber es bleibt leer. Nach einer Viertelstunde bekommen wir die Anweisung, mit dem Schreiben aufzuhören. Dimity wird als Erste aufgefordert, aufzustehen und sich vorzustellen, als Lady Capulet ihren Dienern zu befehlen, das Abendessen zu bereiten. Angestrengt legt sie ihre Stirn in Falten, ehe sie loslegt.

»Elsie, meine Liebe«, säuselt sie, »wir hatten diese Woche bereits zwei Mal Lammhals, und es wäre nett, mal etwas anderes zu speisen.«

Dann soll sie sich wieder setzen. Susan, der Julia zugeteilt wurde, soll sich jetzt vorstellen, gerade erfahren zu haben, dass ihr Lieblingsvetter gestorben ist. Alle können sehen, dass Susan als Julia heillos überfordert ist. Zitternd steht sie auf. Sie versucht zu sprechen, bekommt aber nicht ein Wort heraus und bricht stattdessen in Tränen aus.

»Ausgezeichnet«, meint Ms Rafferty.

Mir sagt sie, ich soll mir vorstellen, die Amme zu sein, die mit anderen Ammen am Brunnen auf dem Marktplatz schwatzt. Ich stehe auf und setze mich auf den Rand meiner Bank. Ich habe das mal in der Küche bei Minnie beobachtet, als meine Mutter und sie mit der Rechnung des Lebensmittelhändlers beschäftigt waren. Selbstverständlich ist ein Küchentisch nicht dasselbe wie ein italienischer Brunnen, aber ich spüre, dass es der Sache einen realistischen Anstrich gibt. Ms Rafferty ist nicht dieser Ansicht, und ich werde aufgefordert, mich wieder hinzustellen.

»Fang an.« Ms Rafferty nickt mir zu.

»Trink bloß das Wasser nicht, Maria«, sage ich laut, »ich habe gesehen, wie einer von diesen Lümmeln gestern einen toten Hund in den Brunnen warf, und ich bin sicher, es ist verdorben.« Ich hätte noch viel mehr zu sagen, aber Ms Rafferty erklärt mir, das sei mehr als ausreichend, und ich setze mich wieder.

»Celia«, sagt sie. Es wird still im Zimmer. Langsam steht Celia auf. »Celia, du wirst dir vorstellen, ein Mönch zu sein, der vor dem Abendessen das Tischgebet spricht.«

Celia schweigt.

»Celia? Wir warten. Wir warten, um mit unserer Mahlzeit beginnen zu können.«

Alfreda und Dimity kichern. Jacqueline fängt laut zu lachen an, hört aber sofort wieder auf. Ich glaube, mir kommen gleich die Tränen.

»Ich kenne kein christliches Tischgebet, Ms Rafferty«, erklärt Celia. »Ich kann eines auf Hebräisch sagen.«

»Auf Hebräisch, Celia? Aber dieses Tischgebet muss auf ›durch Jesus Christus, unseren Herrn‹ enden.«

»Ich nehme an, Jesus hat Hebräisch gesprochen.« Celias Tonfall ist bescheiden und ohne jede Anmaßung, aber Ms Raffertys Augen fangen an, Funken zu sprühen. Ihr Mund ist zu einem höhnischen Lächeln verzogen. Ich spüre, wie sich Alfreda hinter mir kerzengerade aufrichtet.

»Celia Zimmermann ...« Ms Rafferty lässt drei Sekunden absoluter Stille verstreichen. Mit jeder Sekunde, die vergeht, verschlimmert sich die Aussicht auf das, was als Nächstes passieren wird. Ich weiß nicht, was Celia getan hat. Ist das Blasphemie? Ist

Blasphemie ein Verbrechen? Ich blicke zu Boden. Das Schweigen dehnt sich wie eine Katze, bereit zum Absprung. Dann geschehen zwei Dinge gleichzeitig. Ms Bertram steht in der Tür, und Alice ist aufgesprungen.

»Ms Bertram«, sagt sie, »Sie kommen gerade rechtzeitig. Celia wird auf Hebräisch ein Tischgebet für uns sprechen.«

»Na, das ist aber interessant«, erwidert Ms Bertram. »Das würde ich wirklich gern hören. Ich bin sicher, wir alle.«

Und die Welt, die kurz stehen geblieben war, dreht sich weiter. Celia sagt ein paar Zeilen in einer Sprache, die uns einhüllt in fremde Laute, dann setzt sie sich unter Applaus und dem versteinerten Blick von Ms Rafferty. Der Unterricht geht weiter.

Kapitel 17

John besucht mich jetzt zwei Mal am Tag. Für einen Mann seiner Größe tritt er sehr leise auf. Oft höre ich ihn gar nicht kommen. Ich döse gerade, als die Kirchenglocken vier Uhr schlagen, öffne meine Augen und sehe ihn neben mir sitzen.

»Du hast dich heimlich reingeschlichen.«

Er lächelt und gießt mir eine Tasse Tee ein. »Bist du wach, Mutter?«

Ich sehe nach, welchen Schaden er meinem Schlafzimmerstuhl zufügt, aber er hat sich eine stabilere Sitzgelegenheit mitgebracht. Sehr freundlich von ihm, denke ich. John hat sich einen Goldstern für Freundlichkeit verdient.

»Natürlich bin ich wach. Meine Augen sind doch offen oder etwa nicht? Und ich spreche.« Kein Goldstern für mich.

Er lächelt noch immer, als er mir den Tee reicht. Dann greift er in seine Tasche. »Ich habe dir was mitgebracht.« Er zieht einen Bleistiftspitzer heraus.

Einen Anspitzer. Entgeistert starre ich darauf. Seit meiner Kindheit habe ich keinen solchen Bleistiftspitzer mehr gesehen. Dieser hier hat zwei Löcher für verschieden große Stifte, und die Klingen enden in einer Vertiefung, in der sich die abgeschnittene Holzhaut sammelt.

John schaut mich entschuldigend an. »Doreen hatte eine Heidenarbeit damit, deine Bleistiftspäne aus der Wärmflasche rauszukriegen.« Dann fügt er hinzu: »Du scheinst gut voranzukommen mit dem Schreiben.«

»Hast du meine Notizbücher gelesen! Du kommst und liest wohl heimlich in meinen Notizbüchern, während ich schlafe!« Selbst ich höre den Vorwurf in meiner Stimme. John scheint jedoch nicht beleidigt zu sein.

»Manchmal schläfst du mit deiner Arbeit in der Hand ein. Ich lege sie dann weg, damit der Doktor sie nicht sieht.«

Mir ist schon klar, wie rücksichtsvoll das von ihm ist und dass er sich gegen den Arzt stellt und auf meine Seite schlägt. Ich sollte mich bei ihm bedanken. Wirklich. Aber ich tue es nicht.

»Selbstverständlich hast du es nicht gelesen. Du hast dich ja noch nie für meine Arbeit interessiert.«

»Ich bin immer an deiner Arbeit interessiert, Mutter, aber ich wusste, du würdest nicht wollen, dass ich … Ich weiß, du wirst es mir zeigen, wenn du dazu bereit bist.«

Ich schniefe ungnädig, greife nach einem Taschentuch und tue so, als müsste ich mir die Nase putzen. »Nur, weil ich im Sterben liege, glaubst du, ich hätte der Welt nichts mehr zu sagen.«

Er lächelt. »Du wirst der Welt immer etwas zu sagen haben, und es wird es immer wert sein, gesagt zu werden. In welcher Farbe sollen wir es binden lassen?«

Wieder schnäuze ich mich.

»Mutter?«

»Schwarz.«

Er nimmt meine Hand, drückt sie. Er hält sie fest und blickt auf seine Finger, die mit meinen verflochten sind.

»Du bist ganz dein Vater«, höre ich mich sagen. Wir schauen uns an. Ich erwähne seinen Vater nie. Aber jetzt muss ich. Ich weiß nicht, wer mehr überrascht ist – er oder ich.

Er lässt meine Hand los und steht auf. An der Tür bleibt er stehen. »Weißt du«, sagt er nüchtern, »du bist mir sehr wichtig.«

Ich sehe ihn an und stelle schockiert fest, dass es wahr ist, was er sagt. Trotz allem, trotz all meiner Unzulänglichkeiten als Mutter.

Kapitel 18

Das Arbeitszimmer meines Vaters ist voller magischer Gegenstände, die in dunklen, kühlen Schränken weggesperrt sind. Medizinische Instrumente aus glänzendem Stahl und übel riechendem Gummi, Behälter voller Pillen, Kapseln und Nadeln. Neben dem Arbeitszimmer liegt eine kleine Kammer mit einem großen rechteckigen Spülbecken, wo er die Glasfläschchen auswäscht und aufbewahrt. Alles ist peinlich sauber. Gegenüber von seinem Schreibtisch steht ein Glasschrank, in dem sich unzählige Flaschen aneinanderreihen. Die meisten sind blau, manche aber auch rot oder grün. Jede ist mit einem Etikett und einer Beschriftung in lateinischer Sprache versehen. Nächstes Jahr, wenn ich Dorset House verlasse und ans Lady Margaret's gehe, werde ich mit Latein anfangen. Auf jedem Etikett prangen ein kleiner, schwarzer Totenkopf und gekreuzte Knochen. Das bedeutet Gift. Diese Flaschen dürfen nicht angefasst werden. Niemals. Ihr Inhalt hat die Macht zu schaden. Aber er kann auch heilen, wenn man ihn zu nutzen weiß. Mein Vater tut das. Er ist ein Zauberer.

Die Türen des Glasschranks sind verschlossen, aber ich weiß, wo der Schlüssel zu finden ist. Wenn mein Vater zu einem Patienten gerufen wurde, habe ich oft gesehen, wie er den Schlüssel aus seinem Versteck in der oberen linken Schreibtischschublade hervorholte und den Giftschrank damit aufschloss. Könnte ich die Schublade aufsperren, könnte ich auch den Giftschrank öffnen. Aber die Schublade ist ebenfalls verschlossen. Und den Schlüssel dazu bewahrt Vater in seiner Westentasche auf.

Auch ohne diese Geheimnisse zieht mich das Arbeitszimmer magisch an. Es liegt im rückwärtigen Teil des Hauses. Davor steht ein Apfelbaum, der bis zu meinem Schlafzimmerfenster hinaufreicht, wo seine Äste in windigen Nächten an die Scheibe schlagen. Nach dem Abendessen setzt sich mein Vater gern in sein

Arbeitszimmer, und ich leiste ihm dabei Gesellschaft, wenn er es mir erlaubt. Am liebsten liege ich dann auf dem Sofa und starre auf die mit Büchern gesäumten Wände. Manchmal spielen wir Schach. Manchmal zieht er das Grammofon auf, und wir hören Musik. Das Grammofon ist eines der größten Mysterien, eigentlich nur ein Kasten, nicht viel größer als unser Brottopf. Auf einer Seite steht ein Griff heraus, den man aufzieht, sodass sich der Teller unter dem Deckel dreht. Auf den Teller legt man eine schwarze Scheibe, hebt sorgfältig und vorsichtig den Metallarm mit seiner Nadelspitze und platziert diese auf den äußeren Rand der Scheibe. Dann lehnt man sich zurück und lauscht, und der Apparat erfüllt den Raum mit Klang.

Eines Abends nach dem Essen, es waren vielleicht ein paar Wochen seit Schulbeginn vergangen, sagt mein Vater: »Lacie, ich habe heute eine neue Grammofon-Aufnahme gekauft. Komm und höre sie dir an.«

Ich folge ihm in sein Arbeitszimmer und sehe zu, wie er die glänzende Platte aus der Papierhülle zieht.

»Setz dich«, sagt er.

»Was ist es?«

Er zieht den Apparat auf und hebt den mechanischen Arm an. »Das ist Señor Casals, der eine Violoncello-Suite von Bach spielt.« Er führt einen Finger an seinen Mund, damit ich leise bin, und legt die Nadel in die Rille. Plötzlich ist der Raum erfüllt von etwas, das zuvor nicht da war. Ich höre die Präzision des Geometrielehrbuchs und die Fremdartigkeit der Französischkonversation, zudem das An- und Abschwellen der höchst ehrenwerten und bedauerlichen Tragödie von Romeo und Julia, aber ich weiß, ich sollte noch mehr hören. Ich weiß, dass mein Vater etwas mit mir teilt und dass ich es verstehen muss, aber ich kann nicht. Ich, die ich so stolz darauf bin, Dinge zu verstehen, und es mir so sehr wünsche, diese Dinge mit ihm zu teilen. Und es kommt noch schlimmer. Ich weiß, wer es kann. Ich weiß, warum er diese Aufnahme gekauft hat. Ich weiß, was als Nächstes passieren wird. Und so kommt es auch.

»Ich denke, es ist Zeit, deine Freundinnen Celia und Alice zum Tee einzuladen«, sagt er.

Am nächsten Tag schreibt meine Mutter zwei Einladungskarten, die ich übergeben soll, und tags darauf bekomme ich als Antwort zwei Zusagen. Alice und Celia werden in der übernächsten Woche am ersten Freitag im November zum Tee zu uns kommen. An dem Tag werden wir erfahren, wem welche Rolle im Stück zugeteilt wurde. Das haben meine Eltern bestimmt vergessen. Vielleicht aber auch nicht.

Der Altweibersommer ist vorüber, und wir tragen winterliche Wolle, sodass Celia nicht mehr aus der Menge der Schülerinnen heraussticht. Fremdartigkeit ist nicht länger fremd, sobald man sich einmal daran gewöhnt hat, und allmählich gewöhnen wir uns an Celia. Alice steht parat, sie jederzeit gegen jede Unfreundlichkeit zu verteidigen, aber sie muss es nicht mehr, da Alfreda sich in der kommenden Woche mit kleineren Sticheleien begnügt, die Celia nicht einmal zu bemerken scheint. Das gefällt mir an Celia. Eigentlich fange ich an, viele Dinge zu entdecken, die ich an Celia mag.

Wir lehnen am Gatter in der Senke des Schulgartens. Celia hat einen späten Löwenzahn mit seinem grauen Wattebausch entdeckt, und wir wechseln uns darin ab, die Samenfäden in den Wind zu pusten.

»Alfreda hat damit aufgehört«, sage ich.

»Ja«, meint Celia.

»Nein«, widerspricht Alice, »sie wartet nur ab.«

Celia und ich sehen uns an. »Worauf wartet sie denn?«

»Auf Romeo«, erklärt Alice. »Sie will den Romeo spielen, und sie wird nichts tun, was ihr Ärger einhandeln könnte, bis sie sich der Rolle sicher ist.«

Ich ersticke fast an den Überresten der Pusteblume. »Nein!«, sage ich heftig, als ich wieder sprechen kann. Damit meine ich: Das kann doch unmöglich ihr Wunsch sein, oder wenn, dann wünscht sie sich die Rolle bestimmt nicht so sehnlich wie ich, und selbst wenn sie das tut, darf sie sie auf keinen Fall bekommen, weil sie mir zusteht, und wenn ich sie nicht bekomme … wenn … allerhand Bedeutung für eine einzige Silbe.

»Ist schon gut«, meint Alice. »Sie wird sie nicht bekommen.«

»Woher weißt du das?« Ich bemerke, dass ich ihren Arm umklammert halte.

Alice lächelt geheimnisvoll. »Weil ich die Rolle der Julia bekomme.«

Ich verstehe nicht, was Alice meint, und neue Ängste nisten sich in mir ein. Wie endlos werden sich die Tage hinziehen, ehe die Rollenverteilung verkündet wird. Diese Zeit erscheint mir unüberbrückbar, doch selbst das Unüberbrückbare muss überbrückt werden, und bald verfällt das Trimester in seinen alten Trott, außer, dass Französischkonversation hinzugekommen ist. Ms Bertram ist zufrieden mit unseren Fortschritten. Dabei hilft natürlich sehr, dass Celia gut Französisch spricht und Alice immerhin genug, um sich verständigen zu können.

»Ihr beide seid zu gut für mich«, sagt Ms Bertram und lächelt ihnen zu. »Ich muss Professor Chambers unbedingt überreden, zusätzlich mit euch zu üben.«

Aber Professor Chambers steht nicht zur Verfügung für Französische Konversation, denn jede Woche, wenn wir uns durch unser Lehrbuch arbeiten – Toto wird auch bei näherem Kennenlernen nicht sympathischer –, fällt mein Blick aus dem Fenster, und ich sehe ihn die Auffahrt hinuntergehen. Jede Woche sehe ich, wie er seine Aktenmappe abstellt, seine Handschuhe anzieht und sich in Richtung Bahnhof auf den Weg macht.

»Wo geht er hin?« Ich stelle die Frage ohne jeden Hintergedanken, während Alice, Celia und ich auf dem Klettergerüst sitzen, eine neue Errungenschaft, die in einer Ecke des Gartens aufgetaucht ist und über die Ms Potts mit Argusaugen wacht. Das Klettergerüst schwingt sich auf dem Rasen in die Höhe, und man kann sich an seine silbernen Metallstangen hängen, daran baumeln oder darauf sitzen und einfach die Aussicht genießen. Wir haben Pause und hocken nebeneinander in luftiger Höhe, lehnen uns zurück, um hinauf in den Himmel zu schauen. Ich folge mit den Augen einer kleinen, runden weißen Wolke und bin mit den Gedanken eigentlich ganz woanders, als mir herausrutscht: »Wo geht er nur jeden Mittwochnachmittag hin?«

»Wieso fragst du mich das?« Ich bin nicht daran gewöhnt, dass Celia mit dieser Schärfe antwortet, lasse die Wolke ziehen und wende meine Aufmerksamkeit ihr zu.

»Ich habe nicht dich gefragt«, antworte ich. »Jedenfalls nicht dich im Speziellen. Ich habe mich einfach gewundert.«

»Ich meine, woher soll ich wissen, wohin er geht«, sagt sie. »Das ist seine Angelegenheit.«

Alice legt den Kopf so weit in den Nacken, bis sie nur noch Himmel sieht. »Natürlich ist das seine Angelegenheit. Nur, es nehmen sich nicht alle Lehrkräfte einen Nachmittag in der Woche frei.«

»Ms Parker wird es wohl erlauben«, meint Celia.

Alice lässt mit beiden Händen los und hängt jetzt nur noch an den Beinen.

»Sei vorsichtig, Alice«, sagt Celia, und Alice zieht sich wieder nach oben.

Das Trimester schreitet voran, und allmählich wird Celia eine von uns. Sie ist nicht nur gut in Musik, in Französisch und in Mathematik, sondern auch noch bereit, anderen zu helfen. Und es sind viele, die ihre Hilfe in Mathe benötigen. Die Mädchen mögen sie. Vor allem Jacqueline. Sie gehen immer zusammen auf Naturlehrwanderungen. Alfreda und Dimity lassen sie inzwischen in Ruhe. Die Dinge scheinen sich zu beruhigen. Doch als der erste Freitag im November näher rückt, schwingt bei allem, was wir tun, eine unterschwellige Spannung mit. Alles dreht sich um das Stück und darum, wer welche Rolle darin spielen wird. Es wird viel spekuliert, aber niemand spricht offen über seine Hoffnungen und Ängste. Allmählich glaube ich, dass der Tag niemals kommen wird. Und dann ist er plötzlich da.

»Ich freue mich schon«, sagt meine Mutter, die in der Tür steht und mir nachwinkt, als ich in die Schule gehe.

Ich bin überrascht. Ich habe schon lang nicht mehr mit ihr über den Romeo gesprochen und dachte nicht, dass sie sich daran erinnert. Ich habe recht. Sie erinnert sich auch nicht.

»Glaubst du, sie mögen Götterspeise zum Tee?«, fragt sie. »Alice bestimmt, da bin ich sicher, aber bei deutschen Kindern kenne ich mich nicht aus. Glaubst du, Celia mag Götterspeise?«

Ich nicke. Alle lieben Götterspeise.

Der Vormittag ist überstanden, und um zwei Uhr sitzen wir auf unseren Plätzen, ungewohnt pünktlich und ungewohnt ruhig. Im Klassenzimmer knistert es vor Erwartung. Keine kann stillsitzen, außer Celia, die von der Aufregung nichts mitzubekommen scheint, und Alice, die gelassen den dritten Akt zu Ende liest. Ms Bertram ist spät dran. Ms Bertram kommt nie zu spät, aber heute tut sie es. Eine ganze Minute über der Zeit. Ich versuche, die Wartezeit zu überbrücken, indem ich alle Sprechrollen zähle. Gregorio und Simson wurden bereits gestrichen. Übrig bleiben Julia, die Amme (beides exzellente Rollen), Lord und Lady Capulet (erstrebenswert, wenn alles andere scheitert), Romeo (der Hauptpreis), Mercutio (ein erstklassiger Monolog, aber leider tot vor dem zweiten Akt), Paris und Tybalt (besser als nichts) und dann noch Benvolio, der Mönch, der Prolog und der Prinz für diejenigen, die nicht schauspielern können. Ich zähle die Rollen und mache eine schreckliche Entdeckung. Es gibt zwölf Sprechrollen, aber dreizehn Mädchen. Ich blicke in die Runde. Alice' Augen sind auf ihr Buch gerichtet. Reglos liegen ihre Finger auf der aufgeschlagenen Seite. Sie weiß, sie wird Julia sein, gehorsam, doch willens, ihrer Welt die Stirn zu bieten wegen dem, was sie für richtig hält. Alfreda schaut zornig in die Runde. Der unnachgiebige kämpferische Blick eines Jungen, der herausfordernd den meinen kreuzt. *Mercutio*, denke ich. *Oder Tybalt. Nicht Romeo*. Dimity kramt in ihrem Pult. Die Amme. Andere haben inzwischen zu flüstern angefangen und kichern. Jacqueline würde einen passablen Prolog abgeben. Ich verteile die Rollen, bis nur noch Romeo und ich … und Celia übrig sind. Mir kommt ein schrecklicher Gedanke. Aber Celia schaut aus dem Fenster. Ihre Finger bewegen sich rhythmisch über unsichtbare Saiten. Ihre Brust hebt und senkt sich zu einer Musik, die nur sie hören kann. Ich entferne sie aus dem Bild. Zwölf von uns für zwölf Rollen.

Als Ms Bertram und Ms Rafferty eintreffen, nehmen sie am Pult vor uns Platz. Ms Bertram lächelt, Ms Rafferty nicht.

»Also«, sagt Ms Bertram, »der Augenblick ist gekommen, auf den ihr so lange gewartet habt. Die Rollen.« Sie schaut sich um. »Nun, Mädchen, ihr dürft nicht vergessen, dass nicht jede die Rolle haben kann, die sie sich erhofft hat. Ms Rafferty und ich haben uns bemüht, die Rollen nach euren Fähigkeiten zu verteilen – je nach Talent, den Charakter nicht nur überzeugend darstellen, sondern auch den Text auswendig lernen und konzentriert auf die vor euch liegende Aufgabe hinarbeiten zu können.«

Kalte Angst läuft mir den Rücken hinunter. Ms Elphinston war der Ansicht, ich könne mich nicht konzentrieren. Doch das ist Jahre her. Ist das inzwischen vergessen? Können mir Romeos wertvolle Worte anvertraut werden?

»Deshalb hoffe ich, dass keine enttäuscht sein wird.«

Sieht sie mich dabei an? Ich finde, sie schaut zu mir her.

»Und selbstverständlich können unsere Entscheidungen korrigiert werden, falls wir der Ansicht sind, einen Fehler gemacht zu haben … doch für den Augenblick haben wir uns wie folgt entschieden …«

Es ist mucksmäuschenstill im Zimmer. Manche Mädchen starren Ms Bertram an, andere schauen überallhin, nur nicht in ihre Richtung. Ich blicke wie wild durch den Raum und versuche, meinen fliegenden Atem zu beruhigen.

»Julias Part«, sagt sie, »wird von Alice Fairfax gespielt werden.«

Irgendwo hinter mir höre ich ein bebendes Seufzen. Da ist ein Traum zerplatzt. Ich drehe mich um. Ist es der von Georgina? Oder von Ernestine? Die beiden haben doch sicher erkannt, dass außer Alice keine eine echte Chance hatte. Alice blickt lächelnd von ihrem Buch auf. »Danke, Ms Bertram. Ich werde hart an der Rolle arbeiten.«

»Ich weiß, das wirst du, meine Liebe. Als Amme haben wir uns für Dimity entschieden.«

Dimity sieht zufrieden, erschöpft und sehr ammenhaft aus, Ms Bertram lächelt, und Dimity sagt: »Was?«, und alle lachen. Mary ist Lord Capulet und Susan seine Frau. Die Rolle von Tybalt geht an Ernestine. Jacqueline bekommt den Prolog, und ich bin stolz, wie nahe ich mit meinen Vorhersagen an der Entscheidung der Lehrer lag. Eine nach der anderen werden die Rollen verteilt, bis nur noch Alfreda, Celia und ich für die letzten beiden, für Romeo und Mercutio, übrig bleiben. Alfreda und ich werfen uns düstere Blicke zu. Celia schaut aus dem Fenster und bekommt wie immer nicht mit, was um sie herum vor sich geht.

»Celia«, sagt Ms Bertram, »Professor Chambers hat Bedenken, es könnte dich allzu sehr von deiner Musik ablenken, wenn du eine größere Rolle in dem Stück spielst. Wärst du sehr enttäuscht, meine Liebe, wenn du dich mit der Dienerschaft begnügen müsstest? Und selbstverständlich wirst du den Professor bei der musikalischen Begleitung unterstützen.«

Die Dienerschaft. Natürlich. Die Dienerschaft hatte ich ganz vergessen.

»Das wäre perfekt, Ms Bertram«, erwidert Celia, und sie meint es auch so.

»Gut. Dann bleiben jetzt noch Mercutio und Romeo für Alfreda und Lacie übrig. Romeo ist eine sehr große Rolle mit viel Text zum Auswendiglernen.«

»Ich kann schon fast alles, Ms Bertram«, platzt Alfreda heraus. Ihre schwarzen Augenbrauen stoßen über der Nasenwurzel zusammen, und mit einem unguten Gefühl im Magen wird mir klar, dass sie die Rolle ebenso sehr haben will wie ich.

»Und was Mercutio angeht, der stirbt zwar im ersten Akt, hat aber eine wunderbare Rede und ist von zentraler Bedeutung für die Geschichte. Offen gestanden, Ms Rafferty und ich hatten

Mühe, uns zu entscheiden, wem wir diese beiden Rollen anvertrauen sollten. Alfreda verfügt über die starke Präsenz, die Mercutio erfordert, und Lacie würde Romeo mit großer Fantasie ausstatten. Und trotzdem …«

Was? Was?

»Wir sind ein wenig besorgt, Lacie, ob es dir nicht schwerfallen könnte, dich auf eine so große Aufgabe zu konzentrieren …«

Meine Zunge ist so dick angeschwollen, dass ich sie nicht dazu bewegen kann, Wörter zu formen. Ist aber auch schon egal. Die Entscheidung ist gefallen, und Ms Bertram verkündet sie soeben.

»… und deshalb wollen wir jede von euch bitten, beide Rollen zu lernen. Ihr verfügt beide über eine rasche Auffassungsgabe und ein gutes Gedächtnis und werdet leicht damit zurechtkommen. Ihr sollt abwechselnd jede Woche eine der beiden Rollen spielen. Dann werden wir sehen, wie sich die Dinge entwickeln.«

Alle klatschen. Alfreda und ich schauen uns an. Wir sind nie Freundinnen gewesen. Wir haben immer versucht, einander zu übertrumpfen. Jetzt sind wir Rivalinnen um Romeos Rolle und Julias Liebe.

»Raus mit euch, Mädchen.«

Normalerweise gehe ich zu Fuß von der Schule nach Hause, aber heute ist Vater mit dem Automobil gekommen, um uns abzuholen. »Zu Ehren unserer Gäste«, wie er sagt. Die kurze Fahrt über hat er sich freundlich mit uns unterhalten, wie er es immer mit nervösen Patienten macht. Ich habe keine Chance gehabt, ihm von der Rollenverteilung des Stücks zu erzählen. Egal, ich weiß ohnehin nicht, ob ich das will. Ich weiß auch nicht, wie ich zu dem stehe, was passiert ist. Vater zieht die Handbremse an, schaltet den Motor aus und hilft uns von der langen, glatten Rückbank herunter. Gibt er sich besondere Mühe, als er Celia herunterhilft?

»Willkommen«, sagt er und öffnet die Haustür. Vielleicht liegt es daran, dass ich Alice und Celia den Vortritt lasse, aber plötzlich nehme ich unseren Vorraum wahr, als wäre es das erste Mal. Er wirkt hell und frisch. Die Decke ist hoch, und das chinesische Porzellan, das meine Mutter sammelt, glänzt bunt und farbenfroh von den hohen Regalen. Die Luft ist schwer vom Duft ihrer Rosen … ganz gewiss die letzten in diesem Jahr. Sie hätten bereits verblüht sein sollen, aber es war ein warmer Herbst, und sie hat sie in eine geschützte Ecke des Gartens gepflanzt. Wenn die verwelkt sind, wird es bis nächsten Sommer keine mehr geben. Da steht meine Mutter, sie trägt ein Hemdblusenkleid und sieht aus, wie eine Mutter aussehen soll. Dilly streicht um ihre Beine, und so weiß ich, dass Minnie irgendwo im Haus unterwegs ist. Meine Mutter muss sich also nicht um die Küche kümmern, sondern kann sich darauf konzentrieren, zu lächeln. Was sie auch tut.

»Alice, Liebes, wie nett, dich wiederzusehen.« Sie beugt sich vor, um Alice auf die Wange zu küssen. »Und das muss Celia sein.«

Celia schaut auf zu ihr und betrachtet sie eingehend, ehe eines ihrer seltenen, unvermittelten Lächeln, das aus dem Nichts zu kommen scheint, über ihr Gesicht huscht. Sie streckt meiner Mutter die Hand entgegen.

»Tut mir leid«, sagt sie.

Das ist typisch Celia. Obwohl ihr Englisch perfekt ist, sagt sie Dinge, die keinen Sinn ergeben. Als hätte sie etwas gehört, das mir entgangen ist, oder als antwortete sie auf Gedanken, die unausgesprochen in der Luft hängen. Bestimmt erkennen meine Eltern jetzt, was ich meine, wenn ich sage, sie ist sonderbar. Doch mein Vater scheint nichts Seltsames an Celias Worten zu finden, und meine Mutter versteht sie offenbar nur allzu gut. Sie errötet und ergreift Celias Hand.

»Das ist nicht deine Schuld, meine Liebe«, sagt sie. »Bei wem auch immer die Schuld liegt, der Himmel weiß, bei dir gewiss nicht.«

»Nun«, sagt mein Vater, »gehen wir doch ins Haus und nehmen den Tee ein, dann könnt ihr mir in Ruhe alle eure Neuigkeiten erzählen. Was hat der heutige Tag denn an Triumphen oder Katastrophen für euch gebracht?«

»Sei nicht albern, Daddy.«

»Aber er hat recht, Lacie.« Alice lächelt ihr breites Lächeln. »Sie haben recht, Dr. Forrester. Wir haben gerade erfahren, welche Rollen wir in dem Stück spielen werden. Sag du es ihm, Lacie.« Und da ich keinerlei Anstalten mache, ihrer Aufforderung nachzukommen, fährt sie fort: »Lacie wird den Romeo und ich werde die Julia spielen.«

»Aber, Lacie …« Wieder lächelt meine Mutter, ebenso mein Vater, der sich bückt und mich auf die Wange küsst.

»Aber ich habe die Rolle doch noch gar nicht«, widerspreche ich. »Jedenfalls nicht richtig. Alfreda und ich müssen sie gemeinsam einstudieren, aber wenn sie besser ist als ich, werde ich nur als Mercutio besetzt und im ersten Akt sterben, auch wenn ich die Frau-Mab-Rede habe.«

»Jetzt bist du es aber, die albern ist, Lacie«, sagt Alice tadelnd. »Natürlich wirst du der bessere Romeo sein.«

»Wie kannst du da so sicher sein?« Ich hoffe, sie wird sagen, »weil du perfekt für die Rolle bist«, aber stattdessen erklärt sie: »Weil ich Julia bin und Ms Bertram schon noch dahinterkommen wird, dass ihre Julia weitaus besser mit Lacie als mit Alfreda harmoniert.«

Alle lachen, bis auf Celia, die mit den Gedanken woanders ist und auf die Vase mit den Rosen starrt.

»Magst du Rosen?«, fragt meine Mutter mit erstaunlich sanfter Stimme.

»Ja«, antwortet Celia, »sehr sogar. Meine Mutter züchtet auch Rosen.« Für Celia ist das eine erstaunlich lange Rede.

Doch so leicht lasse ich mich nicht ausbooten. »Bei Romeo und Julia gibt es auch eine Passage über Rosen«, werfe ich rasch ein.

Das ist Alice' Text, und schon sprudelt sie damit heraus. »›*Was uns Rose heißt, wie es auch hieße, würde lieblich duften. So Romeo, wenn er auch anders hieße, er würde doch den köstlichen Gehalt bewahren, welcher sein ist ohne Titel*‹.«

»›*Was ist ein Name*‹?«, füge ich hinzu.

Ich verstehe nicht, warum Celia errötet und den Blick abwendet.

Der Tee wird im Wintergarten serviert, hinten im Haus, sodass unsere Gäste den Garten bewundern können. Es gibt Sandwiches und Schinkenterrine, dazu eine Schüssel mit Tomaten – was der Etwas-Rotes-Regel meines Vaters Genüge tut –, außerdem Ingwerkekse und eine große Biskuittorte mit Früchten und Sahne. Und den Mittelpunkt der Tafel bildet ein gestürzter Pudding in Gestalt eines Kaninchens, das inmitten einer Wiese aus grüner Götterspeise hockt, bestreut mit Zuckerkristallen, die aussehen wie wilde Blumen. Als Celia das Kaninchen sieht, ruft sie: »Oh«, faltet die Hände und gleicht dabei einem mittelalterlichen Engel.

Meine Eltern setzen sich zu uns und sind so nett, die richtigen Fragen zu stellen und die falschen zu meiden. Celia bekommt ganz rosige Wangen und sagt: »Ja, bitte«, als sie gefragt wird, ob sie eine zweite Portion von dem Kaninchen haben möchte. Alice spricht über das Stück und wie wunderbar die Aufführung sein wird.

»Na dann«, sagt mein Vater. »Dann sollten wir uns geehrt fühlen, Romeo und Julia zum Tee bei uns zu haben. Und was ist mit dir, Celia? Welche Rolle wirst du spielen?«

»Die Dienerschaft«, erklärt Celia feierlich und schenkt uns das Lächeln, das, wie ich allmählich begreife, nichts anderes heißt als »was soll dieser Unfug? Wieso sind diese Dinge den Engländern so wichtig?«.

»Celia hat so viel mit ihrer Musik zu tun, dass ihr kaum Zeit für das Stück bleibt«, erklärt Alice.

»Richtig«, sagt mein Vater, »Celias Musik.« Er dreht sich zu ihr um. »Wie ich höre, bist du ein richtiges Wunderkind, meine Liebe.« Er ergreift ihre Hand und begutachtet ihre langen Finger. »Die Hände einer Musikerin«, sagt er.

Sie nickt.

»Vielleicht würdest du gern mein Grammofon hören. Ich habe erst kürzlich eine Aufnahme von Señor Casals erworben, der einige der englischen Suiten von Bach spielt.«

Celia springt auf, aber dann fällt ihr ein, dass sich das nicht schickt, und setzt sich wieder. »Das würde ich sehr gern«, sagt sie.

»Ich auch«, sagt Alice beherzt.

»Gut«, meint mein Vater. »Wenn ihr genug gegessen habt …«

Wir folgen ihm in sein Arbeitszimmer, wo er Celia bittet, in dem großen Ledersessel hinter seinem Schreibtisch Platz zu nehmen. Alice wird auf den Stuhl davor gesetzt und ich neben das Grammofon, um es aufzuziehen, wenn nötig. Mit derselben Sorgfalt, die er einem kranken Kind zukommen lässt, greift mein Vater nach der Schellackplatte, lässt sie vorsichtig aus der Papierhülle gleiten und legt sie auf den Apparat. Als alles bereit ist und die Scheibe sich schwankend dreht, platziert er die Nadel auf den glänzenden äußeren Rand. Einen Herzschlag lang warten wir, während sie nach innen gleitet und in die Rille taucht. Reine, perfekte Noten durchdringen die Stille.

Celia sitzt ruhig da. So wie auch Alice und ich, aber Celias Ruhe ist von anderer Art. Sie ist die Verkörperung der Ruhe. Ihre weit geöffneten Augen nehmen nichts wahr. Mein Vater hört eine Weile gemeinsam mit uns zu, schaut dann auf seine Uhr und lässt uns allein. Als die erste Aufnahme beendet ist, greife ich nach der zweiten Schellackplatte, aber Celia schüttelt den Kopf.

»Noch einmal«, bittet sie. Dieses Mal verhält sie sich anders und schließt die Augen. Ihre Augenbrauen sind in voller Konzentration gehoben, als würde sie die Musik analysieren und auswendig lernen. Ich spiele alle drei Platten für sie, erst ein Mal, dann ein zweites Mal. Nach einer Weile fangen Alice und ich an, uns zu langweilen. Alice steht auf und läuft herum. Ich, als Gastgeberin, bemühe mich, ruhig sitzen zu bleiben, aber Celia nimmt weder Alice wahr noch mich, und so leiste ich nach einer Weile Alice Gesellschaft, die sich die Bücher und Gemälde anschaut. Eine Zeit lang betrachtet sie das Skelett, das in der Ecke steht, und sieht sich voller Interesse den Glasschrank und die Apothekerflaschen an. Ihre Augen huschen über die großen und die kleinen, die bauchigen und die rechteckigen Gefäße. Sie streckt die Hand nach der Schranktür aus.

»Sie ist abgesperrt«, flüstere ich. »Sie ist immer verschlossen.«

»Wo ist der Schlüssel?«

Ich deute auf die linke obere Schublade im Schreibtisch meines Vaters. »Dort, die ist aber auch verschlossen, und der Schlüssel dazu befindet sich in der Westentasche meines Vaters.«

Sie zuckt die Schultern und wendet sich wieder den Flaschen zu. »Sind die wirklich giftig?«

»O ja.«

Die Musik hat aufgehört, und Celia ist zu uns gekommen und schaut auf die Flaschen.

»Gefährlich«, sagt sie.

Alice nickt. »Wieso hat dein Vater Gift im Haus?«

»Paracelsus sagt, ›alle Dinge sind Gift. Allein die Dosis macht, dass ein Ding kein Gift ist‹.« Das habe ich meinen Vater viele Male sagen hören. »Im rechten Maß und auf die rechte Art angewandt, werden sie zu Medizin«, erkläre ich. »Darum geht es.«

»Und wenn man sie auf die falsche Art anwendet?«

Jetzt kann ich nur die Schultern zucken.

Kapitel 19

Morphium ist das Gift meiner Wahl, aber auf die Dosis kommt es an. Zu viel, und ich kann den Bleistift nicht mehr halten, zu wenig, und ich habe den Schmerz nicht mehr unter Kontrolle. Trotzdem mache ich Fortschritte und bin bereits beim dritten Notizbuch angelangt.

Es ist mitten am Vormittag, Doreen hat mich gewaschen und an das aufgeschüttelte Kissen gelehnt. Die Kinderstimmen sind verstummt, der Stoßverkehr hat nachgelassen, die heutige Post ist klappernd in meinem Briefkasten gelandet. Ich spüre die Leere in meinen Knochen, das pochende Blut in meinen Adern. Ich höre Doreens Schritte auf der Treppe.

»Lacie! Lacie!«

»Sie können mir nichts vormachen, Doreen. Es kann noch nicht Tablettenzeit sein.« Ich schließe die Augen. Und meinen Mund.

»Keine Tabletten, Lacie. Es ist ein Brief!«

»Na, so was. Man stelle sich vor. Ein Brief.«

»Ein richtiger Brief. Mit der Hand geschrieben. Es ist schon lang her, dass Sie das letzte Mal einen bekommen haben!«

Wahrscheinlich hat sie recht. Vielleicht aber auch nicht. Ich weiß es wirklich nicht mehr. »Geben Sie ihn mir.«

»Er ist mit einem richtigen Füllfederhalter geschrieben.«

»Geben Sie ihn mir, Doreen.«

»Wunderschöne blaue Tinte.«

»Geben Sie mir auf der Stelle den Brief, Doreen, oder Sie sind gefeuert.«

Wir wissen beide, dass dies eine leere Drohung ist, aber sie gibt mir den Brief. Einen Moment lang halte ich ihn in der Hand und spüre sein Gewicht. Es ist in der Tat lang her, seit mir das letzte Mal jemand auf einem Briefpapier dieser Qualität geschrieben hat. Ich starre auf die Tinte, die sich in eleganten Linien über den Umschlag schlängelt, und mir wird schlecht. Wahrscheinlich liegt es an der

Pflaumenmarmelade, die ich zum Frühstück gegessen habe. Ich werfe erneut einen Blick auf den Brief und hoffe inbrünstig, dass es die Marmelade ist.

»Wollen Sie ihn nicht aufmachen?«, fragt Doreen.

»Doreen, Liebes, holen Sie doch mal eine Schüssel. Ich glaube, ich kotze gleich.«

Nichts kann Doreen mehr in Eile versetzen als die drohende Aussicht auf Erbrochenes auf meinem Bettzeug. Sobald sie fort ist, schiebe ich den Umschlag unter mein Kissen.

»Falscher Alarm«, krähe ich munter, als sie zurückkommt. »Mir geht es schon viel besser.« Von wegen. Und daran ist nicht die Pflaumenmarmelade schuld.

Den ganzen Tag lang denke ich an den Brief unter meinem Kopfkissen. »Unmöglich, dass du die Schrift erkennst«, rede ich mir ein. »Nicht nach all diesen Jahren.«

Aber ich befürchte, es ist so. Ich kneife fest die Augen zusammen. Es dauert eine Weile, bis ich sie wieder öffne, aber der Brief ist immer noch da.

»Irgendwann wirst du ihn lesen müssen«, sage ich mir. »Was immer da drinsteht, es ist besser, davon zu wissen. Schließlich kann sie mir jetzt nicht mehr wehtun, oder? Nicht nach all dieser Zeit. Oder etwa doch?«

Mein Mund ist trocken. Ich greife nach einem Glas Wasser, meine Hand zittert. Ich hole den Brief hervor. Eine Ecke des Umschlags klebt nicht richtig. Vielleicht hatte sie auch einen trockenen Mund, als sie die Lasche mit der Zunge befeuchtete. Ich schiebe einen Finger in den Spalt und ertaste ein einziges Blatt Leinenpapier. Es ist sehr weiß, die Tinte sehr blau, die Schrift leicht holprig. Vielleicht hat auch ihre Hand gezittert. Mir bleibt nichts anderes übrig, als meine Brille aufzusetzen und zu lesen. »Meine liebe Lacie.« Diese drei Wörter erschüttern mich bis ins Mark, und ich muss mich erst einmal sammeln, ehe ich weiterlesen kann. Ich reiße mich zusammen und versuche es erneut. Den Rest werde ich ohne Unterbrechung lesen, um es hinter mich zu bringen.

*»Meine liebe Lacie,
es ist lang her. Du wunderst Dich bestimmt, warum ich Dir jetzt schreibe, da ich in all den Jahren, die zwischen uns liegen, nichts von mir habe hören lassen.
Ich werde ehrlich sein. Ich habe erfahren, dass es Dir nicht gut geht, und ich will Dich unbedingt wiedersehen, ehe es zu spät ist. Ich weiß, Du wirst nicht erfreut sein über diesen Brief, und ich werde Dir Zeit zum Nachdenken geben, aber wenn ich nichts von Dir höre, werde ich nächsten Sonntag am Nachmittag zum Tee kommen. Wie immer Du Dich entscheidest, meine Liebe, wie eh und je.«*

Ihre Unterschrift. Wie eh und je. Ich drehe und wende das Blatt hin und her. Mein Herz klopft heftig.

Aus der Ecke blitzen mich grüne Augen an. »Nun«, sagt die Stimme, »überlege es dir. Zum ersten Mal seit siebzig Jahren werden wir alle wieder zusammen sein.«

Kapitel 20

Am folgenden Freitagnachmittag, dem ersten Tag der Theaterproben, bin ich Romeo, doch zuerst muss ich den Vormittag überstehen. Die Freitage beginnen immer mit Mathematik bei Ms Jolliffe. Wir mögen nicht alle Mathematik, aber wir alle mögen Ms Jolliffe. Sie hat Verständnis dafür, dass manche Menschen sich nach einem Blick auf Zahlen einer Ohnmacht nahe fühlen. Sie hat uns sicher durch die trüben Gewässer schriftlicher Division und des Bruchrechnens gesteuert und ans rettende Ufer geleitet. Inzwischen haben wir mit einfacher Algebra Neuland betreten. Die Grundlagen haben wir bereits gelernt, und heute werden wir unser Verständnis davon unter Beweis stellen, indem wir Beispiele bearbeiten. Ich bin nervös, auch wenn ich die Thematik verstehe, aus bitterer Erfahrung jedoch weiß, dass ein Moment der Unachtsamkeit jegliches Verständnis sabotieren und eine falsche Antwort zur Folge haben kann. Ich spitze meinen Bleistift so scharf, dass man damit eine Fliege aufspießen könnte. Danach säubere ich die Kanten meines Radiergummis. Ich bin bereit. Aber als die Glocke läutet, ist nichts zu sehen von Ms Jolliffe. Zehn Minuten später taucht Ms Rafferty auf, um uns zu sagen, dass Ms Jolliffe Migräne hat und, ein mit Kölnischwasser getränktes Taschentuch auf der Stirn, im Lehrerzimmer liegt. Ich muss laut aufgestöhnt haben, denn Ms Rafferty wirft mir einen scharfen Blick zu.

»Ms Jolliffe hat Übungsbeispiele für euch vorbereitet«, sagt sie und fängt an, die Aufgaben an die Tafel zu schreiben. Sie ist fast fertig damit, als es an der Tür klopft und eine Erstklässlerin, die eben ihre Stunde bei Professor Chambers beendet hat, die nächste Schülerin bittet, zu ihm zu kommen, wie es das Schulprotokoll vorsieht.

»Bitte, Ms Rafferty, Celia Zimmermann soll in ihre Cellostunde gehen«, sagt das Kind. Celia steht auf, wird aber von einem einzigen Satz von Ms Rafferty in die Schranken gewiesen.

»Sitzen geblieben.«

Celia schaut irritiert, setzt sich aber nicht wieder hin.

»Setz dich«, wiederholt Ms Rafferty.

»Ich habe jetzt Cellounterricht«, sagt Celia.

»Ich habe nicht gesagt, dass du gehen darfst«, erklärt Ms Rafferty mit kalter Stimme.

Celia sieht aus, als hätten ihre Englischkenntnisse sie im Stich gelassen.

»Ms Jolliffe muss deine Arbeit sehen. Dieses eine Mal wirst du eben nicht in den Musikunterricht gehen können.«

»Aber ich muss«, erwidert Celia, als wäre dies eine simple Tatsache und als hätte Ms Rafferty einige fundamentale Prinzipien des Universums übersehen.

»Du kannst nicht gehen, habe ich gesagt. Du hast jeden Tag Musikunterricht. Da kann die Stunde heute einmal ausfallen. Es ist wichtiger, dass du Algebra begreifst.«

Celia wirft Ms Rafferty einen Blick zu, als hätte die Frau ihren Verstand verloren. »Aber das kann ich doch schon alles«, sagt sie und deutet in Richtung der Tafel, wo die ersten fünf Aufgaben stehen, die Ms Rafferty hingeschrieben hat.

»Das kannst du unmöglich können«, erwidert Ms Rafferty höhnisch. »Du hast doch gerade erst die Grundlagen gelernt und noch kein einziges Beispiel bearbeitet.«

Celia schaut sie wortlos an.

»Jetzt setz dich und nimm deinen Stift in die Hand.« Ms Raffertys Stimme ist inzwischen lauter geworden, als eine höfliche Unterhaltung dies erlauben würde. Alice und ich sehen uns an. Alice erhebt sich.

»Ms Rafferty, Celia soll jeden Tag ihren Musikunterricht bekommen. Es ist wichtig. Es ist …«

»Schweig.« Ms Raffertys Stimme ist jetzt unleugbar lauter geworden. »Niemand hat dich um deine Meinung gebeten, Alice Fairfax.« Sie sieht, dass ich ebenfalls aufstehe. »Und um deine auch nicht, Lacie Forrester. Und was dich angeht, Celia, ich habe dir gesagt, du sollst dich hinsetzen und deinen Stift nehmen.«

Alice bleibt stehen, ich auch, doch bevor wir noch ein Wort sagen können, schüttelt Celia, die Ms Rafferty unverwandt angesehen hat, den Kopf. »Nein. Ich weiß, wie man diese Aufgaben löst.« Dann geht sie zur Tafel, nimmt die Kreide, streckt sich und fängt an, die Antworten hinzuschreiben. Ms Rafferty eilt zu ihr, schreckt aber doch davor zurück, Hand an eine Schülerin zu legen. Und das wäre das Einzige, was Celia aufhalten könnte. Celia bearbeitet eine Frage nach der anderen, ohne ersichtliche Pausen zum Nachdenken zu benötigen, bis die Tafel mit ihren sauberen Buchstaben und Zahlen vollgeschrieben ist. Dann legt sie die Kreide aus der Hand und geht zur Tür, wo sie stehen bleibt.

»Bachs Mathematik ist wesentlich schwieriger«, sagt sie entschuldigend.

Als sie weg ist, herrscht Stille. Wir sehen einander an und wissen nicht, was wir tun sollen. Es ergibt keinen Sinn, die Aufgaben abzuschreiben, nachdem Celias Lösungen für alle sichtbar dort stehen. Wir sehen zu Ms Rafferty hinüber, die an die Tafel starrt. Schließlich sagt sie mit gepresster Stimme: »Holt eure Gedichtbücher heraus und lernt das Gedicht auf Seite vierundzwanzig auswendig.«

Das Gedicht haben wir bereits gelernt, aber keine wagt es, ihr das zu sagen.

Celia muss die Treppe hinaufgerannt sein, denn zwei Minuten später hören wir von fern, aber dennoch ziemlich klar, den sicheren Strich ihres Bogens auf den Cellosaiten. Die Noten vibrieren so tief wie Gedanken. Ich weiß, dass wir großen Ärger bekommen werden. Celia wird bestraft werden. Ich vermute, so wie Ms Rafferty Alice und mich beäugt, werden auch wir bestraft werden. Dann bricht ziemlich unvermittelt der Klang des Cellos ab.

Celia sollte spielen. Oder zurück in die Klasse kommen. Doch nichts davon geschieht. Irgendetwas stimmt nicht. Alice und ich werfen einander düstere Blicke zu. Endlich läutet die Glocke, und wir haben Geschichte bei Ms Morgan, aber Celia taucht immer noch nicht auf. Wir sehen sie erst wieder, als wir uns vor dem Mittagessen die Hände waschen. Da erscheint sie, sehr blass und mit geröteten Augen. Wir gehen zu ihr und ergreifen ihre Hände. Sie sind eiskalt.

»Lass dich von ihr nicht so aus der Fassung bringen«, sagt Alice.

Celia sieht aus, als hätte sie nicht verstanden.

»Im Ernst«, sagt Alice, »die Rafferty ist grausam und dumm, aber sie zählt nicht.«

»Ich weiß«, antwortet Celia. »Es ist nicht wegen ihr.«

»Wegen wem dann? Wegen was?«

Celia schüttelt den Kopf. »Nichts.«

»Natürlich ist es nicht nichts«, sagt Alice.

»Du weinst doch nicht wegen nichts«, stelle ich klar.

Celias Unterlippe bebt, aber sie ringt sich ein Lächeln ab und drückt Alice' Hand. »Wir müssen zum Mittagessen.«

Doch wir kommen nicht voran, weil Celia immer wieder stehen bleiben muss, um in ihr Taschentuch zu weinen. Als wir endlich den Speisesaal betreten, sind wir zu spät dran. Wir sehen uns um auf der Suche nach drei Plätzen. An Ms Bertrams Tisch sind keine mehr frei, ebenso wenig bei Ms Violet, bei Ms Potts oder bei Ms Morgan. Ms Jolliffe ist nicht da und liegt wahrscheinlich noch mit Kopfschmerzen im Lehrerzimmer. Professor Chambers hat noch zwei freie Plätze, und Celia macht einen Schritt darauf zu, doch Alice hält sie zurück. Alle sitzen bereits, und nirgendwo ist Platz für uns drei außer am Tisch von Ms Rafferty. Ms Rafferty starrt uns vorwurfsvoll an.

»Wir warten«, sagt sie.

Es bleibt uns keine andere Wahl, also setzen wir uns.

Ms Raffertys Blick wandert um den Tisch. Sie überlegt sicher, wer das Tischgebet sprechen soll. Ihr Blick bleibt an Celia hängen. »Bitte nicht, lieber Gott«, bete ich im Stillen.

»Lacie«, beschließt Ms Rafferty.

Ich falte meine Hände und schließe die Augen. »Möge uns der

Herr mit Dankbarkeit erfüllen für alle guten Gaben an diesem Tisch.« Neun Mädchen sagen *Amen*, und Ms Rafferty fängt an, den matschigen Fisch-Pie auszuteilen. Nachdem sie auf jeden Teller einen Schöpflöffel voll geklatscht hat, wird der Teller an das Mädchen zu ihrer Rechten gereicht, das den gedünsteten Kohl hinzufügen soll. Als alle Teller gefüllt sind, sagt Ms Rafferty: »Ihr könnt anfangen.«

Alice wirft Celia einen besorgten Blick zu.

»Mir geht es gut«, beschwichtigt Celia sie und schiebt sich, als wolle sie ihr etwas beweisen, eine Gabel voll Kohl in den Mund. Sie kaut und kaut, aber am Ende holt sie ihr Taschentuch heraus und entsorgt darin diskret die breiigen Blätter. Sie versucht es erneut mit ein paar Kartoffeln, ohne Erfolg. Alice und ich sehen uns an. Celia greift nach dem Wasserglas, aber ihre Hand zittert, das Glas entgleitet ihren Fingern, trifft auf die Tischkante, fällt zu Boden und zerbricht. Mit einem Ausdruck des Entsetzens springt Celia auf, stößt einen Schrei aus. Keinen lauten Schrei, eher ein Stöhnen, das tief aus ihrem Innern zu kommen scheint, doch in dem Moment erstirbt jedes andere Geräusch im Speisesaal. Ms Rafferty schiebt ihren Stuhl zurück und eilt zu ihr, aber Professor Chambers stößt sie zur Seite und ist als Erster bei Celia. Er beugt sich über sie, ergreift ihre Hand und sagt etwas zu ihr. Ms Rafferty, bebend vor Zorn darüber, weggestoßen worden zu sein, ist wieder zur Stelle, jetzt aber auch Ms Bertram. Und es ist Ms Bertram, die schließlich sagt: »Ich kümmere mich darum.« Ms Bertram ist es, die wartet, während Ms Rafferty und der Professor langsam auf ihre Plätze zurückkehren. Sie ist es, die Celia einen Arm um die Schultern legt und, statt sie zu tadeln – Ungeschicklichkeit ist nicht gut angesehen in Dorset House –, sagt: »Das ist nicht so schlimm, meine Liebe. Es ist doch nur ein zerbrochenes Glas.«

Aber zerbrochenes Glas scheint für Celia sehr schlimm zu sein, denn sie fängt zu weinen an. Doch nicht in dieses Schluchzen, das uns alle von Zeit zu Zeit überkommt. Eher in tiefe Seufzer, die aus ihrem Innersten hervorzuquellen scheinen und nicht enden wollen. Wir starren die beiden an, unfähig, zu verstehen, was da vor sich geht, während Ms Bertram Celia aus dem Speisesaal führt.

»Fahrt mit eurer Mahlzeit fort, Mädchen«, sagt Ms Parker laut, aber ich habe keinen Hunger mehr. Der leere Platz zwischen Alice und mir bindet meine gesamte Aufmerksamkeit. Ms Rafferty sieht den Professor mit kalten, harten Augen an. Und er – er fixiert seinen Teller, als wäre das Essen direkt aus dem Giftschrank meines Vaters gekommen.

Wir sehen Celia weder beim Mittagessen wieder noch danach. Der Nachmittag kommt, und mit ihm Romeo. Die Rolle zu lesen macht mir weniger Spaß, als ich erwartet hatte. Ich kann nicht aufhören, über Celia nachzudenken, aber ganz gleich, wie sehr ich mich anstrenge, ich begreife es einfach nicht. An dem Abend erzähle ich meinen Eltern beim Essen davon.

»Sie hat geweint und überhaupt nicht mehr damit aufgehört, und nach dem Mittagessen haben wir gesehen, wie der Wagen ihres Großvaters gekommen ist, um sie abzuholen. Und dabei ist doch nur ein Glas zu Bruch gegangen.«

Meine Eltern schauen einander an, und mein Vater stützt beide Ellbogen auf den Tisch und lässt den Kopf in seine Hände sinken. Nach einer Weile steht er auf und geht zu der Anrichte, wo er seine Zeitung liegen lassen hat. Er wirft einen Blick auf die aufgeschlagene Seite, klappt sie zu und faltet sie ganz klein. Dann sagt er zu meiner Mutter: »Hast du noch den Zettel von Celias Großvater, den sie dabeihatte, als sie zum Tee kam?«

Sie verlässt das Zimmer und kehrt mit einem Blatt Papier zurück. Mein Vater nimmt es und schaut auf die Adresse und die Telefonnummer in der oberen Ecke.

»Ich gehe kurz telefonieren«, sagt er, obwohl wir die Nachspeise noch nicht gegessen haben. Wir hören ihn draußen auf dem Gang reden. Als er zurückkommt, setzt er sich wieder, breitet die Serviette über seine Knie, gießt Vanillesoße über seinen Apfel-Crumble und nimmt seinen Löffel. »Ich werde nach dem Essen mal bei Celia vorbeischauen.«

»Aber sie ist nicht krank«, widerspreche ich. »Sie hat sich nur furchtbar aufgeregt.«

»Sie braucht etwas zur Beruhigung.« Dabei blickt er meine Mutter an, nicht mich. »Ich werde ihr etwas geben, das ihr beim Einschlafen hilft. Ich bin sicher, dass es ihr bald wieder besser geht. Kinder sind widerstandsfähig.«

»Sie sollte bei ihren Leuten sein«, meint meine Mutter.

»Nur gut, dass sie es nicht ist«, erwidert er.

Meine Mutter schüttelt den Kopf, aber nach dem Abendessen, als mein Vater seine schwarze Tasche packt, spähe ich durch das Treppengeländer und sehe, dass sie zu ihm geht. Sie hat etwas in der Hand, das sie auf den Tisch im Vorraum legt, während sie ihm in den Mantel hilft und die Knöpfe schließt, wie sie es auch bei mir immer macht. Dann greift sie nach dem Ding auf dem Tisch. Erstaunt erkenne ich, dass es eine Rose ist, ihre letzte, eingehüllt in Zeitungspapier. Sie hat ihre besten Zeiten schon hinter sich und ist fast verblüht, aber ihr schwerer Geruch dringt herauf bis zu mir. Meine Mutter reicht sie meinem Vater und murmelt dabei etwas. Er beugt sich zu ihr, um sie auf die Wange zu küssen. Leise schließt sich die Tür hinter ihm.

Kapitel 21

Dinge gehen so leicht kaputt. Ein Moment der Unachtsamkeit, und sie sind zerbrochen und können niemals mehr zusammengefügt werden.

»Es ist doch nur eine Teetasse«, sagt Doreen.

Richtig. Und dennoch kann ich nicht anders, als zu schluchzen, wenn ich daran denke …

Doreen gibt mir ein sauberes Taschentuch. »Hier, nehmen Sie das.«

Ich betupfe meine Augen. »Es ist die Brüchigkeit von allem«, klage ich.

»Alles hat mal ein Ende.«

»Vermutlich.«

»In Bereitschaft sein ist alles«, zitiert sie.

Ich schniefe. »Ich hatte in Ihnen keine Leserin vermutet, Doreen, von Shakespeare.« Selbst ich kann hören, wie affektiert meine Worte klingen.

»Haben Sie nicht? Nun ja, nicht unbedingt eine Leserin. Aber früher …«

»Was? Was war früher?« Ich löse meine Finger von ihrem Arm und füge mit ruhigerer Stimme hinzu: »Was haben Sie früher gemacht, Doreen?«

Sie setzt sich auf die Bettkante und schaut zum Fenster hinaus. »Früher habe ich mir eingebildet, ich könnte mal Schauspielerin werden.«

»Schauspielerin!«

Sie stößt ein aufgesetzt fröhliches Lachen aus, springt auch schon wieder auf und greift nach den Tabletten. »Oh, das war nur ein alberner Traum.«

Ich schweige ziemlich lang. »Was ist passiert?«

»Was immer mit Träumen passiert … er zerbrach.«

Wie Glas.

Kapitel 22

Am folgenden Montag stehen Alice und ich in der Garderobe und warten auf Celia, aber sie kommt nicht. Ich berichte Alice, dass mein Vater zu ihr fuhr.

»Er hat seine Tasche mitgenommen«, sage ich.

»Wieso? Celia war doch nicht krank.«

»Das habe ich ihm auch gesagt, aber er ist trotzdem hin. Sonntagmorgen sogar noch einmal.«

Alice runzelt die Stirn. »Hat er gesagt, was ihr fehlt?«

»Er spricht nie über seine Patienten.«

»Aber sie ist doch keine Patientin.«

»Auf jeden Fall hat er seine Tasche mitgenommen.«

Wir schauen uns betroffen an.

»Irgendetwas stimmt da nicht«, sagt sie.

Den ganzen Vormittag über kann Alice sich nicht auf den Unterricht konzentrieren. Jedes Mal, wenn ich zu ihr hinübersehe, kaut sie auf ihrer Unterlippe, runzelt die Augenbrauen oder starrt aus dem Fenster, wie Celia es auch macht. Als ob sie einen Zugang zu Celias Gedanken fände, wenn sie ihr Verhalten nachahmt. In der Viertelstunde, die uns nach dem Mittagessen noch bleibt, laufen wir hinunter bis zum Ende des Gartens.

»Ich mache mir Sorgen«, sagt Alice und blickt über das Feld hinweg ins Leere.

Ich mir auch. Ich habe mich inzwischen an Celia gewöhnt. Die Vorstellung, sie könnte krank oder unglücklich sein, gefällt mir nicht.

»Celia hat sich so schrecklich aufgeregt, dass sie jetzt krank ist. Glaubst du, sie hat sich über die Rafferty so geärgert?«

Ich schüttele den Kopf. Die Rafferty ist Celia völlig egal.

»Dann vergessen wir mal die Rafferty und überlegen, was übrig bleibt.«

Ich nicke.

»Punkt eins. Celia ist in ihre Musikstunde gegangen und hat angefangen zu spielen. Wir haben sie gehört. Aber nach ein paar Minuten hat sie wieder aufgehört.«

Hat sie.

»Punkt zwei. Sie ist danach nicht mehr ins Klassenzimmer zurückgekommen.«

Ist sie nicht.

Ein merkwürdiger Ausdruck huscht über Alice' Gesicht. Hätte ich es nicht besser gewusst, hätte ich es für Panik gehalten. Meine Freundin scheint für einen Augenblick jeglichen Schutzes beraubt, und ich sehe eine Alice, die mir ebenso jung und verloren vorkommt, wie ich es bin. Dann ist der Moment verstrichen, und an seine Stelle tritt ein Ausdruck schmerzhaft wissender Klarheit. »Also, was ist da oben im Musikzimmer passiert?«

Wortlos ziehen wir alle Möglichkeiten in Betracht. Mir fallen leider nur wenige ein. »Vielleicht hat Professor Chambers sie korrigiert und ihr gezeigt, wie sie ihre Finger setzen soll.«

Alice zuckt zusammen. Ich sehe es deutlich. Sie zuckt zusammen, und ein Schatten verdüstert ihr Gesicht. Als sie endlich antwortet, klingt ihre Stimme gespannt wie eine von Celias Cellosaiten. »Dann hätte sie mit korrigierter Fingerhaltung weitergespielt. Aber das hat sie nicht. Sie hat überhaupt nicht mehr gespielt.«

Ich weiß, dass Alice mehr Möglichkeiten in Erwägung zieht als ich. Das tut sie immer. Wir stecken die Köpfe zusammen, und ich drehe und wende die Tatsachen, die sie vor mir ausgebreitet hat, hin und her, aber ich kann mir keinen Reim darauf machen. »Was denkst du, was passiert ist?«

Wieder sehe ich diesen nackten, verängstigten Ausdruck auf ihrem Gesicht. »Etwas, weswegen sie einen Arzt gebraucht hat.«

Die Logik ist nicht zu bestreiten. Celia ging es gut, als sie zum Musikunterricht hinauf ins Dachgeschoss stieg, danach nicht mehr. Doch was kann einem im Musikzimmer schon zustoßen, dass man danach einen Arzt braucht? Mir fällt nichts anderes ein, als dass einem der Klavierdeckel auf die Finger fallen könnte, aber Celia spielt nicht Klavier. Ich will gerade eine entsprechende Bemerkung machen, als Alice genau das tut, was sonst Celia immer macht. Noch bevor ich etwas sagen kann, hört sie, was in meinem Kopf vor sich geht, und legt einen Finger auf meine Lippen, um mich vom Reden abzuhalten. Sie ist schneeweiß im Gesicht. Ihre Stimme ist nur noch ein Flüstern, als sie sagt: »Du verstehst das nicht.«

Die nächsten paar Tage scheint Alice mit den Gedanken ständig woanders zu sein. Wahrscheinlich fehlt ihr Celia. Mir auch. Doch gegen Mitte der Woche ist Celia wieder da. Sie ist blass und ruhig, aber das ist sie sonst auch. Ich sehe keinen Grund, warum nicht alles wieder so sein sollte wie zuvor, doch Alice will es nicht dabei belassen. Noch eine Alice – nicht die clevere, nicht die boshafte, nicht die tapfer gegen Ungerechtigkeit kämpfende, nicht einmal die junge und verängstigte Alice. Diesmal ist es eine Alice, die ich noch nie zuvor gesehen habe. Es ist, als würde sie alte Wunden aufreißen wollen, und sie lässt keine Gelegenheit aus, Celia zu bedrängen. »Dir ging es doch gut, als du in deine Musikstunde gegangen bist. Was ist passiert?«, will sie wissen. Oder: »So sag es uns doch, Celia. Hab Vertrauen zu uns. Wir sind deine Freundinnen.« Oder: »Hat Professor Chambers dich so aufgewühlt? Hat er dich verletzt?«

Celia schaut sie jedes Mal an, als habe sie keine Ahnung, wovon Alice spricht. »Nein«, antwortet sie. »Es gibt kein Problem mit Professor Chambers. Er hat nichts Falsches gemacht.«

Doch Alice will die Sache nicht auf sich beruhen lassen, und sogar ich kann sehen, dass die Trauer über Celia liegt wie ein dunkler Schatten. Nachdem ein paar Tage vergangen sind, nimmt Alice mich zur Seite.

»Irgendetwas ist mit Celia passiert«, sagt sie, »und wir müssen herausfinden, was es ist.«

»Und wie sollen wir das anstellen?«

Alice überlegt. »Wir müssen Augen und Ohren offen halten und …« Sie holt ein kleines Notizbuch aus der Tasche, mitternachtsblau mit Sternen gesprenkelt und einem winzigen goldenen

Schloss samt Schlüssel. Die Seiten sind dünn, aber fest und sehen aus wie Zwiebelschalen. »Das hat mir meine Mutter geschenkt. Für die wichtigen Geheimnisse in meinem Leben. Und was könnte wichtiger sein?« Und ich höre, wie sie die unausgesprochenen Worte hinzufügt: »Was könnte ein größeres Geheimnis sein?«

Jeder kann sehen, dass Celia unglücklich ist. Sie hat dunkle Schatten unter den Augen und verkriecht sich immer mehr in sich selbst. Tief in Gedanken verloren, so nennt mein Vater diesen Zustand, als ich ihm Celia während unserer abendlichen Rituale beim Essen beschreibe. Meine Mutter legt die Gabel zur Seite.

»Nun, das ist kaum überraschend, so wie die Dinge liegen.« Sie scheint mit der Lammstelze auf ihrem Teller zu sprechen, aber eigentlich meint sie mich.

»Welche Dinge?«

»Iss deinen Rotkohl«, ermahnt mich mein Vater. Stirnrunzelnd sagt er zu meiner Mutter: »Ich habe mir neulich den Rosenkatalog angesehen, meine Liebe, und dabei ein sehr feines, blassgelbes Exemplar entdeckt. Jetzt überlege ich …«

Der Rosenkatalog liegt auf dem Nachttisch meiner Mutter. Voller Hervorhebungen, Bleistiftnotizen und Streichungen. Der Katalog ist ihre Bettlektüre. Sobald sie in ihre Rosen vertieft ist, kann man sie für nichts anderes mehr begeistern. Ich mache mich über meinen Rotkohl her, darf aber nicht vergessen, Alice am nächsten Tag von dem Gespräch zu erzählen.

»Bist du sicher, sie hat gesagt, ›das ist kaum überraschend‹?«

Ich nicke, und sie fügt die Bemerkung der wachsenden Liste in ihrem Sternenbuch hinzu. Sie hat das Büchlein immer bei sich und füllt Seite um Seite mit Notizen darüber, wie traurig Celia ihr erscheint, wie blass und nervös. Und zwar jedes Mal nach ihrer Musikstunde, immer, wenn wir dem Professor begegnet sind. Immer hat er etwas damit zu tun. Alice scheint regelrecht besessen von ihm zu sein. Celia weiß nichts von dem blauen Buch, aber sie weiß, dass Alice etwas im Schilde führt. Sie versucht, uns zu beruhigen.

»Es ist alles in Ordnung«, beschwichtigt sie uns.

Aber Alice ist sicher, dass nichts in Ordnung ist. Irgendetwas stimmt nicht mit Celia, und sie ist überzeugt, dass Professor Chambers die Wurzel allen Übels ist.

»Wenn Celia nicht mit uns darüber reden will«, sage ich, »dann sehe ich nicht, was wir noch tun können.«

»Wenn Celia nicht reden will«, entgegnet Alice, »dann können es vielleicht andere.«

Es stimmt, der Professor unterrichtet mittlerweile viele Mädchen. Alfredas Vater ist nicht der Einzige, der seit Neuestem der Ansicht ist, kleine Extras wie Musik seien wichtig, und so ist der Professor plötzlich ziemlich gefragt. Seltsamerweise scheint ihn das nur umso nervöser zu machen, was sich durch ein leichtes Zucken an seinem Auge manifestiert. Bei Ms Rafferty stößt seine neuerliche Popularität allerdings auf wenig Gegenliebe. Sie wirft ihm scharfe Blicke zu, wann immer sich die Gelegenheit bietet, und betont stets: »Handarbeit ist Pflicht und kein kleines Extra.« Da inzwischen so viele Mädchen Musikstunden bei einem am *con-servatoire* ausgebildeten Lehrer haben wollen, muss der Professor Ernestine und Georgina mittlerweile in der Pause unterrichten.

Beim Tag der offenen Tür haben Ernestine und Georgina nämlich einen so großen Eindruck hinterlassen, dass Ms Parker der Ansicht ist, sie sollen auch beim Weihnachtskonzert singen. Und so lässt Alice sich immer wieder etwas einfallen und steht jedes Mal, wenn die beiden von ihren zusätzlichen Übungsstunden beim Professor kommen, wie zufällig unten an der Treppe.

Die ersten paar Male war sie schwer enttäuscht über das Gekicher der beiden. »Ich kann mir beim besten Willen nicht vorstellen, was so lustig sein soll an *Once in Royal David's City*«, sagt sie mürrisch. Doch ihre Geduld wird belohnt. Beim nächsten Mal lacht keine mehr. Ernestine hat einen Arm um Georgina gelegt, deren Augen gerötet sind.

»Ist was passiert?«, fragt Alice.

»Mir ist was passiert.« Begleitet von einem Schwall Tränen, brechen die Worte aus Georgina heraus.

Alice spitzt die Ohren. »Was hat er getan?«

Ernestine erklärt es ihr. »Wir mussten ohne Buch üben, und Georgina hat dauernd gesungen, der Stall ist einsam statt der Stall ist einfach, und da ist der Professor wütend geworden und hat gesagt, falls wir jemals das Pech haben sollten, wirkliche Einsamkeit kennenzulernen, dann würden wir diese beiden Wörter nicht mehr verwechseln.«

Alice runzelt so heftig die Stirn, bis ihre Augenbrauen fast zu einer Linie zusammenstoßen. »Und …«

Verständnislos schauen die beiden Mädchen sie an. »Und dabei hat er so traurig ausgesehen, dass ich einfach weinen musste«, erklärt Georgina.

»Oh«, meint Alice.

Letzten Endes ist es ausgerechnet Alfreda, die Alice das liefert, was sie hören will. Alfreda wird aus der Englischstunde zu ihrem Klavierunterricht gerufen. Jeder kann ihr ansehen, dass sie keine Lust dazu hat.

»Ich will aber nicht mit meinen Konjunktionen in Verzug geraten, Ms Bertram«, bettelt sie.

»Deine Tonleitern bedürfen größerer Aufmerksamkeit als deine Konjunktionen, Alfreda.«

Was der Wahrheit entspricht. Alfreda ist noch immer bei den Tonleitern. Gelegentlich erhält sie die Erlaubnis, sich an einem Arpeggio zu versuchen, doch meistens übt sie Tonleitern. Laut Dimity hat Alfredas Vater sich bereits bei Ms Parker beschwert, die jedoch nur erklärte, wir müssten Vertrauen in den Professor haben. Er würde tun, was am besten wäre. Ich erinnere mich noch deutlich an Mr Hollerby im Musikzimmer am Tag der offenen Tür und frage mich, wie lange Alfreda noch so weitermachen kann.

»Jetzt geh schon«, sagt Ms Bertram.

Alfreda geht. Fünfzehn Minuten lang beackert sie die Tasten ihres Klaviers. Es ist ein Wunder, dass sie nie besser wird. Als noch fünf Minuten von ihrer Stunde übrig sind, brechen die Tonleitern ab. Wir alle stoßen einen Seufzer der Erleichterung aus. Beim Mittagessen sitzt Alfreda an Ms Raffertys Tisch, von wo aus sie dem Professor düstere Blicke zuwirft. Danach geht Alice zu ihr hinüber.

»Immer diese Tonleitern«, sagt sie und verzieht das Gesicht. »Du Arme.«

»Ich hasse ihn. Er ist ein böser Mensch.«

»Böse?«

Alfreda nickt.

Alice' rechte Hand wandert zu ihrer Tasche, wo das blaue Buch steckt, und ich weiß, dass Alfredas Worte morgen früh dort eine neue Heimat gefunden haben.

Ich kann erkennen, was Alice treibt, aber ich kann nicht verstehen, warum sie das tut. Nicht wirklich. Sie ist vollkommen von etwas in Anspruch genommen, das ich nicht zu fassen kriege, und das verursacht mir mehr und mehr Sorgen. Eines Vormittags, als Celia in ihrer frühen Übungsstunde ist, spitzen sich die Dinge zwischen uns zu. Die Garderobe ist fast leer. Ich beuge mich tief über einen hartnäckigen Knoten in meinem Schnürsenkel. Es fällt mir leichter, zu sagen, was ich loswerden muss, wenn ich Alice dabei nicht ansehe.

»Celia scheint es wieder gut zu gehen. Ich meine …« Ich zerre an dem Knoten. Was meine ich eigentlich?

Alice sitzt auf der Bank, einen Schuh am Fuß, den anderen in ihrer Hand. Sie sieht mich an. »Lacie!«

Ich zucke die Schultern. »Ich verstehe einfach nicht, warum du so …«

»So was?«

»So …« Ich deute auf das blaue Büchlein neben ihr. Alice errötet. »Celia sagt, Professor Chambers ist ein guter Lehrer. Sie mag ihn. Wieso kannst du das nicht akzeptieren? Was hast du gegen ihn?« Ich habe gesagt, was ich loswerden musste, und bin schockiert, Tränen in Alice' Augen zu sehen. Sie kämpft darum, die Beherrschung nicht zu verlieren. Als sie spricht, kann ich das Zittern in ihrer Stimme hören.

»Du verstehst das nicht«, sagt sie. »Du kannst es nicht verstehen, weil du nicht …« Sie redet nicht weiter. Sie redet nie weiter. Was ist es, was sie nicht sagen will? Ärger steigt in mir hoch. Wir streiten nie, aber jetzt sind wir nahe dran. Zumindest ich bin es. Alice beißt sich auf die Lippen und beugt sich über ihren Schuh.

»Hörst du!« Plötzlich werde ich laut. »Alle diese« – ich suche nach dem Wort –, »diese Andeutungen. Und nichts steckt dahinter.«

»Bitte, Lacie. Kannst du nicht einfach …«

»Was! Was suchst du denn?«

Alice wirft ihren Schuh auf den Boden. »Die Wahrheit. Ich will einfach nur die Wahrheit herausfinden. Ich denke wirklich, Professor Chambers …«

»Was?«

Einen Augenblick lang glaube ich, dass sie es mir sagen wird, aber sie schüttelt nur den Kopf. Als ich bemerke, dass ich kurz davor bin, in Tränen auszubrechen, schiebe ich Alice zur Seite und stürme nach oben.

Wir schließen einen unausgesprochenen Pakt, nicht mehr darüber zu reden, aber zum ersten Mal spüre ich eine Entfremdung zwischen uns. Ich schäme mich über meine Unfähigkeit, zu erkennen, was hinter Alice' Stirn vor sich geht. Vielleicht empfindet sie ähnlich. Den restlichen Tag und auch den nächsten erwähnen wir den Professor nicht mehr, auch das blaue Buch bleibt an seinem Platz, doch das Unbehagen zwischen uns ist nicht zu leugnen.

Freitagvormittag haben wir Algebra bei Ms Jolliffe, was bei Celia immer für gute Laune sorgt. In der Pause bleibt sie draußen auf der Terrasse stehen, um einer Seemöwe nachzusehen, die sich als dunkle Silhouette gegen die dünne Wintersonne abzeichnet. Dabei stößt sie ein leises, vergnügtes Lachen aus.

»Schreib das in dein dummes Notizbuch«, zische ich Alice zu. Eigentlich wollte ich das nicht. Es ist einfach so aus mir herausgebrochen.

Alice gibt mir keine Antwort, aber die Spannung zwischen uns ist mit Händen greifbar. Das fällt sogar Celia auf, die eigentlich in ihrer eigenen Gedankenwelt verweilt. Sie hört auf, sich mit der Möwe zu beschäftigen, und dreht sich zu uns um.

»Was ist los?«

»Nichts«, blaffe ich.

Ihr Lächeln verschwindet.

Ich nehme sie am Arm und hake sie bei mir unter. »Im Ernst, nichts ist los.« Sie schaut zweifelnd, sagt aber nichts mehr. Alice ergreift ihren anderen Arm, und wir drei spazieren durch den Garten und tun so, als ob alles in Ordnung wäre. Dabei leiern wir immer wieder alle Ehefrauen von Heinrich dem Achten herunter, um auf Ms Morgans Geschichtsstunde nach der Pause vorbereitet zu sein. Die Glocke läutet, und wir wollen gerade ins Haus gehen, als Celia fragt: »Wer ist eigentlich heute Nachmittag als Romeo an der Reihe?«

Ich runzele die Stirn. »Icky ist dran.«

Celia drückt mir die Hand. Es sind nur noch zwei Freitage übrig in diesem Herbsthalbjahr, bis Ms Bertram verkünden wird, wer die Rolle spielen soll. Mein Auftritt letzte Woche lief ganz gut, bis Ms Rafferty sich mokierte, ich würde klingen wie Octavian vor der Schlacht bei Philippi, woraufhin Ms Bertram meinte, ich solle meinen Tonfall vielleicht ein wenig mäßigen. Ich weiß, dass Alfreda sanfter sprechen wird, jetzt, da sie an der Reihe ist.

Alice schaut auf Celias Hand in der meinen und startet einen erneuten Anlauf, die Dinge zwischen uns wieder in Ordnung zu bringen. »Lacie.« Sie bleibt stehen, also bleiben auch wir stehen und schauen sie an. »Du wirst Romeo sein. Ich werde dafür sorgen«, verspricht sie.

Natürlich weiß ich, dass sie darauf keinen Einfluss hat. Wie auch? Aber es ist ein Versuch, sich mit mir zu versöhnen, und ich weiß, ich sollte ihr entgegenkommen. Sie legt einen Arm um meine Taille, und ich lasse zu, dass sie mich an sich zieht. Doch dann spüre ich den Druck des kleinen Buches in ihrer Tasche und mache mich von ihr los.

Die Aussicht, dass Alfreda am Nachmittag eine gute Vorstellung abliefern könnte, schlägt mir auf den Magen. Mittags muss Alice meinen Hackbraten und Celia mein Gemüse essen. Als endlich die nachmittäglichen Proben beginnen – die erste Begegnung von Romeo und Julia –, ist mir schlecht. Man hat die Schulbänke zur Seite gerückt. Alice und Alfreda schauen sich über die Versammlung von Capulets an, ihre Blicke treffen sich, ihre Herzen schlagen schneller, als sie aufeinander zugehen. Eine Szene, die Alice und ich in der Woche zuvor mit Bravour gemeistert haben. Noch vor einem halben Jahr war Alice größer als ich, aber ich bin inzwischen gewachsen und jetzt mindestens so groß wie sie. Letzte Woche hat sie sich irgendwie kleiner gemacht, sodass ihre Julia zu mir aufsah, was in mir wiederum das Gefühl auslöste, sie beschützen zu müssen. Dieses Gefühl blieb die ganze Szene über bestehen, bis ich sah, dass sie gar nicht Julia war, sondern nur Alice, die mir in allem überlegen ist, und wir beide lachen mussten, und Ms Bertram »Bravo« sagte. Jetzt wird Alice dieselbe Szene mit Alfreda spielen.

Alfreda startet mit einem Handicap. Sie ist nicht so schnell gewachsen wie ich und deshalb kleiner als Alice. Nicht viel, und der Unterschied könnte leicht durch hohe Schuhe ausgeglichen werden, aber ich klammere mich an diesen Strohhalm. Alice ist jeder Zentimeter Julia, als sie und der unbekannte Jüngling einander umkreisen und an den Händen berühren. Kerzengerade richtet sich Alice auf und neigt graziös ihren Kopf auf dem langen Schwanenhals, während sie ihrer schicksalhaften Begegnung mit Romeo entgegenschreitet. Nur dass das nicht Romeo ist, sondern eindeutig Alfreda, die eine vor unseren Augen immer größer werdende Alice auf sich zukommen sieht. Statt mit zärtlichem Vertrauen zu ihr aufzublicken wie bei mir, schaut Alice mit einer Art verwirrter Arroganz auf Alfreda hinab. Die Worte sind von Shakespeare, doch der Blick ist der von Alice, und dieser Blick besagt: »Wer ist dieses Kind, das mich hier belästigt?« Auch Alfreda schaut verwirrt. Ebenso Ms Rafferty. Alfreda beginnt mit ihrem Text.

»›*Entweihet meine Hand verwegen dich, O Heil'genbild …*‹« Und starrt dabei direkt in Alice' Nasenlöcher. Jacqueline kaschiert ihr Lachen mit einem Hustenanfall. Alice tritt einen Schritt zurück, zieht ein Taschentuch heraus und putzt sich ausgiebig die Nase.

»Lass das, Alice«, sagt Ms Rafferty gereizt.

»Aber sie schaut mir direkt in die Nase«, erwidert Alice mit ihrer klaren, vernünftigen Stimme, »und … nun ja … Sie wissen doch.«

Wir alle wissen es. Wir wissen es nur allzu gut. Dieses Mal kann Jacqueline sich das Lachen nicht mehr verkneifen. Ebenso wenig Mary oder Susan. Alfreda spielt einfach weiter und absolviert mit Mühe die Berührung der Hände und das Umkreisen der Liebenden. Alice blickt unerklärlicherweise noch immer über Alfredas Scheitel hinweg. Doch Alfreda lässt sich nicht beirren und ist schließlich bei den Zeilen angelangt: »›*Oh, so vergönne, teure Heil'ge, nun, dass auch die Lippen wie die Hände tun …*‹«

An dieser Stelle des Textes ist vorgesehen, dass sie sich vorbeugt, als wollte sie Julias Lippen küssen, während Alice sich wegdrehen muss, sodass nur ihre Wange gestreift wird. Doch Alice reckt das Kinn auf ihrem Schwanenhals, und Romeo muss sich auf die Zehenspitzen stellen, um an ihre Wange zu gelangen, während Jacqueline losprustet und die Hände vor das Gesicht schlägt, bis sich keine von uns mehr halten kann, nicht einmal Celia, und uns vor Lachen die Tränen über das Gesicht laufen.

»Hört auf«, faucht Ms Rafferty. Wir würden ihr ja gern gehorchen, doch der Wille allein reicht nicht aus. Ms Bertram muss mit Mercutios Sterbeszene weitermachen, und ich betrete die Bühne, voll Anmut und Grazie, wie ich hoffe.

Kapitel 23

Mercy«, frage ich an diesem Abend, »was denken Sie über Romeo und Julia?« Wir liegen gemütlich nebeneinander in der Dunkelheit, die einzig vom Flackern der Kerze durchbrochen wird. In der Intimität dieser nächtlichen Stunde kann ich Dinge sagen, die bei Tageslicht nie über meine Lippen kämen. »Hätten Sie Julia in diese Messe gehen lassen, wenn Sie ihre Amme gewesen wären?« Aber darauf will ich eigentlich gar nicht hinaus. »Hätte ihre Mutter mehr Verantwortung übernehmen sollen?« Auch das ist es nicht. Jetzt habe ich es. »Hätte ihre Mutter sie mehr lieben sollen?«

Mercy schweigt. Ich sehe ihr an, dass sie die Angelegenheit ernsthaft überdenkt. Schließlich sagt sie: »Das ist doch nur eine traurige Geschichte. Und manchmal«, fügt sie hinzu, »ist die Jugend einfach nicht zu bremsen.«

Und dennoch, wäre sie keine Capulet und er kein Montague gewesen. Wenn nur nicht … Der Gedanke mäandert durch meine abscheulichen Träume, bis ich erwache und feststellen muss, dass Mercy gegangen ist und Doreen gerade meinen Morgentee auf den Nachttisch stellt.

»Was ist ein Name?«, frage ich.

Sie tätschelt meine Hand und sagt nach einem Blick auf meine Morphiumpumpe, dass sie gleich wieder mit meinen Armen Rittern zurückkommen wird. Doreen glaubt fest an die belebenden Kräfte der Armen Ritter.

Ich schlürfe meinen Tee und hänge meinen Gedanken nach. Was ist schon ein Name, überlege ich. Oh, Julia, du dummes Ding, hast dich selbst getäuscht. Ein vernünftiges Mädchen hätte sich an seinen Frisiertisch gesetzt, in sein hübsches junges Gesicht geblickt und gesagt: »Schätzchen, der Mann ist nichts für dich. Durch deine Adern fließt Capulet-Blut, und was immer du auch in ihm sehen magst, er ist dein Feind.« Ich weiß, der Unterschied zwischen Liebe und Lust ist gering, wenn man dreizehn Jahre alt ist. Ich mache es

Julia nicht zum Vorwurf, dass sie dies nicht versteht, der alten, kuppelnden Amme jedoch schon. Was hatte sie vor? Warum packte sie Julia nicht bei den Schultern, schüttelte sie und sagte: »Der Name ist nicht das Problem, denk eher an die Schande. Er ist der Feind deiner Freunde, du bist der Feind der seinen. Keine der beiden Familien wird dich anerkennen. Du wirst von niemandem mehr eingeladen werden. Wer wird der Pate deiner Kinder sein wollen?« Jetzt komm, Julia. Was ist ein Name? Alles. Ich hätte dir das sagen können, sogar mit dreizehn Jahren schon.

Wären Alfreda und ich auf den Namen der jeweils anderen getauft worden, wäre dann alles anders gekommen? Natürlich nicht. Meine Eltern hätten mich nie Alfreda genannt. Oder? Aber wenn doch? Wäre Alice an jenem Tag trotzdem vor dem Handarbeitsraum stehen geblieben, um mit mir zu reden? Ich greife nach der Pumpe und genehmige mir einen Schuss Morphium. Nur so aus Spaß. Doreen kommt mit einem Tablett zurück. Verträumt blicke ich hoch zu ihr. Ihre Konturen sind verschwommen.

»Wer hat eigentlich Ihren Namen ausgesucht?«, frage ich.

»Niemand.« Sie streicht mein Plumeau glatt und legt meinen Notizblock auf den Nachttisch – wir haben schon lang aufgehört, so zu tun, als wüsste sie nichts von meinem Schreiben. Inzwischen gestattet sie es mir als therapeutische Maßnahme, verschweigt es jedoch dem Arzt.

Niemand? Das kann nicht stimmen. Es sei denn, man hat sie als Baby auf einer Türschwelle gefunden, mit einem Zettel am großen Zeh. Es sei denn, eine donnernde Stimme aus dem Himmel ließ bei ihrer Geburt verlauten: »Von nun an sollst du Doreen heißen.« Doch nichts davon erscheint mir sehr wahrscheinlich. Ich grüble noch immer darüber nach, als sie hinzufügt: »Eigentlich …«

Das Wort »eigentlich« gehört nicht zu Doreens normalem Wortschatz. Ich zwinge mich, ihr weiter zuzuhören. »Eigentlich hätte ich nicht Doreen heißen sollen. Mein Name sollte Dorothy Maureen oder Maureen Dorothy lauten.«

Ich blinzele. Da hast du es, Julia. Siehst du. So viel zum Thema Name. Vor uns sehen wir nicht länger die schroffe, in blaues Nylon gekleidete, Tabletten ausgebende Doreen, sondern die sommersprossige kleine Dorothy oder die ungestüm trällernde Maureen.

»Ich sollte nach meinen beiden Großmüttern benannt werden«, fährt sie fort, »aber sie konnten sich nicht einigen, in welcher Reihenfolge die Namen stehen sollten. Als mein Vater mich eintragen ließ, zauderte und stotterte er.« Doreen verstummt und schaut mich mit ernster Miene an, damit ich ja nicht auf die Idee komme, die Tragweite des Dilemmas, in dem ihr Vater steckte, zu unterschätzen. »Mit keiner der beiden Großmütter war zu spaßen«, sagt sie. Ich glaube ihr aufs Wort. »Vater war sich nicht sicher, was er letzten Endes zu dem Standesbeamten sagte, aber als er die Geburtsurkunde nach Hause brachte, lautete der Name darauf Doreen. Doreen und nichts weiter.«

Die Geschichte lässt mich verstummen, und ich sehe Doreen mit neuen Augen. Mitleid beschleicht mich, weil sie den Launen zweier alter Damen geopfert wurde, die es hätten besser wissen müssen. Und was kam heraus bei der ganzen Sache? Doreen. Kein Wunder, dass sie die Armen Ritter anbrennen lässt.

Kapitel 24

Die Wochen vergehen. Die Blätter fallen, und trotz aller Anstrengungen von Old Bobkins wirbelt der Wind sie wieder auf und hüllt uns in braune und orangefarbene Wolken. Ms Bertram bittet uns, unsere Gedichtbände bei Keats Ode *An den Herbst* aufzuschlagen. Abwechselnd lesen wir laut vor. Ich kann nur staunen, wie diese auf dem Papier so stummen Worte wie Musik erklingen, sobald sie gesprochen werden. »Du Zeit der Nebel und der reifen Fruchtbarkeit«, murmele ich und stelle fest, dass die Zeilen auf keinen Fall schnell vorgelesen werden dürfen. Ich versuche es erneut mit »vom Hauch des Mohns betäubt«. Die Silben sind schwer wie ihr Sinn und tropfen von meiner Zunge, als wäre ich tatsächlich halb betäubt vom Opium. Wir sind so begeistert, dass Ms Bertram vorschlägt, noch ein Gedicht zu lesen. Also blättern wir um und wenden uns der Ode *An eine Nachtigall* zu. Nach einer Weile werde ich aufgerufen und soll weiterlesen. Ich beginne voller Elan, doch dann komme ich zu der Stelle mit dem unsterblichen Lied, »das einen Pfad ins schwere Herz der Ruth fand, als in Tränen sie krank vor Heimweh stand in fremdem Korn«. Die unendliche Traurigkeit der Worte wirft mich um. Ruth hat ihre Mutter und ihre Schwestern zurückgelassen und befindet sich in einem fremden Land. Celia ist heimwehkrank und traurig inmitten fremden Korns. Ich weine ihrer beider Tränen, und Ms Bertram muss für mich zu Ende lesen, da ich nicht mehr dazu fähig bin.

Und die ganze Zeit über lässt Alice den Professor nicht aus den Augen. Wenn er in der Pause aus dem Musikzimmer herunterkommt, ist sie bereits da und nestelt an ihrem Schulranzen oder zieht ihren Kniestrumpf hoch. Zuerst glaubt er noch an einen Zufall und bleibt stehen, um ein paar Worte mit ihr zu wechseln, doch dann fängt er an, sie misstrauisch zu beobachten. Letzten Endes gibt er es auf und geht einfach unter heftigem Blinzeln an ihr vorbei. Er blinzelt ziemlich viel in dieser Zeit. Obwohl wir Ms

Rafferty weiterhin nicht ausstehen können, zieht Alice es nun immer öfter vor, beim Mittagessen an ihrem Tisch zu sitzen. Ich weiß, warum. Es ist wegen des Professors am Nebentisch, und weil Alice ihn von ihrem Platz aus beobachten kann, wie er so dasitzt, über seinen Teller gebeugt, Messer und Gabel fest umklammert und dabei versucht, das Zittern in seinen Händen zu unterdrücken. Er spürt, dass sie ihn beobachtet. Ich erkenne es daran, wie er die Lippen zusammenpresst und ihrem Blick ausweicht. Celia scheint sich über all das sehr zu wundern. »Aber er ist ein guter Mensch«, sagt sie.

Sie ist nicht die Einzige, die so denkt. Der Professor spaltet uns allmählich in zwei Lager. Alice hasst ihn mit seltsamer Leidenschaft und hat dabei zwei sonderbare Verbündete gefunden. So würdigt Ms Rafferty den Professor nie eines Blickes, ohne heftig die Stirn in Falten zu legen. Und Alfreda schaut ihn überhaupt nie an, wenn es sich irgendwie vermeiden lässt. Aber andere sind auf Celias Seite und behaupten unbeirrt, er sei ein guter Lehrer, auch wenn sie schweißgebadet und manchmal sogar in Tränen aufgelöst aus seiner Stunde kommen. Ich weiß nicht, ob er ein guter oder ein böser Mensch ist, ich weiß nur, dass er mir Angst macht. Je mehr Wochen vergehen, desto grauer und nervöser wird er, als ob er immer müder würde und keine Ruhe mehr fände. Ich nehme an, er arbeitet sehr hart, weil immer mehr Mädchen Unterricht bei ihm haben und weil das Weihnachtskonzert unmittelbar bevorsteht. Ich glaube, das muss es sein, denn als Dimity sagt: »Sie mögen Weihnachten wohl nicht, Professor Chambers?«, da schaut er sie an, als wäre sie verrückt.

Mitte Dezember ist an der Schule keiner mehr sicher vor Weihnachten. Für unsere Mütter haben wir Nadelkissen genäht und Lesezeichen für unsere Väter gebastelt, haben Weihnachtsgedichte gelernt und Weihnachtsgeschichten geschrieben. Wir singen Weihnachtslieder, und in der Halle ist eine Krippe aufgebaut. Nur Celia ist von der ganzen Aufregung ausgeschlossen. Alice und ich sind deswegen in Sorge, aber Celia scheint das nichts auszumachen. Ms Bertram versucht trotzdem, sie in das Geschehen mit einzubeziehen. Eines Nachmittags, als Susan im Rahmen der schulischen Vorweihnachtsfeiern das Plumpudding-Rezept ihrer Mutter vorstellt und Dimity alle Strophen der *Zwölf Tage von Weihnachten* zum Besten gibt, meldet Ms Bertram sich zu Wort.

»Mädchen«, sagt sie, »wir haben das große Glück, eine Mitschülerin unter uns zu haben, die aus einem völlig anderen Kulturkreis stammt und uns mit ihrer Erfahrung bereichern kann. Vielleicht könnte Celia uns erzählen, ob auch jüdische Kinder ein Winterfest feiern?«

Celia löst ihren Blick von den Bäumen vor dem Fenster und schaut sich um. Nach einer Weile sagt sie: »Es gibt Chanukka.«

»Chanukka?«, fragt Ms Bertram. »Das ist das Lichterfest, nicht wahr? Wir würden liebend gern etwas über Chanukka erfahren.«

Ms Bertram räumt ihren Platz, und Celia stellt sich vor uns hin. Musik und Zahlen sind ihre natürliche Sprache, und so dauert es einen Moment, bis sie die richtigen Worte findet. Dann beginnt sie, langsam und deutlich den achtarmigen Leuchter und das Ritual zu schildern, wie die Kerzen daran entzündet werden, jeden Tag eine mehr, und eine Extrakerze, bis sie am achten Tag alle hellauf leuchten. Das klingt wunderschön, finde ich. Ich sehe das Flackern der Kerzen vor mir und rieche den Duft des Kerzenwachses, als Alfreda plötzlich fragt: »Und dann?«

Celia schaut sie verwirrt an.

»Ich meine, du hast fünfunddreißig Kerzen für nichts und wieder nichts verbrannt«, erklärt Alfreda.

»Sechsunddreißig«, korrigiert Celia sie, die immer sehr genau ist, wenn es um solche Dinge geht. »Und jeden Abend kommt dann natürlich noch die Helfer-Kerze hinzu, mit der man die andern anzündet, sodass es eigentlich vierundvierzig sind.«

»Vierundvierzig Kerzen für nichts.« Aus Alfredas Mund hört sich das an wie eine Sünde.

»Ich möchte wetten, du zündest mindestens vierundvierzig Kerzen an deinem Weihnachtsbaum an«, wirft Alice ein. »Und das nur wegen der Freude, sie brennen zu sehen.«

Alfredas Augen verengen sich. Sie ist unsere Feindin – meine

Feindin, die von Alice und die von Celia. Sie ist auf der Suche nach einer verletzenden Bemerkung. Und sie findet sie.

»Tja, ich vermute, die Juden brauchen deswegen so viele Kerzen, weil niemand sie haben will und sie deshalb nie irgendwo lang genug bleiben können, um Strom zu bekommen.«

Alice ist aufgesprungen. »So etwas zu sagen, ist eine bodenlose Gemeinheit, Alfreda! Als ob man es den Juden vorwerfen könnte, dass sie verfolgt werden!«

Verfolgt. Im Bruchteil einer Sekunde ändert dieses Wort alles. Alfreda ist nicht bloß gemein oder gar gehässig. Sie gehört zu denen, die verfolgen. Und Celia ist nicht bloß ein verlorenes Mädchen. Sie gehört zu einer langen Reihe von Mädchen, die wie Ruth unter Tränen in fremdem Korn stehen. Über die Jahrhunderte gedemütigt von Menschen wie Alfreda und Ms Rafferty. Um ihnen zu entfliehen, ist sie nach England gekommen, doch auch hier gibt es solche Menschen. Mitleid steigt in mir hoch. Alfreda verfolgt Celia, und jemand muss dem Ganzen ein Ende setzen. Ms Bertram muss vortreten und ein Machtwort sprechen. Aber es ist dann nicht Ms Bertram, die auf Alfreda zugeht. Es ist Celia. Und das keineswegs demütig. Sie knetet ihre Hände, und auf ihrem Gesicht liegt ein Ausdruck, der mir unmissverständlich zu verstehen gibt, dass etwas Schreckliches geschehen wird, sollte das hier nicht sofort aufhören. Ich suche Ms Bertrams Blick, die ein wenig abseits steht und wortlos zusieht. Ist ihr denn nicht klar, dass Celia zu weit getrieben wurde? Dass Celia vor sich selbst beschützt werden muss? Ich versuche, Ms Bertram mittels Telepathie zum Eingreifen zu bewegen, aber sie steht nur da und schaut zu. Alle schauen zu. Nun, wenn sonst niemand Celia helfen will, dann eben ich. Doch noch während mir der Gedanke durch den Kopf schießt, weiß ich, dass es mir nicht möglich sein wird. Ich habe keine Ahnung, wie ich ihr helfen soll. Ich weiß nicht, was ich tun soll, bis ich keinen anderen Ausweg mehr sehe. Und noch während ich zwischen die beiden trete, zwischen die eisig blasse Alfreda und die brennend rote Celia, weiß ich nicht, was ich als Nächstes tun werde, bis ich es getan habe. Ich habe meine Arme um Celia gelegt und sie auf die gerötete Wange geküsst. Die Zeit erstarrt zu einem einzigen langen Augenblick, und plötzlich atmet Celia mit einem tiefen Seufzer ein und aus und ist wieder ihr altes Selbst. Sie schaut Alfreda an. Als sie spricht, ist ihre Stimme fest und ihr Gesichtsausdruck ruhig.

»Die vierundvierzig Kerzen«, sagt sie, »zünden wir zu Ehren Gottes an. Sie sollen daran erinnern, was fast zweihundert Jahre vor der Geburt eures Jesus geschah.« Ihre Augen sind auf Alfreda gerichtet, aber es ist, als spräche sie zu uns allen. Zu allem, was wir repräsentieren. Sie fährt fort: »König Antiochus hatte den Tempel der Juden entweiht und auf dessen Altar Schweine geopfert. Dagegen haben wir uns aufgelehnt. Mit Gottes Hilfe haben wir zurückgeholt, was uns gehörte. Und so kamen wir in Dankbarkeit zusammen, um den Tempel wieder einzuweihen und die Lampe zu entzünden, die im Namen Gottes immer brennen muss. Doch im Chaos der Zerstörung konnte nur ein Löffel voll mit reinem Öl gefunden werden. In Vertrauen auf Gott haben wir das wenige Öl, das da war, entzündet, und Gott ließ uns nicht im Stich. Das Öl, kaum genug für einen Tag, brannte acht Tage lang. Und seitdem, Alfreda, zünden wir die Kerzen an, um daran zu erinnern, dass wir verfolgt worden waren und dass Gott uns Licht gab.« Plötzlich mischt sich auch Ms Bertram ein.

»Nun, das ist doch wirklich interessant, Mädchen«, sagt sie. »Gott hat dafür gesorgt, dass das Öl so lange ausreicht, wie es gebraucht wurde, genauso wie er später dafür sorgte, dass die Brotlaibe und Fische für die Jünger des Herrn ausreichten.«

Alfreda starrt zu Boden, Dimity nickt, und alle anderen murmeln ihre Zustimmung. Danach kehren wir zu unseren Schulbänken zurück und sprechen darüber, wie interessant das alles ist, bis die Glocke läutet. Nur Alfreda sagt kein Wort mehr. Nach der Pause tritt Ms Bertram an meine Bank und beugt sich zu mir.

»Schau mal auf die Sternentafel, Lacie«, flüstert sie.

Ich gehorche. In der Spalte für Freundlichkeit prangt neben meinem Namen ein glänzender Goldstern.

Kapitel 25

Gestern kam John, schob eine CD in den Apparat und erfüllte den Raum mit Klängen aus dem Wienerwald. Unter meinen halb geschlossenen Lidern hervor beobachtete ich ihn, wie er mit der Hand im Takt auf mein Plumeau klopfte. Ich erinnere mich noch an das Walzertanzen. Dummes Gehopse. Trotzdem …

»Ich wusste, dass es dir gefallen würde, Mutter.«

Klang da etwa Selbstgefälligkeit aus seiner Stimme? Wahrscheinlich nicht. Was immer ich über John sagen kann, selbstgefällig ist er nicht. Das war gestern. Heute ist er nicht gekommen, und das Tablett mit meinem Mittagessen stand da und ist schon wieder weggebracht worden. Natürlich ist mir das egal. Trotzdem sollte man meinen, er könnte sich die Zeit nehmen. Es kann doch nicht so lange dauern, von seiner Wohnung hierherzukommen. Eher ein Apartment als eine Wohnung. Besser gesagt, ein Penthouse. Wann hat er nur so viel Geld verdient? Theaterstücke scheinen besser bezahlt zu werden als Romane. Aber warum ist er heute nicht gekommen? Schließlich hat er nicht allzu viel zu tun … weder Frau noch Liebhaber, kein Kind, keinen Goldfisch. Wie er selbst sagt, Beziehungen sind nicht seine Stärke. Plötzlich muss ich an John als kleinen Jungen denken, und eine innige Szene kommt mir in den Sinn. Er sitzt auf dem Küchentisch, beobachtet mich und schlenkert mit den Beinen, an den Füßen trägt er Sandalen. Ich … ja, was tue ich? Ich werde mir doch wohl nicht gerade einen Martini mixen? Na ja, es wird ihm schon nicht schaden, so etwas beizeiten zu lernen.

»Traue nie einem Menschen«, sage ich und gebe eine Olive ins Glas. »Sie werden dir nur wehtun.«

*Er lässt sich die Angelegenheit einen Moment durch den Kopf gehen. »*Dir *vertraue ich, Mummy«, sagt er schließlich.*

»Dann vertrau mir in einem: Vertraue nie einem anderen.« Er schielt fast, so angestrengt versucht er, das Gehörte zu begreifen. Ich

gebe ihm die Olive zum Knabbern. Das hilft ihm zwar nicht dabei, besser zu verstehen, aber es ist gut für die Verdauung.

Ich drehe mich zu Doreen um. »Wo ist er?«, frage ich.

Sie schlüpft gerade in ihren Mantel, um fertig zu sein, wenn Mercy kommt. »Ihr Sohn?«

»Natürlich mein Sohn. Wen, glauben Sie, erwarte ich wohl? Unsern Herrn Jesus Christus?«

Doreen runzelt die Stirn. »Kein Grund, unfreundlich zu werden, Lacie. Wissen Sie denn nicht mehr? Er bekommt einen Preis heute Abend. Für sein Stück. Das Fernsehen ist da und alle möglichen Leute.«

Hat er es mir gesagt, und ich habe es vergessen, oder hat mir mein Sohn seinen letzten Triumph verschwiegen? Vertraut er mir doch nicht?

Kapitel 26

Und so bleibt Celia von den Weihnachtsvorbereitungen ausgeschlossen und ist darüber nicht im Mindesten verstimmt. Der Rest von uns ist vor Aufregung und Vorfreude jedoch ziemlich aus dem Häuschen, und genau das führt indirekt zur nächsten Auseinandersetzung zwischen dem Professor und Ms Rafferty. Der Professor hat die erste Strophe von *Once in Royal David's City* mit speziellen Harmonien für Ernestine und Georgina unterlegt. Die trällern sie nun ununterbrochen, bis wir sie alle wiedergeben könnten, wären wir nur fähig, mehr als einen Ton zu halten. An diesem Vormittag vor dem Weihnachtskonzert, während Ms Rafferty in ihrer Stunde über die heilige Geburt referiert, summt Georgina immer wieder leise ihre Harmonien. *Nicht unpassend*, denke ich. Ms Rafferty ist anderer Meinung. Doch die Melodien in Georginas Kopf wollen nicht verstummen, und als sie ihr ein drittes Mal entwischen, hat Ms Rafferty genug. Georgina könne morgen gern den ganzen Tag nachsitzen, während eine andere beim Weihnachtskonzert für sie einspringt, droht sie. Entsetzt starrt Georgina sie an, ehe sie in Tränen ausbricht.

»Beruhige dich, Georgina«, fährt Ms Rafferty sie an. Aber Georgina kann sich nicht beruhigen. Einmal angefangen mit der Heulerei, kann sie nicht mehr damit aufhören. Sie schluchzt und schluchzt, obwohl Ms Rafferty sie zu beschwichtigen versucht und beteuert, dass sie ihr noch einmal eine Chance geben wird. Schließlich muss nach Professor Chambers geschickt werden. Er führt Georgina aus dem Zimmer, und kurz darauf sehe ich die beiden draußen stehen. Er lässt sie auf und ab gehen und irgendwelche Übungen machen. Alice beobachtet die zwei aus schmalen Augen, aber als Georgina zu lachen beginnt, verliert sie das Interesse an ihnen. Ms Rafferty steht inzwischen am Fenster und sieht ebenfalls zu, während sie uns alles über die heilige Geburt einbläut. Fünf Minuten später ist Georgina wieder zurück. Außer ihrer roten Nase ist ihr von ihrem Kummer nichts mehr anzumerken; und damit scheint die Sache erledigt. Doch dem ist nicht so, denn am Ende der Unterrichtsstunde, als Ms Rafferty den Raum verlässt, hören wir den Professor draußen auf dem Korridor.

»Ms Rafferty«, sagt er, »auf ein Wort.«

»Ich habe Ihnen nichts zu sagen, Professor.« Ms Raffertys Stimme klingt frostig.

Wenn sie eiskalt ist, so kocht er vor Wut. »Nun, aber ich habe Ihnen etwas zu sagen. Ich werde nicht zulassen, dass Sie ein Kind quälen. Keinem Kind sollte dermaßen zugesetzt werden.«

Auf der anderen Seite der halb geöffneten Tür schauen wir uns mit weit aufgerissenen Augen an und warten darauf, was Ms Rafferty als Nächstes sagen wird, aber wir hören nur, wie die Tür zugeknallt wird.

»Tja«, sagt Alice, »sie hat ihn immer gehasst, und jetzt hasst er sie.«

»Es ist sehr freundlich von ihm, sich für Georgina einzusetzen.«

»Ihm ist doch nur wichtig, wer beim Weihnachtskonzert singen wird, wenn Georgina ausfällt.«

Ich weiß nicht, ob Alice in dem Punkt recht hat, aber das mit dem Hassen stimmt. Das ist so offensichtlich, als stünden sich die beiden Lehrer an den Polen unserer Welt gegenüber und schleuderten einander ihren Hass ins Gesicht. Umbraust von Sturmböen aus Misstrauen und Abneigung, die nicht nur ihre, sondern auch unsere glatten Oberflächen aufwirbeln und Dinge zutage fördern, die besser nicht enthüllt würden. Der kalte Wind erfasst auch Celia und Alfreda. Und Alice und mich.

Am nächsten Morgen, dem letzten dieses Trimesters, sucht Celia sich mit ihrem Cello eine ruhige Ecke, während wir anderen in die kleine Kirche oben auf dem Hügel ziehen. Eine Kolonne aus neunzig Mädchen, alle mit Filzhüten, Überziehern und an Gummibändern baumelnden Handschuhen, einheitliches Schuhwerk an den Füßen, die in Reih und Glied marschieren, die Strümpfe exakt hochgezogen bis zu den vor Kälte geröteten Knien. Mein Vater sagt zwar, er würde seine Lacie immer und überall erkennen, doch plötzlich scheint mir, als habe Ms Parker gute Arbeit geleistet, uns alle gleich aussehen zu lassen. Man würde kaum einen Unterschied zwischen uns feststellen können, und schaute man noch so genau hin. Wir tragen die gleichen Kleider. Wir essen das gleiche Essen. Wir lesen die gleichen Bücher und lernen die gleiche Geschichte. Wir leben nach den gleichen Regeln. Und doch ist es Ms Parker nicht gelungen, das zu berühren, was unter der Oberfläche liegt, wie mir plötzlich drastisch bewusst wird. Alfreda unterscheidet sich von Alice, als habe die eine lilafarbene und die andere grüne Haut. Dimity ist ein vollkommen anderes Geschöpf als ich. Jacqueline …

»Lacie Forrester«, sagt Ms Rafferty, »du bist nicht im Gleichschritt und bringst die anderen aus dem Takt!«

Ich blicke auf meine Füße hinunter. Sie hat recht. Doch zum ersten Mal denke ich, dass es vielleicht ganz gut ist, nicht im Gleichschritt zu marschieren.

Der Weg ist nicht lang, aber unsere Nasen sind rot und kalt, als wir die Kirche betreten und hastig an den mit Eltern gefüllten Kirchenbänken vorbeihuschen. Mein Vater muss an diesem Morgen eine Operation durchführen, aber meine Mutter ist da und ebenso die von Alice. Es freut mich, sie nebeneinandersitzen zu sehen. Mrs Fairfax hebt die Hand, winkt unauffällig und flüstert meiner Mutter etwas zu, als wir vorbeigehen.

Als die älteste Klasse belegen wir – Ms Bertrams Mädchen – die erste Bank, und sie setzt sich neben uns. Langsam füllen sich auch die Reihen hinter uns. Von den jüngeren Mädchen dringen Füßescharren und Gekicher zu uns, bis die Orgelmusik einsetzt und alle zum Schweigen bringt. Es ist dunkel in der Kirche. In dem auf Hochglanz polierten Holz spiegeln sich die Kerzen wider. Der Geruch nach Wachs und Weihrauch kratzt mir im Hals, und fast gegen meinen Willen fühle ich mich umfangen von Geheimnis und Magie. Ich versuche, mir vorzustellen, wie wir von oben aussehen, von dort, wo die Heilige Jungfrau mit dem kleinen Jesus auf den Knien sitzt. Oder wo die Engel im Himmel frohlocken.

Dimitys Vater schreitet zwischen uns hindurch, im Schlepptau kleine Jungen in Talaren, die in der Dunkelheit schimmern wie Engel. Hinter ihnen kommt Professor Chambers mit dem Chor, der in perfektem Arrangement einläuft und direkt vor uns Aufstellung nimmt.

Alice starrt den Professor an.

»Nicht«, flüstere ich, »sonst fällt das noch jemandem auf.«

»Pssst«, zischt Ms Bertram.

Ich werfe Alice einen finsteren Blick zu. Sie ignoriert mich.

Professor Chambers hebt seinen Taktstock, und ich blicke rasch auf, in der Erwartung, dass er zu uns hersieht. Aber das tut er nicht. Er deutet stattdessen auf Ernestine und Georgina, die beide vortreten. Ihre Augen leuchten, ihre Lippen öffnen sich. Der Professor nickt, und Ernestine holt tief und ruhig Luft und beginnt zu singen. Georgina stimmt mit ein. Ineinander verwoben strömen die Melodien hinauf zu der Jungfrau. Nichts zählt mehr außer dem Gesang der beiden, alles andere ist ausgeblendet. Als ihre Strophe zu Ende ist und der Chor in die Melodie mit einstimmt, werfe ich Alice einen Blick zu. Was immer er sonst sein mag, ein guter Lehrer ist der Professor allemal. Der Chor bewältigt Harmonien, von denen unter Ms Plumtree niemand zu träumen gewagt hätte. Sogar in der vordersten Kirchenbank kann ich das zufriedene Murmeln der Eltern hinter mir hören.

Der Zauber wird durchbrochen, als Dimity, bevorzugt durch die Position ihres Vaters, zur ersten Lesung nach vorn tritt. Alice nickt mir zu. Wir haben einen Pakt geschlossen, Dimity nicht zuzuhören. Wir halten uns an den Händen und rezitieren stumm *The Highwayman*. Wir sind schon ziemlich weit gekommen, als Dimity ihren Vortrag schließt mit den Worten: »Ende der ersten Lesung.« Alle stehen auf und stimmen ein in »*It Came Upon the*

Midnight Clear«. Alle bis auf mich. Ich darf nur stumm meinen Mund bewegen und die Wörter formen, weil es mir unmöglich ist, eine Melodie zu halten, ohne alle anderen beim Singen zu stören. Ms Rafferty hat mir das unmissverständlich zu verstehen gegeben. Jetzt kann ich ihren unmelodiösen Sopran heraushören, so präzise und gnadenlos wie die Spritze meines Vaters.

Mitten in der ersten Strophe beugt Alice sich zu mir und flüstert mir etwas zu, aber Ms Bertram schaut gerade her, und so konzentriere ich mich darauf, mit den Lippen den Text zu formen: »Ungeachtet des Engelsgesanges sind zweitausend Jahre Leid und Ungerechtigkeit vergangen.« Die Worte in meinem Mund lassen mich plötzlich an Celia denken, und ich muss den Gedanken erst wieder abschütteln, bevor ich tonlos die nächsten Zeilen sprechen kann: »Die Menschen führen Krieg gegeneinander, sie hören nicht die Friedensbotschaft, die sie bringen. Seid still, ihr Krieger, und hört den Engelsgesang.«

Nie zuvor habe ich mir über diese Worte Gedanken gemacht, jetzt aber tue ich es. Wer sind die Krieger? Und weswegen streiten sie? Welche Sünden sind sie deswegen bereit zu begehen? Alice rutscht näher und flüstert wieder. Dieses Mal höre ich sie deutlich.

»Falls Sünde in ihm ist«, sagt sie, »dann wird er sie vielleicht jetzt unter dem Auge Gottes offenbaren.« Ich starre sie an. Sie ist sehr bleich. Weiß wie die Lilien der Jungfrau. Weiß wie die Schwingen der Engel. Weiß wie der Tod. Und ihre Hand, die ich ergreife, ist kalt wie der Tod. »Falls Sünde in ihm ist«, wiederholt sie.

Weihnachtslieder und Lesungen wechseln einander ab, aber ich höre nicht länger zu. Ich denke nach über die Sünde. Für so ein kurzes Wort trägt es eine Menge an Bedeutung in sich. Ich kenne die sieben Todsünden. Da sind Zorn und Habgier, Trägheit und Hochmut, Wollust, Neid und Völlerei. Wessen verdächtigt Alice den Professor? Ich betrachte seinen dunklen Anzug, seinen gepflegten Bart, sein den Sängerinnen zugewandtes Gesicht, seine erhobenen Arme, bereit, den Takt zu geben, sein Nicken. Woran erkennt man die Sünde? Alice sagte, sie würde sich zeigen im Antlitz Gottes, aber …

Dimitys Vater erhebt seine Stimme. »Lasset uns gemeinsam das Gebet sprechen, das uns unser Herr, Jesus Christus, gegeben hat.« Alle neigen den Kopf und falten die Hände. Die in der Vorschule erlernten Worte kommen ohne langes Nachdenken über meine Lippen. Jahrelange Wiederholung haben sie mir eingeimpft, und eines nach dem anderen strömen sie aus mir heraus. Sein geheiligter Name. Sein Reich. Sein Wille. Unsere Schuld. Die Versuchung. Meine Stimme und die von Alice, die von Alfreda, Dimity, Susan, Mary und Jacqueline. »Sondern erlöse uns von dem Bösen«, sage ich. Und ich bete mit meinem Herzen, meiner Seele und mit ganzer Kraft, dass an diesem Nachmittag, wenn Ms Bertram verkündet, wer die Rolle des Romeo spielen soll, mein Name fallen wird. Alice' Ellbogen in meinen Rippen unterbricht mich im Gebet. Ihr Gesicht ist nicht mehr weiß, sondern fahl vor Schock. Sie starrt auf den Professor. In der Kirche hallen die Worte wider, die uns als Christen ausweisen, doch der Professor spricht sie nicht. Sein Kopf ist nicht gebeugt. Seine Lippen bewegen sich nicht. Er hält den Blick gesenkt, die Lippen zu einer zornigen Linie verzerrt. In der Bibel meiner Großmutter gibt es ein Bild des Teufels. Der Ausdruck auf dem Gesicht des Teufels gleicht dem von Professor Chambers.

Es ist die Fratze des Teufels, und als wir wieder in der Schule sind, kann ich die Erinnerung daran nicht mehr abschütteln. Alice hat recht. Alice hat immer recht. Doch dieses Wissen tröstet keine von uns.

Mit grimmiger Miene sitzen wir vor unserem Weihnachtsmahl. Ich kaue schwer an einem Stück Truthahn. Es erfordert große Willenskraft und ein Glas Wasser, um es hinunterzuschlucken. Mir ist übel. Zum Glück sitze ich neben Bethany. Auf sie ist immer Verlass, dass sie sich von meinem Teller bedient. Den Vormittag habe ich hinter mir, aber der Nachmittag liegt noch vor mir, und so wird die Angst über das Geschehene überlagert von der Furcht, was noch kommen wird. Nach dem Essen gehen

Alice und ich nach oben und setzen uns in unsere Bank. Wir schauen niemanden an. Wir wissen, dass alle dasselbe denken. Wer wird Romeo sein? Lacie oder Alfreda. Alfreda oder Lacie.

Ms Bertram betritt den Raum und nimmt am Pult Platz. *Sie weiß es,* denke ich. *Sie weiß, wer es sein wird, und jeden Moment wird sie es sagen.* Aber Ms Bertram scheint keine Eile zu haben. Meine Gesichtsmuskeln sind eingefroren, und ich schaffe es nicht, sie wieder aufzutauen. Ich versuche, aus Ms Bertrams Lächeln Schlüsse zu ziehen, aber es gelingt mir nicht. Irgendetwas liegt mir schwer im Magen, und das kann nicht das Mittagessen sein, da ich kaum etwas hinuntergebracht habe. Wir warten auf Ms Rafferty. Um die Zeit zu überbrücken, will Ms Bertram von uns wissen, welche Weihnachtsgeschenke wir uns erhoffen. Jacqueline meint, ihr ist es egal, was sie bekommt, solange es nicht noch ein festliches Kleid ist, das unter den Armen kneift. Alle außer mir lachen. In dem Moment kommt Ms Rafferty herein, und alle hören zu lachen auf.

»Guten Tag, Mädchen«, sagt sie.

»Guten Tag, Ms Rafferty«, erwidern wir im Chor. Ich sehe zu Alice hinüber, die zu Alfreda schaut, die an ihren Lippen nagt.

Ms Rafferty nimmt Platz, und Ms Bertram erhebt sich. »Wir haben eine Entscheidung getroffen, wer Romeo und wer Mercutio spielen wird«, sagt sie. Ich studiere ihr Gesicht und kann dem nichts entnehmen, aber Ms Rafferty runzelt die Stirn, und mein Herz macht einen Satz. »Alfreda« – mein Herz wird schwer –, »du wirst die Rolle des Mercutio übernehmen, und du, Lacie, du wirst den Romeo spielen.«

Alice umarmt mich, und Celia tritt neben mich und ergreift strahlend meine Hände. »Ich freue mich so, dass du bekommst, was du dir gewünscht hast«, sagt sie.

»Ich auch«, flüstert Alice. »Es wäre schrecklich für mich gewesen, die Julia für Icky, die eklige Alfreda, spielen zu müssen.«

Ich nicke feierlich und erkenne wortlos an, welchen Anteil Alice bei meinem Triumph gespielt hat. Dann ergreift Ms Bertram wieder das Wort.

»Alfreda, du wirst einen hervorragenden Mercutio abgeben. Und in dich, Lacie, haben wir volles Vertrauen, dass du dich ganz der anspruchsvollen Aufgabe widmen und hart daran arbeiten wirst.«

»Ja, Ms Bertram«, verspreche ich. »Danke, Ms Bertram.«

Über die Schulter werfe ich einen Blick zurück auf Alfreda, deren Augenbrauen gespannt sind wie eine Bogensehne. Plötzlich bricht das Stück Kreide, das Ms Rafferty in der Hand hält, laut in der Mitte auseinander.

Kapitel 27

Gott sei Dank werde ich kein weiteres Weihnachten mehr erleben.«

Mercy macht ein nachdenkliches Gesicht. »Weihnachten ist was für Kinder«, meint sie schließlich.

»Diese verdammte Fröhlichkeit.«

»Doch nur für die Kinder«, wiederholt sie. »Die Aufregung. Die …« Sie sucht nach einem Wort und findet es. »Freude«, sagt sie. »Weihnachten ist dafür da, um meinen Kindern eine Freude zu machen.«

Ich schließe die Augen und sehe ihre Kinder vor mir, wie sie im Dunkeln auf den Weihnachtsmann warten, auf das zarte Getrappel von Rentierhufen lauschen und Bedenken haben wegen des fehlenden Kamins. Ich sehe, wie sie aufwachen voller Vorfreude auf das, was Mercy für sie vorbereitet hat. Sehe, wie sie Päckchen aufreißen, Mince Pies verschlingen und alles mit ihren klebrigen Fingern anfassen. Ich sehe John, klein, aber mit ernster Miene. Und klebrige Finger hatte er nie. Als er vier Jahre alt war, erklärte ich ihm, dass es keinen Weihnachtsmann gibt. Ich sah keinen Grund, es hinauszuzögern. Er wusste ja schon, dass es keinen Vater gab.

Mercy und ich lauschen dem Geheul einer vorbeifahrenden Sirene, das laut an- und wieder abschwillt. Welche Dienstleistung benötigen Sie? Polizei? Krankenwagen? Feuerwehr? Wahrscheinlich hätten sie die Sirene nicht einschalten müssen. Nicht in der Nacht. Nicht um ein Uhr morgens. Wie viel Verkehr mag es um diese Zeit schon geben?

»Da fiebert man dem Ganzen monatelang entgegen, und dann ist es in einem Tag vorbei«, sagt Mercy. Es dauert einen Moment, bis ich begreife, dass sie noch immer über Weihnachten spricht. »Und dann das Essen.«

»Die Verdauungsbeschwerden.«

»Die Rechnungen im Januar.«

Ah, ja. Die Kosten. Es geht nie ohne. Und man wird nie fertig. Gott sei Dank werde ich kein weiteres Weihnachten mehr erleben.

Kapitel 28

Trotz Wörterbuch dauert es eine ganze Stunde, bis ich herausfinde, was ich bin. Ich bin euphorisch. Ich bin Romeo. Ich trage mein Glück in die Weihnachtsferien und drücke es an mich, während ich meiner Mutter dabei helfe, das Haus zu schmücken und Mince Pies zu machen. Es macht mich glücklich, neben meinem Vater am Bach entlangzulaufen, der durch die Felder fließt. Doch es überrascht mich, dass ich neben meinem Glück noch so etwas wie … nicht unbedingt Trauer, aber doch Sorge empfinde. Ich habe schlimme Träume, in denen Alfreda eine Rolle spielt. Und Ms Rafferty. Und der Teufel mit buschigen grauen Augenbrauen und langen Fingern, die sich rhythmisch bebend bewegen. Der Teufel sucht mich des Nachts heim, und obwohl er verschwindet, sobald ich wach bin, habe ich das Gefühl, dass er irgendwo außerhalb meines Blickfelds lauert, bereit, sofort zurückzukehren.

Am Weihnachtsmorgen packe ich ein dickes Buch mit schwarzem Ledereinband aus. Darin befinden sich zweihundert cremeweiße Seiten, die darauf warten, von mir mit meinen Geschichten beschrieben zu werden. Dazu gibt es ein Extrapäckchen mit zwölf spitzen Bleistiften und eines mit zwei Radiergummis und einem Bleistiftanspitzer. Der Spitzer sitzt in einem Gehäuse, in dem die Holzsplitter aufgefangen werden.

»Hast du dir das gewünscht?«, fragt mein Vater mich.

Habe ich. Ich wusste es zwar nicht, aber jetzt halte ich genau das in Händen, was ich mir immer gewünscht habe. Ich nicke, weil ich vor lauter Freude kein Wort herausbringe.

Er setzt sich neben mich. »Deine Mutter und ich wollen doch nur, dass du glücklich bist«, sagt er.

»Das bin ich.« Ich lehne mich an ihn und genieße die Sicherheit seines Arms, den er um mich gelegt hat. Ich spüre seinen Seufzer eher, als dass ich ihn höre. Vater nimmt das Buch, schlägt es auf und streicht über die leeren Seiten.

»Und jetzt«, sagt er, »worüber wirst du jetzt schreiben?«

Meine Antwort überrascht mich mehr als ihn. »Über die Sünde«, antworte ich.

Schweigen, dann ergreift er meine Hand. »Du bist zu viel allein, meine Liebe. Warum laden wir nicht ein paar Freundinnen von dir zu uns ein?«

Gesagt, getan. Zwei Tage später kommen Alice und Celia am Nachmittag zu uns. Alice und ich reden miteinander, während Celia nur zuhört. Mittlerweile habe ich mich an ihre Art gewöhnt und fühle mich wohl in ihrem beredten Schweigen. Außerhalb der Schule ist alles viel einfacher, und mir kommt der Gedanke, dass nicht Celia das Problem ist. Das Problem sind die anderen Leute.

Das Wetter ist kalt und trocken. Die Sonne strahlt so hell, dass man den Wunsch verspürt, nach draußen zu gehen. Mein Vater macht mit uns einen langen Spaziergang durch den Wald. Er weist uns auf die herzförmigen Blätter einer kleinen, violetten Pflanze hin, die nach Vanille riecht, zeigt uns die weißen Beeren der Mistelzweige und ein Nest mit winzigen frühen Schneeglöckchen. Alice und ich jauchzen vor Freude und laufen ständig hin und her, aber Celia bleibt immer wieder lang stehen, um dieses oder jenes zu betrachten, bis wir beide sie an den Händen nehmen und lachend mit uns mitziehen. Dann findet Celia eine lange Feder, auf der einen Seite des Kiels grau, auf der anderen hellblau mit dunklen Tupfen. Die weiße, weiche Spitze ringelt sich sanft.

»Die stammt von einem Eichelhäher«, erklärt mein Vater.

»Wunderschön«, sagt Celia und schiebt die Feder vorsichtig in ihren Ärmel, um sie sicher aufzubewahren.

Zu Hause angekommen, überreicht sie sie meiner Mutter. »Für Sie«, sagt sie. Meine Mutter nimmt die Feder und sieht aus, als wüsste sie nicht, was sie damit anfangen sollte, doch dann streicht sie damit unvermittelt über ihre Wange und erfreut sich lächelnd an ihrer Weichheit.

»Und gibt es Honig noch zum Tee?«, fragt mein Vater. Manchmal zitiert er aus heiterem Himmel irgendwelche Gedichte. Wieder müssen wir lachen und laufen hinüber in das Frühstückszimmer, wo im Winter den ganzen Tag lang das Feuer im Kamin brennt. Mit einer langen Gabel halten wir Rosinenbrötchen über das Feuer, nur gelegentlich fällt uns eines in die Flammen. Als wir einen ansehnlichen Stapel getoastet haben, schaben wir die verkohlten Stellen ab, und Celia hält den Teller, während Alice Butterflocken darauf verteilt und ich den Honig darüberträufle. Unsere Wangen sind rot und heiß, von der Kälte draußen und auch vom Feuer. Dilly sitzt da und schaut uns mit großen Augen zu; langsam bewegt sich ihr Schwanz von einer Seite zur anderen. Nach einer Weile lässt sie sich auf Celias Knien nieder und akzeptiert gnädig winzige Krümel der mit Honig beträufelten Rosinenbrötchen.

Mein Vater sitzt geduldig daneben, während wir es uns schmecken lassen. Ich weiß, er wartet darauf, dass wir fertig werden, damit er uns in sein Arbeitszimmer führen und Celias Gesicht sehen kann, wenn sie Mr Casals zuhört, wie er Bach spielt. Als wir alle Rosinenbrötchen verspeist und die letzten Tropfen Honig aufgeleckt haben, folgen wir ihm.

Ich ziehe das Grammofon auf, und er legt mit großen, sicheren Händen die Nadel auf die schwarze, rotierende Scheibe. Celia darf im Ledersessel Platz nehmen, ehe Vater sich hinter uns in die Ecke setzt, seine kalte Pfeife im Mund. Alice und ich machen es uns nebeneinander auf dem Sofa bequem. Die Musik steigt auf und hüllt uns ein. Celia fixiert einen Punkt, den nur sie wahrnehmen kann. Ich weiß, wenn ich mich jetzt umdrehe, werde ich sehen, wie mein Vater sie beobachtet und versucht, zu erfassen, was hinter ihrer Stirn vor sich geht. *Deswegen ist er ein so guter Arzt*, denke ich. Ich versuche es ebenfalls. Celias Gesicht leuchtet beim Zuhören, als schiene darauf die Sonne, obwohl es draußen inzwischen dunkel ist und die Vorhänge zugezogen sind. Ihr Anblick versetzt mir einen Stich, ein Schmerz, gepaart aus Kummer und Scham, aber ich verstehe nicht, warum. Ich spüre, wie sich dieses Gefühl zu einem festen Knoten aus Ärger und Zorn verdichtet. Dann spüre ich Alice' Atem an meinem Ohr. Sie flüstert mir etwas zu, und alles ist wieder gut.

Vier Tage später sehe ich Alice und Celia wieder. Alice' Eltern veranstalten jedes Jahr an Silvester eine Party. Eigentlich nur für Erwachsene, aber Alice hat die Erlaubnis, uns einzuladen – mich und Celia –, damit wir Alice Gesellschaft leisten. Ich bin nie zuvor auf einer Silvesterparty gewesen. Ganz zu schweigen von einer Abendgesellschaft. Auf jeden Fall noch nie auf einer so glanzvollen Party wie dieser. Meine Mutter verwendet größte Sorgfalt auf meine Garderobe, aber auch wenn sie sich noch so anstrengt, Rosa steht mir einfach nicht. Doch sie hat sich die Farbe nun mal in den Kopf gesetzt.

»Rosa für ein kleines Mädchen«, sagt sie, »Blau für einen Jungen.«

Das rosa Kleid hat mir schon damals, als es noch neu war, nicht gepasst, und jetzt, da man den Saum herausgelassen hat, um es an mein rasantes Wachstum anzupassen, sehe ich noch schlimmer darin aus. Dennoch bin ich vor Aufregung über die Party sehr aufgeregt. Und nervös. Und froh, obwohl ich das niemals zugeben würde, dass auch meine Eltern da sein werden.

Celias Großvater ist ebenfalls eingeladen, aber er hat sich entschuldigen lassen. Er sei zu alt für so etwas und gehe abends ohnehin nicht mehr aus. Also holen wir Celia unterwegs ab. Sie wohnt ein wenig weiter außerhalb der Stadt als wir, ein wenig weiter oben auf dem Hügel, der die Innenstadt streift. Es ist schon dunkel, als wir dort eintreffen, und ich sehe nicht viel mehr als die hohe Hecke, die das Haus ihres Großvaters umgibt. Die eisernen Tore sind geschlossen, und so hält mein Vater am Straßenrand an. Er verschwindet in der Dunkelheit, und ich höre das Tor, das er öffnet, knirschen und knarren. Als er zurückkommt, ist Celia bei ihm, ihr Gesicht ein blasses Oval in der Dunkelheit. Begleitet von einem Schwall beißend kalter Luft schlüpft sie auf den Sitz neben mir.

Sie trägt ihren Schulmantel, und von ihrem Kleid kann ich nicht mehr als einen Spitzensaum sehen, der darunter hervorlugt. An ihrem dünnen Handgelenk fällt mir das hübsche Bettelarmband mit goldenen Anhängern auf: winzige, detailgetreue

Musikinstrumente. Mein Blick kehrt zu der Spitze unter ihrem Mantel zurück. Sie sieht fast so aus wie die Spitze von meiner Großmutter, sehr alt und edel. Ich habe immer gedacht, Celia würde nichts besitzen außer ihrem Cello. Jetzt fange ich an, meine Meinung zu revidieren.

Das Haus von Alice liegt in unmittelbarer Nachbarschaft zu dem von Celia, was mich aus irgendeinem Grund überrascht. Die Straße davor ist breit, und die Häuser stehen ein Stück weit zurückgesetzt und wahren diskret Abstand zueinander. Wir müssen den Wagen ein wenig weiter weg abstellen, so viele Automobile reihen sich aneinander. Als wir uns dem Eingang nähern, muss ich Alfreda recht geben. Das Haus von Alice hat tatsächlich eine Einfahrt und eine Ausfahrt, die sich zu einem großen Halbkreis vereinen, in dessen Mitte eine mit hohen Tannenbäumen bewachsene Rasenfläche liegt. Das Haus selbst gleicht einem quadratischen Klotz und ist viel größer als das unsere, mit einer Unzahl an hell erleuchteten Erkern und Fenstern. Wir treten durch den Haupteingang, und sofort umfängt uns eine Woge aus Gesprächen, Gelächter, Musik und einem Klimpern, als würden tausend Kristalllüster in einem eingespielten Rhythmus hin- und herschwingen. Man nimmt uns unsere Mäntel ab, und mein rosa Kleid kommt zum Vorschein. Mein Elend ist perfekt, als ich sehe, dass Celias antike Spitze den Saum eines kastanienbraunen Samtkleides ziert, das ihrem blassen Teint derart schmeichelt, dass ihre Sommersprossen kaum zu sehen sind in dem funkelnden Lichtermeer.

Die Fairfaxes begrüßen ihre Gäste. Als Mrs Fairfax auf uns zukommt, höre ich das Rascheln von Seide. Sie gibt erst meiner Mutter, dann meinem Vater die Hand und schenkt ihnen Alice' zögerndes Lächeln, aber als sie spricht, wendet sie sich an Celia und mich.

»Ich freue mich so, dass ihr gekommen seid, meine Lieben. Alice wäre einsam und verlassen ohne euch.« *Einsam und verlassen.* Das merke ich mir für künftigen Gebrauch. »Aber wo ist Alice?« Suchend schaut sie sich um, und ihre Augen leuchten auf, als sie ihre Tochter sieht und heranwinkt. Ich weiß, warum sie lächelt. Alice, die uns in einem blassblauen Kleid entgegeneilt, sieht wunderschön aus. Ich versuche, mit meinen Händen so viel Rosa wie möglich abzudecken.

»Ich habe schon auf euch gewartet«, begrüßt Alice uns. »Kommt mit.« Und dann zieht sie Celia und mich zu einem großen Raum an der Vorderseite des Hauses, aus dem Musik ertönt. Zuerst dachte ich, es sei ein Grammofon, doch als wir uns durch das Gedränge geschoben haben, sehe ich vor dem Erkerfenster drei Männer und eine junge Frau mit Instrumenten stehen. Celias Augen bleiben auf der jungen Frau haften, die Cello spielt. Wir stehen in einer Reihe nebeneinander, sodass die Leute um uns herumlaufen müssen. Dienstmädchen in adretten schwarzen Kleidern und weißen Schürzen tragen Tabletts mit Getränken. Ich erhasche den Geruch von Old Bobkins und weiß, dass es hier irgendwo auch Oliven geben muss.

Alice rümpft die Nase. »In der Küche gibt es bessere Sachen«, erklärt sie. »Kommt weiter.« Wieder ergreift sie unsere Hände und führt uns zwischen den beieinanderstehenden Gästen hindurch. Wie kleine Fische gleiten wir durch einen Schwarm aus größeren Fischen. Ich wundere mich, dass die Fairfaxes so viele Freunde haben. Die Menschen stehen beisammen in Gruppen, die sich öffnen, auseinanderdriften und zu neuen Runden formieren. Gesprächsfetzen dringen an mein Ohr. »Meine Liebe«, höre ich, »du musst dir unbedingt, wenn es dir möglich ist, eine Fahrkarte besorgen.« Und: »Irgendwie musst du das schaffen.« Und dann: »Also, irgendjemand muss sich diesen elenden Kerl vorknöpfen.« Einen Moment lang glaube ich zu verstehen: »Lass dir gesagt sein, es wird noch Krieg geben.« Aber in dem Raum ist es so laut, dass ich nicht sicher sein kann. Und außerdem ist das sehr unwahrscheinlich.

Ich klammere mich an Alice' Rock, bis wir uns in einem gefliesten Flur wiederfinden, der in die Küche führt. Alice schlängelt sich an der Reihe von Dienstmädchen vorbei, die darauf warten, ihre Tabletts gefüllt zu bekommen, und kehrt mit einem eigenen Tablett zurück. Darauf stehen zierliche, blau-weiße Schalen mit einem Inhalt, für den ich keinen Namen habe. Aber erfreut stelle ich fest, dass es weder Oliven noch Käsewürfel sind. Dann führt Alice uns zu einer Treppe, wo wir uns inmitten von Kartons niederlassen. Ein Karton steht offen und ist voller Spielkartenpäckchen, deren Rückseite Vögel, Silhouetten eleganter Damen und Bilder des Buckingham Palace zieren.

»Für die Kartenabende«, erklärt Alice.

»Ah, ja«, sagt Celia. Im Gegensatz zu mir scheint sie einiges zu wissen über Kartenabende. Ich tröste mich mit dem Gedanken, dass die Spielkarten von Celias Mutter bestimmt keine Bilder des Buckingham Palace auf der Rückseite haben. Wir stellen unser Tablett auf einen Karton und essen mit den Fingern. Als wir fertig sind, sagt Celia: »Die Musik.«

Celias Bedürfnis ist mit Händen zu greifen, und so lassen wir die leeren Schalen stehen und kehren in den großen Raum auf der Vorderseite des Hauses zurück. Aber das Quartett macht gerade Pause und hat seine Instrumente an die Stühle gelehnt. Also schauen wir sie uns an. Der Raum ist inzwischen sehr voll, und niemand nimmt Notiz von uns, bis eine Stimme ertönt.

»Ah«, sagt Mr Fairfax, »hier sind die Mädchen.« Er steht direkt hinter uns, zusammen mit Alice' Mutter und anderen Leuten, die ich nicht kenne. Wieder decke ich mein Kleid mit den Händen ab.

»Du meine Güte, Fairfax«, sagt jemand, »das ist doch nicht die kleine Alice, oder? Die ist ja richtig groß geworden.« Alice lächelt milde, während alle sie ansehen. Ich habe das Gefühl, dass alle auch mich anstarren. Mein Kleid spannt stärker denn je. Ich lege einen Arm vor das Mieder und den anderen über den Rock. Mrs Fairfax beugt sich zu mir herunter.

»Du siehst wirklich ganz entzückend aus, meine Liebe.«

Ich spüre, wie mir die Tränen in die Augen steigen.

Sie runzelt die Stirn. »Vielleicht bräuchte es nur … ein wenig … hm.« Sie hebt einen Finger, und eines der Dienstmädchen kommt herüber. Sie flüstert ihm etwas ins Ohr, und das Mädchen eilt davon. In der Zwischenzeit hat Mr Fairfax Celia sanft zur Seite gezogen.

»Ladys und Gentlemen«, sagt er, »das ist Celia Zimmermann. Sie ist kürzlich aus Deutschland zu uns gekommen, wo ... nun, Sie wissen alle, wie die Dinge in Deutschland stehen.«

Mitfühlendes Murmeln, verständnisvolles Nicken. Das sind alles Freunde der Fairfaxes. Menschen, die nicht gut zu sprechen sind auf Mr Roosevelt.

»Sie besucht die Schule meiner Tochter und deren Freundinnen, und wir alle hoffen, dass sie dort sehr glücklich sein wird ...«

Noch mehr Gemurmel, diesmal zustimmend.

»... aber in erster Linie können *wir* von Glück reden, weil Celia ein ganz besonderes kleines Mädchen ist. Mit einem großen Talent.«

Ich erwarte, einen entsetzten Ausdruck auf Celias Gesicht zu sehen, aber sie schaut ihn ernst an.

»Celia«, fährt Mr Fairfax fort, »wäre es zu viel verlangt, wenn wir dich bitten würden, ein wenig für uns zu spielen?« Er deutet auf das verlassene Cello. »Ich bin sicher, seine Besitzerin hat nichts dagegen.«

Celia nickt, immer noch ernst, und nimmt auf dem leeren Stuhl Platz. Aller Augen sind auf sie gerichtet, aber das scheint ihr nicht das Geringste auszumachen. Sie zieht das Cello an sich. Es ist viel größer als ihr eigenes Instrument, und sie sieht sehr klein dahinter aus. Auch das scheint ihr nichts auszumachen.

»Was soll ich spielen?«, fragt sie. Ich habe nicht bemerkt, dass sich meine Eltern zu der Gruppe gesellt haben, bis ich sehe, dass Celias Blick auf jemanden gerichtet ist, auf meinen Vater, stelle ich fest. Sie lächelt. »Ich weiß«, sagt sie und schließt die Augen.

Sie hebt entschlossen ihren Arm, und alsbald entströmt dem Cello ein Klang, den ich erst vor Kurzem auf dem Grammofon im Arbeitszimmer meines Vaters gehört habe. Eine von Bachs Englischen Suiten. Als sie zu spielen beginnt, ist sie umgeben von ermutigend lächelnden Gästen, doch innerhalb von Sekunden ist das Lächeln auf den Gesichtern verschwunden, und ich bemerke, dass diese Menschen, diese Freunde der Fairfaxes, gebannt zuhören. Sogar meine Mutter ist ausgesprochen aufmerksam, was mir erneut einen schmerzhaften Stich unter meinem verhassten rosa Kleid versetzt. Celia ist ein Mädchen, das Rosen liebt und aus Holz und Rosshaar Töne produziert, die tief in dein Innerstes dringen wie ein Zauber. Ich kann nichts. Nach einer Weile hört Celia auf zu spielen.

»An mehr erinnere ich mich nicht«, sagt sie. »Das habe ich auf Dr. Forresters Grammofon-Aufnahme gehört.«

»Du hast es nicht einstudiert?«, fragt jemand überrascht.

Celia wirkt verwirrt. »Ich habe es auf Dr. Forresters Grammofon gehört. Zwei Mal.«

Alle scharen sich um Celia, auch meine Eltern, und gratulieren ihr. Ebenso meinem Vater für diese Aufnahme, dafür, dass er überhaupt ein Grammofon besitzt und ein Kind damit hantieren lässt. Meine Mutter berührt Celia im Gesicht, dort, wo ihre Sommersprossen sprießen, wie ich weiß, auch wenn ich sie im Schein der Party nicht sehen kann. Ich wende den Blick ab. Celia ist Jüdin, sage ich mir, sie gehört nicht hierher, auch wenn die Juden nicht auf immer und ewig auf Luxuskreuzfahrtschiffen unterwegs sein können. Ich atme schwer in meinem engen Kleid. Irgendwann bemerke ich, dass Mrs Fairfax sich über mich beugt. Sie lächelt. In der Hand hält sie eine altrosa Schärpe, frisch gebügelt und gestärkt.

»Hier, meine Liebe. Schauen wir doch mal, wie das an dir aussieht.« Sie dreht mich sanft um die eigene Achse und bindet mir die Schärpe um die Taille. »So«, sagt sie zufrieden, »das sieht doch gleich anders aus.« Und ich finde, sie hat recht. Schließlich sehe ich doch noch recht hübsch aus, und es ist mir wieder möglich, Celia anzuschauen.

Kapitel 29

Dann also keine Weihnachten und auch kein Neujahr mehr für mich. Der Januar, der bringt Schnee und Eis, macht Finger und auch Füße heiß. Wahrlich kein großer Verlust. Aber den April werde ich vermissen. Der April, der weiß nicht, was er will, macht Blumen aller Arten …

»Welchen Monat haben wir jetzt?«, frage ich.

»Aber das wissen Sie doch, Lacie.« Doreen wendet sich von der Vase auf meinem Frisiertisch ab, in der sie einen Strauß Nelken arrangiert. »Ich bitte Sie. Ich bin sicher, Sie wissen das.«

»Doreen«, erwidere ich, »wenn ich es wüsste, würde ich dann fragen?«

»Na, Juli ist es natürlich.«

Natürlich. Im Juli dann ist Badezeit, Aprikosen und Nelken weit und breit. Das hätte mir auffallen müssen. Aber etwas gibt es, das ich nicht weiß.

»Doreen, glauben Sie, ich halte durch bis zum trüben November? Oder wenigstens bis zum goldenen Oktober?«

Sie wirft mir einen finsteren Blick zu. »Zum Mittagessen gibt's geräucherten Schellfisch«, sagt sie.

Ich verziehe das Gesicht. »Halten Sie es für möglich, dass ich noch vor dem Mittagessen sterbe?«

Doch eigentlich interessiert mich nur, ob es eine reelle Chance gibt, dass ich vor Sonntag sterbe. Geschrieben habe ich ihr bisher allerdings nicht, um ihr mitzuteilen, dass sie nicht kommen soll. Das hat Zeit. Bis Sonntag ist es noch lang hin. Und falls ich am Sonntag noch lebe, wer weiß, was dann passieren wird. Was geschieht mit meinem Herzen, wenn ich sie sehe?

Sie wird auf jeden Fall besser aussehen als ich. Schließlich ist sie noch fit genug, um in der Gegend herumzufahren. Mit dem Taxi vermutlich. Schwarz wie tausend andere auch. Am Sonntag werden die Straßen Londons voll dieser schwarzen Taxen sein, und eines davon wird sie zu mir bringen. Es sei denn, ich schreibe ihr und halte sie davon ab. Was will sie von mir? Und warum jetzt? Nun ja, eine Antwort hat sie ja gegeben. Der Tod ist der Antrieb. Mein Tod. Sie will mich sehen, bevor ich sterbe. Ich frage mich, ob sie etwas von meinem Leben mitbekommen hat. Hat sie meine Bücher gelesen? Meine Karriere verfolgt? Es hat mich einiges an Mühe gekostet, die ihre zu ignorieren. Sie war immer schon speziell. Sie hatte ein Schicksal zu erfüllen, könnte man vermutlich sagen, und wir waren der Preis. Ja, so könnte man das sagen.

Als ich aufblicke, stelle ich fest, dass Doreen mich beobachtet. Aus einer Laune heraus sage ich: »Doreen, was tragen Sie eigentlich unter Ihrem blauen Nylonkittel?«

»Einen Rock«, sagt sie, »und eine Bluse.«

Natürlich. Was dachte ich denn, was sie anhat?

»Doreen, würde es zu weit gehen, wenn ich Sie bitte, es mir zu zeigen?«

»Ich soll Ihnen meinen Rock zeigen?«

»Und die Bluse«, sage ich.

Sie überlegt einen Moment, zieht den Reißverschluss nach unten und schlüpft aus dem blauen Nylon. Zwei Dinge überraschen mich. Zum Ersten, wie leicht sie das Ding auszieht, als wäre der Kittel eine lose Haut, die kaum mit ihr verbunden ist. Zum Zweiten, dass sie eine Bluse in einem angenehmen Zartrosa und einen Rock in Blattgrün trägt. Ich weiß nicht, was ich erwartet habe, aber das nicht.

»Also wirklich, Ms Dorothy Maureen«, sage ich in einem, wie ich hoffe, amerikanischen Akzent, »Sie sind wunderschön.«

»Den Film habe ich gesehen«, erwidert sie.

Und wir lachen. Doreen und ich lachen. Nicht schlecht.

»Wenn Sie wirklich keinen geräucherten Schellfisch wollen«, sagt sie und schlüpft wieder in ihren Kittel, »dann könnte ich Ihnen ein Ei machen.«

Kapitel 30

Mit einem Seufzer des Bedauerns legt Celia das Cello zur Seite, und die Dame, der es gehört, tritt vor. Sie muss die Musik von Weitem vernommen haben und zurückgeeilt sein. Jetzt hebt sie ihr Instrument hoch und betastet es, als wolle sie sich vergewissern, dass es keinen Schaden erlitten hat. Dann lächelte sie Celia zu, die das Lächeln schüchtern erwidert.

»Sehr hübsch«, lässt sich eine aalglatte Stimme hinter uns vernehmen. »Wie ich immer sage, es ist wichtig, Kindern kleine Extras zukommen zu lassen.« Die Stimme ist unangenehm, oder bringt zumindest unangenehme Erinnerungen mit sich. Es dauert einen Moment, bis ich feststelle, woher sie kommt, da der Mann kleiner ist als die anderen Gäste. Dann sehe ich, wer es ist. Alfredas Vater, und neben ihm steht – natürlich – Alfreda. Da ist sie, und noch so viel Wunschdenken wird nichts daran ändern. Alice und ich sehen uns an, und sie dreht sich zu ihrer Mutter um.

»Was macht die eklige Icky hier?«, flüstert sie wütend.

Ihre Mutter legt einen Finger auf Alice' Lippen, als wollte sie die Wörter zurückdrängen. »Schätzchen, Daddy musste ihre Eltern einladen. Er ist Anwalt und vermittelt uns viele Mandanten …«

»Ja, aber warum Icky!«

»Psst, Schatz. Man könnte uns hören.« Sie spricht sehr leise. »Ick… Alfreda war nicht eingeladen. Ihr Vater hat sie einfach mitgebracht. Seine Frau habe Kopfschmerzen, erklärte er, und er sei sicher, dass wir nichts dagegen hätten, wenn er stattdessen seine Tochter mitbrächte, da ihr beide ja so gute Freundinnen seid.« Mrs Fairfax runzelt die Stirn, als sie den Ausdruck auf Alice' Gesicht sieht. »Na, das hat er jedenfalls gesagt, Schätzchen.«

Mr Fairfax ist inzwischen zu uns getreten. »Stimmt was nicht?«, fragt er.

Mrs Fairfax gibt flüsternd eine Antwort.

Er wirft Alice einen schiefen Blick zu.

»Das ist nicht lustig, Daddy.«

Mr Fairfax korrigiert seine Miene. »Selbstverständlich nicht. Ich weiß, wie du für … äh … Mercutio empfindest. Aber sie ist dein Gast, und du musst höflich zu ihr sein und dich um sie kümmern.«

Alice verzieht das Gesicht.

»Habe ich dein Wort, dass du dich gut benehmen wirst?«

Kurzes Schweigen.

»Alice?«

Wütendes Schulterzucken. »Du hast mein Wort.«

Sie kehren zu der Gruppe zurück, wo Alfredas Vater laut das Wort führt. »Oh, ja«, sagt er gerade, »der Musikunterricht am Dorset House ist erstklassig. Erstklassig. Sie haben dort einen Professor, wissen Sie. Aus Paris. Einen vom Konservatorium. Der bietet eine fundierte Einführung in das Fach. Nicht billig, aber jeden Penny wert.« Er legt seiner Tochter eine Hand auf die Schulter und erzählt jedem, der es hören will: »Alfredas Tonleitern haben sich schon erstaunlich verbessert.«

Alice' Gesicht ist wie versteinert, aber hat sie einmal ihr Wort gegeben, kann man sich darauf verlassen, dass sie es auch hält. Also geht sie zu Alfreda und ringt sich ein Lächeln ab, so gut es ihr möglich ist.

»Wie nett, dich zu sehen, Alfreda«, sagt sie in einer gelungenen Imitation des Tonfalls ihrer Mutter. »Möchtest du vielleicht etwas zu essen? Oder eine Limonade?«

»Schauen wir doch mal, was es hier so alles gibt«, entgegnet Alfreda, packt Alice am Arm, als seien sie tatsächlich die Art von Freundinnen, wie ihr Vater sich das vorstellt, und zieht sie in Richtung Treppe. Celia und ich folgen ihnen.

»Was macht sie da?«, fragt Celia.

»Ich habe keine Ahnung.«

Alfreda flüstert Alice etwas zu. Die schüttelt heftig den Kopf.

»Was dann?«, fragt Alfreda.

Einen Moment lang sieht Alice aus, als wüsste sie nichts darauf zu erwidern, aber dann lächelt sie. »Wenn du das Haus unbedingt sehen willst, dann zeige ich es dir aus einer Perspektive, wie es kaum jemand zu Gesicht bekommt.« Das scheint Alfreda zufriedenzustellen.

»Wartet hier«, weist Alice uns an, verschwindet und lässt uns drei allein. Alfreda dreht sich zu uns um, als beabsichtige sie, die Zeit mit gepflegter Konversation zu füllen.

»Hattest du denn ein schönes Weihnachtsfest, Lacie?«, fragt sie.

Ich nicke.

»Und du, Celia? Hattest du ein schönes ... Chanukka?« Sie spricht das Wort aus, als hätte sie einen Schleimklumpen im Mund, und grinst dabei.

Celia schaut mich an. Ich blicke auf meine Lackschuhe. Nur gut, dass Alice genau in dem Moment zurückkommt. Sie hat unsere Mäntel dabei.

»Kommt mit«, kommandiert sie und führt uns in den hinteren Teil des Hauses, einen schmalen, grün und weiß gefliesten Gang entlang, hinaus in die Nacht. Wir müssen an Schuppen voller Mülltonnen, Kohleeimern und Fahrrädern vorbei, ehe wir ins Mondlicht treten. Die beißende Kälte lässt uns nach Luft schnappen. Wir lachen und schlüpfen in unsere Mäntel. Alice' Stimmung hellt sich allmählich auf, und sie deutet auf den silbernen Mond und die Sterne.

»Ist das nicht schön! Macht euch das nicht ... glücklich?«

Ich weiß, was sie damit meint. In der Schönheit dieser Nacht scheint Alfreda plötzlich keine Rolle mehr zu spielen. Unvermittelt läuft Alice auf die Vorderseite des Hauses zu, wir rennen hinter ihr her. Sie ist schnell, und mehr als den blassen Schimmer ihres silbrig blauen Kleides sehen wir nicht vor uns. Sie ist wie ein Luftgeist, der sich in unsere Welt verirrt hat und sie vor unseren Augen wieder verlässt. Ich habe Angst, sie könnte fort sein, wenn wir zur Vorderseite des Hauses kommen, aber als wir um die Ecke biegen, steht sie im Gras und hat die Hände nach uns ausgestreckt. Tänzelnd führt sie uns um den mit Rasen bewachsenen Kreis in der Mitte zwischen Einfahrt und Ausfahrt, bis wir uns schließlich alle auf den Rücken ins Gras werfen – eins, zwei, drei, vier Mädchen, die in den tiefschwarzen Himmel starren.

»Ein frohes neues Jahr uns allen«, ruft Alice zu den Sternen hinauf.

»Ein frohes neues Jahr«, rufe ich.

»Ein frohes neues Jahr.« Celias Stimme klingt hell und dünn in der kalten Luft.

»Oh«, sagt Alfreda. »Aber, Celia, das ist doch gar nicht euer Neujahr. Euer Neujahr war ja schon vor ein paar Monaten. Euer Neujahr ist anders als das unsere.«

Der Zauber ist gebrochen. Alice richtet sich auf. Ihre Augen sind so hell wie das Sternenlicht. Sie starrt Alfreda an. »Es ist Zeit«, sagt sie mit einer Stimme, die ich nicht an ihr kenne, »es ist Zeit, dass ich dir den Ausblick zeige, den ich dir versprochen habe.«

Sie nimmt Alfreda bei der Hand, zieht sie auf die Beine und hinüber zu einer der großen Tannen, die den Rasen säumen. Zu dem Baum, der am nächsten zum Haus steht, mit dicken, dunklen, schweren Ästen.

»Was machst du da?«, kreischt Alfreda. Ich kann nicht sagen, ob aus Angst oder Begeisterung.

Alice gibt ihr keine Antwort. Einen Moment lang sind ihre Umrisse vor dem Baumstamm zu sehen. Unter ihren offenen Mänteln leuchtet der zarte Stoff ihrer festlichen Kleider im Mondschein. Die niedrigsten Äste reichen knapp über Alice' Kopf. Sie greift danach. Alfreda tut es ihr gleich. Dann verschwinden sie. Celia und ich starren gebannt auf die sich bewegenden Äste.

»Klettere hinauf.« Alice' Stimme klingt schroff und duldet keinen Widerspruch.

»Das kann ich nicht«, lautet Alfredas furchtsame Antwort.

»Natürlich kannst du das. Ich werde dir den Ausblick von dunst'gen Höh'n zeigen.«

In der Stille, die ihren Worten folgt, male ich mir aus, wie Alfreda überlegt, welche Alternativen sie hat. Falls sie noch die geringste Hoffnung hegen sollte, den Romeo zu spielen, muss sie ihrer Julia folgen. Sie klettern den Baum hinauf. Von Zeit zu Zeit erhasche ich den Blick auf ein nacktes Bein, den Saum eines Rocks. Ich drehe mich zu Celia um und frage mich, ob meine Augen ebenso glänzen wie die ihren. Wir starren nach oben. Wir müssen es nicht aussprechen. Wir wissen beide, was wir tun werden. Wir laufen zum nächsten Baum, ich springe, packe einen Ast und halte ihn mit beiden Händen fest. Einen Moment lang bleibe ich mit meinem ganzen Gewicht daran hängen, ehe ich beginne, den Stamm hinaufzulaufen. Ich schaukele ein wenig hin und her, ziehe mich dann mit einem Ruck nach oben, und schon stehe ich auf dem Ast. Danach ist es einfach. Was von unten wie ein glatter Stamm aussah, ist voller Spalten und Risse, in denen ich gut Halt finden kann. Unter mir höre ich Celia, höre ihr angestrengtes Atmen, während wir uns nach oben hieven.

Noch ehe ich weiß, wie mir geschieht, befinde ich mich auf gleicher Höhe mit den großen Fenstern des Hauses. Ich sehe nach unten und sehe Celia genau unter mir. Ich schiebe die schweren grünen Vorhänge zur Seite. Die Nadeln drücken schmerzhaft in meine Hände, aber ich halte die Zweige lang genug fest, um Alice zu entdecken. Sie klettert nicht mehr, sondern verharrt beinahe reglos, ein Bein gegen den Stamm gestemmt, während sie mit dem anderen auf einem dicken Ast balanciert. Sie schaut zum Haus hinüber, auf ihren Lippen liegt ein Lächeln. Sie sieht aus … ich suche nach dem passenden Wort … sie sieht beeindruckend aus. Sie sieht aus, als gehörte ihr die ganze Welt.

»Schau, Alfreda«, ruft sie, »du wolltest doch die Zimmer in den oberen Stockwerken sehen, und jetzt siehst du sie.« Alfredas bleiches Gesicht blitzt zwischen den Ästen hindurch. Ich will auch in die Fenster in den oberen Stockwerken schauen, aber wir sind weiter weg vom Haus, und unsere Sicht ist von Alice' Baum verstellt. Ich beginne, mich auf dem Ast nach vorn zu schieben, aber er bewegt sich unter mir, und ich rutsche schnell wieder zurück. Doch dann sehe ich, dass Alice mich herausfordernd beobachtet. Romeo muss gehen, wohin seine Julia ihn führt. Ich wage mich auf dem Ast weiter hinaus, bis eine unberechenbare Windböe die Zweige erfasst. Ich bin nicht Romeo, ich bin Lacie und kehre rasch wieder in die sichere Nähe des Baumstamms zurück. Alice lacht und imitiert den Wind, indem sie sich an den Zweigen über ihrem Kopf festhält und immer wieder in die Knie geht, bis der Ast, auf dem sie steht, zu schwanken beginnt. Alfreda unter ihr stößt einen spitzen Schrei aus. Alice wiederholt die Bewegung.

»Hör auf«, schreit Alfreda, »ich will runter.«

»Dann geh doch«, ruft Alice. Aber als Alfreda sich nach vorn beugt und auf den Boden tief unter sich schaut, bringt Alice den Baum noch stärker zum Schwanken. Alfreda schluchzt auf. Alice lacht jetzt nicht mehr. Ihre Augen glitzern hell und gefährlich. In einer Astgabelung hat sie Platz für den einen Fuß gefunden, während sie den anderen gegen den Stamm stemmt. Mit beiden Hände packt sie den darüber hängenden Ast und kann ihr Gewicht jetzt so verlagern, dass sich der Baum so stark bewegt, wie es ihr gefällt.

»Hör auf damit, Alice«, ruft Alfreda, und im Mondlicht glitzern Tränen auf ihren Wangen. Doch Alice hört nicht auf. Irgendetwas ist über sie gekommen. Celia und ich sehen uns an. Es ist Celia, die sich ihrer Sache plötzlich ganz sicher zu sein scheint. Ihre Stimme klingt laut und fest, als sie in die Nacht hineinruft.

»Jetzt weißt du, wie es sich anfühlt, wenn man Angst hat, Alfreda.«

Kein Laut ist zu hören. Celia und ich spähen durch den Nadelvorhang und sehen, dass Alfreda sich mit Armen und Beinen unterhalb von Alice an einen Ast klammert. Tiefe Kratzer überziehen ihre Gliedmaßen, aber sie achtet nicht darauf. Sie schaut nach unten und wimmert vor Angst. Ihre Furcht erregt mich, und ich mache dort weiter, wo Celia aufgehört hat.

»Fürchte dich, Alfreda«, brülle ich. »Fürchten sollst du dich, weil du nicht weißt, was als Nächstes kommt.«

Alfredas Hand rutscht ab, und einen unangenehmen Moment lang scheint sie in der Luft zu hängen, bis ihre Finger erneut Halt finden. Und Alice hört noch immer nicht auf. Sie hängt sich mit ihrem ganzen Gewicht an den Ast über ihr und rüttelt an ihm. Ich beuge mich vor. Mir stockt der Atem. Auch Celia beugt sich vor. Ihr bleiches Gesicht schimmert wie das eines Racheengels.

»Hör auf.« Alfredas Stimme ist tränenerstickt. »Lass mich runter. Lass mich …« Das Geräusch brechender Zweige, ein Knacken, dann ein schrecklich dumpfer Aufprall auf dem Boden.

Ich starre in die Dunkelheit unter mir und mache einen Umriss aus. Einen Kopf. Einen Arm. Ein in einem unmöglichen Winkel liegendes Bein. Ein antiker Spitzensaum. »Celia«, rufe ich.

Alice und ich sitzen nebeneinander auf ihrem Bett. Ich weine, aber Alice' Augen sind trocken, und sie zittert wie Espenlaub. Als ich nach unten kletterte, zu der Stelle, wo Celia lag, habe ich mir mein rosafarbenes Kleid unwiederbringlich ruiniert. Ich kann mich nicht erinnern, geschrien zu haben. Ich weiß nur noch, dass mein Vater auf uns zugerannt kam, ebenso der Vater von Alice und alle anderen Väter, deren Kind es zwar nicht hätte sein können, die sich aber trotzdem vergewissern wollten.

Mein Vater kniete sich neben Celia und starrte in ihr Gesicht. Celias Augen waren geschlossen, aber hin und wieder flatterten ihre Lider, als regte sich etwas darunter. Er legte ihr seine Finger an den Hals, und ich sah, dass er stumm zählend seine Lippen bewegte. Sehr langsam und sehr sorgfältig betastete er ihre Gliedmaßen. Das abgewinkelte Bein berührte er nicht. Inzwischen waren die Menschen aus dem Haus geströmt und hatten sich über den Rasen verteilt. Alfreda stürzte sich laut und tränenreich in die Arme ihres Vaters. Ich wandte mich ab. Als ich wieder hinsah, waren sie weg.

»Geht ins Haus«, sagte Alice' Mutter.

Alice öffnete den Mund und schloss ihn wieder. Wortlos gingen wir hinein.

Und da sind wir nun, sitzen auf Alice' Bett und sind zu entsetzt, um reden zu können, nicht einmal miteinander. Schemenhaft bekommen wir von draußen die Bewegung von Taschenlampen und Lichtern und die Rufe der Männer mit. Ein Wagen wird angelassen. Dann noch einer. Es spielt keine Musik mehr. Auf dem Gang vor der Schlafzimmertür schlägt eine Uhr hell zwölf Mal, und irgendwo läutet eine Kirchenglocke, aber niemand wünscht den anderen ein frohes neues Jahr. Zumindest nicht uns. Endlich kommt mein Vater. Er schließt die Tür hinter sich und sieht uns an. Alice versucht, etwas zu sagen, bringt aber nichts heraus. Sie versucht es erneut.

»Ist sie tot?«

»Nein«, sagt mein Vater. »Sie hat sich ein Bein gebrochen und ist überall voller blauer Flecken und Abschürfungen. Sie ist jetzt wieder bei Bewusstsein, und Kopfverletzungen hat sie offensichtliche auch keine.«

»Ihre Arme«, flüstert Alice. »Sind ihre Arme in Ordnung?«

Die Anspannung meines Vaters lässt ein wenig nach. Ich spüre es. Ich höre es auch in seiner Stimme. »Sie wird wieder Cello spielen können, wenn es das ist, was du meinst.«

Alice nickt.

»Sie wird wieder gesund. Aber das ist nicht euer Verdienst.«

»Es tut mir leid«, sagt Alice. »Wirklich.«

»Mir auch«, heule ich. »Daddy, es tut mir aus tiefstem Herzen leid.«

Er schaut mich kalt an. »Du verstehst noch nicht genug von deinem Herzen, um zu wissen, was das bedeutet, Lacie.«

Und so gesellt sich zu meinen anderen schlimmen Träumen ein neuer, in dem ich in der Dunkelheit falle und falle, mich endlos um meine eigene Achse drehe und darauf warte, zu Boden zu stürzen und zu zerbrechen.

Kapitel 31

Am nächsten Morgen schreibe ich ein weiteres Notizbuch voll und schiebe es unter die Matratze. Ich tue, was ich tun muss, aber es hat seinen Preis. Mag sein, dass ich bessere Laune habe, aber mein Herz flattert in meiner Brust. Ich beschließe, eine kleine Pause einzulegen, aber kaum habe ich die Augen geschlossen, als ich Doreens Schritte vernehme. Mir scheint, als hörte ich das Knistern von blauem Nylon. Schärft die Aussicht auf den nahen Tod das Gehör? Ich bezweifle es. Wahrscheinlich ist es nur Einbildung. Schon spaßig, was der Geist so alles anstellt, wenn man mit ein wenig Morphium nachhilft. Doreen kommt ins Zimmer, mit noch mehr Blumen im Arm.

»Von wem sind die denn?«

»Von Ihrem reizenden Sohn natürlich. Sie können sich wirklich glücklich schätzen.« Ihre Stimme klingt steif.

»Doreen, höre ich da vielleicht einen Anflug von Vorwurf heraus? Haben Sie heute Morgen schlechte Laune?« Schlechte Laune wäre immer noch besser als ihre gnadenlose Fröhlichkeit.

Sie stellt die Blumenvase mit einem dumpfen Knall auf den Nachttisch. »Sie haben ja keine Ahnung, was Sie für ein Glück im Leben haben.«

Ich denke darüber nach. Schließlich sage ich: »Ich bin Ihnen wirklich dankbar für das Ei gestern, Doreen. Aus tiefstem Herzen dankbar, dass ich den geräucherten Schellfisch nicht zu Mittag essen musste.«

»Geht das schon wieder los. Sie haben so viel und wissen eigentlich nichts richtig zu schätzen.«

Ich bin wahrhaftig schockiert, Doreen redet sonst nie so mit mir. Ein scharfer Wind weht mir ins Gesicht. Ich versuche es mit einer anderen Strategie. »Dorothy Maureen, ich weiß, dass es in meinem Leben Dinge gibt, für die ich dankbar sein kann, aber ich habe auch schwere Zeiten durchgemacht. Allen Ernstes.«

Sie arrangiert die Blumen in der Vase neu, obwohl eigentlich alles in bester Ordnung ist. Ihre Körperhaltung soll mir wohl zu verstehen geben, dass ich keine Ahnung habe, was es heißt, schwere Zeiten durchzumachen.

»Hat Sie irgendetwas verärgert, Dorothy Maureen?«

Ihre Schultern heben und senken sich in einer Geste der Resignation, wie ich meine. »Sie hatten immer Glück. Sie hatten alles im Leben«, erwidert sie matt. Das ist nicht meine Doreen. »Sie haben studiert. Sie hatten einen Mann, der Sie liebte, und ein Kind. Sie hatten Talent und die Chance, es auszuleben. Manche Menschen leben, ohne auch nur das Geringste von alldem zu haben, und Sie hatten das alles.«

Irgendetwas ist ihr definitiv über die Leber gelaufen. Ich denke an die Doreen, die mir heimtückisch Tabletten unter die Zunge schiebt und mein Zimmer mit dem Knistern blauen Nylons und den Zumutungen ihrer raubeinigen Aufmunterung erfüllt. Ich denke an Dorothy Maureen, die sich nichts sehnlicher wünschte, als Schauspielerin zu werden. Das kann doch sicher nicht der Grund …

»Menschen zu pflegen, das ist doch ein schöner Beruf. Eine Krankenschwester tut viel mehr Gutes als eine Schauspielerin.« Klinge ich herablassend? Ich denke schon. Sie findet das wohl auch, als sie mit den Tabletten auf mich zukommt. Sehe ich da einen höhnischen Ausdruck auf ihrem Gesicht? Ich beobachte, wie sie geht. Sie hätte es nie auf eine Bühne geschafft. Sie streckt mir die Tabletten und ein Glas Wasser entgegen. Ihre Hände sind groß und gerötet. Zu viel Desinfektionsmittel und Bleiche. Und dann sehe ich noch etwas, was mir nie zuvor aufgefallen ist. Vielleicht war es vorher nicht da. Der Ringfinger ihrer linken Hand ist am Knöchel deutlich dünner. Sie muss Ringe getragen haben, und zwar in der Zeit, in der ihre Finger über die Jahre hinweg dicker wurden. Und jetzt sind die Ringe verschwunden. Sie sieht, dass ich auf ihre Finger starre.

»Nehmen Sie Ihre Tabletten«, sagt sie.

Gehorsam nehme ich eine blaue und eine orangefarbene und schlucke sie hinunter.

Kapitel 32

Die folgenden Tage sind keine glücklichen. »Wie konntest du nur so dumm sein«, sagt meine Mutter. Ich habe keine Antwort darauf, sie scheint aber auch keine zu erwarten. »Ich bin enttäuscht von dir«, sagt mein Vater, und das ist viel schlimmer. Ich darf weder Celia noch Alice sehen und muss deshalb die letzten beiden Ferienwochen allein durchstehen. Meine Träume werden immer grauenvoller. So wie der mit dem fallenden Mädchen, aber das Mädchen ist nicht immer Celia. Ich weiß nicht, wer sie ist, und ich darf es auch nicht wissen. Ich weine im Schlaf. Ich weiß das deshalb, weil meine Wangen beim Aufwachen nass von Tränen sind.

Manchmal nachts, wenn ich es nicht mehr aushalte, stehe ich auf und laufe durch das Haus. Das habe ich nie zuvor getan, allein in der Dunkelheit. Es ist beängstigend und aufregend zugleich. Alles sieht anders aus. Ich habe immer die kleine Taschenlampe dabei, die mein Vater mir zum Geburtstag geschenkt hat. Eigentlich ist sie für unsere Spaziergänge gedacht, um in die modrigen Löcher von Baumstämmen und in Kaninchenbauten zu leuchten und sich die Spinnennetze genauer anzusehen, die in den Büschen entlang des Sees schaukeln. Die Lampe spendet ein gelblich weißes Licht, aber es gibt einen Knopf, mit dem man sie auf Rot und auf Grün umstellen kann. Ich leuchte mit der Lampe in Schubläden und Schränke. Ich weiß nicht, warum. Ich weiß nicht, was ich suche. Ich betrete Zimmer, in die ich sonst kaum einen Fuß setze. Eines Nachts finde ich mich im Nähzimmer meiner Mutter wieder. Der Anblick der schwarzen Nähmaschine mit den silbernen Nadeln lässt mich an Ms Rafferty denken. Ich drehe der Maschine den Rücken zu. Ich habe keine Ahnung, was ich hier mache. Dieses Zimmer ist vollgepackt mit Stoffen, in irgendeinem Ausverkauf erstanden, überall liegen Stofffetzen herum, groteske Überbleibsel fertiger Näharbeiten, dazu stapeln sich Schachteln voller Faden, Garn, Nähnadeln und alle möglichen Zickzackscheren zum Zuschneiden. Ich weiß nicht, warum ich Schrank um Schrank, Schublade um Schublade öffne. Meine kalten Finger greifen in die Dunkelheit. Hinter einer Schachtel mit Schnittmustern finde ich sie. In dem Moment, in dem ich sie berühre, weiß ich, was es ist. Drei Alben voller Fotos. Ich setze mich im Schneidersitz auf den Boden und lege sie mir auf den Schoß. Ich betrachte sie im Strahl meiner Taschenlampe. Die Fotos sind von mir. Manche von mir allein, manche zusammen mit meiner Mutter oder meinem Vater, und manche von mir und meiner Großmutter. Ich kann mich nicht daran erinnern, wann sie gemacht worden waren, aber ich erkenne bestimmte Ereignisse. Geburtstage. Weihnachten. Ferien in Torquay und Wales.

Ich sehe mir die Fotos genau an. Unter jedem hat meine Mutter in ihrer ordentlichen Handschrift etwas geschrieben: »Klein Lacie mit sechs Wochen«, »Klein Lacie mit drei Monaten«, »meine Tochter Lacie an ihrem ersten Geburtstag«, »Lacies zweites Weihnachtsfest«. Ich blättere die Seiten meines Lebens um und stelle mir meine Mutter vor, wie sie die Fotografien in die Alben einsortiert, die weißen Fotoecken aufklebt und die Erklärungen verfasst. Aus ihren Worten sprechen Liebe und Stolz, ein Tonfall, den sie mir gegenüber jedoch nie anschlägt. Wieso kann ich mich an diese Alben nicht erinnern? Dann sehe ich, warum. Es gibt plötzlich keine Bilder mehr, als ich fünf Jahre alt bin. Trotzdem sollte ich mich daran erinnern. Vielleicht tue ich es ja auch. Vielleicht ist es das, wonach ich gesucht habe. Dann entdecke ich noch etwas anderes. Etwas, wonach ich nicht gesucht habe. Als ich die Alben zurück in den Schrank schiebe, ertasten meine Finger eine kleine Pappschachtel. Ich ziehe sie heraus. Darin befinden sich zwei Paar gestrickte Babyschühchen, so klein, dass sie in meiner Hand Platz haben. Das eine Paar ist rosa. Rosa für ein kleines Mädchen. Sie sind ein wenig abgetragen, und die Wolle ist leicht verfilzt vom Waschen. Das zweite Paar ist unbenutzt. Und blau.

Als Alice und ich für das neue Trimester an die Schule zurückkehren, taucht Celia nicht auf. Ängstlich halten wir nach ihr Ausschau, aber sie ist nicht da. An ihrem Haken hängen weder Mantel noch Hut. Ihr Spind ist leer. Bei der morgendlichen Versammlung macht Ms Parker eine Ankündigung.

»Das Klettergerüst ist von heute an strengstens verboten. Da wir uns nicht darauf verlassen können, dass ihr nicht herunterfallt, darf es nicht länger benutzt werden.« Empörtes Stimmengewirr. Bisher ist niemand vom Klettergerüst gefallen. Ms Parker macht eine Pause, als wollte sie ein weiteres Thema ansprechen, aber das hängt alles zusammen. »Eine aus euren Reihen«, fährt sie fort, »Celia Zimmermann, zu Gast in unserem Land und ein geschätztes Mitglied unserer kleinen Gemeinschaft, hatte einen schrecklichen« – ihre Augen wandern die Reihe der Mädchen entlang und verharren bei Alice und mir –, »einen schrecklichen Unfall.« Ihr Blick bleibt auf uns liegen, während sie hinzufügt: »Unfälle passieren nur, wenn die Leute achtlos, gedankenlos oder egoistisch sind.«

»Und gemein«, flüstert Alfreda hinter mir.

»Zum Glück«, fährt Ms Parker fort, »wird die Verletzung, die Celia erlitten hat, wieder heilen, und es wird kein Schaden zurückbleiben. Sie wird gegen Ende dieser Woche zurück in die Schule kommen, und ich erwarte von euch, dass ihr Rücksicht auf sie nehmt. In der Zwischenzeit werden wir für sie beten.«

Ich bete aus tiefstem Herzen. Ich wünschte, ich wüsste ein Gebet auf Hebräisch, aber ich kenne keines. Mehr, als die Worte »durch unseren Herrn Jesus Christus« auszulassen, kann ich nicht für sie tun. Aber ich mache es um Celias Seelenheil willen.

Und so beginnt das neue Trimester ohne Celia, aber ansonsten ist alles beim Alten. Alice nimmt ihre sorgsame Beobachtung von Professor Chambers wieder auf. Sie hat kein Mitleid mit ihm, ich seltsamerweise schon, wie ich bald feststelle. Ich habe immer noch ein wenig Angst vor ihm. Aber etwas in mir regt sich, wenn ich sehe, dass er dünner ist denn je, dass das Zucken unter seinem linken Auge und das Zittern seiner Hände stärker geworden sind und dass ein Knopf an seiner Jacke lose an einem Faden baumelt. Meine Mutter lässt meinen Vater nie mit losen Knöpfen aus dem Haus. Ich vermute, der Professor hat niemanden, der sich um ihn kümmert. Dann erinnere ich mich wieder an seine Teufelsfratze in der Kirche, und meine Sympathie verblasst.

Am ersten Mittwoch des Halbjahrs sind Alice und ich so in ein Gespräch über Celia vertieft, dass wir zu spät in Französische Konversation kommen. Als wir in Richtung Klassenzimmer laufen, sehen wir den Professor. Er ist im Mantel und mit Aktenmappe auf dem Weg zu dem – was immer es auch sein mag –, das er an den Mittwochnachmittagen unternimmt. Ich erwarte, dass er seinen Blick von uns abwendet und an uns vorbeieilt wie im vergangenen Trimester, aber er tut es nicht. Er bleibt stehen. Seine Augen sind plötzlich dunkel und gefährlich. Er wendet sich an Alice.

»Du bist ein dummes kleines Mädchen.« Er spuckt ihr die Worte fast ins Gesicht. Dann kommt er einen Schritt näher – zu nahe –, und ich weiche zurück. Alice kann es nicht. Sie steht bereits in der Ecke.

»Sie hätte sich den Arm brechen können«, sagt er. »Ihre Musik, sie hätte sterben können.« Er steht jetzt sehr dicht vor Alice. Ich bin froh, dass er seine Aktenmappe festhält, denn wären seine Hände frei gewesen, hätte ich Angst davor gehabt, was er damit machen würde. »Du hast so vieles«, zischt er, »aber Respekt vor anderen hast du keinen.«

Alice wechselt die Gesichtsfarbe. Sie ist erkennbar getroffen. Jetzt sollte er sie in Ruhe lassen. Aber er tut es nicht. Er verstellt ihr weiter den Weg.

»Jeder hat seine Geheimnisse«, sagt er.

Alice keucht. Tränen treten ihr in die Augen. Erst jetzt macht er einen Schritt zurück, schüttelt den Kopf und geht weg. Er lässt sie einfach so stehen, ans Geländer gelehnt, als könnte sie sich ohne dessen Stütze nicht aufrecht halten.

Am nächsten Tag ist Celia wieder da. Sie ist blass und dünn und schleppt einen schweren Gips an ihrem linken Bein mit sich herum. Aber sie lächelt, als sie auf den Krücken herumhumpelt, und später dürfen wir Genesungswünsche auf ihren Gipsverband schreiben, woraufhin wir uns gleich besser fühlen.

»Aber eine gute Seite hat die Sache«, sagt Alice zu mir, als wir allein in der Garderobe stehen. »Jetzt kann Celia nicht mehr die Treppen ins Musikzimmer hinaufsteigen.« Und dann setzt sie sich neben ihren Spind auf den Boden, holt das blaue Buch heraus und kritzelt etwas hinein. Doch Alice täuscht sich. Celia schafft es, die Treppen zu meistern, weil der Professor herunterkommt und ihr hilft. Sie stützt sich auf ihn und humpelt mithilfe der zweiten Krücke langsam nach oben, bis wir sie nicht mehr sehen. Alice ist entsetzt, aber Ms Bertram ist in der Nähe und scheint sich nichts dabei zu denken. Schließlich kann Celia die Stufen mit ihrem Gipsbein allein schlecht bewältigen, und ihren Musikunterricht darf sie auch nicht versäumen.

»Ich sehe nicht ein, warum sie ihre Musikstunden nicht ebenso gut hier unten bekommen kann«, sagt Alice bockig. Der Gedanke scheint sie nicht mehr loszulassen, und in der Pause spricht sie Celia darauf an.

»Warum?«, will Celia wissen.

Genau das wollte ich auch fragen.

Alice scheint das für eine dumme Frage zu halten. »Ist doch klar, weil dann andere Leute in der Nähe sind.«

Celia blinzelt und versucht, ihre Krücke zu befreien, die sich in einem Mantel auf dem Boden der Garderobe verfangen hat. Alice bückt sich, um ihr zu helfen. Sie hebt den Kopf nicht, als Celia sagt: »Ich weiß, du magst ihn nicht, aber ich verstehe nicht, warum. Er ist wirklich sehr nett.« Dann klemmt sie sich die Krücken unter die Arme und humpelt langsam davon. Ich ziehe Alice, die noch immer auf dem Boden hockt, hoch.

»Du musst dich in ihm täuschen«, sage ich.

Sie murmelt etwas, aber ich habe mich wohl verhört. Alice kann unmöglich gesagt haben, dass Celia verdorben sei.

An diesem Nachmittag verdient sich Dimity einen roten Stern für Freundlichkeit, weil sie anbietet, Celias Cello nach oben zu tragen, solange Celia noch den Gips trägt. Als Dimity hinzufügt: »Das ist ein Akt christlicher Nächstenliebe«, erwarte ich eigentlich, dass Ms Bertram den Stern wieder entfernt, aber der rote Stern bleibt.

Langsam kehrt Routine ein im neuen Trimester, und wir gewöhnen uns an Celias Gips. Es ist alles wie immer, bis auf eine Sache, die anzusprechen Alice und ich nicht fertigbringen. Letzten Endes ist es Celia, die uns fragt: »Was ist eigentlich mit Alfreda?«

Ja, was ist mit Alfreda. In den ersten Tagen nach Schulbeginn hat sie weder mit Alice noch mit mir auch nur ein einziges Wort gewechselt. Die Pausen verbringen wir an entgegengesetzten Enden des Gartens. Und beim Mittagessen sitzen wir an verschiedenen Tischen.

»Aber so kann es nicht weitergehen«, meint Celia. Sie hat recht. Das ist unmöglich, denn am Freitagnachmittag werden wir uns bei den Proben gegenüberstehen. Mit der Erinnerung an die Silvesterparty vor Augen, an die Dunkelheit, die Sticheleien, den Schrecken, den dumpfen Aufprall, überlegen wir, was auf uns zukommen könnte.

»Ich habe schließlich nicht versucht, sie zu töten«, wendet Alice ein. »Ich wollte ihr doch nur eine Lektion erteilen.« Mehr als das hat bisher keine von uns über diese Nacht gesagt. Wir schweigen.

»Vielleicht können wir so tun, als sei es nie passiert«, schlage ich vor.

»Vielleicht«, meint Alice.

Aber keine von uns mag so recht daran glauben, und am Freitagnachmittag sind wir deutlich angespannt. Um zwei Uhr nehmen wir unsere Plätze ein. Die Luft scheint zu vibrieren.

Ms Bertram ergreift das Wort. »Jetzt, da ihr alle euren Text auswendig könnt und kein Buch mehr braucht«, sagt sie – diejenigen, die noch ein Textbuch benötigen, erröten schuldbewusst –, »jetzt habe ich euch ein paar Gegenstände mitgebracht.«

Was für Gegenstände? Sollen sie uns dabei helfen, über diese schwierige Zeit hinwegzukommen? Was könnte das sein? Sack und Asche? Riechsalz und ein Taschentuch? Aber das, was Ms Bertram uns mitgebracht hat, sind Gürtel mit hölzernen Schwertern für Mercutio, Tybalt und Romeo, dazu eine kleine Glasflasche für den Trunk, den Bruder Lorenzo Julia zu verabreichen hat. Alfreda, Ernestine und ich schnallen uns die Schwerter um, stolzieren durch das Zimmer, stecken sie in den Gürtel und ziehen sie wieder heraus. Alfreda schwingt ihr Schwert, bis Ernestine, deren runde Brillengläser stumpf wie Zinnteller glänzen, mit einem Satz zurückweicht.

»Bitte auf eure Plätze«, fordert Ms Bertram uns auf.

Dass wir Waffen in Händen halten, macht die Situation nicht einfacher. Alfreda ruft: »›*Tybalt, du Ratzenfänger, willst du dran?*‹«, und Ernestine beschreibt mit der Spitze ihres Holzschwerts einen Kreis in der Luft.

Ms Bertram lächelt. »Gut«, sagt sie.

»Mein Vater hat es mir mit seinem Spazierstock gezeigt«, erklärt Ernestine bescheiden. Dann wendet sie sich an Alfreda. »›*Was willst du denn von mir?*‹«

»›*Mein guter Katzenkönig, nichts als eins von Euern neun Leben …*‹«

»›*Ich steh' zu Dienst*‹«, ruft Alfreda/Mercutio und stürmt nach vorn.

Ich muss die Sache beenden. Romeo trägt die Verantwortung und muss dafür sorgen, dass niemand verletzt wird. Also baue ich mich vor Alfreda auf und sage: »›*Lieber Mercutio, steck den Degen ein!*‹«

Ich warte darauf, dass Alfreda mich zur Seite schiebt und sich umdreht, um auf Tybalt loszugehen. Niemand ist überraschter als ich, als sie stattdessen mit gezücktem Schwert auf mich zukommt und mir voll auf die Brust schlägt.

»Da«, schreit sie und starrt auf mich herunter, die ich vor ihr auf dem Boden liege.

Ms Bertram hebt mich hoch und setzt mich auf einen Stuhl. »Ist bei dir alles in Ordnung?«, fragt sie. Ich weiß es nicht, ich bekomme keine Luft, vielleicht ist nicht alles in Ordnung. Alice pirscht sich an Alfreda heran, aber Ms Bertram stoppt sie und sagt rasch: »Das war ein Unfall. Keine von euch ist daran gewöhnt, mit diesen Theaterrequisiten richtig umzugehen.«

Requisiten sind das also. Mit dem nächsten Luftholen atme ich diese Information tief ein. Ich scheine wieder in Ordnung zu sein.

»Wir werden später auf diese Szene zurückkommen«, fährt Ms Bertram fort, »wenn alle Zeit und Gelegenheit hatten, ihre Schwertkampfkünste in einer weniger beengten Umgebung auszuprobieren.«

»Es war wirklich ein Unfall«, sagt Alfreda trotzig.

Ms Bertram schaut sie scharf an. »Nun, selbstverständlich war es das. Keiner denkt etwas anderes.« Alfreda sieht aus, als würde sie gleich zu weinen anfangen, und Ms Bertram fährt fort: »Würdest du uns vielleicht deine Frau-Mab-Rede halten?« Alfreda nickt heftig. »Lacie, soll jemand für dich einspringen?«

»Ich schaffe das schon, Ms Bertram«, entgegne ich schnell. Keine andere soll die Worte meines Romeos in den Mund nehmen.

Alfreda kann den Text auswendig und lässt Shakespeares Worte vor unseren Augen Gestalt annehmen. Da ist Frau Mab, der Feenwelt Entbinderin, klein wie ein Edelstein am Zeigefinger eines Aldermanns, die fährt mit 'nem Gespann von Sonnenstäubchen den Schlafenden quer auf der Nase hin. Ich sehe die Speichen, gemacht aus Spinnenbeinen, des Wagens Deck aus eines Heupferds Flügeln. Ich sehe das winzige Geschirr, die winzigen Zügel, der Peitsche Griff aus Heimchenknochen, die Schnur aus Fasern, Frau Mab im nächtlichen Galopp, befahrend das Gehirn Verliebter. All das sehe ich vor mir und muss schweren Herzens anerkennen, wie gut Alfreda ihre Aufgabe meistert. Sie strahlt eine Wildheit aus, die perfekt zu ihrem Monolog passt. Ich bin gegen meinen Willen fasziniert und verpasse meinen Einsatz.

»Wiederhole noch mal die letzte Zeile, Alfreda«, sagt Ms Bertram geduldig. Sie wiederholt sie. »›*Still, o still, Mercutio!*‹«, deklamiere ich, doch Alfreda schüttelt nur trotzig ihren dunklen Kopf. Ich spreche weiter, aber als ich zu der Stelle komme: »›*Durch irgendeinen Frevel frühen Todes …*‹«, bleiben mir die Worte im Hals stecken.

An diesem Abend untersucht mein Vater zu Hause die Prellung auf meiner Brust. Auch meine Mutter schaut sich die geschwollene Stelle an. Sie ist rot in der Mitte und zum Rand hin lila verfärbt.

»Ach«, seufzt meine Mutter und fügt hinzu: »Es ist diese Atmosphäre von Gewalt, John, die sich überall breitmacht.« Über meinen Kopf hinweg wechselt sie einen Blick mit meinem Vater. Mit Schrecken sehe ich Tränen in ihren Augen.

»Es tut überhaupt nicht weh«, beeile ich mich zu sagen, obwohl das nicht ganz richtig ist. Ich spüre einen dumpfen Schmerz in meiner Brust, den ich nur meiner Verletzung zuschreiben kann.

»Gewalt ist immer schmerzhaft«, sagt sie. »Irgendjemand wird immer verletzt.«

Mein Vater beugt sich über mich, um die Prellung mit einer Heilsalbe einzureiben. Seine Finger fühlen sich kalt an auf meiner Haut.

»Ich werde Alfreda nie mehr sehen müssen, sobald ich im September ins Lady Margaret's wechsle«, sage ich, um ihn aufzuheitern, aber er seufzt nur.

»Wer weiß, wo wir im September alle sein werden«, antwortet er.

Kapitel 33

John? Welchen Tag haben wir heute?«

»Donnerstag, Mutter.«

»Bist du sicher?«

»Ganz sicher.«

Die Tage gleiten vorüber. Ich kann die Sache nicht mehr lang auf sich beruhen lassen. Nicht, wenn ich ihr Kommen verhindern will.

»John?«

»Ja, Mutter?«

»Gibt es momentan irgendwelche Kriege auf der Welt?«

»Es gibt immer irgendwo Krieg, aber meistens sind es nur kleinere Konflikte.«

»Wo?«

»Ach, überall auf der Welt.«

»Wirklich? Früher war das nicht so. Da gab es nur einen einzigen großen Krieg.« Ein schrecklicher Gedanke kommt mir.

»John.« Ich packe ihn am Arm. »Es wird doch nicht wieder passieren? Nicht noch ein Weltkrieg?«

»Ein Weltkrieg? Selbstverständlich nicht.« Sanft löst er meine Finger und nimmt meine Hand. »Du bist in England ganz sicher, Mutter.«

»Verschweigst du mir etwas?« Die Angst verleiht meinem Tonfall eine gewisse Schärfe, obwohl ich nicht weiß, warum ich Angst habe. Wie kann mir ein Krieg jetzt noch schaden? Trotzdem sitzt mir die Angst wie ein Kloß im Hals.

John hält weiter meine Hand und tätschelt sie beschwichtigend. »Möchtest du ein wenig Radio hören? Die Nachrichten? Dann hörst du selbst, was sich so tut in der Welt. Die Kriege sind alle ganz weit weg.«

Ich starre ihn an. Wie kann er nur so dumm sein? Die Kriege sind immer ganz weit weg, aber das heißt nicht, dass man in Sicherheit ist. Ich befreie meine Hand aus seinem Griff. Ich wusste nicht, dass ich noch so viel Kraft hatte. Er auch nicht. »Ja, begreifst du denn nicht«, rufe ich. »Siehst du denn nicht, dass du mich nicht beschützen kannst, wenn du gewisse Dinge von mir fernhältst? Mein Vater hat das versucht.« Ich höre, wie ich die Kontrolle verliere, meine Fähigkeit, zu erklären. Und plötzlich ist es sehr wichtig für mich, dass er begreift. »Hätte er mir damals davon erzählt, hätte ich begriffen, wäre ich bereit gewesen …« John versucht, mich zu beruhigen, aber ich will mich nicht beruhigen, erst, wenn er begriffen hat. »Nicht vorbereitet zu sein …«, stoße ich keuchend hervor.

Doreen ist zur Stelle mit der Morphiumpumpe. John hält meinen Arm für sie fest.

»Warte. Bitte. Hör zu. Nicht vorbereitet zu sein …«

»Ruhig«, sagt er, »reg dich nicht auf, Mutter.«

»Aber auf etwas nicht vorbereitet zu sein …«, sage ich, »das ist an allem schuld.«

Kapitel 34

»Ko-si-nus«, wiederholt Ms Jolliffe laut.

Normalerweise ist dies das Signal für Celia, sich kerzengerade hinzusetzen, aber heute starrt sie bloß weiter aus dem Fenster auf die kahlen Äste, die sich vor einem leeren Februarhimmel wiegen. Sie ist gerade erst aus einer Musikstunde zurückgekommen und scheint – wie so oft – blass und abwesend zu sein. Ms Jolliffe gibt uns Aufgaben zum Bearbeiten, aber Celia blickt weiter auf die Bäume hinaus. Nach einer Weile geht Ms Jolliffe zu ihr hin, sagt etwas, und Celia nickt, legt ihre Bücher zur Seite und verlässt den Raum.

»Celia hat Kopfschmerzen«, sagt Ms Jolliffe. »Sie geht ein bisschen an die frische Luft. Macht weiter mit eurer Arbeit, Mädchen.«

Alice kritzelt etwas auf einen Zettel und schiebt ihn zu mir herüber. »SIEHST DU!«, steht darauf.

Ich stecke den Zettel unter mein Übungsbuch, damit ich nicht darauf schauen muss.

Alice holt aus ihrer Tasche das kleine Sternenbuch, schlägt es auf und legt es mir in den Schoß. Einige Einträge sind mit einem roten Kreuz markiert. Jedes Kreuz steht für einen Tag, an dem Celia aufgewühlt aus einer Musikstunde zurückkam. Ich blättere unter der Bank um. Es gibt viele rote Kreuze.

In der Pause schleppt Alice mich in den hinteren Teil des Gartens. Celia ist unauffindbar. Ihr Mantel hängt an der Garderobe, aber ihr Cello fehlt. Sie scheint zu üben.

»Wir können das nicht länger ignorieren, Lacie.« Alice' Gesicht leuchtet vor Empörung, und sie hält mir das blaue Buch unter die Nase. »Du musst doch sehen …«

Ich sehe es. Zumindest sehe ich, dass Celia oft traurig ist, vor allem nach ihrer Musikstunde. Aber wir haben diese Unterhaltung oft genug geführt, und ich weiß nur zu gut, wohin sie führen wird. Letzten Endes wird Alice den Professor beschuldigen … wessen beschuldigen? Er kann Celia nicht anschreien, das würden wir hören. Er kann sie auch nicht schlagen, sonst würden wir die blauen Flecken sehen. Ich stelle mir das kleine Musikzimmer mit seinem Dachfenster vor, das Klavier, die beiden Stühle und den Schreibtisch. Ich hatte Dutzende von Stunden dort oben bei Ms Plumtree, und mir will einfach nichts einfallen, was jemanden so traurig machen könnte – bis auf die Unfähigkeit vielleicht, sich zu erinnern, wo die Versetzungszeichen hingehören. Und das war noch nie Celias Problem.

»Aber Celia mag ihn«, wende ich ein.

Alice' Gesichtsausdruck ist schwer zu entschlüsseln, fast so, als würde sie etwas sagen, das ich nicht hören kann. Sie hütet ein Geheimnis, das sie mir nicht verraten will, und ich stehe vor einem Abgrund, über dessen Rand ich nicht schauen kann, Alice jedoch schon. Ich habe mir mehr und mehr angewöhnt, so zu tun, als verstünde ich die Dinge, obwohl das nicht der Fall ist. Und schließlich ist Alice nicht die Einzige, die den Professor hasst. Alfreda tut es auch. Und ebenso Ms Rafferty. Und irgendetwas stimmt *tatsächlich* nicht mit Celia. Ihr Bein verheilt allmählich. Zuerst braucht sie nur noch eine Krücke, bald auch die nicht mehr. Mein Vater hat ihr ein Stärkungsmittel verschrieben, sie hat ein wenig zugenommen, und auf ihren Wangen liegt ein Hauch von Rosa. Trotzdem stimmt etwas nicht. Etwas, das ihr unvermittelt die Tränen in die Augen treibt, auch wenn sie diese immer zurückzuhalten versucht.

»Sei nett zu ihr«, sagt mein Vater beim Frühstück.

»Das bin ich doch.«

Er schaut mich über den Rand der Zeitung hinweg an. »Freut mich, das zu hören. Aber iss dein weiches Ei. Da stecken viele gute Dinge für dich drin.« Er lässt mich nicht aus den Augen, um sicherzugehen, dass ich auch schlucke. Es ist nur ein lahmer Versuch von mir, ihn abzulenken, als ich auf die Rückseite der Zeitung deute und frage: »Was bedeutet dieses Wort?«

»Wo?«

»Da. Rei… Reichs…«

Er dreht die Zeitung um, liest, faltet sie rasch zusammen und wirft sie auf die Anrichte. »Über so etwas müssen sich kleine Mädchen keine Sorgen machen«, sagt er.

Ohne von ihrem Toast aufzublicken, den sie gerade mit Butter bestreicht, bemerkt meine Mutter: »Nun ja, manche kleinen Mädchen müssen sich darüber Sorgen machen.«

Mein Vater errötet. »Geh und mach dich für die Schule fertig, Lacie.«

Er ist sehr still, während wir nebeneinanderher gehen. Erst als wir fast da sind, sagt er noch einmal: »Sei nett zu Celia, mein Schatz.«

»Das bin ich doch, Daddy. Das habe ich dir doch schon gesagt.«

Er schaut mich ernst an. »Ja, das hast du.«

Und schließlich bin nicht ich dafür verantwortlich, wenn Celia jedes Mal blass und traurig aus ihrer Musikstunde zurückkommt. Aber wessen Verantwortung ist es dann? Keine der Lehrerinnen unternimmt etwas anderes, als sie danach hinaus an die frische Luft zu schicken. Als Ms Jolliffe Celia jetzt hinausschickt, damit sie wieder einen klaren Kopf bekommt, stoße ich Alice an.

»Sie sieht doch bestimmt, dass es nicht nur Kopfschmerzen sind, oder?«, flüstere ich.

»Erwachsene verschließen oft die Augen vor Dingen, die sie nicht sehen wollen«, erwidert Alice.

»Was für Dinge?«

Sie schüttelt den Kopf.

»Lacie«, fragt Ms Jolliffe, »hast du deine Gleichungen schon gelöst? Nein? Nun, dann beschäftige dich damit und lass Alice sich auf die ihren konzentrieren.«

Den Rest der Stunde starren wir auf unsere Algebra-Aufgaben. In der Pause, als die anderen Mädchen sich draußen lautstark unterhalten, während Celia wieder in das Klassenzimmer zurückkehrt, wo es ruhig ist, nimmt Alice mich am Arm und zieht mich zu dem Tor am Ende des Gartens. Wir klemmen unsere Füße zwischen die Gitterstäbe und hocken uns darauf. Dann warten wir auf den Zehn-Uhr-siebenunddreißig-Zug, der unten in der Talsohle entlangfährt. Der um zehn Uhr siebenunddreißig ist unser Lieblingszug, weil er der schnellste ist und immer mit einem schrillen Pfiff und einer Dampfwolke vorbeirattert.

»Wir müssen etwas unternehmen«, beschließt Alice, als der Zug durchgefahren ist. »Du siehst doch, wie unglücklich Celia ist. Und ich *weiß*, dass es etwas mit Professor Chambers zu tun hat.«

»Das kannst du doch gar nicht wissen.« Ich widerspreche jetzt im selben vernünftigen Tonfall wie meine Mutter. Ich rege mich jedes Mal fürchterlich auf und weiß, dass es auch bei Alice der Fall sein wird. Und so ist es.

»Du hast doch keine Ahnung, was er ihr alles antun kann dort oben, wenn es keiner sieht!« Die Worte platzen nur so aus ihr heraus, und ich sehe ihr an, dass sie es noch in der gleichen Sekunde bereut. »Ich meine … er muss ihr irgendwie wehtun, sonst wäre sie doch nicht so traurig.« In Alice' Augen stehen Tränen, und gegen die komme ich nicht an.

»Wir haben aber keinen Beweis.« Mehr bringe ich nicht heraus.

»Dann müssen wir eben einen besorgen«, erwidert sie kämpferisch. »Wir müssen …«

»Was?«

Sie holt tief Luft. »Wir müssen … spionieren.«

Den ganzen Nachmittag über wälze ich das Wort in meinem Kopf hin und her. Es hat einen schrecklichen Klang. An diesem Abend schlage ich es zu Hause im Wörterbuch nach. »*Spion:* Substantiv, jemand, der von einer Regierung oder Organisation beauftragt wird, Informationen über politische Gegner und Konkurrenten zu sammeln.« Das ist es nicht, wonach ich suche. Ah, hier ist es. »*Spionieren:* Verb, jemanden heimlich beobachten.« Ich nage an meiner Unterlippe und überlege. Jemanden heimlich zu beobachten, das scheint mir nicht besonders schlimm zu sein. Schließlich haben wir so etwas Ähnliches schon mal getan. Spionieren geht doch sicher nicht darüber hinaus, oder?

Doch wie es sich herausstellen soll, tut es das. Sehr weit sogar.

Alice wählt für unsere Aktion den Donnerstag, den Tag unserer Naturlehrwanderung mit Ms Violet. Celia kann nicht mitkommen, weil ihr Bein noch zu schwach ist. Stattdessen hat sie eine zusätzliche Musikstunde. Was sonst. Alice' Plan sieht vor, dass wir warten, bis der Rest der Klasse weg und Celia oben im Musikzimmer ist. Dann schleichen wir uns die Treppe hinauf und spähen durch das Schlüsselloch. Alice hat das schon mal ausprobiert. Es steckt kein Schlüssel im Schloss, sagt sie, sodass man ungehindert hindurchschauen kann. Man kann zwar nicht das ganze Zimmer sehen, aber es reicht.

»Aber sie werden merken, dass wir bei der Wanderung fehlen«, wende ich ein.

»Ms Violet wird es nicht auffallen, dass wir nicht dabei sind.«

Sie hat recht. Ms Violet ist eine gutgläubige Seele und leicht zu hintergehen. Bei den Naturlehrwanderungen bekommt jedes Mädchenpaar eine Liste mit drei Gegenständen. Die müssen wir dann auf unserem Marsch zu einem nahe gelegenen Wald oder Feld suchen und zu Ms Violet zurückbringen. Aber Ms Violet ist meistens abgelenkt durch den Verlust eines Handschuhs oder den Fund einer Blume mit sechs Blütenblättern. Sie wird uns nicht vermissen. Trotzdem kann mich Alice' Plan nicht restlos überzeugen.

»Aber es wird ihr doch auffallen, wenn wir nichts von unserer Liste vorweisen können.«

»Wir werden alles von unserer Liste herbeischaffen«, sagt sie. »Warte einfach ab, du wirst schon sehen.«

Was immer sie im Sinn hat, lang werde ich nicht warten müssen, um dahinterzukommen. Es ist nur noch der Mittwoch zu überstehen.

Jetzt, da sich die erste Aufregung über die Stunde Französische Konversation gelegt hat, sind uns die Mittwoche zur Routine geworden. Ich habe inzwischen genug gelernt, um in einem französischen Café eine Bestellung aufgeben und nach einer französischen Wäscherei fragen zu können. Da mich die französische Sprache momentan nicht länger zu fesseln vermag, schaue ich lieber zum Fenster hinaus. Klammheimlich hat der Frühling bei uns Einzug gehalten. Ich sehe Krokusse, überall frühe Blüten und die gelben Spitzen von Narzissen. Ich sehe Professor Chambers, der seinen halben freien Tag wahrnimmt, doch das interessiert mich schon lang nicht mehr. Aber dann sehe ich etwas, das mein Interesse weckt. Ms Rafferty. Nur kurz nach ihm verlässt sie das Gebäude, und als er stehen bleibt, um seine Handschuhe anzuziehen, huscht sie rasch hinter eine große Hortensie. Mir will kein Grund einfallen, warum eine Lehrerin sich hinter eine Hortensie stellen sollte. Der Professor nimmt seine Aktenmappe und setzt seinen Weg fort, durch das Schultor hinaus auf die Straße. Einen Moment später taucht auch Ms Rafferty wieder auf und reckt den Hals, während ihr Blick ihm den Hügel hinab folgt. Erst zögert sie, dann geht sie ihm nach. Doch der Unterricht erfordert erneut meine Aufmerksamkeit, und ich muss feststellen, dass ich nicht weiß, wie ich auf Französisch nach einer Zahnbürste fragen soll. Ms Bertram betont, wie wichtig körperliche Hygiene ist. Die Episode mit Ms Rafferty ist noch im selben Moment vergessen und wäre mir wahrscheinlich auch nicht mehr eingefallen, hätte mein Vater nicht den Tag bei einer Konferenz in der Stadt verbracht.

»War es interessant, mein Lieber?«, erkundigt sich meine Mutter beim Essen.

»Ach, du kennst das ja«, antwortet er. »Durchwachsen, wie solche Veranstaltungen eben sind.« Er nimmt vom Gemüse und greift nach der Sauciere. »Aber etwas Interessantes ist doch passiert.« Er hält inne und gießt die Bratensoße über das Fleisch. Dunkel und glatt fließt die Soße über sein Schweinekotelett und den Teller, bis sie einen Burggraben um seine Kartoffeln bildet. »Auf dem Heimweg musste ich mich sehr beeilen, um den Zug zu erreichen. Ich bin gerade noch in den letzten Waggon gesprungen, bevor der Zug anfuhr, und als ich den Gang entlangging, da sah ich eure Ms Rafferty.«

Er hat recht. Mein Interesse ist geweckt. »Hast du mit ihr gesprochen, Daddy?«

Er nickt. »Es schien mir unhöflich, es nicht zu tun. Also habe ich die Tür aufgeschoben und ein paar Worte mit ihr gewechselt. Ich habe ihr erzählt, dass ich bei einer Tagung über Parasiten war. Aber das Thema schien sie nicht sehr zu begeistern.«

»War das alles?«

»Ja, bis ich zum anderen Ende des Zuges kam. Und du wirst nie erraten, wen ich dort gesehen habe.«

»Professor Chambers«, erwidere ich.

Er schaut mich an. »Äh, ja. Professor Chambers. Aber woher weißt du das, Lacie?«

Keine Ahnung, woher ich das weiß. Ich weiß es eben.

»Ich blieb stehen und unterhielt mich natürlich auch mit ihm. Er schien aber auch nicht mehr Interesse für Parasiten aufzubringen als Ms Rafferty.«

»Das ist wohl kaum überraschend, mein Lieber«, meint meine Mutter. »Deren Anziehungskraft ist ziemlich dürftig.«

»Was mich jedoch überrascht hat, war seine Reaktion, als ich ihm erzählte, dass auch Ms Rafferty im Zug ist. Das schien ihn ziemlich … nun ja … zu bestürzen.«

In dem Moment fiel es mir wieder ein, dass Ms Rafferty Professor Chambers durch das Tor gefolgt war. Und mir fiel auch der Eintrag im Wörterbuch wieder ein. »*Spion:* Substantiv, jemand, der Informationen über einen Feind sammelt.«

Am nächsten Tag erzähle ich Alice davon.

»Das verstehe ich nicht«, sagt sie.

»Na, wenn wir hinter ihm herspionieren können, dann kann sie das doch auch.«

Alice runzelt die Stirn. »Aber wir beobachten ihn, weil wir sehen wollen, wie er sich im Musikzimmer verhält, wenn Celia dort ist. Was erhofft sie sich davon, ihm in die Stadt zu folgen? Was glaubt sie, was er dort macht?«

An diesem Nachmittag gehen wir gemeinsam mit den anderen in die Garderobe, um unsere Schuhe und Jacken für die Wanderung anzuziehen und die Liste mit den Gegenständen in Empfang zu nehmen, die wir unterwegs einsammeln sollen.

»Du bist heute aber sehr langsam, Alice«, sagt Ms Violet. »Jetzt beeil dich mal, Kind.«

»Meine Schnürsenkel haben sich verknotet«, jammert Alice. »Lacie will mir helfen. Wir kommen nach.«

»Oh, aber ... ich sollte ...« Sie schaut sich um. Der Rest der Mädchen ist schon fort. Sie zögert. »Nun gut«, meint sie schließlich, »aber mach schnell, Alice.« An der Tür hält sie inne, um sich zu vergewissern, dass niemand mehr zurückgeblieben ist, und sieht am anderen Ende der Garderobe Jacqueline stehen, die ihre Jacke wieder aufknöpft, weil irgendwie alle Knöpfe in den falschen Knopflöchern gelandet sind. »Du auch, Jacqueline.« Sie seufzt. »Ich weiß gar nicht, warum ihr heute alle so langsam seid.«

»Tut mir leid, Ms Violet«, entschuldigt sich Jacqueline. »Aber ich habe heute wirklich zwei linke Daumen.«

»Hände«, sagt Ms Violet.

»Was?«, fragt Jacqueline, aber Ms Violet ist bereits zur Tür hinausgeeilt, mit der knappen Anweisung an uns, sie auf dem Feld hinter der Holzbrücke einzuholen.

Sobald sie weg ist, kommt Jacqueline zu Alice und nimmt unsere Liste an sich. Sie überfliegt sie rasch und nickt. »Das dürfte nicht schwierig sein«, meint sie. »Wir treffen uns kurz vor der Pausenglocke wieder hier.« Und schon ist auch sie fort, und wir beide bleiben allein zurück. Plötzlich fühlt sich die Garderobe sehr leer an. Wie eine düstere Wolke hängt der Gedanke an Spionage über uns. Alice setzt sich vor einen Spind und schaut mich lang an.

»Es ist für eine gute Sache«, sagt sie schließlich.

Der Gang ist leer und still. »Was sagen wir, wenn wir erwischt werden?«

Sie zögert. »Ich werde sagen, ich habe mein Taschentuch in der Schulbank vergessen, und dass ich es holen muss.«

Eine ziemlich armselige Lüge, denke ich. Plötzlich bin ich sicher, dass unsere Abwesenheit Ms Violet bestimmt auffallen wird. Aber wir haben Glück. Als wir uns Ms Parkers Arbeitszimmer nähern, hören wir ihre Stimme. »So was Dummes aber auch. Nur ein Kaninchenloch. Es ist zwar nur verstaucht, aber …« Und dann die Stimme von Ms Potts. »Sie armes Ding. Sie müssen sich hinlegen. Ich werde die Mädchen beaufsichtigen. Jetzt gehen Sie schon.«

Die Tür von Ms Parkers Arbeitszimmer geht auf und wieder zu. Die Eingangstür ebenfalls. Alice nickt mir mit einem grimmigen Lächeln zu. In der darauffolgenden Stille schleichen wir die Treppe hinauf. Wir haben gerade die Hälfte hinter uns, als mir plötzlich ein Gedanke kommt.

»Warum hören wir eigentlich nichts von Celia«, flüstere ich. Wir bleiben stehen und lauschen. Aber weder Musik noch Tonleitern noch irgendein Laut, der darauf hinweisen könnte, dass Celia gerade Unterricht hat, sind zu hören.

»Vielleicht ist sie gar nicht oben«, sage ich, glaube es aber selbst nicht. Auch Alice nicht. Ihre Hand in der meinen ist kalt, während wir vorsichtig, Schritt für Schritt, die Treppe hinaufsteigen. Vor dem Lehrerzimmer lässt uns plötzlich einsetzendes Gelächter erstarren. Alice verstärkt ihren Griff. Wir setzen unseren Weg den nächsten Treppenabsatz hinauf fort. Aus einem Klassenzimmer hören wir die Stimme von Ms Jolliffe, die das Bruchrechnen erklärt, aus dem anderen die von Ms Bertram, die sanft ein Mädchen verbessert, das stockend ein Gedicht vorträgt. Weiter geht es, hinauf in das Dachgeschoss, wo sich an einem Ende nur noch der Naturwissenschaftsraum und am anderen das Musikzimmer befinden. Die Türen zu beiden Räumen sind geschlossen. Wir gehen auf das Musikzimmer zu. Da die Tür nicht ganz bis zum Boden reicht, ist ein Lichtspalt zu sehen. Wir starren darauf. Von drinnen kommt kein Geräusch. Keine Musik. Keine Stimmen. Nichts. Dann dringt ohne Vorwarnung der Klang von Celias Cello durch Wände und Boden und lässt uns vibrieren. Wir schrecken zurück, halten die Luft an. Celia spielt eine Passage, zögert und bricht ab. Wieder beginnt sie und stockt erneut. Sie versucht es ein drittes Mal, aber wieder bricht die Musik in einer Art Seufzer ab, und alles ist still. Ein Beben scheint Alice zu durchlaufen.

»Ich ertrage das nicht mehr«, flüstert sie.

Was? Was kann sie nicht mehr ertragen? Was glaubt sie, was da drinnen passiert? Aus ihrem Gesicht scheint alles Blut gewichen zu sein, als sie meine Hand loslässt und sich vor die Tür stellt. Einen Moment lang erwarte ich, dass sie sie gleich aufstoßen wird, aber sie bückt sich und schaut durch das Schlüsselloch. Sie spioniert. Aber für eine gute Sache. Vielleicht dreißig Sekunden lang verharrt sie so. Ich schleiche mich neben sie.

»Was passiert da?«, flüstere ich. »Lass mich sehen.« Ich lege meine Hand auf ihre Schulter. Es ist nur ein leichter Druck, aber ihre Beine scheinen nachzugeben, und sie sinkt auf die Knie. Ich nehme ihre Position vor dem Schlüsselloch ein und habe klare Sicht auf den Platz, auf dem Celia sitzen sollte, aber da ist sie nicht. Dafür kann ich Professor Chambers auf einem Stuhl mit hoher Lehne sehen. Sein Kopf ist gebeugt. Er hält etwas im Arm. Einen Moment lang denke ich, es ist ihr Cello. Mit aller Macht meines Herzens, meiner Seele und mit aller Kraft wünsche ich mir, dass es ihr Cello ist. Aber nein. Es ist Celia. Er hat die Arme um sie gelegt. Ihr Gesicht ist an seiner Brust vergraben. Er hebt eine Hand und legt sie ihr auf den Kopf. Er … Ich trete so schnell nach hinten, dass ich beinahe über Alice stolpere, die noch immer auf dem Boden kniet. Ihre Miene ist ausdruckslos, aber sie zittert am ganzen Körper. Einen endlosen Augenblick lang starren wir uns an, dann ist sie auf den Beinen und läuft davon, ohne sich Gedanken über den Lärm zu machen. Sie läuft einfach. Und ich laufe hinter ihr her. Auf der Treppe tritt sie daneben und kann sich gerade noch am Geländer festhalten. Da ist nichts mehr übrig von meiner kühlen, gewitzten Alice. Tränen strömen ihr übers Gesicht, und sie schnappt keuchend nach Luft, als sei sie eine lange Strecke gerannt. Ein kleines Mädchen schreit auf, als Alice sie fast umrennt. Die Tür zum Lehrerzimmer wird geöffnet.

»Halt«, befiehlt Ms Rafferty. Aber Alice bleibt nicht stehen. Ms

Rafferty sieht mich ebenfalls kommen. »Lacie Forrester«, zischt sie, »was geht hier vor sich?«

Was hier vor sich geht? Ich weiß es nicht. Ich habe jeden Kontakt zur Realität meines Lebens verloren. Es ist zwar nur ein kleines Leben, aber trotzdem alles, was ich habe. Es besteht aus zwei Teilen – meinem Zuhause und der Schule –, und sie sind ganz plötzlich und auf unerklärliche Weise durcheinandergeraten. Zu Hause kann ich bei jemandem auf dem Schoß sitzen; in der Schule nicht. Aber Celia tut es. Zu Hause darf ich die Beherrschung verlieren und kann weinen und toben; in der Schule nicht. Aber Alice tut es. Zu Hause kann ich den Gehorsam verweigern; in der Schule mache ich, was mir gesagt wird, aber jetzt ruft Ms Rafferty: »Halt!« und stellt sich mir in den Weg, ich schiebe sie jedoch einfach zur Seite und laufe hinter Alice her. Ich habe keinen anderen Gedanken im Kopf als den, zu Alice zu kommen. Unten an der Treppe sehe ich sie. Sie biegt gerade um die Ecke und bleibt nicht einmal stehen, um zu klopfen, sondern wirft ihr ganzes Gewicht gegen die Tür und stürmt in das Arbeitszimmer, wo Ms Parker sitzt.

Kapitel 35

Der Arzt stellt ein neues Ungetüm neben mein Bett. Es ist aus Metall und Plastik, eine durchsichtige Maske ist daran befestigt. »Sauerstoff«, erklärt er.

Ich zucke die Schultern. Warum nicht.

Er hält mein Handgelenk und presst mir ein kaltes Stethoskop auf die Brust. Er lächelt, seine Augen nicht. »Es schlägt recht regelmäßig«, sagt er.

Aber regelmäßig reicht nicht. Ich muss ein Buch zu Ende bringen. Als er weg ist, strecke ich die Hand nach meinen Notizbüchern aus. Sie sind verschwunden. Ebenso die Bleistifte und der Spitzer.

»Wo sind sie?« Ich stelle die Frage an Doreens Rücken, weil sie mich offenbar nicht anschauen will. Sie steht an der Frisierkommode und zählt Tabletten.

»Jemand hat sie mir weggenommen, während ich schlief.« Falls meine Stimme wacklig klingt, dann vor Ärger und nicht aus Schwäche. Meinetwegen, ein bisschen Schwäche mag dabei sein, aber ich bin definitiv verärgert. »Ich warne Sie, Doreen, ich will sie zurückhaben.«

Sie hält weiter den Kopf gesenkt. Sie ist jetzt fertig mit den Tabletten und macht sich an die Bettsocken, wirft die einfarbigen auf einen, die gestreiften auf einen anderen Haufen. »Der Arzt sagt, Sie sollen sich nicht aufregen.«

»Dann geben Sie mir meine verdammten Notizbücher zurück.«

»Er sagt, Sie sollen sich ausruhen.«

»Meine Notizbücher, Doreen.«

Sie legt eine gestreifte Socke auf den Haufen mit den einfarbigen.

»Dorothy Maureen …«

Sie dreht sich um.

»Ich werde so oder so sterben, das wissen Sie.«

Sie wendet sich wieder ab. Es dauert einen Moment, bis ich realisiere, dass sie auf den Kaminsims schaut, wo meine Bücher ste-

hen. »Ich habe sie alle gelesen«, sagt sie schließlich. »Ich habe sie mir in der Bibliothek ausgeliehen.«

Ich starre sie an. Sie hat meine Bücher gelesen. Sie hat sie aus der Bibliothek geholt.

»Als ich anfing, Sie zu pflegen, dachte ich mir …«

Ich höre mich selbst sagen: »Sie müssen eine schnelle Leserin sein.« Wie albern ich doch geworden bin. Ich versuche es erneut. »Haben sie … haben sie Ihnen gefallen? Irgendeines davon?«

»Von ›gefallen‹ würde ich nicht unbedingt sprechen.«

Das bringt mich in Rage. Oh, würden Sie nicht? Welches Wort würden Sie dann benutzen, Schwester Doreen? Mit welchem Wort würden Sie die Summe meines Lebens zusammenfassen?

»Ich konnte Sie nirgendwo darin entdecken«, sagt sie.

Das lässt mich verstummen. Das tut weh.

»Es kam mir so vor, als hätten Sie sich selbst aus Ihren Büchern weggelassen.«

Sehr weh sogar. Nachdem ich mich wieder erholt habe, lege ich einen gewissen Sarkasmus in meine Stimme. »Jeder Mensch fühlt sich wohl zum Kritiker berufen, wie, Doreen? Nun, was haben Sie dann *in den Büchern gefunden?«*

Sie runzelt die Stirn, und plötzlich ist es nicht mehr Doreen, die mich anschaut, sondern Dorothy Maureen. Sie hört damit auf, die Socken zu sortieren, schiebt sie in eine Schublade und lehnt sich an die Frisierkommode. Sie schweigt so lange, dass ich mich gegen eine weitere ätzende Bemerkung wappne, aber sie sagt nur: »Ich wollte Schauspielerin werden.«

»Das erwähnten Sie bereits.«

»Das scheint nicht sehr wahrscheinlich, nicht wahr? Nicht, wenn man so aussieht wie ich.« Sie schaut an sich und dem blauen Nylonkittel hinunter. »Doch damals …«

Meine alte Schriftstellernase wittert eine Story. Aber nein, dafür ist es jetzt zu spät. Stattdessen begnüge ich mich mit der Frage: »Was ist passiert?«

Sie wirkt überrascht. »Nichts ist passiert«, erwidert sie. »Das ist es ja. Es passiert nie etwas. Ich war nicht gut genug. Ich habe mich für einen Mann und eine Familie entschieden. Aber Sie …« Wieder sieht sie mich an, und ihr Blick lässt mich frösteln. Ich versuche, mich zu rechtfertigen.

»Ich hatte auch einen Mann und eine Familie. Eine Weile zumindest …«

»Aber Sie hatten die Chance, die Wahrheit über Ihr Leben zu erzählen. Ich nie.«

In ihrer Stimme liegt keine forsche Heiterkeit, kein blaues Nylon. Aber es ist schließlich nicht meine Schuld, dass sie es nicht schaffte, Schauspielerin zu werden. Noch irgendein anderes Versagen ihrerseits.

»Sie verstehen es nicht, oder?«, sagt sie. »Sie verstehen es nicht einmal jetzt.«

Es ist für uns beide offensichtlich, dass dies nicht der Fall ist.

»Sie haben alle diese Geschichten geschrieben, und keine davon erzählt die Wahrheit über Sie.«

Kopfschüttelnd dreht sie sich zu dem Tablett um, das Mercy zurückgelassen hat. Zwei Tassen. Zerbröselte Schokoladenkekse. Eine halb abgebrannte Kerze, deren Docht schwarz und krumm ist. Dorothy Maureen flüstert leise, als wäre es nur an sie selbst gerichtet: »Die Nacht hat ihre Kerzen ausgebrannt, der muntre Tag erklimmt die dunst'gen Höh'n.«

Dann schweigt sie und zieht die Sockenschublade heraus. »Hier«, sagt sie und greift hinein, »noch haben Sie Zeit. Sagen Sie es bloß nicht dem Doktor.«

Mit dieser Bemerkung drückt sie mir meine Notizbücher in die Hand.

Kapitel 36

Eine Art Ziehen in meiner Brust. Das geht alles viel zu schnell. Wir wollten doch nur durch das Schlüsselloch spionieren. Dann wollten wir uns überlegen, was zu tun ist. Dann wollten wir … aber Alice … und jetzt habe ich keine Wahl mehr. Meine Füße tragen mich bereits in Richtung der offenen Tür.

»Was geht hier vor sich, Lacie Forrester?«, zischt Ms Rafferty hinter mir. Ich trete zur Seite, um ihr den Weg zur Tür und den Blick in Ms Parkers Büro zu versperren, aber ich kann nicht verhindern, dass sie hört, was drinnen vor sich geht. Schrille, aufgeregte Worte strömen aus Alice heraus. Ich drehe mich zu ihr um und sehe Ms Parker und Ms Violet, die sie anstarren, als wäre sie ein Wesen von einem anderen Stern. Und das ist sie auch, denn diese Alice hat keinen Platz in der uniformierten Disziplin von Dorset House. Diese Alice schaut herab von dunst'gen Höh'n und sieht vor sich die Hölle.

»Verlass auf der Stelle diesen Raum«, herrscht Ms Parker sie an. »Wenn du mit mir zu reden wünschst, dann klopfe zuerst an, wie es die Schulregeln vorsehen.«

Doch Alice ist jenseits jeder Schulregel. Sie packt Ms Parker bei den Händen und versucht, sie vom Stuhl hochzuziehen.

»Kommen Sie«, ruft sie. »Sie müssen mitkommen. Er macht Dinge mit Celia. Er macht widerliche Dinge mit Celia.«

Als die Bedeutung ihrer Worte langsam zu den beiden Ms Parker durchdringt, reagieren sie auf unterschiedliche Weise. Ms Violet stößt einen kleinen Schrei aus und lässt sich zurück auf ihren Stuhl sinken, während ihre Schwester sich wie eine Flutwelle erhebt und den Raum durchmisst. Sie sieht mich an der Tür stehen, zieht mich ins Zimmer und schlägt vor Ms Raffertys Nase die Tür zu. Dann läuft sie zu Alice, packt sie an den Schultern und schüttelt sie heftig, auch wenn im Prospekt steht, dass die Schule keinerlei Gewaltanwendung innerhalb ihrer Mauern erlaubt.

»Alice Fairfax, jetzt reiß dich zusammen.« Jede Silbe fällt schwer auf Alice herab, und sie sinkt getroffen zu Boden. Jemand ruft: »Nicht.« Das bin ich. Ms Parker dreht sich zu mir um.

»Was weißt du über diese Sache, Lacie Forrester?«, fragt sie.

»Ich …«

»Erklär mir das«, fordert sie und deutet auf die bebende Alice, die inzwischen hemmungslos schluchzt.

Ich hole tief Luft. »Im Musikzimmer«, beginne ich. »Celia …« Ms Parkers Gesichtsausdruck lässt mich rasch weiterreden. »Professor Chambers und Celia sind …«

»Sind was?«, fragt Ms Parker mit lauter Stimme.

Ich habe Mühe, die richtigen Worte zu finden, um zu beschreiben, was ich gesehen habe. Aber was habe ich eigentlich gesehen?

»Sie küssen sich.« Alice schreit die Worte durch das kleine Zimmer. »Er küsst sie und fasst sie an. Er legt seine Lippen auf die ihren. Er legt seine Arme um sie. Er …«

Ms Parker beugt sich über sie, zerrt sie hoch und schlägt ihr mit der Hand auf den Mund. Ms Parker ist so lila im Gesicht wie das Heidekraut im Moor und schiebt sich ganz dicht an Alice heran. »Du wirst jetzt gefälligst deinen Mund halten«, zischt sie. »Ihr werdet beide euren Mund halten, während ich nachdenke.« Dann setzt sie sich wieder hinter ihren Schreibtisch. Langsam kehrt ihre normale Gesichtsfarbe zurück, und sie wendet sich an Ms Violet.

»Such Celia«, ordnet sie an. »Sag nur, dass ich sie sprechen will.«

Wortlos steht Ms Violet auf und wankt aus dem Raum. Wir bleiben schweigend zurück. Alice steht da, bleich und zitternd, Ms Parker sitzt brütend an ihrem Schreibtisch, ich trete von einem Fuß auf den anderen und kann mir nicht vorstellen, was jetzt passieren wird. Schließlich geht die Tür auf, und Ms Violet erscheint, hinter ihr Celia, mit ihrem Bogen in der Hand. Sie macht einen abwesenden Eindruck, als wäre sie bei einer Arbeit gestört worden, die ihre besondere Aufmerksamkeit erforderte. Überrascht schaut sie mich an, ehe ihr Blick auf Alice fällt.

»Oh«, sagt sie, »da stimmt was nicht.«

»In der Tat«, sagt Ms Parker, »da stimmt etwas nicht. Die Frage ist nur, was.«

Celia runzelt die Stirn. »Ich verstehe nicht.«

»Nein?«

Celia schüttelt den Kopf.

Als Ms Parker nun das Wort ergreift, spricht sie langsam und sehr deutlich, so als müsste sie eine granitschwere Silbe nach der anderen aufeinandersetzen, bis sie eine unüberwindbare Festung bilden.

»Celia«, sagt sie, »hast du irgendwelche Beschwerden gegen Professor Chambers vorzubringen?«

Einen Moment lang glaube ich, Panik über Celias Gesicht huschen zu sehen. Alice schaut sie aus großen Augen an. Nach einem Augenblick des Schweigens sagt Celia: »Nein.«

»Keinerlei Beschwerden?«

»Nein, keine.«

»Er ist ein guter Lehrer?«

»Er ist ein ausgezeichneter Lehrer.«

»Ich will mich klar ausdrücken. Hat er irgendetwas getan, das dir unangenehm war?«

»Nein«, wiederholt Celia.

Ihre Stimme klingt klar und ruhig. Ich höre Mr Casals Bogen auf den Cellosaiten und weiß, dass sie die Wahrheit sagt. Alice blickt zu Boden. Ihre Tränen tropfen auf Ms Parkers Teppich.

»Danke, Celia«, sagt Ms Parker, »du kannst gehen.«

Celia schaut Alice und mich an.

»Geh«, sagt Ms Parker.

Wir können nichts machen. Celia geht. In der Stille höre ich meinen Atem in der Brust rasseln. Was jetzt? Was soll nun aus Alice und mir werden, jetzt, da wir … da wir … Was haben wir getan? Ich versuche, mich zu erinnern, was ich durch das Schlüsselloch gesehen habe, aber das Bild ist verschwommen und nicht mehr so klar wie zuvor. Und selbst wenn ich sah, was ich dachte, gesehen zu haben, was bedeutet es? Celia hat eindeutig auf Ms

Parkers Fragen geantwortet, und wer kann am Wahrheitsgehalt ihrer Aussage zweifeln? Ich verstehe nichts mehr, außer dass Alice und ich etwas sehr Schlimmes getan haben. Alice, die immer nur versucht hat, das Richtige zu tun, hat alles falsch gemacht, und jetzt wird meine Welt in Trümmer zerfallen. Wir sind …

Weiter komme ich nicht mit meinen Überlegungen, da Ms Bertram ins Zimmer stürmt. Sie würdigt weder Ms Parker noch Ms Violet eines Blicks und schaut auch mich kaum an. Sie sieht nur Alice, die zittert wie ein kahler Baum im Winterwind. Ms Bertram schüttelt so heftig den Kopf, dass ihre Locken fliegen.

»Dieses Kind ist nicht sie selbst«, sagt sie. »Sieht das denn keiner? Sieht denn keiner irgendetwas?« Sie legt ihre Arme um Alice und zieht sie an sich. Alice blinzelt. »Komm«, sagt Ms Bertram sanft, »komm, Alice. Du hast einen Schock.«

»Wir alle haben einen Schock«, bemerkt Ms Parker kalt.

Ms Bertram wendet sich ihr zu, ohne Alice loszulassen. »Aber Sie kennen die Geschichte. Sie wissen, was an der vorherigen Schule passiert ist. Sie kann einfach nicht anders, als übersensibel auf einen männlichen Lehrer zu reagieren, einen Musiklehrer …« Sie beißt sich auf die Unterlippe. Ich versuche, das herauszuhören, was Ms Bertram nicht sagt, ohne Erfolg. Ich kann nur zusehen, wie sie Alice auf einen Stuhl setzt und dann zu Ms Parker geht, Ms Violet im Schlepptau. Keine nimmt Notiz von mir. Aber auch ich habe einen Schock erlitten, und es ist alles Alice' Schuld. Und die von Celia. Warum kümmert sich denn niemand um mich?

Die drei Frauen flüstern miteinander. Einem Vogel gleich, der aus dem Unterholz geflattert kommt, löst sich gelegentlich ein Wort aus dem Getuschel. Ich verstehe »verletzlich« oder »ihr Vater«.

Dann sagt Ms Bertram: »Ich bringe sie nach oben. Lassen Sie sie holen, wenn Sie fertig sind.«

Dann ergreift sie Alice' Arm und gibt mir zu verstehen, ihr zu folgen. Sie bringt uns hinauf in den kleinen Raum, der gedacht ist für Mädchen, die Kopfschmerzen haben oder ohnmächtig wurden. Das scheint mir mehr als passend, da Alice in der Tat sehr krank aussieht. Sie ist eiskalt und zittert. Ihre Lippen sind blau, als wäre sie im kalten Meer geschwommen. In einem Schrank findet Ms Bertram eine signalrote Decke – Gefahr! – und legt sie Alice um die Schultern. »Ihr beide braucht jetzt dringend eine Tasse Tee und ein paar Kekse«, sagt sie mit einer Munterkeit, die in meinen Ohren aufgesetzt klingt. Ich bin froh, dass sie dabei wenigstens auch an mich denkt. Dann geht Ms Bertram weg und lässt Alice und mich allein. Ich setze mich neben sie und halte ihre kalte Hand. Sie drückt sie leicht.

»Es tut mir leid«, sagt sie.

»Werden wir von der Schule verwiesen?«

Sie zuckt die Schultern, als wäre ihr das gleichgültig, aber mir ist es nicht egal. Mit Glanz und Gloria sollten wir die Schule am Ende dieses Sommerhalbjahrs verlassen. Was wird geschehen, wenn ich stattdessen jetzt schon mit Schimpf und Schande davongejagt werde? Wie eine Springflut steigen diese Fragen in mir hoch. Was werden meine Eltern sagen? Wird das Lady Margaret's mich noch aufnehmen? Und selbst wenn, was wird aus Alice? Wer nimmt noch eine Schülerin auf, die in zwei Jahren zwei Schulen verlassen musste? Etwas in mir beginnt zu beben und hört auch nicht auf, als Ms Bertram mit Tee und Gebäck zurückkommt.

Wir verbringen den restlichen Vormittag im Krankenzimmer. Wir dürfen nicht zu den anderen Mädchen, als könnten wir sie anstecken. Alice und ich reden kaum miteinander. Wir sitzen Seite an Seite und starren auf den Boden. Von Zeit zu Zeit nimmt sie meine Hand und legt sie wieder auf meinen Schoß zurück, als wüsste sie nicht, was sie damit anfangen sollte. Wir weinen nicht. Wir haben keine Tränen mehr. Dumpf frage ich mich, ob Alfreda Bescheid weiß, und überlege, ob Jacqueline jetzt Ärger bekommt, weil sie unser Fehlen bei der Naturlehrwanderung gedeckt hat. Am brennendsten allerdings interessiert mich, was Celia denkt. Gegen Mittag bringt Ms Bertram ein Tablett mit Essen. Unter den Servietten liegt eine Packung Spielkarten. Mir wird leichter ums Herz. Nicht wegen der Karten, sondern wegen der freundlichen Geste.

Als Ms Bertram um zwei Uhr wiederkommt, um das Tablett mit dem fast unberührten Essen abzuholen, hat Alice sich so weit erholt, um fragen zu können: »Was passiert jetzt mit uns?«

Ms Bertram schüttelt den Kopf. »Ich fürchte, ich kann euch nichts dazu sagen.«

»Warum?«

»Weil noch nichts entschieden ist«, antwortet Ms Bertram.

Wir versuchen es mit einer Partie Rommé, aber keine von uns kann sich konzentrieren, und schließlich geben wir auf. Alice schiebt die Karten in ihre Tasche, für den Fall, dass Ms Bertrams Freundlichkeit ihr ebenfalls Schwierigkeiten bereiten würde. Kurz vor drei Uhr kommt sie wieder.

»Macht euch zurecht«, sagt sie. »Ihr sollt jetzt zu Ms Parker kommen.« Ich richte Alice' Krawatte, sie streicht mir die Haare aus der Stirn und zieht meine Socken hoch. Wir sind bereit. Wir gehen die Treppe hinunter und den Korridor entlang. Aus dem Arbeitszimmer hören wir Stimmen. Alice holt tief Luft wie vor einem Sprung in kaltes Wasser. Dann klopft sie an die Tür.

Wir finden uns in einem Raum voller grimmig dreinblickender Erwachsener wieder: Ms Parker, Ms Violet, Mr und Mrs Fairfax und – zu meiner Verzweiflung, aber auch großen Erleichterung – meine Eltern. Sie sitzen da, als hätte man sie für ein Gemälde mit dem Titel »Das Gericht« arrangiert. Das ist zu viel für mich, und ich werfe mich meinem Vater in die Arme. Erst spüre ich, wie er erstarrt, doch dann legen sich seine Arme um mich. Ich nehme das Taschentuch, das er mir anbietet, und putze mir die Nase. Mrs Fairfax sieht mich an, geht dann zu Alice und legt einen Arm um sie. Mr Fairfax steht auf und stellt sich auf ihre andere Seite; meine Mutter streckt die Hand aus und tätschelt zaghaft meine Schulter. Die vier Eltern wenden sich Ms Parker zu. Die Schlachtlinien sind gezogen.

Erst dann sehe ich, dass noch jemand im Raum ist. Er steht ein wenig abseits, und es dauert einen entsetzlichen Moment lang, bis ich erkenne, dass es sich um Professor Chambers handelt. Schwer zu sagen, was er denkt. Seine Miene scheint größten Überdruss auszudrücken. Ich blicke zu Alice hinüber, aber ihre Augen sind entschlossen zu Boden gerichtet.

»Meine jungen Damen«, beginnt Ms Parker, »die Enttäuschung und der Kummer, den ihr euren Eltern und euren Lehrkräften zugefügt habt, sind nicht zu beschreiben.«

Ich bin ihr dankbar. Wenigstens dafür. Ich könnte es nicht ertragen, das auch noch beschrieben zu hören.

»Ihr habt einem Mitglied des Lehrkörpers gegenüber falsche und ungehörige Anschuldigungen vorgebracht, die normalerweise zu eurer sofortigen Relegation führen würden.«

Wir haben also etwas Ungehöriges und Falsches getan. Ich spüre, wie Alice zusammenzuckt. Ihr darf jetzt nicht schlecht werden, sage ich mir. Nicht hier. Nicht vor allen Leuten.

»Ich würde euch beide unverzüglich und ohne jede weitere Diskussion von der Schule verweisen, gäbe es nicht zwei Aspekte dieses Vorfalls, die ich zu berücksichtigen habe. Zum einen die Tatsache, dass Alice aufgrund einer früheren … unglücklichen … Erfahrung möglicherweise übersensibel reagiert und sich eingebildet hat, etwas gesehen zu haben, was nicht passiert ist.«

Alice stutzt merklich.

»Was nicht passiert ist, sage ich.« Sie schaut Alice unverwandt an und fügt hinzu: »Weil Celia dies nämlich verneint und der Professor ebenso, und weil ich mich selbst mit einem Blick durch das Schlüsselloch davon überzeugt habe, dass es keine genaue oder vollständige Sicht auf den Stuhl erlaubt, auf dem du, wie du sagst, gewisse Dinge … gesehen haben willst.«

Langsam hebt Alice den Kopf und schaut den Professor an. Auf ihrem Gesicht liegt ein Ausdruck reinster Verachtung. Vielleicht fällt Ms Parker das nicht auf, denn sie fährt rasch zu reden fort.

»Ich akzeptiere, dass Alice möglicherweise ernsthaft glaubte, was sie sagte, doch das darf nicht als Entschuldigung für ihren

Mangel an Urteilsvermögen herhalten. Sie hat eine vollkommen unbegründete Anschuldigung vorgebracht. Hätte sie versucht, auf diskrete Art Erklärungen dafür zu suchen, indem sie zum Beispiel mit Celia selbst gesprochen hätte, wäre sie zu dem Schluss gekommen, dass die Vorwürfe aus der Luft gegriffen sind. Ich habe mich jedoch von Ms Bertram, die Alice' Klassenlehrerin ist und sie deshalb am besten kennen muss, davon überzeugen lassen, dass Alice' persönlicher Hintergrund Veranlassung für mildernde Umstände liefert. Das zu Punkt eins. Die zweite Sache ist die, dass Professor Chambers mich gebeten hat, seine Ankläger nicht von der Schule zu verweisen, ein Ausdruck von Großmut und Sympathie für junge Menschen, was ihn zweifellos zu dem guten Lehrer macht, der er ist.«

Es dauert eine Weile, bis ich das verarbeitet habe. Ich sehe zum Professor hinüber, aber der starrt aus dem Fenster. Seine Lippen bilden die gleiche dunkle, verkniffene Linie, die ich in der Kirche an ihm gesehen habe, aber jetzt bin ich mir nicht mehr so sicher, ob das ein Ausdruck von Bosheit ist. Vielleicht ist es nur ein Zeichen allergrößten Widerwillens. Vielleicht hasst er das hier ebenso wie wir.

»Und deshalb«, fährt Ms Parker fort, »und obwohl es jede Rechtfertigung dafür gäbe, euch beide von der Schule zu verweisen, werde ich dieses Mal davon absehen. In Zukunft jedoch wird euer Betragen genauester Prüfung unterzogen. Und selbstverständlich muss es eine Strafe für euer Verhalten geben. Ich habe sorgfältig darüber nachgedacht. Mithilfe eurer Eltern und Lehrer konnte ich bei jeder von euch ein besonderes Fehlverhalten feststellen und habe eine Strafe ausgesucht, die diesem Rechnung trägt. Alice, mir ist aufgefallen, dass du viel zu schnell glaubst, gewisse Dinge zu verstehen, die du nicht verstehst, und Urteile über Menschen fällst, die du nicht kennst. Deshalb wirst du Professor Chambers nun näher kennenlernen und dadurch die Boshaftigkeit deiner falschen Anschuldigungen begreifen. Du wirst Klavierunterricht bei ihm nehmen und Demut ebenso lernen wie deine Tonleitern.«

Alice' Gesicht läuft dunkelrot an, als hätte man sie geschlagen. Sie schaut hoch zu ihrer Mutter.

»Schatz«, erwidert Mrs Fairfax, »wir haben das lang und breit diskutiert. Dem, was Celia sagt, ist klar zu entnehmen, dass du dich geirrt hast.«

Ihr Vater ist es, der schließlich ein Argument ins Feld führt, das schwer zu widerlegen ist. »Wie es scheint, meine Liebe, hast du einen Mitmenschen falsch beurteilt. Ohne ihn zu kennen, hast du dir angemaßt, ihn beschuldigen zu können. Wenn er, wie es in der Tat der Fall zu sein scheint, ein freundlicher und großzügiger Lehrer ist, ist es nur recht und billig, dass du dies direkt von ihm lernen und erfahren sollst.«

Alice sagt nichts. Ich auch nicht. Ich warte auf meine Strafe, aber ich weiß bereits, wie sie ausfallen wird, ehe die Worte ausgesprochen sind.

»Was dich betrifft, Lacie, sind sich alle deine Lehrkräfte einig, dass du eine ausgeprägte ichbezogene Art hast.« Ich spüre, wie mein Vater sich aufrichtet, aber er sagt nichts, und ich weiß, mein Schicksal ist besiegelt. »Du spielst dich in den Vordergrund und nimmst auf nichts und niemanden, der dir im Weg stehen könnte, Rücksicht. Du musst lernen, dass du nicht im Mittelpunkt der allgemeinen Aufmerksamkeit stehst, dass du nicht so wichtig bist, dass sich die Welt auch ohne eine Lacie Forrester weiterdreht.«

Sag es einfach, denke ich. *Sag es, damit wir es hinter uns bringen.* Und sie tut es.

»Deshalb, Lacie, wirst du auf die Rolle des Romeo verzichten.«

Alfreda, denke ich. *Alfreda wird bekommen, was sie haben will. Und ich werde mich mit Mercutio begnügen müssen.* Doch ich täusche mich wieder, denn Ms Parker ist noch nicht fertig. »Du wirst auf die Rolle des Romeo verzichten und stattdessen den Part des Apothekers von Mantua übernehmen. Ms Bertram sagte mir, dass er nur vier kurze Textzeilen zu sprechen hat.« Dabei funkelt sie uns zornig an. Ich versuche, eine zerknirschte und reuige Miene aufzusetzen. Alice spart sich die Mühe. »Und jetzt«, fügt Ms

Parker hinzu, »werdet ihr beide euch bei dem Professor entschuldigen.«

Auch das noch. Erst hat sie uns den Prozess gemacht, dann uns für schuldig befunden und verurteilt, und jetzt will sie uns auch noch demütigen. Die Hand meines Vaters schiebt mich in Richtung des Professors. Ich bringe es nicht über mich, ihn anzuschauen, schaffe es aber immerhin, die geforderten Worte zu stammeln.

Ms Parker nickt. »Alice?«, sagt sie.

Alice braucht keine Ermutigung von ihrem Vater. Mit gesetzten Schritten geht sie auf den Professor zu, bleibt vor ihm stehen und blickt ihm ins Gesicht, auf dem ein merkwürdiger Ausdruck liegt, als wäre es zertrümmert und nicht mehr richtig zusammengefügt worden.

»Falls ich ungerecht gehandelt haben sollte«, sagt sie, »so tut mir das aufrichtig leid.«

Bin ich die Einzige, die die Betonung auf dem ersten Wort hört, das zitternd verharrt wie ein Tautropfen auf einer Rose?

Kapitel 37

In der Nacht von Donnerstag auf Freitag schlafe ich sehr schlecht und erwache am Morgen fiebrig vor Aufregung.

»Was haben Sie denn angestellt?«, fragt der Arzt, presst seine Finger auf mein Handgelenk, schaut auf seine Uhr und zählt. Er trägt die Uhr an einer Kette in seiner Tasche wie damals mein Vater. »Man könnte glatt auf die Idee kommen, Sie wären einen Marathon gelaufen«, sagt er vorwurfsvoll.

»Machen Sie sich nicht lächerlich«, erwidere ich. »Nur ein Narr käme auf die Idee.« Meine Stimme klingt nicht sehr kräftig, aber es gelingt mir, eine gewisse Schärfe hineinzulegen, was mich freut. Offenbar auch den Arzt. Er schmunzelt.

»Ihr Herz gefällt mir gar nicht«, sagt er, »aber mit dem Kopf ist alles in Ordnung, wie ich sehe.« Er tätschelt mir den Arm und klappt sein Stethoskop zusammen. »Ich werde noch kurz mit Ihrem Sohn sprechen, ehe ich gehe. Morgen schaue ich dann wieder vorbei.«

»Morgen?«

»Samstag.« Er schickt sich an zu gehen.

»Doktor?«

»Ja, meine Liebe?«

»Früher konnte man die Post auch am Sonntag aufgeben, aber ich vermute, dass es das nicht mehr gibt, oder?«

Er schüttelt den Kopf. »Schon lang nicht mehr«, antwortet er.

»Falls also ein Brief bis Sonntag ankommen soll, müsste er heute aufgegeben und morgen ausgetragen werden?«

Er nickt. »Wollen Sie einen Brief schreiben? Soll ich Ihnen dabei helfen?«

»Nein«, sage ich rasch. Ich bin nicht sicher, ob ich überhaupt einen Brief schreiben will, aber wenn, dann bin ich ganz sicher, dass ich seine Hilfe nicht will. »Ich werde darüber nachdenken«, sage ich.

»Gute Idee. Es ist noch jede Menge Zeit bis zum letzten Einwurf.«

Noch jede Menge Zeit. Nun, er ist der Arzt. Er sollte es wissen.

Kapitel 38

Meine Eltern schweigen auf dem Weg nach Hause, aber wir können dieses Schweigen nicht für immer aufrechterhalten. Minnie wurde beizeiten weggeschickt, sodass meine Mutter mich anweist, den Tisch zu decken. Beim Essen sieht mein Vater sich gezwungen, mich um das Salz zu bitten. Schließlich hält er mir sein Taschentuch hin.

»Dein Verhalten war unentschuldbar, Lacie«, sagt er, »aber es wird dadurch nicht besser, dass du in deinen Kartoffelbrei weinst.«

Ich nehme das Taschentuch und klammere mich daran, als wäre es ein Friedensangebot meines Vaters, aber seinem Gesichtsausdruck kann ich entnehmen, dass es das nicht ist. Meine Mutter hingegen scheint mich zu verstehen.

»Unentschuldbar«, wiederholt sie, »und trotzdem … trotzdem hat dieser Mann etwas Sonderbares an sich.« Sie sieht die Miene meines Vaters. »O nein, nicht das«, beeilt sie sich, hinzuzufügen. »Natürlich nichts dergleichen. Vermutlich sind es die langen Jahre des Studiums im Ausland. Vielleicht wirkt er deswegen so … anders.«

Ich warte, dass mein Vater entgegnet, anders zu sein, ist gut, aber er tut es nicht. Er kaut seine Karotte – Orange gilt als Rot –, legt Messer und Gabel zur Seite, schaut meine Mutter an und sagt: »Die Zeiten setzen dir allmählich zu.«

»Die Zeiten«, antwortet sie, »setzen allmählich jedem zu.«

Erneut verfallen wir in Schweigen, doch noch ehe die Mahlzeit zu Ende ist, reden wir wieder miteinander. Zwar ein wenig verlegen, aber wir reden. Bis zu diesem Moment habe ich mir jeden Gedanken an den Verlust meiner Rolle als Romeo untersagt. Der Kummer ist so unsäglich, dass ich erst wagen kann, ihn zuzulassen, wenn ich allein bin. Was alles Übrige betrifft, bin ich zuversichtlich, dass es wieder so werden wird wie zuvor. Vielleicht ist alles vorbei. Alice sagt zwar immer, dass nie etwas wirklich vorbei ist, aber vielleicht täuscht sie sich ja. Doch sie hat recht. Vor dem Zubettgehen stelle ich fest, dass nichts vorbei ist. Es hat gerade erst angefangen.

Mein Vater zitiert mich in sein Arbeitszimmer. Meine Mutter ist auch da und betrachtet eingehend ihre Hände, die auf ihrem Schoß liegen. Mein Vater blickt mir ruhig ins Gesicht.

»Ich möchte kein weiteres Wort mehr über diese Angelegenheit verlieren, Lacie, aber wir erwarten von dir, dass dein Benehmen von nun an untadelig sein wird.«

Untadelig. Ein neues Wort, das ich gelernt habe. Es ist das Gegenteil von sündhaft. Peccavi, lateinisch, ich habe gesündigt. Ich erwidere nichts. Das irritiert meinen Vater.

»Lacie, ist dir eigentlich klar, wie glücklich du dich schätzen kannst, nicht von der Schule verwiesen zu werden? Du sollst im Herbst im Lady Margaret's anfangen. Das ist eine gute Schule, die dir alle Türen öffnen wird. Du würdest das alles aufs Spiel setzen, wenn du Dorset House verlassen müsstest. Begreifst du das?«

»Ja, aber …«

»Es gibt kein Aber. Und keinen weiteren Ärger.«

Peccavi, ich habe gesündigt.

Meine Mutter schaut auf. »Du wirst dich von Alice fernhalten«, sagt sie.

»Mich von Alice fernhalten?«

»Ja.«

»Aber …«

»Lacie!« Mein Vater wird eigentlich nie laut. Jetzt schon. Peccavi, ich habe gesündigt. »Deine Mutter und ich wünschen nicht, dass du weiterhin Umgang mit Alice Fairfax hast. Sie ist …« Er verstummt.

»Was? Was ist sie?«

Als er weiterspricht, ist sein Tonfall weicher. »Sie hat Gedanken in ihrem Kopf, die kleine Mädchen nicht haben sollten.« Ich spüre, dass mir der Schock ins Gesicht geschrieben steht. Auch er scheint es zu sehen, denn er beeilt sich, hinzuzufügen: »Was vermutlich nicht ihre Schuld ist, aber du musst dich von ihr fernhalten.«

»Das verstehe ich nicht.«

»Das kannst du auch nicht.« Er schüttelt den Kopf. »Deine Kindheit ist etwas Kostbares. Deine Mutter und ich werden nicht zulassen, dass sie dir weggenommen wird. In dem Fall musst du unserem Urteil vertrauen.«

Ich traue ihrem Urteil nicht, aber es hat keinen Sinn, zu diskutieren. Nichts hat mehr einen Sinn. Als ich die Treppe zu meinem Zimmer hinaufsteige, blende ich alles um mich herum aus und konzentriere mich stattdessen darauf, immer einen Fuß vor den anderen zu setzen. Ich wasche mich und starre im Spiegel auf ein Gesicht, das nicht länger zu mir zu gehören scheint. Sorgfältig putze ich mir die Zähne. Ich falte meine Kleider zusammen und lege sie ordentlich auf einen Stapel. Ich weiß nicht, warum ich das tue, außer dass es mir wichtig erscheint, mich in diesem einen Moment nur auf diese eine Aufgabe zu konzentrieren. Vor mir liegen eine lange, bittere Nacht und morgen der Tag, an dem ich es Alice sagen muss.

Ich kann mir nicht vorstellen, was ich ihr sagen werde. Ich kann wohl kaum auf die Gedanken zu sprechen kommen, von denen mein Vater glaubt, dass sie in ihrem Kopf sind, aber ich muss einen Weg finden, ihr zu erklären, dass ich keinen Umgang mehr mit ihr haben darf. Ich versuche auszuloten, wie dehnbar der Begriff »Umgang« ist. Wie soll ich jeden Kontakt mit ihr vermeiden, wenn ich neben ihr in der Klasse sitze? Wir sind Partnerinnen beim Sport und im Naturwissenschaftsraum. Ich bin ihr Romeo. Nein. Das nicht mehr. Ein langer, bebender Seufzer entweicht meinen Lippen, und Tränen tropfen auf mein Kopfkissen. Ich lausche dem Haus, das mit mir bebt und seufzt, bis es endlich in einen ruhelosen Schlaf sinkt und ich mit ihm.

Am nächsten Morgen bitte ich, allein zur Schule gehen zu dürfen. Ich brauche Zeit, mir den Schmerz auszumalen, den ich Alice zufügen muss, die ohnehin schon so verletzt ist. Mein Herz fühlt sich wund an in meiner Brust. Ich überlege, was zu tun ist, und beschließe, es schnell hinter mich zu bringen. Ich warte in der Garderobe auf sie. Sie ist spät dran, und obwohl ich schrecklich nervös bin, als sie endlich kommt, zögere ich nicht. Ich gehe entschlossen auf sie zu und sage ruhig: »Ich muss mich von dir fernhalten.«

Verständnislos starrt sie mich an.

»Alice, meine Eltern sagen, dass ich mich von dir fernhalten soll.«

Sie blickt mich weiter unverwandt an, erwidert jedoch nichts.

»Jetzt sag doch was.«

Sie zuckt die Schultern. »Es gibt nichts zu sagen.«

Natürlich hat sie recht. Aber wie können Alice und ich uns nichts zu sagen haben? Ein Jahr lang haben wir alles miteinander geteilt. Sie ist meine beste Freundin. Sie ist ein Teil von mir. Unglücklich folge ich ihr hinauf ins Klassenzimmer. Als wir dort ankommen, sitzt Ms Bertram bereits auf ihrem Platz. Alice murmelt eine Entschuldigung und macht Anstalten, den Raum zu durchqueren, bleibt aber abrupt stehen, als sie Ernestine auf ihrem Platz sitzen sieht. Auf dem meinen sitzt Jacqueline.

»Alice«, sagt Ms Bertram, »setz dich bitte auf den Platz ganz vorn. Lacie, du nimmst den ganz hinten. Ich habe eure Sachen bereits umgeräumt.« Ihr Tonfall ist neutral, ich kann ihm nichts entnehmen. Ich bin sicher, da muss ein Fehler vorliegen. Dümmlich verharre ich an der Tür und warte darauf, dass jemand diesen Fehler berichtigt.

»Jetzt komm schon, Lacie«, fordert Ms Bertram mich auf.

Wortlos sehe ich zu Celia hinüber. Sie starrt aus dem Fenster.

Ms Bertram ist so freundlich, die Tränen zu ignorieren, die ich während der Stunde vergieße, aber in der Pause bittet sie Alice, kurz dazubleiben, um die Tafel zu säubern, und als ich zögere, sagt sie: »Schnapp ein bisschen frische Luft, Lacie. Jetzt geh schon.«

Draußen vor der Tür packt mich jemand am Arm und wirbelt

mich herum. »Was ist da los?«, will Alfreda wissen. Sie wartet meine Antwort nicht ab, sondern platzt sofort heraus mit dem, was sie unbedingt loswerden muss. »Aber jetzt werde ich Romeo sein, und dir bleibt nicht einmal die Rolle von Mercutio.«

Ich würde sie von mir wegstoßen, traue mich aber nicht, denn die Worte meines Vaters hallen laut in meinen Ohren wider. Keinen Ärger mehr. So sage ich nichts.

»Jacqueline spielt jetzt den Mercutio und du nur den Apotheker mit gerade mal vier Zeilen Text.«

Ich überlege kurz, was wohl genau unter »Ärger« zu verstehen ist. Wenn ich Alfreda jetzt umbrächte, würde das sicher darunterfallen. Ich befreie mich aus ihrem Griff und mache einen Schritt in den Korridor hinein. Sie folgt mir.

»Was ist denn gestern passiert? Du und Alice, ihr zwei wart plötzlich verschwunden. Ms Bertram war in einer schrecklichen Stimmung, Ms Parker hat die Tür zu ihrem Arbeitszimmer zugeschlagen, dann ist Ms Rafferty zu uns gekommen und hat gesagt, ich bekomme den Romeo, und du wirst der Apotheker sein, und natürlich habe ich sie gefragt, wer Mercutio sein wird. Das müsste wohl Jacqueline übernehmen, hat sie gemeint, die dann aber als Prolog ausfällt, sodass irgendjemand zwei Rollen wird spielen müssen. Und dann hat Ms Rafferty noch hinzugefügt, dass wir zusätzlich proben müssen.«

Ich überdenke die Sache noch einmal und komme zu dem Schluss, dass das Vergnügen, Alfreda umzubringen, den Schulverweis und den Zorn meines Vaters wert wären. Was bedeutet schon eine Sünde mehr zusätzlich zu all den Sünden, die ich bisher begangen habe? Ich hebe die Hand in der Absicht, Alfreda zu schlagen, aber ich komme nicht dazu, weil Ms Bertram sie festhält. Einen Herzschlag lang stehen wir so da.

»Raus an die frische Luft mit dir, Lacie«, sagt Ms Bertram. »Alfreda, ich möchte, dass du Ms Jolliffe eine Nachricht überbringst.«

Und so muss Alfreda zurückgehen und warten, während Ms Bertram etwas auf ein Stück Papier schreibt. Als ich mich umdrehe, sehe ich Alice die ohnehin schon saubere Tafel putzen. Zögernd verharre ich in der Tür, finde aber keine Ausrede, um noch länger zu bleiben, und gehe schließlich.

Bis zu den Osterferien ist es nicht mehr lang hin, aber lang genug, dass mir allmählich dämmert, wie es in Zukunft weitergehen wird. Nämlich so: Celia schaut mich nicht mehr an, und Alice kann überhaupt niemanden mehr anschauen. Dann muss Alice in den Musikunterricht. Mit grimmiger Miene verlässt sie das Klassenzimmer und kehrt nach einer halben Stunde mit einem Notenblatt wieder zurück. Es besteht nicht die geringste Chance, mit ihr zu reden, aber als die Glocke zum Ende des Schultags läutet, schiebe ich in meinem Kopf den Gedanken an meinen Vater ganz nach hinten und setze mich vor einen Spind, um dort auf sie zu warten. Eine Minute nach der anderen vergeht, aber sie kommt nicht. Schließlich laufe ich los, um sie zu suchen. Die Tür zum Klassenzimmer steht halb offen, und ich höre Ms Rafferty.

»Versuch es noch einmal, Alfreda, mit ein wenig mehr …«

»Was?«, fragt Alfreda. »Ein wenig mehr was?«

»Empfindsamkeit«, sagt Alice.

»Wenn ich deine Hilfe will, Alice, dann bitte ich dich darum«, erklärt Ms Rafferty kalt. »Noch einmal, Alfreda, mit ein wenig mehr Zärtlichkeit. Alice, gib ihr das Stichwort.«

Kurze Stille, dann sagt Julia: »›*Glaub', Lieber, mir: es war die Nachtigall*‹«, und ich höre, wie Alfreda Luft holt und meine Worte, meine wunderbaren Worte spricht.

»›Die Lerche war's, die Tagverkünderin, nicht Philomele; sieh den neid'schen Streif, der dort im Ost der Frühe Wolken säumt.‹«

Ich spreche stumm die Zeilen mit und spüre salzige Tränen auf Lippen und Zunge.

»›Die Nacht hat ihre Kerzen ausgebrannt, der muntre Tag erklimmt die dunst'gen Höhn: Nur Eile rettet mich, Verzug ist Tod.‹«

Die Tage vergehen in dumpfem Schmerz. Alles ist schief, und ich weiß nicht, wie ich es wieder geraderücken soll. Nachts liege ich wach und grüble. Schlafe ich ein, träume ich davon und wache mit Kopfschmerzen auf. Ich sehne die Osterferien herbei, damit ich nicht mehr in die Schule gehen muss, wo Alice und Celia und ich im selben Raum sitzen und es nicht fertigbringen, einander anzusehen. Dann, kurz vor Trimesterende, passiert etwas.

Zur Feier des Osterfestes gestaltet jede Klasse einen Korb mit Blumen, und diese Körbe werden dann überall in der Schule aufgestellt. Da wir der letzte Jahrgang sind, wird unser Korb an einem prominenten Platz in der Eingangshalle stehen. Als das Arrangement fertig ist, sagt Ms Bertram: »Lacie, du sollst die Ehre haben, den Korb auf seinen Platz zu tragen. Vielleicht wird dich das ein wenig aufheitern.«

Das wird es nicht, aber ich erwidere nichts. Ich sage nicht, dass mein Kopf schmerzt und ich mich lieber nicht bewegen würde. Ich nehme den Korb mit den Lilien und gehe vorsichtig die Treppe hinunter. Ich bin bestimmt so bleich wie die Jungfrau Maria bei der Verkündigung. Der intensive Duft der Blumen verursacht mir Übelkeit. Vor der Tür mit der Aufschrift »Vorschule« bleibe ich stehen, um kurz durchzuatmen. Ich weiß, dass der Raum leer ist, weil ich hören kann, wie draußen kleine Mädchen herumlaufen; aber der Raum ist nicht leer. Ich höre einen lang gezogenen, tiefen Ton der Angst. Ein Bogen streicht über eine Cellosaite. Nur Celia kann das Cello so sprechen lassen. Noch ehe ich zum Nachdenken komme, stelle ich die Blumen bereits ab und öffne die Tür.

Sie ist allein. Ihr Bogen verharrt über den Saiten, ihre Augen sind auf das Notenblatt vor ihr gerichtet. Sie liest so aufmerksam, wie ich ein Buch lesen würde. Ich weiß, dass sie die Noten in ihrem Kopf hören kann, so wie ich beim Lesen die Worte vernehme.

»Celia?«

Es dauert einen Moment, bis sie aufblickt; einen weiteren, bevor sie zu verstehen scheint, was sie sieht. Dann lässt sie ihren Bogen sinken. Röte überzieht ihr Gesicht, aber sie weicht meinem Blick nicht aus.

»Du siehst, ich übe.« Ihre Stimme klingt weder kalt noch warm. Sie spricht, als suchte sie die Wörter aus einem Lexikon heraus. »Was willst du?«

Ich ertrage es nicht. Ich kann es nicht. Ihr Gesicht verschwimmt vor mir, und ich bin nicht sicher, ob es wegen des Tränenschleiers vor meinen Augen ist oder weil ich ohnmächtig werde. Ich lasse mich neben ihr auf die Knie fallen. Ich will sie umarmen, aber das Cello ist ein Hindernis zwischen uns. Ich presse meine Hand auf den Mund, um mein Schluchzen zu unterdrücken. Celia bewegt sich nicht. Wir starren einander an.

»Es tut mir so leid«, sagt sie.

Und ich sehe, dass sie die Wahrheit spricht. Es tut ihr leid. Sie ist voller Bedauern. Es ist ihr ins Gesicht gemeißelt wie ein Schmerz. Ich umklammere ihre Hand, aber sie befreit sich aus meinem Griff. Vorsichtig stellt sie das Cello zur Seite, gleitet neben mir zu Boden, und wir halten uns fest umschlungen und weinen.

Unsere Tränen vermischen sich, und obwohl ich voll meines eigenen Bedauerns und Elends bin, muss ich an das von Celia denken. Ich kann nicht anders, als mir ihre Mutter vorzustellen, die dafür sorgt, dass das Haus frisch und sauber und stets voller Kerzenschein ist. Ich denke an Ilse, das Klavier, an Gabrielle, die Geige, und an die kleine Chloe, die Flöte. Ich überlege, welche Art von Musik sie ohne ihre Schwester Celia spielen können, für immer und ewig das Cello.

»Weine nicht, Celia«, flüstere ich schließlich. »Du hast nichts Böses getan. Alice und ich waren böse und müssen bestraft werden.«

Daraufhin schluchzt Celia nur umso heftiger, vergräbt ihr Gesicht an meiner Schulter, und plötzlich habe ich das Bild eines Sabbat-Tisches vor Augen, ohne weißes Leinen und Essen, die Stühle ringsum leer, die Kerzen schwarz und kalt. Schließlich richtet Celia sich auf, nimmt meine Hände und betrachtet mich. In ihren Augen schimmern noch die Tränen. »Die Schuld liegt nicht bei dir«, sagt sie, »auch nicht bei Alice. Es war mutig von euch, das zu tun, was ihr für richtig gehalten habt. Ich bin diejenige, die nicht den Mut aufbrachte, zu reden.«

Ich starre sie an, und ihre Blässe wird von einer tiefen Röte überdeckt. Sie fährt sich mit den Händen über die Augen, steht auf und geht zu ihrem Cello.

»Ich muss üben«, sagt sie im selben Tonfall wie in dem Moment, als ich ins Zimmer kam. »Willst du mich jetzt bitte allein lassen, Lacie.«

Zuerst bin ich zu schockiert, um irgendetwas zu tun. Dann stolpere ich zur Tür hinaus. Ohne an den Korb mit den Lilien zu denken, laufe ich durch die Garderobe in den Waschraum, wo ich mich einschließe. Meine Ohren schmerzen von Celias Worten. Mein Kopf dröhnt dort, wo sie sich in meinem Gehirn festgefressen haben. Ich zittere, und mir ist übel. Ich weine, bis ich keine Tränen mehr habe. Dann wasche ich mir das Gesicht und kehre ins Klassenzimmer zurück. Ms Bertram wirft mir einen seltsamen Blick zu, sagt aber nichts. Nach einer Weile kommt sie zu mir.

»Bist du krank, Lacie?«

»Ich … ich habe Kopfschmerzen, Ms Bertram.«

»Mach für eine Weile die Augen zu und warte, ob es vergeht.«

Das tue ich. Ich lege meinen Kopf auf die Schulbank und schiebe eine Hand darunter. Mit der anderen greife ich nach Papier und Bleistift. Auch wenn Ms Bertram das gesehen hat, sagt sie nichts. Ich schreibe eine kurze Zusammenfassung dessen, was Celia mir erzählt hat, die ich mit den Worten beende: »Ich dachte, du solltest das wissen.« Am Ende der Stunde richte ich es so ein, dass ich zeitgleich mit Alice den Raum verlasse. Ich sehe sie nicht an, aber als sie an mir vorbeigeht, schiebe ich den Zettel in ihre Tasche.

Kapitel 39

Doreen kommt mit einem Tablett herein. Zeit für den Tee. »Kekse mit Feigenmarmelade«, verkündet sie. »Ich dachte, wir schlagen mal über die Stränge.« Sie stellt das Tablett auf meinem Plumeau ab und drückt es in die Daunen. Dann setzt sie sich auf den Bettrand, um mir einzugießen. Das ist neu. Normalerweise stellt Doreen das Tablett immer auf den Frisiertisch, folglich muss es Dorothy Maureen sein, die jetzt den Tee einschenkt, sich zurücklehnt und die schmale Kerbe am Finger ihrer linken Hand massiert, als schmerzte er sie. So, als hätte sie gerade erst mühevoll die Ringe von dort entfernt.

»Der meine ist gestorben«, sage ich. »Erst hat er mich geschwängert, dann ist er verschwunden.«

»Der meine ist geblieben«, erwidert sie. »Er wollte, dass ich zu Hause bin, damit ich mich um ihn und den Haushalt kümmern kann. Er wollte mich nicht mit Kindern teilen.«

Ich versuche, mir das vorzustellen. »Er muss Sie sehr geliebt haben.«

»Das nennen Sie Liebe?«, fragt sie. »Einem Menschen die Chance zu nehmen, mehr aus sich zu machen, das nennen Sie Liebe? Ich hätte Mutter sein können. Ich hätte …«

Wir verstummen, lassen die Tragweite ihrer Aussage auf uns wirken. Schließlich frage ich dumpf: »Wo ist er jetzt?«

»Letzten Endes hat er mich doch verlassen und sich eine Jüngere gesucht, die sich um ihn kümmert.«

Ich starre auf ihren Finger und stelle mir vor, wie sie die Ringe von diesem Finger zerrt – aus Gold, mit Diamantsplittern – und sie wegwirft in … ja, wohin? Bevorzugt in die Ägäis, doch das scheint mir unwahrscheinlich. In den Regent's Canal vielleicht?

Ich frage mich, wie lange – oder noch nicht so lange – das her ist. Aber das ist nicht so wichtig, denke ich. »Tut es noch weh?«, frage ich und sehe, wie sie ihre Hand reibt.

»Nur hier«, entgegnet sie und berührt die Stelle, an der der Sitz des Herzens sein soll, »und auch nur, wenn ich daran denke, welchen Zeitpunkt er sich ausgesucht hat, um zu gehen.« Sie blickt auf ihren nackten Finger. »Ich hätte das nie zulassen dürfen. Ich hätte ihn hinauswerfen sollen, als ich noch jung war und das Leben noch vor mir hatte.«

Ich sehe sie an und beiße mir auf die Zunge, um die Wörter zurückzudrängen, die mir über die Lippen kommen wollen. Unsere neue Beziehung ist noch zu fragil, um bereits jetzt auf die Probe gestellt zu werden. Ich werde es vorsichtig angehen. Ich möchte nicht das Ende meines Lebens damit zubringen müssen, geräucherten Schellfisch zu essen.

»Sie sind doch nicht zu alt, um noch ein Leben vor sich zu haben.«

Sie nippt an ihrem Tee. »Sechsundvierzig«, erwidert sie tonlos. »Zu alt für ein Baby.«

Ich runzele die Stirn. »Als Unschuld vom Lande würde man Sie vielleicht nicht mehr besetzen«, sage ich, »aber heutzutage gehört die Welt den Frauen, oder zumindest sagt man das.«

»Ja, den jungen Frauen«, entgegnet Dorothy Maureen.

Schweigend sitzen wir eine Weile da und denken nach. Ich weiß nicht, was ihr durch den Kopf geht, aber in meinem macht sich ein neuer Gedanke breit. Ich freunde mich allmählich mit der Vorstellung an, dass ich – trotz des blauen Nylons – froh über Dorothy Maureens Gesellschaft bin und dass sie es ist, die mich bis zum Ende begleitet. Eigentlich sollte ich ihr das sagen. Einige Augenblicke lang versuche ich, die Wörter in die richtige Reihenfolge zu bringen, aber als ich schließlich den Mund aufmache, kommt nur heraus: »Meinen Sie, ich könnte noch einen Keks mit Feigenmarmelade bekommen?«

Kapitel 40

Die Kopfschmerzen halten die ganze Nacht über an, und am Morgen tun mir auch noch Arme und Beine weh. Ich fühle mich wie gerädert.

»Tja«, meint mein Vater, als er meinen Puls fühlt, »eine kleine Grippe, denke ich. Die Schule wird die letzten Tage bis zu den Ferien ohne dich auskommen müssen.«

Ich bleibe eine Woche im Bett, zu krank, um noch an irgendetwas Interesse zu haben. Bis ich wieder aufrecht sitzen, ein wenig Suppe zu mir nehmen und mir irgendwelche Sorgen machen kann, ist das Trimester zu Ende. Ich denke an Alice und daran, was sie wohl aus meinen Aufzeichnungen gemacht hat. Ich würde gern fragen, ob sie mich besuchen darf, aber ich weiß, es ist sinnlos. Keine Chance, mit ihr zu sprechen, bis wir wieder in der Schule sind. Ostersonntag geht es mir dann endlich gut genug, um nach unten zu gehen und, warm eingepackt, mich eine halbe Stunde im Garten aufzuhalten. Abgesehen von seiner Vorliebe für etwas Rotes und etwas Grünes zu jeder Mahlzeit, ist mein Vater ein eifriger Verfechter der heilsamen Wirkung erster Sonnenstrahlen im Frühjahr. Er macht es mir im Sessel bequem und verkündet: »Ich habe ein Ostergeschenk für dich, meine Liebe.«

Und dann bringt er mir ein großes, in Leder gebundenes Buch, auf dem in goldenen Lettern das Wort THESAURUS eingraviert ist. »Wenn du Schriftstellerin werden willst, kannst du gar nicht genügend Wörter kennen.« Dabei tippt er mir mit dem Zeigefinger auf meine Nasenspitze und lächelt. »Ich setze die allergrößten Hoffnungen in deine Schriftstellerei, Lacie.«

Meine Augen füllen sich mit Tränen. Ich habe gesündigt, aber er liebt mich noch immer.

Ich verbringe die Ferien ruhig und zurückgezogen und stelle fest, dass mir jeden Tag meine alten Vorlieben mehr Spaß machen. Ich lese und schreibe. Ich helfe meiner Mutter im Garten. Ich mache Spaziergänge mit meinem Vater. Erst als ich wieder ganz die Alte bin, wird mir klar, wie weit ich mich über Wochen von mir selbst entfernt hatte. Ich gestatte mir nicht, über das nächste Trimester, mein letztes am Dorset House, nachzudenken. Ich weiß, wenn ich zurückkomme, werde ich mit alldem erneut konfrontiert. Allein die Vorstellung raubt mir jede Energie, und deshalb lasse ich sie nicht zu. Ich verbiete mir jeden Gedanken an Alice, an meine Aufzeichnung für sie oder an Romeo. Und vor allem verbiete ich mir jeden Gedanken an Celia und ihren Kummer.

Die Schule beginnt wieder am ersten Mai. »Ein neuer Monat, ein neuer Anfang«, sagt mein Vater. Schön wäre es. Ich weiß, nichts wird sich ändern im neuen Trimester. Alice, Celia und ich werden uns in derselben schicksalhaften Verstrickung wiederfinden. Am letzten Abend, bevor ich an die Schule zurückkehren muss, werfe ich einen Blick auf den Kalender. Fünfundfünfzig Schultage habe ich noch zu überstehen. Wie soll ich jemals diese fünfundfünfzig Tage aushalten? Vielleicht könnte ich wieder krank werden. Wenn ich mir eine Erkältung einfange, die sich auf meine Brust legt, könnte ich die Zeit um fünf Tage verringern. Und wenn ich mir ein Bein breche wie Celia? Oder noch besser, meinen Schreibarm? Dann würde man mich doch nicht in die Schule schicken, oder? Ich überlege, wie ich das am besten anstellen könnte. In unserem Garten haben wir keine Tannen, nur zwei Apfelbäume und einen Zwetschgenbaum. Die höchste Erhebung ist das Dach, auf das man durch den hinteren Speicher gelangen kann. Ich sehe mich bereits dort oben, wie ich mich festklammere … ja, woran? Am Schornstein? An einem Abflussrohr? Ich stelle mir vor, wie ich über die Dachrinne nach unten spähe. Am Rand löse ich zögernd, einen Finger nach dem anderen, meinen Griff von den Dachziegeln. Langsam lasse ich mich fallen. Ich spüre die Leere der Luft, sehe den Boden, der mir entgegenkommt, mich zerschmettert und wie eine zerbrochene Puppe in der Nacht zurücklässt. Vielleicht kann ich diese fünfundfünfzig Tage doch irgendwie überstehen, überlege ich nach einem erneuten Blick auf den Kalender.

»Lacie«, ruft meine Mutter die Treppe hinauf, »beeil dich. Du kommst noch zu spät zur Schule.«

Gut, denke ich. Meine Mutter, die unten am Fuß der Treppe steht, kann offenbar meine Gedanken lesen und fügt hinzu: »Außerdem wird dein Frühstück kalt.« Sie weiß, welcher Heißhunger mich plagt, seit ich die Grippe auskuriert habe. Als ich das Frühstückszimmer betrete, sitzt mein Vater bereits am Tisch, vor sich die Zeitung, die er an eine Vase mit späten Narzissen gelehnt hat. Die Blumen werfen einen Schatten auf die Zeilen.

»Bring mir einen Apfel, Lacie«, bittet meine Mutter mich. Etwas Grünes zum Frühstück. Da gibt es nicht viel außer einem Apfel. Ich gehe zu der Obstschale auf der Anrichte und bleibe davor stehen. Auf der glatt polierten Oberfläche liegt die Zeitung vom letzten Samstag. Sie ist so gefaltet, dass ich Seite acht sehen kann. TEXT VON HERRN HITLERS REDE, lese ich. Die Worte darunter verschmelzen zu einem langen, unentzifferbaren Konvolut, aber mein Vater hat mit einem Stift bestimmte Zeilen unterstrichen, wie er es immer macht, wenn er sich über das Gelesene ärgert. Meine Augen wandern von einer markierten Passage zur nächsten. Da stehen Ausdrücke wie »jüdische Parasiten«, »jüdischer Unsinn« und »jüdische Eindringlinge«.

»Wieso brauchst du so lange, Lacie?«, fragt meine Mutter.

Ich wähle einen Apfel, bringe ihn ihr und setze mich. Mein Herzschlag ist überraschend laut und hallt mir in den Ohren wider. Ich starre auf die Zeitung, die mein Vater liest. *Deutschland und Polen,* steht da, *Deutschland und Bulgarien*, *Deutschland und Roosevelt* in den nächsten Spalten. Ich kann meinen Blick nicht abwenden. Die Zeitung senkt sich, und das Gesicht meines Vaters kommt zum Vorschein. Er runzelt die Stirn.

»Es ist unmöglich, das alles von dir fernzuhalten«, meint er schließlich. »Ich würde es ja, wenn ich könnte. Doch das ist kein Problem, mit dem Kinder sich auseinandersetzen sollten.«

Aber wenn Celia eines der Kinder ist, geht es auch uns etwas an.

Und als könnte er meine Gedanken lesen, fügt er hinzu: »Bitte, erzähle Celia nichts davon.«

Ich nicke. Schließlich ist die Gefahr nicht sehr groß, dass ich über irgendetwas mit Celia reden könnte.

»Vergiss diese Dinge lieber«, fügt er hinzu.

Aber das kann ich nicht. Sie beherrschen Celias Gedanken. Die von Alice ebenfalls. Und ich muss auch darüber nachdenken. Irgendwie muss ich in meinem Kopf Platz dafür schaffen zwischen meiner Angst vor dem Professor, dem, was Celia zu mir gesagt hat, und dem Verlust von Romeo und Alfredas Selbstgefälligkeit. Das wird mir alles zu viel, und ich versuche, mich daran zu erinnern, wie es war, bevor all das über mich hereinbrach, aber es gelingt mir nicht.

»Iss wenigstens ein bisschen was von deinem Frühstück«, sagt mein Vater.

Ich nehme eine Scheibe Toastbrot aus dem Ständer. Das Brot ist kalt. Ich streiche einen Klumpen Butter darauf. Fünfundfünfzig Tage.

Mein Vater hat einen Termin in der Stadt und kann mich deshalb nicht zur Schule begleiten. Also breche ich allein auf, trödle herum, bleibe immer wieder stehen, um irgendwelche Dinge anzustarren, und habe gerade den Hügel halb erklommen, als die Kirchenglocke die volle Stunde schlägt. Rasch renne ich los und laufe gerade noch rechtzeitig mit den letzten Nachzüglern durch das Tor. Dann gehe ich um das Schulgebäude herum zu der Garderobe im hinteren Teil. Der Weg dorthin wird von einer hohen Buchsbaumhecke gesäumt. Erste frische Blätter sprießen und streifen mich im Vorbeigehen. Sie scheinen mir etwas zuzuflüstern. »Lacie«, raunen sie. Oder irgendjemand. Und dann ist Alice da. Sie bückt sich, als wollte sie ihren Schnürsenkel binden. Ohne aufzublicken, sagt sie leise: »Schau her.«

Halb aufgerichtet tritt sie einen Schritt zurück und verschwindet in der Hecke. Als ich zu der Stelle sehe, wo sie zuvor gestanden hat, erkenne ich, dass eine Lücke im Laubwerk klafft, durch die sie sich gerade gezwängt hat, die sich jedoch noch nicht wieder vollständig hinter ihr geschlossen hat. Ich stelle mich ebenfalls an diese Stelle und beuge mich über meinen Schuh. Als ich sicher bin, dass keiner herschaut, schiebe ich mich durch die Hecke. Zweige und Laubwerk zerren an mir, und dann finde ich mich in einer dunklen Höhle in der Hecke wieder. Gerade groß genug für Alice und mich. Sie zupft an meinem Rock, und ich rutsche neben ihr zu Boden. Unsere Knie stoßen aneinander. Unsere Gesichter liegen im Schatten. Von der anderen Seite der Hecke dringen gedämpfte Stimmen zu uns. Wir befinden uns in einer diffus dämmrigen Welt mit flirrenden Flecken.

Alice grinst, ihre weißen Zähne blitzen. »Das hier habe ich am Ende des letzten Trimesters entdeckt«, flüstert sie, »als du krank warst. Da war das Laub noch nicht dicht genug, um uns zu verbergen, aber jetzt …«

Ich nicke.

»Wir müssen das streng geheim halten«, sagt sie.

Sie meint damit nicht die Hecke. Oder nicht nur die Hecke. Sie meint die Tatsache, dass wir noch immer beste Freundinnen sind, ganz gleich, was sie uns antun. Ich blinzele, um meine Tränen zurückzudrängen. Es sind Freudentränen.

»Mir war klar, dass ich so einen Ort finden musste, nachdem ich deinen Zettel gelesen hatte. Ich habe lang darüber nachgedacht«, sagt Alice. Die Glocke läutet. »In der Pause«, sagt sie rasch. »Wieder hier.«

»Lacie?«

»Ja, Ms Bertram?«

»Gibt es einen Grund, warum du zwei Blätter und einen Zweig in deinem Haar hast?«

»Meine Haare sind immer ein Problem, Ms Bertram.«

Sie seufzt. »Du wirst mir fehlen, wenn du nicht mehr bei uns bist, Lacie Forrester.«

»Ja, Ms Bertram. Danke, Ms Bertram.«

Meine Schulbank befindet sich auf der anderen Seite des Klassenzimmers, viel zu weit weg von Alice, sodass ich nicht die geringste Chance habe, auch nur einen Blick mit ihr zu wechseln. Eine Doppelstunde Geografie stehe ich gerade so durch und bringe alles in Afrika durcheinander. Von der Glocke erlöst, begebe ich mich schnurstracks zu der Hecke und schlüpfe in die Höhlung. Ich habe mich kaum hingekauert, als Alice zu mir stößt. Sie dreht sich ein paarmal um die eigene Achse wie ein junger Hund, ehe sie sich neben mir niederlässt. Ich spüre die beruhigende Wärme ihres Arms an dem meinen.

Plötzlich kommen mir die fünfundfünfzig Tage, die mir zuvor so lang erschienen, viel zu kurz vor. Wenn sie vorbei sind, werde ich nie mehr mit Alice so zusammensitzen, denn im nächsten Schuljahr werde ich im Lady Margaret's sein und sie … Mit einem Stich im Herzen wird mir klar, dass ich nicht weiß, wo sie sein wird.

»Ist es schon entschieden, wohin du nach Dorset House gehen wirst?«

Sie schüttelt den Kopf.

»Vielleicht kommst du ja mit mir ins Lady Margaret's?«

»Vielleicht«, meint sie.

»Oder vielleicht schicken sie dich wieder ins Internat?«

Sie weicht meinem Blick aus. »Das wird die Zukunft bringen«, sagt sie. »Aber jetzt lass uns nicht an die Zukunft denken. Machen wir uns lieber Gedanken über die Gegenwart.« Sie zieht meinen Zettel heraus, der zerknittert und schmutzig ist, als ob sie ihn viele Male gelesen hätte. Sie nagt an ihrer Unterlippe und starrt darauf.

»Mir ist egal, was die anderen denken. Irgendetwas geht da oben im Musikzimmer vor.«

Ich nicke. Jetzt sind wir wieder beim Thema, aber mir scheint, als müsste das so sein, wenn ich mit Alice zusammen sein will. Außerdem muss sie recht haben. Es gibt keine andere Möglichkeit, Celias Worte zu interpretieren, die sie am Ende des letzten

Trimesters zu mir gesagt hat. Und ich weiß, was wir gesehen haben. Zumindest denke ich, dass ich das tue. Aber warum will Celia den Mund nicht aufmachen? Das ergibt keinen Sinn für mich. Alice seufzt, ein Klang, der sich vermischt mit dem Rascheln der Blätter im Wind. »So etwas passiert, weißt du«, sagt sie.

Wieder nicke ich, als wüsste ich es tatsächlich, aber ich weiß nichts. Ich müsste nachfragen, schaffe es aber nicht. Mein Vater würde nicht wollen, dass ich es tue. Was immer es ist, das sich in Alice' Kopf abspielt, es darf nicht in den meinen gelangen, für den Fall, dass es … Ja, was? Mich verdirbt? Mich beschmutzt? Ein Blick auf Alice' blasses, verhärmtes Gesicht genügt, und ich weiß, dass sie leidet und dass ich sie in ihrem Leid nicht allein lassen kann. Ich wappne mich, hole tief Luft und finde die Kraft.

»Nein«, widerspreche ich, »ich weiß es nicht. Ich verstehe es auch nicht. Warum sollte Celia es nicht sagen, wenn ihr jemand wehgetan hat?«

Einen Moment lang befürchte ich, dass Alice mir wieder keine Antwort geben wird. Dass sie das Thema wechseln, ein kurzes Lachen ausstoßen und das Thema wechseln wird, wie sie es zuvor immer getan hat. Aber hier in der dunklen Höhle sitzen wir dicht beieinander, atmen dieselbe Luft. Ich spüre, wie sich die feinen Härchen an ihrem Arm aufrichten. Ihre Augen ruhen auf meinem Gesicht. Langsam senkt sie den Blick. Ich sehe, wie schwer ihr das fällt, weiß, dass ich mich ganz ruhig und reglos verhalten muss.

»Das tun Männer wie der Professor nun mal«, sagt sie schließlich. »Sie geben dir das Gefühl …«

Ich schaue weg, um ihr Zeit zu geben, die richtigen Worte zu finden.

»Sie geben dir das Gefühl, dass es deine Schuld ist. Sie drehen es so hin, dass du dich schämst. Als ob du es dir selbst zuzuschreiben hättest, dass du …«

Ich zwinge sie, den Mut zu finden, es mir zu sagen.

»… dass du etwas Besonderes bist.«

Meine Stimme ist nur ein Flüstern, als ich frage: »Ist es das, was der Professor Celia angetan hat?«

Alice nickt.

»Woher weißt du das?«

Als sie schließlich weiterredet, ist ihre Stimme so leise, dass ich sie fast nicht verstehe. »Weil mir das an meiner letzten Schule jemand angetan hat.«

Sie lehnt sich an mich und legt ihre Lippen an mein Ohr. Nur so können die Worte, die aus ihr hinaus- und in mich hineinströmen, ungehindert ihren Weg finden. Ich sehe sie Form annehmen, als sie in mich eindringen und sich in mir festsetzen. Ich sehe die dunklen Silhouetten eines Mannes und eines kleinen Mädchens, sehe ein Klavier, einen Raum, weit weg von allen anderen Menschen. Und als Alice fertig ist, als alle Worte gesprochen sind, da begreife ich es. Mein Blick fällt endlich über die Klippe, und mir wird klar, warum sie ihre letzte Schule mitten im Jahr verlassen hat. Ich verstehe, warum Alice sich der Schlechtigkeit des Professors so sicher ist, warum sie nicht loslassen konnte, nicht loslassen kann, nie wird loslassen können.

Ich verhalte mich absolut still, auch als sie endlich von mir wegrückt und sich ihren Weg durch die Hecke bahnt. Mein Vater hatte recht. Die Gedanken in Alice' Kopf sind in den meinen gelangt und haben mich verändert. Ich habe mich angesteckt mit ihrer Angst. Ich dachte, die Gefahr wäre anderswo – in Deutschland vielleicht, in der Hölle oder irgendwo weit weg von zu Hause. Ich dachte, Celia hätte eine dunkle Ahnung davon mitgebracht. Ich dachte, das ist es, was sie so anders und unergründlich macht. Doch jetzt sehe ich, dass um mich herum Gefahren lauern, dass die Sicherheit meines Zuhauses und meiner Schule nur Trugbilder sind. Dass nichts sicher ist.

Langsam wird mir bewusst, dass ich eine Entscheidung treffen muss. Entweder muss ich meinen Blick abwenden wie Ms Parker, oder ich muss mich dem stellen wie Alice. Muss kämpfen wie Alice. Und selbstverständlich habe ich keine Wahl, denn wie Ms Parker kann ich nicht sein. Aber ich habe Angst – zusätzlich zu allen anderen Ängsten –, dass ich auch nicht sein kann wie Alice. In dieser Nacht liege ich noch lang wach und wälze das Problem in meinem Kopf hin und her. Als ich endlich einschlafe, träume ich von Schiffen, die keinen Hafen finden und dazu verurteilt sind, für immer auf dem Meer zu segeln, bis alle an Bord gestorben sind und nur noch Geister übrig bleiben.

Kapitel 41

Drehen Sie sich mal«, sage ich und beäuge sie kritisch.

»Ja«, bittet Mercy, »drehen Sie sich, so wie sie es immer im Fernsehen machen.«

Dorothy Maureen kichert und wirbelt herum. »Ihr Sohn ist wirklich wunderbar.« Sie blickt an sich herab auf den neuen Kittel, den John ihr mitgebracht hat, und streichelt den weichen, blassen Stoff.

»Das ist eindeutig eine Verbesserung.« Der Kittel ist wieder blau, aber es ist das Blau eines Aprilhimmels, und der Baumwollstoff fällt in weichen Falten. Der hier wird sich nie statisch aufladen.

»Wun-der-schön«, erklärt Mercy.

Sehe ich da den Anflug einer leichten Röte auf Dorothy Maureens Gesicht? Wie wenige Komplimente muss diese Frau im Lauf ihres Lebens bekommen haben, wenn sie dieses so sehr zu schätzen weiß. Mercy eilt nach Hause, vermutlich warten schmutzige Windeln auf sie. So bleiben Dorothy Maureen und ich allein zurück. Sie setzt sich zu mir an den Bettrand und schiebt mein Kissen zurecht.

»Haben Sie Angst vor dem Sterben?«, fragt sie beiläufig.

Ich denke darüber nach. »Nicht vor dem Sterben. Vor dem Leben vielleicht.«

Sie nickt. »Oder davor, beim Leben zu versagen.« Sie redet von sich selbst, nicht von mir.

»Schraub deinen Mut nur bis zum Punkt des Halts, meine Liebe«, sage ich, »und es misslingt dir nicht.«

»Bei Lady Macbeth hat es nicht funktioniert.«

»Stimmt. Aber wenigstens hat sie ihre Chancen ergriffen. Sie hat gehandelt.«

»Das ist mehr, als über mich zu sagen ist.«

Sie begreift schnell, unsere Dorothy Maureen.

Ich schließe die Augen, um zu schlafen. Morgen, denke ich. Der morgige Tag, er kommt, und ich kann nichts tun, um ihn aufzuhalten. Nichts, außer zu sterben. Und was hat das mit Mut zu tun.

Kapitel 42

Wir haben beschlossen, dass etwas geschehen muss, uns will nur nicht einfallen, was. Die Tage, die uns noch zur Verfügung stehen, werden weniger, und wir haben keine Idee. Das Problem ist leicht auf den Punkt gebracht. Wenn Celia weiterhin darauf besteht, dass nichts passiert ist, werden alle ihr glauben. Ich weiß nicht, wie wir dieses Hindernis aus dem Weg räumen sollen. Jetzt, da Alice Musikunterricht bei Professor Chambers erhält, ist sie natürlich in einer guten Position, alles genauestens mitzubekommen. Sie ist eine aufmerksame Beobachterin. So fällt ihr beispielsweise auf, dass er seine Habe nie aus den Augen lässt. Andere Lehrkräfte lassen ihre Mäntel und Aktenmappen an dem hölzernen Garderobenständer im Lehrerzimmer zurück, aber er nimmt seine Sachen immer mit hinauf ins Musikzimmer, als müsste er jeden Moment aufbrechen. Ihr fällt auch auf, wie dünn er wird, wie locker sein Kragen trotz der akkurat gebundenen Krawatte sitzt; dass man anfangs einen Finger und ein wenig später einen Daumen zwischen Stoff und Haut schieben könnte. All das notiert sie pflichtgetreu in ihrem kleinen Buch. Und sie macht eine weitere Entdeckung. Noch jemand beobachtet den Professor. Wir hatten bereits einen Verdacht, als mein Vater sie im selben Zug wie den Professor sah, doch jetzt sind wir sicher.

»Es gibt keine andere Erklärung«, meint Alice, während wir in der Pause nebeneinander in der Hecke kauern. »Es kann keinen anderen Grund dafür geben.«

Es ist reiner Zufall, dass Alice an dem Tag Ms Rafferty im Musikzimmer entdeckt. Eigentlich hätten wir gegen Mittag von unserer Naturlehrwanderung zurück sein sollen, aber Bethanys Stiefel blieb im Schlamm stecken, und ihr Fuß kam ohne Schuh und Socken wieder zum Vorschein. Alle mussten helfen, und als Bethany endlich gerettet war, waren wir zu spät dran. Ms Bertram wartete bereits ungeduldig auf uns. Professor Chambers hatte mittags nach Alice geschickt. Sie solle sofort zu ihm kommen, sobald wir wieder zurück seien, hieß es. Da waren zwar nur noch fünf Minuten von der Musikstunde übrig, aber Ms Bertram meinte, fünf Minuten seien besser als gar nichts. Und so lief Alice los und kam fünf Minuten später, hochrot im Gesicht, wieder zurück. Erst beim Mittagessen bekomme ich die Gelegenheit, den Grund dafür herauszufinden.

»Ich habe geklopft, wie ich es immer mache«, berichtet sie mir, »und dann die Tür geöffnet. Ich wollte mich gerade für mein Zuspätkommen entschuldigen und erklären, dass an allem nur Bethanys Stiefel schuld war, aber bevor ich irgendetwas davon herausbringen konnte, sah ich sie. Sie war allein, und deshalb vermute ich, dass der Professor nicht mehr mit mir gerechnet hat. Aber weit weg konnte er nicht sein, denn seine Aktenmappe war da, und die lässt er nie lang ohne Aufsicht. Sie hat sich gerade darübergebeugt. Ihre Hände lagen auf der Mappe.« Alice führt es mir vor. »Dann hat sie hochgeschaut und mich gesehen, hat einen kleinen Schrei ausgestoßen und ist zurückgewichen.« Auch das führt Alice mir vor. »Sie war puterrot im Gesicht. Der Professor habe sie gebeten, etwas für ihn zu holen, hat sie gestammelt, und dann hat sie sich an mir vorbeigezwängt und ist die Treppe hinuntergerannt. Was sagst du dazu?«

»Sie spioniert«, sage ich.

Alice nickt. Sie spioniert. Aber warum? Bestimmt nicht, weil sie uns das von Celia glaubt. Da sind wir uns sicher. Ich stelle mir Ms Rafferty vor, wie sie sich über die Aktenmappe beugt, nach dem Verschluss tastet, nicht hört, dass sich Schritte nähern, aufschaut und Alice erblickt. Plötzlich sehe ich, wie mich aus Ms Raffertys Gesicht das meiner Mutter anstarrt.

»Vielleicht setzen ihr die Zeiten zu«, sage ich.

»Trotzdem«, meint Alice, »dann werden wir sie eben auch beobachten müssen.«

Und so beobachten wir Ms Rafferty, während sie den Professor beobachtet, der alle anderen beobachtet. Das geht so lange, bis ich fast genauso nervös bin wie der Professor und mich frage, ob ich auch schon genauso grau ausschaue wie er. Hass und Argwohn verdichten sich. Wie ein Strudel schwellen sie unter der Oberfläche an, bereit, uns zu packen und hinunterzuziehen.

In der Zwischenzeit machen wir keine Fortschritte, was unsere Hilfe für Celia betrifft, und die Zeit läuft uns davon. Ich tröste mich mit dem Gedanken, dass sie im nächsten Jahr an eine Musikschule in London gehen wird, weit weg von Professor Chambers, und dass dann alles vorbei sein wird. Als ich das Alice erkläre, schaut sie mich nur an, als wäre ich verrückt. »Ja, begreifst du denn nicht«, sagt sie, »wenn Celia weg ist, wird ein anderes Mädchen kommen, und dann noch eines und noch eines. Es wird kein Ende für ihn geben. Niemand wird ihn aufhalten, wenn wir es nicht tun.«

Nicht, dass ich ihr nicht glaube, ich sehe nur nicht, was wir tun können. Sie aber auch nicht. Zumindest zunächst nicht. Erst nach einer ihrer Musikstunden bei dem Professor kommt ihr eine Idee. Als sie in die Klasse zurückkehrt, wirkt sie ziemlich abwesend. Sie setzt sich und schlägt ihr Geschichtsbuch auf, aber ich sehe ihr an, dass sie mit ihren Gedanken woanders ist. Wir dürfen offiziell noch immer keinen Kontakt zueinander haben, sodass wir uns weiterhin nur in der Hecke treffen können. In der Pause wartet sie dort schon auf mich.

»Ich habe eine Idee«, verkündet sie.

Es fällt ihr sichtlich schwer, die Idee in Worte zu fassen. Ich lasse ihr Zeit. Als sie so weit ist, verstehe ich, warum es ihr schwerfällt. Es ist eine ungemein bösartige Idee.

»Das kannst du nicht tun«, sage ich. »Du kannst nicht behaupten, dass er dir das antut.« Ein schrecklicher Gedanke trifft mich wie eine Faust im Magen. »Er tut es doch nicht wirklich, oder?«

»Natürlich nicht«, erwidert Alice schroff. »Er begehrt nur Celia. Und ihr Talent.«

Er begehrt. Ich lasse mir das Wort auf der Zunge zergehen. Ich sehe gierig glänzende Augen. Hände, die zupacken und …

»Aber schließlich bin ich im selben Raum allein mit ihm«, fährt Alice fort. »Es könnte also auch ich sein.«

»Aber das ist eine Lüge!«

»Nein. Es ist eine … eine falsche Wahrheit, um die richtige Wahrheit ans Licht zu bringen.«

Ich schüttele den Kopf. »Es ist eine Lüge.«

»Manchmal muss man um eines höheren Zieles willen etwas Schlechtes tun.«

Ich denke darüber nach. Ich verstehe, was sie meint, aber ich sehe auch, dass es niemals funktionieren wird. »Niemand wird dir glauben. Sie werden sagen, was sie zuvor schon gesagt haben – dass du einen Fehler gemacht hast und es nicht einsehen willst. Dass du fest entschlossen bist, ihm Ärger zu machen.«

Sie wickelt eine Haarsträhne um die Finger und betrachtet sie nachdenklich. Schließlich sagt sie: »Ich werde mir noch mehr Gedanken dazu machen müssen.«

Es dauert eine weitere Woche – fünfundvierzig Tage haben wir noch –, ehe sie einen Plan präsentiert.

»Nun«, fragt sie, als ich ihr keine Antwort gebe, »was denkst du? Sag doch was.«

Ich kann nicht. Ich bin sprachlos vor Entsetzen, aber ich denke etwas anderes. Alice ist die tapferste Person, die ich jemals kennengelernt habe. Und die waghalsigste. Und wahrscheinlich die verrückteste.

»Das können wir nicht tun.«

»Das sagst du immer.«

»Aber wir … wir können das nicht.«

»Wir können«, widerspricht sie ruhig. »Und ob wir das können. Die Frage ist, ob wir uns das trauen. Ich räume ein, der Plan ist nicht ungefährlich. Wenn er nicht funktioniert, werden wir sicher von der Schule verwiesen. Funktioniert er, wird Professor Chambers entlassen und nie mehr irgendwo unterrichten.«

»Aber …«

Sie legt mir einen Finger auf die Lippen. »Denk darüber nach«, sagt sie.

Zuerst kann ich mich nicht überwinden, darüber nachzudenken. Mir wird heiß vor Angst, wenn ich den Gedanken nur ansatzweise zulasse. Ich schiebe ihn weit von mir, bis ich an diesem

Abend ins Bett gehe. Dort halte ich ihn auf Armeslänge von mir weg und prüfe ihn, als läse ich darüber in einem Buch. Wahnsinnig genug ist er, um in einem Buch vorzukommen, aber ein Buch kann man zuklappen und den Inhalt aus der realen Welt fernhalten. Es ist ein böser Plan. Ein brillanter Plan. Ein Plan, den nur Alice sich hat ausdenken können, obwohl ich alle Fakten kenne, die auch Alice kennt, und glaube, über ebenso viel Vorstellungskraft zu verfügen wie sie. Ich kenne das Stück ebenso gut wie Alice. Ich kenne den Plan des Mönchs für Julia, die Gift schlucken soll, das nicht tötet, sondern nur täuscht. Ich weiß, wo mein Vater seine Bücher über Gifte aufbewahrt. Ich weiß, wo seine Giftflaschen stehen.

»Du wirst eben das richtige stehlen müssen«, meint Alice, »ein Gift, das mich sehr krank machen, mich aber nicht umbringen wird. Ich werde es auf der Toilette schlucken. Das ist der beste Ort, weil ich sicher bin, dass mir dann schlecht wird und so weiter. Dann kommst du und findest mich mit meinem Abschiedsbrief in der Hand. Von wegen Selbstmord und so. Ich werde gerettet, und wenn sie den Brief lesen und sehen, dass ich deswegen wild entschlossen war, zu sterben, dann werden sie mir glauben müssen.«

Gegen ihre Logik komme ich nicht an, aber die Konsequenzen sind grauenhaft. »Du willst, dass ich meinen Vater belüge und bestehle!«

»Ich will, dass du lügst und stiehlst, um Celia zu retten und all die anderen Mädchen, die nach Celia kommen werden, wenn wir ihn nicht aufhalten.« Sie starrt mich an. »Schließlich haben sie dich zum Apotheker gemacht«, sagt sie. »Es ist deine Rolle, das Gift zu beschaffen.«

Ich bin der Apotheker. Ich habe vier Textzeilen zu sprechen. An den Freitagnachmittagen lausche ich, wie Alfreda meine wunderbaren Worte spricht. Es ist bitter. Und sie macht es nicht einmal schlecht, wenn du ehrlich bist, Lacie. Ziemlich gut sogar. Die Freitage sind die Hölle. Der Rest der Woche ist auch nicht einfach.

Das Sommertrimester hat zu einem holprigen Rhythmus gefunden, aber unter der Oberfläche brodelt es heftig. Dinge, die sich nie zuvor geändert haben, ändern sich auf einmal. Ms Potts ändert die Choreografie der Rhythmischen Gymnastik am Tag der offenen Tür. Wir werden nicht länger Bäume und auch keine Musen mehr sein. Stattdessen sollen wir junge Mädchen aus Sparta in Vorbereitung auf den Krieg darstellen. Alice gefällt das überhaupt nicht. Ernestine schon. Ernestines älterer Bruder besucht eine Schule, an der plötzlich alle Jungen das Marschieren üben. In der Pause lässt sie einmal uns alle im Garten in Reih und Glied antreten: erst zwei nebeneinander, dann drei, dann vier. Wir versuchen, ihren Anweisungen zu folgen, und lachen uns kaputt, als wir – als Ersatz der Ersatzgewehre der Freunde ihres Bruders – Lineale schultern. Alice verlässt uns. Sie hockt sich in der Senke im Garten auf das Gatter, aber ich genieße das Herumgestampfe, bis Ms Rafferty angelaufen kommt. Keine Ahnung, woher sie in dem Moment auftaucht. Sie hat an diesem Tag keine Pausenaufsicht. Wahrscheinlich hat sie uns vom Fenster aus gesehen, aber warum sie deshalb über die Terrasse laufen sollte – Ms Rafferty läuft nie schnell –, ist uns nicht klar. Sie ist sehr rot im Gesicht und wedelt mit den Armen. Ihre Stimme erreicht uns noch vor ihr.

»Aufhören«, ruft sie. »Hört sofort auf damit, ihr dummen Dinger.«

An der Schule herrscht das ungeschriebene Gesetz, dass Lehrkräfte uns nicht dumm nennen dürfen. Denn ist man es, so trifft einen keine Schuld, und man kann nicht viel dagegen ausrichten. Sogar Ms Elphinston findet andere Ausdrücke dafür. Aber Ms Rafferty scheint alle Regeln vergessen zu haben. Vor allem die, welche das Laufen auf der Terrasse strengstens verbieten. Und die über lautes Rufen auf wenig damenhafte Art ebenfalls.

»Was glaubt ihr wohl, was ihr da tut?«, schreit sie.

Unsere stümperhaften Reihen kommen stockend zum Stehen. »Wir üben das Marschieren, Ms Rafferty«, erklärt Ernestine. »Für den Fall eines Kriegs.«

Ist das der Grund, weshalb wir marschieren? Marschiert Alice deswegen nicht mit?

»Mein Bruder ist seinem Schulkorps beigetreten«, fährt Ernestine fort. »Mein Bruder sagt, wenn Mr Hitler herüberkommt, werden wir angemessen auf ihn vorbereitet sein.«

Mr Hitler? Der Mann, der die Juden auf Luxusdampfer steckte und sie um die Welt in ihren Untergang schickte? Aber warum sollte er hierherkommen? Die einzige Jüdin hier ist Celia, und wegen ihr würde er doch sicher nicht kommen? Und warum ist Ms Rafferty so außer sich? Denn das ist sie. Das können wir alle sehen. Ihre Stimme flattert, und – was fast nicht möglich ist – sie hat Tränen in den Augen. Suchend sehe ich mich nach Ms Morgan um, die an diesem Tag Pausenaufsicht hat.

»Du dummes, dummes kleines Ding, du«, ruft Ms Rafferty Ernestine zu. »Du weißt ja nicht, was du tust. Du weißt gar nichts.« Und dann wirft sie den Kopf in den Nacken, eine Geste, wie sie in Büchern beschrieben wird. »Der letzte Krieg ist erst zwanzig Jahre her.« Sie brüllt die Worte fast heraus. »Zwanzig Jahre, und keine von euch weiß irgendetwas. Ihr lacht! Euch wird das Lachen schon noch vergehen, wenn Herr Hitler kommt. Falls er tatsächlich den Kanal überqueren sollte, dann werdet weder ihr noch eure Brüder was zu lachen haben. Keiner eurer Brüder wird dann noch lachen.«

Es folgt eine entsetzliche Stille, in der außer ihrem schweren Atmen nichts zu hören ist. Wir stehen da, schauen sie an und wissen nicht, was wir machen sollen. Ich bin nicht sicher, ob sie lacht oder weint. Ich überlege gerade, ob ich das Riechsalz holen soll, als Ms Morgan kommt.

»Meine Liebe, was ist denn los?«, fragt sie und ergreift Ms Raffertys Hände.

Ms Rafferty gibt keine Antwort, und so sage ich rasch: »Vielleicht sind es die Zeiten, Ms Morgan.«

Ms Morgan wirft mir einen seltsamen Blick zu. Ich soll weggehen, sagt sie, und holt ein Taschentuch heraus, das sie Ms Rafferty reicht, die es an ihre bebenden Lippen presst. Dahinter höre ich sie murmeln: »Ja, sehen sie denn nicht …« Und: »Sie lernen es nie …« Und: »… nichts Wichtigeres.«

Ms Morgan streichelt Ms Rafferty über die Wange. »Was haben Sie denn nur, meine Liebe?«, fragt sie erneut, aber Ms Rafferty scheint unfähig, ihr zu antworten.

»Ich denke, es ist vielleicht deswegen, weil Englands Rosen letzten Endes doch wichtiger sind als der Rückstich, Ms Morgan«, wage ich schließlich zu bemerken.

Ms Morgan dreht sich zu mir um. »Lacie, ich habe doch gesagt, du sollst gehen. Geht bitte alle.«

Wir treten einen Schritt zurück, während Ms Morgan einen Arm um Ms Rafferty legt und sie ins Schulgebäude führt. Wir haben Ms Rafferty oft genug ärgerlich erlebt, aber so haben wir sie noch nie gesehen. Nie zuvor haben wir gesehen, dass ihr Tränen über die Wangen liefen.

»Vielleicht fühlte sie sich nicht gut«, meint mein Vater, als ich ihm davon erzähle. »Du musst dir deswegen bestimmt keine Sorgen machen.« Er versucht, die Sache herunterzuspielen, aber ich kann sehen, dass er nicht froh darüber ist. Er sagt zwar, es gebe nichts, worüber man sich Sorgen machen müsse, aber das stimmt nicht. Irgendetwas geht da draußen in der Welt vor, aber er will mir nicht sagen, was es ist. Auch meine Mutter nicht. Doch ich weiß, wer es mir sagen wird.

Ich muss bis Samstag warten, bevor ich Gelegenheit habe, in die Küche zu Minnie zu schlüpfen, ohne dass meine Mutter dabei ist.

»Na«, sagt Minnie, stellt sich breitbeinig hin und stemmt die mehlbestäubten Hände in die Hüften, »wenn das nicht unsere Lacie ist.«

»Hallo«, sage ich zu ihr. »Hallo«, sage ich zu Dilly. Danach folgt Schweigen.

»Gibt es was?«, fragt Minnie.

»Nichts Besonderes.« Ich kann sehen, dass sie mir nicht glaubt, aber sie steckt ihre Hände wieder in die Schüssel und knetet den

Teig zu einer weichen Kugel. Ich stütze mich mit den Ellbogen auf dem frisch gescheuerten Holz des Küchentischs ab und schaue zu, wie sie aus einer Dose Kondensmilch in die Schüssel gießt.

»Geh mir aus dem Licht«, sagt sie.

Ich gehorche.

»Bist du sicher, dass nichts ist?«

»Nein.« Ich setze mich unter den Tisch wie früher, als ich noch kleiner war. Die Zeit vergeht. Ich versuche, sie mit gepflegter Konversation zu überbrücken. »Ist Kochen eigentlich schwierig, Minnie?«, rufe ich hoch zu ihr.

»Nicht, wenn du weißt, wie es geht«, antwortet sie. »Wenn du kochen musst, wirst du es schon lernen, würde ich sagen.«

»Sind das süße Hefeteilchen, die ich da im Ofen rieche?«

»Richtig«, sagt sie. »Du solltest sie genießen, solange du noch kannst, weil ich nicht glaube, dass wir in nächster Zeit viel davon sehen werden.«

Ich strecke meinen Kopf unter dem Tisch hervor und schaue sie fragend an. Was kann sie damit meinen?

»Es kommt bestimmt zu Engpässen«, erklärt sie als Antwort auf meine nicht gestellte Frage. »Zucker wird als Erstes wegfallen. Und ohne Zucker gibt es keine süßen Hefeteilchen.«

Jetzt bin ich auf den Füßen.

»Also, wenn du es nicht weißt«, sagt sie, »dann bist du wahrscheinlich die Einzige im ganzen Königreich. Obwohl ich mir nicht vorstellen kann, warum dein Vater das alles die ganze Zeit über von dir fernhalten will. Du bist groß genug, um wie der Rest von uns beunruhigt zu sein.«

Ich muss an Ms Raffertys Tränen denken. Daran, wie sie den Professor verfolgte. Ich denke an Alice, die ihn beobachtet, an Alfreda, die ihm böse Blicke zuwirft. Ich denke an Celia und ihr Cello, an die jungen Mädchen aus Sparta und an Ernestines Bruder, der mit einem Gewehr marschiert. Ich weiß nicht, wie das alles zusammenpasst, also hole ich tief Luft und zwinge mich zur Ruhe.

»Was ist es, worüber ich beunruhigt sein sollte, Minnie?«

»Na ja«, sagt sie und scheint schließlich ein Einsehen mit mir zu haben, »nicht unbedingt beunruhigt. Du musst dir nicht direkt Sorgen machen. Ich bin mir sicher, Mr Chamberlain kriegt die Sache in den Griff.«

Ein Gefühl der Kälte breitet sich in meiner Brust aus, das es mir schwer macht, meine Stimme weiterhin ruhig klingen zu lassen. Ich versuche, nicht an Ernestines Worte zu denken.

»Was ist, Minnie? Was ist los?«

Sie presst die Lippen zusammen. Nach einem Moment sagt sie: »Krieg ist los. Es wird Krieg geben.« Ernestine hat also recht. »Es ist dieser verdammte Herr Hitler«, fährt Minnie fort, »aber lass bloß deinen Vater nicht wissen, dass ich dir das gesagt habe. Wenn er das von dir fernhalten will, ist das seine Sache, aber wie er das anstellen will, wenn der vermaledeite Pied Piper an jeder Straßenecke, in jeder Wochenschau und in jeder Zeitung auftaucht, ist mir schleierhaft.«

»Pied Piper? Der Rattenfänger?«

Sie nickt.

»Der, der alle Ratten wegfängt?«

»Der, der alle Kinder mitnimmt. Operation Pied Piper nennen sie das Ganze, und wenn die ersten Bomben fallen, werden die Kinder weggeschickt. Evakuiert. In Sicherheit gebracht, heißt es, aber welche Sicherheit kann das schon sein, weit weg von Mama und Papa. Ich weiß es nicht.«

Krieg. Ich versuche, Ruhe zu bewahren. Ohne süße Hefeteilchen können wir leben, ist mein erster Gedanke, aber dabei wird es nicht bleiben. »Wer wird kämpfen?«

»Die Männer.« Natürlich. »Es sind immer die Männer.«

»Alle Männer?« Ich denke an meinen Vater. Mein Vater kann nicht kämpfen. Er kann nicht töten. Er ist Arzt.

Minnie scheint meine Gedanken zu lesen. »Jetzt mach dir mal keine Sorgen«, sagt sie. »Sie werden deinen Vater schon nicht einziehen. Sie werden Ärzte brauchen, falls es zu …«

»Was?«

Sie schüttelt den Kopf. »Nichts«, sagt sie.

Also nicht mein Vater. Aber andere Männer. Ich überlege. Es würde mir nicht viel ausmachen, wenn der junge Bobkins zu den Soldaten müsste, oder … oder der Professor. Das wäre mir egal. Wenn der Professor in den Krieg müsste und getötet würde, wäre das das Ende des Problems. Ich nehme Dilly hoch, klemme sie mir unter den Arm und höre nicht auf, sie zu streicheln.

»Minnie?« Ich vergewissere mich, dass meine Stimme beiläufig klingt. »Minnie, wann, meinst du, kommt der Krieg?«

»Bald genug«, erwidert sie grimmig.

Kapitel 43

Man kann sich in allem Möglichen täuschen. Vor allem kann man sich in Menschen täuschen. So mag ich mich zum Beispiel in Bezug auf Doreen geirrt haben. Und Doreen denkt ohnehin, dass ich bei John falschliege. Und vor dem Hintergrund von Johns Geduld mit mir jetzt, da ich alt und hilflos bin – das Spiegelbild meiner Ungeduld, als er klein und in einem ähnlichen Zustand war –, mag Dorothy Maureen sogar recht haben. Privat sehe ich das ein, aber erwarten Sie bitte nicht von mir, dass ich das auch öffentlich zugebe. Es gibt mir jedoch zu denken. Es ist schon fast zu spät, um einzusehen, wie blind ich war. Nicht mit Absicht, natürlich, aber eben blind. Doch blind zu sein, ist an und für sich keine Sünde. Milton war blind. Die drei Mäuse waren es. Und Mr Rochester. Der alte Lustmolch H. G. Wells hatte ein ganzes Land der Blinden erschaffen. Sogar Homer. Vor allem Homer. Blind und schlafend. Bin ich das? Ist es das? War es immer so gewesen?

Kapitel 44

Es wird ernst mit den Vorbereitungen für den Tag der offenen Tür. Zwar stehen wieder alle vertrauten Aktivitäten auf dem Programm, aber der Tag wird sich doch sehr von dem im letzten Jahr unterscheiden. So wird es diesmal nichts werden mit mir und Alice als Partnerin. Sie wird, unter der Aufsicht des Professors, Haydn spielen. Das ist Teil ihrer Strafe. Und mich hat bisher niemand gebeten, etwas vorzutragen. Das ist Teil meiner Strafe.

Und Celia? Celia hält sich fern von uns. Bis auf ihr Cello meidet sie alles und jeden. Wenn sie mit jemandem zusammen sein muss, dann mit Jacqueline, aber meistens zieht Celia die Gesellschaft ihres Cellos vor. So viel Musik sollte sie eigentlich glücklich machen, tut es aber nicht. Die steile Falte zwischen ihren Augen verschwindet nie, und die Ader an ihrem Hals pocht ständig heftig.

Der Professor wirkt grauer und elender denn je, während er den Chor, die Pianisten und die Musikbegleitung für das Stück vorbereitet. Ms Parker lächelt ihm aufmunternd zu. Ms Rafferty schaut ihn finster an. Was ist für sie schon ein con-ser-va-toire? Haben ihre Mädchen nicht Röcke und Schürzen und Stickereien vorzuweisen? Und dann ist da noch Alfreda. Ms Rafferty beaufsichtigt persönlich Alfredas Zusatzproben. Ich bin zwar nicht der Ansicht, dass Alfreda spezielle Rücksichtnahme benötigt, aber Ms Rafferty tanzt um sie herum, als wäre sie allein es, die den Tag der offenen Tür für Dorset House retten könnte. Und in gewisser Weise tut sie das auch, denn Ms Bertram hat mich ihr vorgezogen, aber ich habe sie enttäuscht. Alfreda ist eine Heldin. Sogar der Professor lässt sie mittlerweile Arpeggios üben.

In der Zwischenzeit arbeiten Alice und ich weiter an dem Plan. Wir hocken in der Hecke und überlegen, was alles zu tun ist. »Das Trimester dauert nur noch vierzig Tage. Es ist Zeit, dass wir anfangen«, erklärt Alice.

An diesem Abend folge ich nach dem Essen meinem Vater in sein Arbeitszimmer.

»Hallo«, sagt er. »Was führt dich denn hierher?«

»Ich will einfach bei dir sein.«

»Na, dann setz dich mal hin, sei aber ruhig. Ich habe noch ein paar Dinge zu erledigen.«

Als Buße dafür, dass ich heute Morgen in Geografie wieder einmal alles durcheinandergebracht habe, suche ich mir ein Buch über Afrika heraus und tue so, als würde ich einen Text über den Nil lesen. Mein Vater greift zu seinem Füllfederhalter. Ich warte, bis er in seine Arbeit versunken ist, dann stelle ich mein Buch zurück in den Bücherschrank und schlendere vor den Regalen auf und ab, als suchte ich ein anderes Buch. Als ich dicht genug vor dem Giftschrank stehe, schiele ich zu ihm hinüber und kneife die Augen zusammen. »A. Vulparia«, lese ich. Ich schiebe mich ein wenig näher heran. »Atropa Belladonna«, »Digitalin« und »Conium Maculatum« steht auf den Etiketten daneben.

Das muss für den Anfang genügen.

»Gute Nacht, Daddy.«

»Was? Oh, gute Nacht, Lacie. Träum was Schönes.«

Aber wie soll ich was Schönes träumen. Mein Kopf ruht auf einem Kissen, unter dem der Zettel liegt, auf dem ich die lateinischen Namen notiert habe. Wie ein Todestanz geistern sie durch mein Gehirn. Am nächsten Morgen beim Frühstück wende ich mich an meinen Vater.

»Daddy?«

»Hm.« Er liest die *Times* und schaut nicht auf.

»Ich habe gerade überlegt …« Ich halte meine Gabel auf den Dotter meines pochierten Eis, übe ein klein wenig Druck aus und sehe zu, wie sich der gelbe Dotter unter dem dünnen Häutchen bewegt. »Irgendwie ist mir gerade das Thema Gift eingefallen.«

Meine Mutter schaut mich scharf an. »Stimmt was nicht mit deinem Ei?«

Ich schüttele den Kopf und pikse in den Dottersack, bis die gelbe Flüssigkeit herausläuft und alles einfärbt. »Es ist nur so …

Wir haben doch alle möglichen Gifte im Haus … Und da habe ich mich gefragt, was passieren würde, wenn ich etwas davon verschlucke. Aus Versehen.«

Mein Vater faltet die *Times* zusammen und wendet seine Aufmerksamkeit der Orangenmarmelade zu.

»Sind die denn wirklich alle so gefährlich?«

Den Marmeladenlöffel in der Hand, hält er kurz in der Bewegung inne. »Nun, das hängt davon ab, wie du sie einsetzt«, sagt er. »Das sind alles natürliche Stoffe, meistens von Pflanzen. In geringen Mengen sind sie wunderbare Heilmittel, aber zu viel davon würde dich ganz gewiss umbringen, es sei denn, ich bin da, um dir zu helfen.«

»Wie würdest du mir denn helfen?«

»Das hängt davon ab, was du geschluckt hast. Für manche Gifte gibt es Gegengifte. Bei anderen benötigt man andere Methoden.«

»Was für Methoden?« Ich konzentriere mich darauf, das Ei auf meinem Teller herumzuschieben, damit es aussieht, als wäre ich eigentlich nicht sehr an unserem Gespräch interessiert.

»Ich könnte dir zum Beispiel den Magen auspumpen«, erklärt er.

»Wie unappetitlich, John«, sagt meine Mutter. »Das reicht jetzt. Und wenn du dein Ei nicht isst, Lacie, dann hör auf, es zu malträtieren.«

Ich gehorche und greife kurz in meine Tasche, wo der Zettel mit den lateinischen Begriffen versteckt ist.

Vor der Algebrastunde drücke ich Alice den Zettel in die Hand. Während Ms Jolliffe etwas an die Tafel schreibt, schlägt Alice das kleine blaue Buch auf und schreibt die Wörter ab. Als sie damit fertig ist, knüllt sie das Papier zusammen und schiebt es tief in ihr Tintenfass. Ich lächle. Ms Jolliffe dreht sich um.

»Lacie, folgst du den Beispielen?«

Ich nicke wie wild.

»Dann komm bitte an die Tafel und bearbeite die letzte Aufgabe.«

Ich bin nervös und bringe alles durcheinander wie in Afrika.

»Kann eine von euch Lacie sagen, wo sie einen Fehler gemacht hat?«, fragt Ms Jolliffe. Ihr Blick bleibt auf Celia hängen, die dies unzweifelhaft könnte, aber Celias Gedanken gelten der Zimmerdecke.

»Alice?«, fragt Ms Jolliffe.

»Wenn Lacie es nicht kann, dann kann ich es, glaube ich, auch nicht, Ms Jolliffe«, erwidert Alice loyal, und ich bin ihr dankbar.

Als nächsten Schritt müssen Alice und ich herausfinden, welches der verfügbaren Gifte am ungefährlichsten ist. Auch das ist meine Aufgabe, da ich schließlich der Apotheker bin. Und so gehe ich am nächsten Abend wieder in das Arbeitszimmer und hole mir das Buch über Afrika. Doch dieses Mal gilt meine Aufmerksamkeit dem Regal hinter meinem Vater, wo er die zwei dicken Bände von *Martindale's Pharmacopoeia* aufbewahrt. Dieses Arzneimittelbuch ist mir so vertraut wie der Rosenkatalog meiner Mutter. Mein Vater liebt es, mit den Fingern die Spalten entlangzufahren, kurz innezuhalten, nachzudenken. In der winzigen Schrift der *Pharmacopoeia* werde ich alle nötigen Antworten finden, aber wie soll ich dieses Werk in die Hände bekommen? Am Donnerstag, lautet die Antwort, wenn mein Vater abends Sprechstunde hat und das Abendessen deswegen später stattfindet.

Der Donnerstag kommt viel zu schnell. »Wieder Afrika, Lacie?«, fragt meine Mutter, als ich rasch meine Limonade und die Kekse hinunterstürze und in Richtung Arbeitszimmer enteile. »Du scheinst ja richtig besessen davon zu sein.«

»Der Nil ist weiß und blau und … und da sind die Pyramiden.« Bei all dem, was ich gelesen habe, sollte ich eigentlich mehr zu sagen haben, aber meine Mutter scheint sich damit zufriedenzugeben.

Vier Gifte muss ich nachschlagen. Ich lasse mich am Schreibtisch meines Vaters nieder und stelle den Band mit Afrika schützend vor mich hin. Dahinter halte ich mit bebenden Händen den *Martindale* fest. Ich beginne mit der Inhaltsübersicht, aber da steht nur eine Menge über Infektion und Dosierung. Im Index ist zu A Vulparia unter A auch nichts zu finden. Natürlich nicht. Wenn, dann unter V. Doch da steht ebenfalls nichts. Meine Hände fangen wieder zu zittern an. Irgendetwas habe ich übersehen. Das kann nicht anders sein, da die Flasche nun mal im Giftschrank steht und der Name folglich auch im Buch erwähnt werden muss. Vielleicht habe ich ihn mir falsch gemerkt. Ich gehe zum Schrank und schaue mir die Flasche an. Es heißt definitiv A Vulparia, aber jetzt sehe ich, dass hinter dem A ein Punkt steht. A. ist eine Abkürzung. Aber wofür? Ich gehe zurück zu der *Pharmacopeia*. Es gibt vierundzwanzig Spalten unter dem Buchstaben A und sechsundsechzig Einträge in jeder Spalte. Mit wachsender Verzweiflung starre ich auf die Seiten. Ich finde kein Vulparia. Ich will gerade aufgeben und mich dem Conium zuwenden, als meine Mutter den Kopf durch die Tür hereinsteckt.

»Was treibst du da, Lacie?«

Ich knalle den *Martindale* zu und halte Afrika in die Höhe. »Der Nil. Er ist über viertausend Meilen lang«, platze ich heraus, »und Burton wollte nicht mit Speke sprechen, weil es der Victoriasee und nicht der Tanganjikasee war.«

Meine Mutter wirft mir einen durchdringenden Blick zu. »Geh und wasch deine Hände für das Abendessen«, sagt sie.

Am nächsten Tag, am Freitag, regnet es, und wir können das Haus in der Pause nicht verlassen. Deshalb habe ich erst mittags, als wir zum Essen gehen, Gelegenheit, Alice von meinem Fehlschlag zu berichten. Sie runzelt die Stirn »A. Vulparia«, sagt sie. »Was wissen wir darüber?«

»Nur, dass es ein pflanzliches Gift ist.«

»Ich habe noch nie was von einer Pflanze gehört, die Vulparia heißt.«

»Alle Pflanzen tragen lateinische Namen«, erkläre ich und muss dabei an den Rosenkatalog denken.

»Natürlich, Lacie, du bist ein Genie. Komm mit.« Und schon hat sie mich zu Ms Violets Tisch gezogen.

»Guten Tag, Ms Violet«, sagt Alice mit ihrem besten Lächeln.

Ms Violet macht Anstalten, ihr Lächeln zu erwidern, aber dann fällt ihr ein, dass Alice und ich nicht zusammen sein dürften. Sie schaut sich suchend im Raum um. Alle Plätze sind besetzt. Wäre sie Ms Rafferty, hätte sie mich mit jemandem tauschen lassen und einen großen Wirbel deswegen veranstaltet, aber Ms Violet kann sich nicht entscheiden, was sie tun soll, was wiederum Alice die Möglichkeit gibt, rasch weiterzureden.

»Wie geht es Ihnen denn so, Ms Violet?«, fragt sie und hört sich dabei fast wie ihre eigene Mutter an.

Ms Violet ist völlig verdutzt. »Oh, Alice. Mir … äh … ja, mir geht es bestens.«

»Es liegt wahrscheinlich an den vielen Wanderungen in der Natur, dass Sie so gesund sind.«

»Nun, nicht dass ich wüsste«, erwidert Ms Violet und sticht in den Deckel des Pies, unser heutiges Mittagessen. »Hier«, sagt sie, klatscht eine Portion auf einen Teller und reicht ihn Alice.

»Und wegen all der wunderbaren Pflanzen sind Sie wahrscheinlich immer so guter Laune«, fährt Alice fort, gibt Kartoffeln und Karotten dazu und schiebt den Teller den Tisch hinunter.

Ms Violet hält, den nächsten Löffel voll Pie in der Hand, inne. »So habe ich das bisher noch nicht gesehen.«

»Oh, doch«, sagt Alice. »Und die Natur muss auch gut für das Gehirn sein. Ich meine, alle diese lateinischen Namen.«

Als das Mittagessen zu Ende ist, haben wir unsere Antwort. A steht für Aconitum. Aconitum Vulparia – Wolfseisenhut. Wenigstens etwas, woran wir uns festhalten können auf unserem Weg zurück ins Klassenzimmer. Und ich brauche dringend etwas, woran ich mich festhalten kann, denn die Freitagnachmittage haben sich für mich zum schlimmsten Teil der Woche entwickelt.

»Du musst immer dein Bestes geben bei allem, was dir aufgetragen wird«, sagt Ms Bertram. »Du musst dich mit ganzer Seele auf die Rolle einlassen, die dir im Leben zuteilwird.«

Und so versuche ich, mich auf die Rolle des Apothekers zu werfen, aber da ist nichts, worauf ich mich mit ganzer Seele einlassen könnte. »Genau das ist der Punkt«, sagt Ms Bertram. »Das ist die Strafe.«

Alice und Alfreda, die viele gemeinsame Szenen haben, werden ständig aufgerufen, während Celia und ich am Rand des Klassenzimmers sitzen. Celia weicht noch immer meinem Blick aus, ebenso dem von Alice, aber in diesem Trimester hat sie sich irgendwie verändert. Schwierig, zu erklären, in welcher Weise. Die alte Celia war innerlich meist weit weg, aber diese Celia jetzt ist schmerzlich präsent. Sie scheint zu beben vor Anstrengung, zu existieren. Ich kann ihren Kampf spüren. Und auch ich kämpfe. Wir reden nicht miteinander, aber von Zeit zu Zeit verlagere ich mein Gewicht und lehne mich an sie, damit sie weiß, dass ich da bin. Sie scheint zu verstehen, denn als Alfreda zu der Stelle mit den dunst'gen Höh'n kommt, reicht sie mir ihr Taschentuch, damit ich meine Tränen trockne. Ich spüre den Verrat in meiner Tasche in Form von Alice' blauem Büchlein. Ich soll es über das Wochenende behalten und alles hineinschreiben, was ich über die verschiedenen Gifte herausfinde. Da kann ich mir über Romeo keine Gedanken mehr machen. Wir haben nur noch sechsunddreißig Tage Zeit, und ich kann nur noch an den Plan denken.

Kapitel 45

Meine halbe Welt besteht inzwischen aus Mercy, Dorothy Maureen, John und dem Doktor. Sie kommen und gehen. Sie lächeln, runzeln die Stirn und verabreichen Tabletten. Wir alle warten darauf, dass mein Herz oder sonst etwas den Geist aufgibt. Ich bezweifle, dass ich die Geduld hätte, weiter durchzuhalten, gäbe es da nicht die andere Hälfte meiner Welt. Sie ist erschreckend und mühsam, zeugt jedoch von meiner fortgesetzten Existenz. Sie ist der Grund dafür. Meine Finger klammern sich trotzig am Stift fest, auch wenn ich nur noch in immer kürzer werdenden Phasen schreiben kann. Gewohnheit, vermute ich. Die wird man nur schlecht wieder los. Wie mich. Das vierte Notizbuch ist schon fast voll. Manchmal erscheint die Aufgabe als untragbar schwierig, doch der Schatten in der Ecke hält mich bei der Stange.

»Ich weiß, dass du da bist«, sage ich.

»Natürlich.«

»Daran ist nichts natürlich. Du solltest dich in tiefen Tales schattigem Trauerdunkel befinden. Oder an einem ähnlichen Ort. Es ist nicht deine Angelegenheit, die Sterbenden zu quälen.«

»Du wirst erst sterben, wenn du die Geschichte beendet hast. Du machst gute Fortschritte. Das Ende ist in Sicht.«

»Ja«, stimme ich zu, »das Ende ist in Sicht.«

John muss derselben Ansicht sein, denn er hat es sich angewöhnt, mir über die Schulter zu spähen und die Stirn zu runzeln. »Du könntest mir diktieren, wenn das einfacher für dich ist«, sagt er.

»Ganz sicher nicht«, sage ich. »Noch nicht.«

Kapitel 46

Das Gift besorgen und Alarm schlagen, nachdem Alice es genommen hat, mehr muss ich nicht tun. Danach werden wir den Professor bloßstellen und Celia retten und all die anderen Mädchen, die nach ihr kommen. Das rede ich mir immer und immer wieder ein, aber trotzdem mache ich mir Sorgen. Am Samstagnachmittag gehe ich in die Küche, um auf andere Gedanken zu kommen.

»Was gibt's jetzt schon wieder?«, fragt Minnie.

Ich ziehe mir einen Hocker heran und hieve mich darauf.

»Ich glaube, der Krieg kommt, Minnie.«

»Tust du das«, erwidert sie knapp. Es ist offensichtlich, dass der Teig noch nicht die richtige Konsistenz hat, so wie sie ihn beäugt. »Und wie kommst du darauf?«

»Ms Potts macht uns zu Kriegerinnen aus Sparta.«

»Oh«, sagt sie.

»Und Ernestines Bruder lernt, mit einem Gewehr über der Schulter zu marschieren.«

Der Inhalt der Teigschüssel unter ihren Händen gibt ein schmatzendes Geräusch von sich. Sie schnalzt mit der Zunge und fügt noch mehr Mehl hinzu.

»Und …« Ich versuche, die passenden Worte für das zu finden, was ich gesehen habe. »Und Ms Rafferty hat geweint.«

»Verdammter Hitler«, schimpft Minnie. Jetzt verliert sie die Geduld mit dem Teig, wirft ihn auf den Küchentisch und bearbeitet ihn mit einem Nudelholz. »Falls es Krieg gibt, werden viele Tränen vergossen werden«, fügt sie hinzu. »Wie beim letzten Mal.«

»Beim letzten Mal?«

»Beim letzten Krieg. Frauen, die um ihre gefallenen Männer und Söhne weinen. Kinder, die um ihre gefallenen Väter und Brüder trauern. Allein die Erinnerung daran bringt wahrscheinlich jetzt schon manche Leute dazu, Tränen zu vergießen.«

Ich sehe Ms Rafferty vor mir, wie sie über den Rasen auf uns zugerannt kommt. Ich versuche, mir vorzustellen, wie sie aus dem Fenster schaut, wo wir so tun, als wären wir Soldaten. Hat Ms Rafferty im letzten Krieg jemanden verloren, einen … einen Geliebten? Unmöglich. Wer könnte Ms Rafferty schon lieb haben? Aber sie könnte einen Bruder gehabt haben. Einen Vater hat sie bestimmt gehabt. Sie … mit Erstaunen wird mir klar, dass Ms Rafferty einmal ein kleines Mädchen gewesen sein muss – vor sehr langer Zeit natürlich. Dennoch … sie muss Eltern gehabt haben, ein Haus mit einem eigenen Zimmer, eine Garderobe, an der eine Schuluniform hing. Irgendwann muss sie der Uniform entwachsen sein und sich etwas anderem zugewandt haben. Muss sich von ihren Eltern gelöst und anderen Menschen zugewandt haben … Mehr vermag ich mir nicht vorzustellen. Mir wird schwer ums Herz vor Anstrengung. Was immer sie auch gewesen sein mag, jetzt ist Ms Rafferty, wie sie ist – einfach schrecklich.

In dieser Nacht liege ich in meinem Bett und starre an die Decke, an die das Mondlicht zwergenhafte Schatten des Apfelbaums projiziert. Die Schatten bewegen sich kaum merklich durch das Zimmer. Am Samstag bleiben meine Eltern immer länger auf, aber irgendwann sind keine Stimmen mehr zu hören, keine Schritte, und alles ist dunkel. Ich habe lange Zeit über das nachgedacht, was Minnie gesagt hat. Falls der Krieg kommt, dann könnte er den Professor wegholen und beseitigen, und mit ihm allen Kummer von Alice. Und den von Celia. Und den meinen. Aber wer weiß, wann der Krieg kommen wird. Und selbst wenn er kommt, wer weiß, ob der Professor zu den Soldaten gehen muss. Und selbst wenn, dann wird er vielleicht nicht getötet. Einmal angenommen, er entpuppt sich in der Hitze des Gefechts als Held, dann kehrt er wieder zurück und unterrichtet alle Celias, die die Schule besuchen werden. Es gibt zu viele Ungewissheiten, zu viele Annahmen. Wir können nicht warten. Er muss jetzt gestoppt werden. Und außer mir und Alice ist niemand da, der ihn aufhalten wird. Und außer mir kann niemand das Gift besorgen. Also muss ich es tun. Das ist es, was ich mir immer wieder sage.

Ich schlüpfe aus dem Bett und trete in die warme Nacht hinaus, aber ich zittere vor Kälte, als ich die Treppe hinunterschleiche und mit meiner Taschenlampe in die Dunkelheit dort unten leuchte. Das Zimmer meiner Eltern ist im Stockwerk darüber, sodass wenig Gefahr besteht, dass sie mich hören. Trotzdem trete ich vorsichtig in die Lichtkegel meiner Taschenlampe und ertaste mit langsamen Schritten meinen Weg in den hinteren Teil des Hauses.

Die Tür zum Arbeitszimmer ist geschlossen. Der runde Knauf liegt kalt in meiner Hand. Ich bemerke nicht, dass ich daran drehe, aber plötzlich befinde ich mich im Zimmer. Das Licht der Taschenlampe flackert im Dunkeln, als ich die Reihen der Bücher entlanggehe. Mein Vater mag es, wenn die Dinge ihre Ordnung haben – Geschichte da, Geografie dort, Theaterstücke, Lyrik, Biografien und die wenigen Romane jeweils in ihrer eigenen Abteilung. Die medizinische Fachliteratur ist hinter seinem Schreibtisch untergebracht. Ich weiß also genau, wo ich die beiden Bände von *Martindale's Extra Pharmacopeia* finden werde. Ich stelle mich auf Vaters Stuhl und greife danach. Die schwarzen Einbände liegen weich in meiner Hand. Der goldene Schriftzug schimmert im Mondlicht. Rote, gewebte Lesezeichen ragen heraus wie blutende Wunden. Ich setze mich an den Schreibtisch und schlage den ersten Band auf; meine Hände liegen dort, wo die meines Vaters so oft lagen. Aus der Tasche meines Morgenmantels hole ich Alice' blaues Notizbuch heraus. Die goldenen Sterne schimmern schon lang nicht mehr so hell wie früher, obwohl sie sehr sorgfältig damit umgeht.

Ich beginne mit Aconit. Der Rest folgt. Ich finde alles. Ich lese und mache mir Notizen. Ich gestatte mir keine Gedanken daran, was das alles bedeuten könnte. Ich konzentriere mich darauf, so klein wie möglich zu schreiben, damit alles in Alice' Büchlein passt. Um diese Jahreszeit dämmert es früh, und ich bin kaum fertig, als ich die ersten Vögel singen höre und feststelle, dass ich die Silhouette des Apfelbaums sehen kann.

Den ganzen Sonntag über bin ich müde, aber am Montag gehe

ich mit dem blauen Buch in meinem Ranzen zur Schule. Sobald die Glocke für die Vormittagspause läutet, laufe ich zu der Hecke und schlüpfe hinein. Alice ist schon da, ihre Augen funkeln in dem Dämmerlicht, als hätte sie bereits eines der Gifte meines Vaters verschluckt. Sie nimmt das Büchlein und beugt sich darüber. Je mehr sie liest, desto größer werden ihre Augen.

»Ich muss schon sagen, Lacie, du warst ja wirklich sehr gründlich«, stellt sie fest. »Für welches sollen wir uns jetzt entscheiden? Vielleicht für eines, bei dem die Symptome nicht allzu … na, du weißt schon.«

»Ich fürchte, die sind alle …«

»Na, wenigstens werde ich dann bereits auf der Toilette sein«, meint sie lachend. »Und dann werden sich Ärzte um mich kümmern, die an so etwas gewöhnt sein müssen. Schauen wir doch mal …«

Ihre Augen verschlingen, was ich geschrieben habe. Ich muss nicht über ihre Schulter spähen, um zu wissen, was sie gerade liest. Die Wörter sind in meinen Kopf eingebrannt. Alice hat jedoch kein Interesse an den Passagen über mögliche heilkundliche Einsätze, die mein Vater so sorgfältig markiert hat und die von mir getreulich kopiert wurden. Die Seiten mit der Sedierung von Herzrasen und dem Senken von Fieber überfliegt sie. Sie will nicht wissen, was die Leute gesund macht. Sie will wissen, was sie umbringt. Ihr Bleistift verharrt über Begriffen wie »Toxizität« und »Parästhesie«. Sie unterstreicht Verweise auf Brust- und Unterleibsschmerzen, auf Erbrechen, Durchfall und Magenspülung.

»Das Conium scheint mir am saubersten zu sein«, sagt sie schließlich. »Du liegst einfach nur reglos da.«

Gemeinsam lesen wir, was ich auf diese Seite geschrieben habe. »Conium Maculatum Coniin lähmt die Muskulatur, indem es an den Nikotinrezeptoren andockt und sie blockiert, was zu sofortiger Erschlaffung der Muskeln führt. Entsprechende Symptome treten innerhalb der nächsten halben Stunde auf. Die Person bleibt bei vollem Bewusstsein, bis die Lähmung der Brustkorbmuskulatur zum Atemstillstand führt. Es kann mehrere Stunden bis zum Eintritt des Todes dauern.« Alice stockt kaum, als die Möglichkeit hypoxischer Krämpfe während des Todeskampfes erwähnt wird.

»Es wird ja nicht so weit kommen«, sagt sie. »Und außerdem« – sie deutet auf die nachfolgenden Worte – »wird jemand, der vergiftet wurde, sich schnell wieder erholen, wenn er so lange künstlich beatmet wird, bis das Gift den Rezeptoren wieder entzogen ist.«

Ich überlege. Ich versuche, mir vorzustellen, wie es ist, gelähmt zu sein und sich nicht bewegen, nicht einmal atmen zu können, während das Herz starr und nutzlos wird und man …

Alice sieht meinen Gesichtsausdruck. »Es dauert mehrere Stunden, bis der Tod eintritt«, erklärt sie rasch. »Da bleibt dir genügend Zeit, mich zu finden und Hilfe zu holen. Und das alles ohne Magenspülung.«

Ich nicke.

»Conium.« Sie wiederholt das Wort. »Was glaubst du, was das ist?«

Ich weiß nur allzu gut, was es ist. »Schierling«, flüstere ich.

Meine nächste Aufgabe besteht darin, das Conium zu besorgen. Jetzt, da es so weit ist, wird mir klar, dass ich keine Ahnung habe, wie ich das anstellen soll. Die Schwierigkeiten, denen ich mich gegenübersehe, erscheinen mir unüberwindbar.

»Wenn das wirklich so wäre, hättest du das von Anfang an gesagt«, argumentiert Alice mit unbezwingbarer Logik. »Es wird einen Weg geben. Wir müssen ihn nur finden.«

Und so zermartern wir uns die Köpfe. Der Schlüssel zum Giftschrank liegt in der linken oberen Schublade im Schreibtisch meines Vaters. Die Schublade ist verschlossen, und der Schlüssel dazu steckt in der Westentasche meines Vaters.

»Wechselt er denn niemals seine Weste?«, fragt Alice.

»Natürlich tut er das, aber der Schlüssel geht immer mit.«

»Was ist nachts? Wo lässt er seine Kleidung?«

»In seinem Ankleidezimmer. Ich müsste mich im Dunkeln am

Bett meiner Eltern vorbei und in das kleine Zimmer nebenan schleichen, dort im Dunkeln die Weste und den Schlüssel suchen und mich wieder hinausschleichen. Wenn ich das Gift dann habe, müsste ich das Ganze noch einmal machen.« Ich schüttele den Kopf.

»Tja«, meint Alice. »Wenn du sicher bist, dass es nicht geht …«

»Ich bin sicher.«

»… dann musst du dir den Schlüssel nehmen, wenn er die Schublade aufsperrt.«

»Das tut er nur, wenn er etwas braucht, um einen Patienten zu behandeln.«

»Dann musst du es eben dann machen.«

Ich sehe sie verständnislos an.

»Hast du eine bessere Idee?«

»Ich werde es versuchen«, verspreche ich.

Aber wie? Eigentlich sollte ich mich an dem Nachmittag mit Maria der Blutigen und der Thronfolge der Tudors beschäftigen, aber stattdessen gelten meine Gedanken einzig und allein dem Giftschrank. Allmählich kommt mir der Verdacht, dass Alice den leichteren Part von uns beiden hat. Sie muss nur den Abschiedsbrief schreiben, das Gift schlucken und auf Hilfe warten. Sie muss nicht in der Nacht durch die Gegend schleichen. Sie muss nicht giftigen Schierling aus einem verschlossenen Schrank holen. Ich bezweifle, dass es machbar ist. Und ich weiß auch nicht, ob ich es überhaupt versuchen soll. Allerdings weiß ich ganz genau, was passieren wird, sollte ich dabei erwischt werden. Mein Vater würde mir das nie verzeihen. Der Plan ist verrückt, Alice ist verrückt. Ich werde ihr sagen, dass ich nichts mehr damit zu tun haben will. Dann fällt mein Blick auf Celia auf der anderen Seite des Klassenzimmers. Ihre Haut spannt so fest über ihren Wangenknochen, dass ihre Sommersprossen ein Eigenleben zu führen scheinen. Ich muss an ihre Mutter denken, die die Sabbatkerzen entzündet, während sie und ihre Schwestern sich an den Händen halten und zuschauen. Ich erinnere mich, wie ich vor ihr kniete und weinte, und wie sie neben mir zu Boden glitt und unsere

Tränen sich vermischten. Ich seufze. Ich kann zumindest auf eine Gelegenheit warten. Schließlich sind noch siebenundzwanzig Tage von diesem Trimester übrig.

Doch die Tage wachsen sich zu Wochen aus, und die Hecke wird so dicht, dass wir Probleme haben, hineinzukriechen. Außerdem wird die Zeit zum Reden immer knapper, da der Tag der offenen Tür immer näher rückt und die eine oder andere von uns immer irgendwo gebraucht wird. Alice muss zu zusätzlichen Proben für das Stück gehen und ihren Haydn einstudieren. Ich mache bei der Rhythmischen Gymnastik mit. Die naturwissenschaftlichen Projekte müssen in Angriff genommen werden …

Alice ist zur Stelle, wenn nach ihr verlangt wird, und tut, was von ihr gefordert wird, aber im Grunde ihres Herzens ist ihr das alles egal. Nicht einmal der Haydn interessiert sie.

»Wie kann ich mich auf Haydn konzentrieren«, sagt sie, »wenn ich mir um den Schierling Gedanken machen muss.«

»Ich versuche es ja.«

Sie diskutiert nicht. Sie tadelt nicht. Sie schaut mich nur unverwandt mit ihren grünen Augen an und sagt: »Es hängt alles von dir ab, Lacie.«

Kapitel 47

In meinen mystischen, morphiumgeschwängerten Momenten stelle ich mir vor, wie ein riesiger Staubsauger meine Tage verschluckt. Kehre ich dann wieder auf den Boden der Tatsachen zurück, sehe ich vor mir, wie sie gurgelnd im Abfluss verschwinden. Hoffentlich gibt es nach dem Tod keine Abflussrohre mehr. In der vergangenen Nacht habe ich versucht, das Mercy zu erklären, die mich daraufhin in den Arm nahm und sagte: »Die Tage mögen vergangen sein, aber Ihnen bleiben noch immer die Erinnerungen.«

»Das ist ja das Problem«, erwidere ich.

Aber als ich an diesem Morgen erwache, entdecke ich, dass ich eine Art Erleuchtung hatte, was die Erinnerung angeht. Stundenlang klammere ich mich an diese Erleuchtung und muss sie unbedingt mit jemandem teilen. Dorothy Maureen ist in der Küche mit den Eiern beschäftigt, aber John ist da.

»Ich hatte eine Erleuchtung«, sage ich.

Er lässt Sturmhöhe sinken … (»Man hat mich gefragt, ob ich ein Drehbuch daraus machen will, Mutter. Was sagst du dazu?«)

(»Irgendwas musst du ja anfangen mit deinem Leben, John.«)

»Mutter?«

»Ich habe endlich Wordsworth …«

Er runzelt die Stirn. Hat sich das jetzt so angehört, als hätte ich mir was eingefangen?

»Ich meine, ich glaube, ich habe endlich verstanden, worum es ihm ging.«

John bringt es fertig, interessiert zu wirken, aber ich weiß genau, dass er mit den Romantikern nichts am Hut hat.

»Gestern Abend bin ich an der Kirche vorbeigegangen und habe die letzten weißen und gelben Krokusse und die ersten Narzissen gesehen … oder so.«

Sein Stirnrunzeln verstärkt sich.

»Sei nicht albern«, sage ich. »Natürlich weiß ich auch, dass Juli *ist und dass die Narzissen schon alle verblüht sind. Das ist es ja. Ich bin daran vorbeigegangen und habe mir gedacht, wie bald sie verschwunden sein werden. Dass stattdessen überall Blauglöckchen und rote Tulpen blühen werden und ich die gelben Osterglocken niemals mehr wiedersehen werde. Deshalb habe ich ihr Gelb ganz tief in mich aufgesogen, und dann … und dann«, fahre ich triumphierend in meiner Rede fort, »ist mir klar geworden, was Wordsworth damit meinte. Das Gelb mag vergehen, aber die Erinnerung daran bleibt bestehen. Niemand kann sie mir wegnehmen. Es kann nur noch mehr und nicht weniger gelb werden. Früher habe ich Wordsworth' Gedichte für einen exaltierten Quatsch gehalten, aber das sind sie nicht. Stunden habe ich hier gelegen und die Narzissen gelb und gelber werden lassen. Das ist eine Erleuchtung, John. Eine echte Offenbarung.«*

Er klappt Sturmhöhe *zu, legt den Roman zur Seite und nimmt meine Hand. »Gefühl, in Muße erinnert«, zitiert er und nickt.*

»Vergiss das Gefühl. Es sind die Blumen. Ihr Gelb und ihr Grün. Der Schwung ihrer Blütenblätter, die Wölbung ihrer Blätter, ihre Weichheit, der Duft … der …«

Wieder nickt er. Er hat Tränen in den Augen.

Auch daran werde ich mich erinnern. Mit Muße.

Kapitel 48

Sobald ich einmal anfange, mir Gedanken zu machen, kann ich nicht mehr damit aufhören. Ich mache mir über alles Mögliche Gedanken. Über Celia und Alice. Über den Krieg und das Gift. Ich mache mir Gedanken über böse Männer, Ungerechtigkeit und den Verlust meines Romeos. Ich versuche, nicht an diese Dinge zu denken, aber wenn ich nicht aufpasse, stürzen sie sich auf mich. Alice meint, wir sollen uns auf das Gift konzentrieren und den Rest für den Augenblick hintanstellen. Ich bemühe mich, aber es fordert seinen Tribut. Ich muss in die Praxis meines Vaters und mich dort auf die große, weiße Waage stellen, während er Gewichte hinzufügt und wieder wegnimmt. Seufzend schaut er mich an, als wäre es irgendwie seine Schuld.

»Das Lady Margaret's wird ein neuer Lebensabschnitt für dich sein«, sagt er. »Im September fängst du ganz neu an.«

Mag sein, aber bis zum September ist es noch ein Vierteljahr, und erst muss das bewältigt werden, was jetzt ansteht. Das Theaterstück muss gemeistert werden, und ebenso Algebra und Geometrie und Afrika. Sogar die Tudors müssen gelernt werden, aber irgendwie kann ich mich nicht konzentrieren, und als Ms Morgan meinen Namen aufruft und wissen will: »Lacie, sag uns doch bitte, wer nach Maria der Blutigen kam?«, da höre ich mich selbst antworten: »Hitler der Blutige«, und werde prompt vor die Tür geschickt.

Das Klassenzimmer der Oberstufe liegt im ersten Stock, oben an der Haupttreppe. Hier draußen vor der Tür zu stehen, hat seine Vorzüge, auch wenn es bei Weitem nicht so interessant ist wie vor dem Handarbeitsraum. Man kann die Leute beobachten, die von unten die Treppe heraufkommen. Meistens sind es Schülerinnen. Manchmal auch eine Lehrkraft. Einmal ist es Old Bobkins. Und jetzt, aus heiterem Himmel, ist es jemand, der dort überhaupt nichts zu suchen hat. Ein untersetzter, schwerer Mann mit gerötetem Gesicht. Er tritt so fest auf, dass ich die Bodendielen erbeben spüre. Ich höre seinen Atem, als er auf mich zukommt. Es ist Alfredas Vater. Hinter ihm läuft Ms Parker, die Mühe hat, ihm zu folgen. Ich ziehe mich in den Halbschatten zurück und hoffe, dass Ms Parker nicht meine Antwort über Hitler den Blutigen zu hören bekommt. Oben an der Treppe angelangt, bleibt Alfredas Vater stehen, um nach Luft zu schnappen. Er stützt sich mit beiden Händen auf den Knien ab und lässt den Kopf hängen. Jetzt holt Ms Parker ihn ein.

»Wirklich, Mr Hollerby, das ist absolut nicht nötig.«

Er dreht sich zu ihr um. »Ich will nur eine Antwort. Das ist doch nicht zu viel verlangt, oder?«

»Nein, selbstverständlich nicht, aber …«

Aber schon läuft er weiter, vorbei am Lehrerzimmer. Seine Füße bahnen sich lautstark den Weg hinauf in die Etage darüber und die darüber, wo nur noch das Musikzimmer und der Naturwissenschaftsraum liegen. Und die ganze Zeit über kann ich Ms Parkers Gezeter hinter ihm hören. Sie versucht, ihn zu beschwichtigen – das ist ein Wort, das ich eben erst gelernt habe –, aber der Mann ist auf dem Kriegspfad. Beschwichtigungspolitik wird bei ihm nicht viel ausrichten. Weitere Zugeständnisse auch nicht.

»Professor Chambers«, brüllt er, und seine Stimme lässt die Wand hinter meinem Rücken erzittern. Ich starre nach oben. Den Eltern ist es nicht erlaubt, randalierend in der Schule herumzulaufen. Na ja, vielleicht nicht ausdrücklich verboten, aber das nur deshalb, weil nie jemand auf die Idee gekommen ist, sie könnten so etwas tun. So handhaben wir die Dinge nicht am Dorset House. Doch im Lauf der letzten Monate ist es zusehends schwieriger geworden, zu wissen, wie wir die Dinge hier handhaben. Früher haben wir einander nie misstrauisch beäugt, so wie wir es jetzt tun. Wir hatten nie Angst. Und auch, wenn ich nicht weiß, warum, so ist mir klar, dass die Regel, nie jemanden zu schlagen, gebrochen werden wird, wenn Mr Hollerby auf Professor Chambers trifft. Erregung mischt sich in meine Angst, da mir kein Grund für Mr Hollerbys Wut einfallen will, außer vielleicht, dass Alfreda ihrem Vater gesagt haben muss … der Professor hat sie … und dann werden sie uns glauben müssen …

Ich schleiche vorsichtig über den Korridor, bis ich am Fuß der Treppe stehe, wo über mir Mr Hollerby an die Tür des Musikzimmers klopft. Lehrerinnen stecken die Köpfe aus den Klassenzimmern, und Ms Parker ruft nach unten: »Es ist nichts. Wirklich, es ist nichts. Nur ein Missverständnis. Gehen Sie bitte zurück in Ihren Unterricht.«

Langsam verschwinden die Köpfe wieder, aber Mr Hollerby hämmert weiter gegen die Tür, bis diese endlich aufgeht.

»Mr Hollerby? Suchen Sie mich?« Die Stimme des Professors hallt durch das Treppenhaus. Weder laut noch sanft, vollkommen neutral, als hätte er eine Maske übergestülpt, damit ich nicht erkennen kann, was er fühlt.

Ich warte, dass Alfredas Vater das tut, weswegen er gekommen ist. Ich versuche, ihn mit der Kraft meiner Gedanken dazu zu zwingen, es zu tun, damit die Verantwortung dafür nicht länger bei Alice und mir liegt. Jetzt hat er Professor Chambers' volle Aufmerksamkeit und müsste eigentlich nicht länger brüllen, doch seine Stimme ist noch immer laut und voller Wut.

»Ich verlange eine Erklärung«, brüllt er.

Jetzt, denke ich. *Sag es jetzt.*

Und er tut es. »Warum tritt Alfreda nicht im bunten Unterhaltungsprogramm auf? Ich zahle für die Extras genauso wie dieses Fairfax-Mädchen. Warum spielt das Fairfax-Mädchen und meine Tochter nicht?«

Ich brauche einen Moment, um zu begreifen. Auch der Professor scheint dazu eine Weile zu benötigen. Schließlich sagt er: »Aber, Mr Hollerby, Haydn ist jenseits von Alfredas Möglichkeiten. Sie hat ja noch mit den Arpeggios zu kämpfen. Wollen Sie, dass sie sich vor zweihundert Leuten hinsetzt und Arpeggios spielt?« Er hält inne und fügt hinzu: »Und das auch noch schlecht?«

»Und wenn sie die Arpeggios schlecht spielt, wessen Schuld ist das? Zahl ich nicht genug, um für mein Geld eine Melodie zu kriegen?« Die Sinnlosigkeit seines Arguments scheint selbst er zu begreifen. Er ändert seine Taktik. »Und da ist noch was. Diese Arpeggios. Ich habe nachgeschaut. Das sind doch nur gebrochene Tonleitern.«

Darauf scheint selbst der Professor keine Antwort mehr zu haben, bis Ms Parker schließlich einwirft: »Aber so beruhigen Sie sich doch, Mr Hollerby. Sie regen sich völlig unnötig auf. Alfreda kann beim Unterhaltungsprogramm nicht auftreten, weil« – Ms Parker, in höchster Not, hat den rettenden Gedanken –, »weil sie vollauf mit dem Stück beschäftigt ist. Schließlich ist sie Romeo. Diese Rolle verlangt ihr alle Energie und Konzentration ab.«

Einen Moment lang scheint Alfredas Vater besänftigt zu sein, aber dann kommt ihm der Gedanke, dass Alice sehr wohl in der Lage ist, Julia *und* Haydn zu spielen.

Ms Parker zögert nicht. »Aber Sie wissen doch, dass Julia nur fünfhunderteinundvierzig Zeilen zu sprechen hat, Romeo hingegen sechshundertfünfzehn. Das sind vierundsiebzig Zeilen zusätzlich zu lernen, mehr als dreizehn Prozent, Mr Hollerby.«

Stimmt es, dass Romeo mehr Textzeilen hat als Julia? Und wenn das so ist, woher weiß Ms Parker das? Und stimmt der Prozentsatz? Ich kenne niemanden außer Ms Jolliffe und Celia, die das so schnell im Kopf rechnen könnten. Mr Hollerby scheint darüber nachzudenken. Ms Parker ist fest entschlossen, ihre Überlegenheit nicht wieder einzubüßen.

»Und hinzu kommt«, fährt sie fort, »dass Alice die Rolle der Julia seit Beginn des Schuljahrs einstudiert, während Alfreda mutig zugestimmt hat, erst später einzusteigen.«

Eigentlich könnte Mr Hollerby jetzt auch wieder mit größter Berechtigung rufen: »Und wessen Schuld ist das?«, aber er tut es nicht. Das Bild seiner Alfreda, die mutig in die Bresche springt, ist zu verlockend. »Das könnte sein«, gibt er zu.

»Sehen Sie«, sagt Ms Parker, »es klärt sich alles auf, wenn Sie Ihre Bedenken beiseiteschieben.«

Hört er ihrer Stimme nicht an, wie sehr sie ihn verachtet? Offensichtlich nicht, denn nachdem er dieses widerwillige Zugeständnis gemacht hat, gestattet er ihr, ihn zur Treppe zu geleiten, aber ganz kann er es nicht lassen. »Chambers«, ruft er dem Professor ein letztes Mal zu, »ich habe Anrecht auf eine Melodie. Ich habe einen Haufen Geld in Alfredas Musikunterricht gesteckt.«

»Mr Hollerby«, ruft der Professor zurück, »es wäre klüger gewesen, Sie hätten Ihr Geld für andere Dinge ausgegeben.«

Die ganze Bedeutung der Worte des Professors scheint Mr Hollerby erst in dem Moment klar zu werden, als Ms Parker ihn bereits wieder die Treppe hinunterlotst. Ich drücke mich vor dem Klassenzimmer der Oberstufe in die Ecke, höre ihn aber im Vorübergehen explodieren wie ein Löffel Epsom-Salz in der Badewanne.

»Ich will, dass meine Beschwerde schriftlich niedergelegt wird«, faucht er. »Der Mann ist mir zu eingebildet. Er hält sich wohl für was Besseres. Andere Eltern werden Ihnen dasselbe sagen. Und glauben Sie mir, Ms Parker, bei einem wie ihm, der die kleinen Extras unterrichtet, werden die Mädchen nach und nach woanders hingehen.«

Ms Parker bleibt stehen. Jetzt reicht es ihr. Auf ihrem Gesicht liegt ein Ausdruck grimmiger Befriedigung, als sie zu einer Erwiderung ansetzt. »Mr Hollerby«, sagt sie, »Sie können gern jede Beschwerde vorbringen, die Sie wollen, denn wenn der Krieg kommt, werden die Mädchen ohnehin woanders hingehen, dagegen können Sie gar nichts machen, und dann ist es egal, wer die kleinen Extras unterrichtet. Wenn der Krieg kommt, wird die Operation Pied Piper sie wie der Rattenfänger über alle Berge verstreuen und weit wegschaffen, und das war es dann.«

Ich berichte Alice von dem Vorfall. »Ich dachte, er würde …«

»Was?«

»Ich dachte, er würde den Professor beschuldigen …«

»Mit Alfreda?« Sie klingt erstaunt und schüttelt heftig den Kopf. »Er würde Alfreda nie anrühren. Er ist zu« – sie sucht nach einem Wort –, »zu wählerisch.« Aus ihrem Mund hört sich das an wie eine Beleidigung.

Und so wird der Krieg den Umtrieben Professor Chambers' kein Ende bereiten, und dem Ärger von Alfredas Vater auch nicht. Die Verantwortung liegt immer noch bei mir, dem Apotheker, das Gift zu besorgen, und ich weiß ebenso wenig weiter wie zuvor. Doch etwas Gutes passiert, während ein Tag um den anderen vergeht. Ganz allmählich wagen Alice und ich es, wieder zusammen gesehen zu werden. Wir sind vorsichtig, wenn Ms Parker in der Nähe ist, aber die meisten Lehrer runzeln nur die Stirn und schauen weg. Lediglich Ms Rafferty stellt sich uns in den Weg.

Allmählich fängt auch Celia wieder an, ihre Zeit mit uns zu verbringen. Zuerst nur kurz, und bei jeder Erwähnung des Professors sucht sie sofort das Weite, aber immerhin. Ich freue mich über ihre Gesellschaft, doch das Gewicht des Verrats lastet schwer auf mir. Was würde sie sagen, wüsste sie von unserem Plan? Alice verspürt keine derartigen Gewissensbisse. Alice sieht die Dinge klarer als ich. Sie sieht, dass der Professor jemandem Leid zugefügt hat und noch mehr Leid zufügen wird, wenn wir ihn nicht aufhalten. Sie ist fest entschlossen, jedes Risiko auf sich zu nehmen, um sein Ende herbeizuführen. Die Möglichkeit, sie könnte sich irren, lässt sie erst gar nicht zu. Langsam fange ich an zu begreifen, dass die Dinge, die ihr zugestoßen sind und die sie hätten schwächen sollen, sie stattdessen nur stärker gemacht haben. Oder zumindest unbeugsamer. Aber alles hängt von mir ab, und ich kann nichts weiter tun, als die Augen offen zu halten und auf meine Chance zu warten, an das Gift zu gelangen. Die Wochen vergehen, und mir kommen ernsthafte Zweifel, dass diese Chance sich jemals ergeben wird, aber ich warte weiter geduldig. Und dann, ganz plötzlich, ist sie da, die Gelegenheit.

Der Abend beginnt wie jeder andere. Wir essen wie gewöhnlich, und danach zieht mein Vater sich in sein Arbeitszimmer zurück. Ich folge ihm. Das ist mir zur Gewohnheit geworden, und ihm scheint es zu gefallen. Er schreibt, ich lese. Nach einer Weile lässt er den Stift sinken.

»Liest du noch immer über Afrika, Liebes?«

»Ich habe Ägypten schon fast durch«, erkläre ich grimmig.

Vielleicht muss er bei Ägypten an Kleopatra und an Königinnen denken, denn er sagt: »Hättest du Lust auf eine Partie Schach?«

Die Wahrheit ist, dass mir fast alles lieber ist als Ägypten, vorausgesetzt, ich kann im Arbeitszimmer meines Vaters bleiben. Als es an der Tür klopft, habe ich bereits beide Läufer und einen Springer verloren, und es ist nur noch eine Frage der Zeit, bevor ich mich auch von meiner Königin trennen muss. Wir lernen aus unseren Fehlern, sagt mein Vater, und ich finde mich gerade damit ab, eine Lektion erteilt zu bekommen, als eine Minute später meinem Vater eine Nachricht überbracht wird. Er liest sie rasch und seufzt.

»Deine Königin wird weiterleben«, sagt er. »Lauf rasch zu deiner Mutter und sag ihr, dass ich noch mal fortmuss.«

Das ist zwar nicht ungewöhnlich, aber deshalb nicht weniger unwillkommen. Als ich meine Botschaft überbracht habe und wieder zurückkomme, steht sein Arztkoffer auf dem Tisch, und daneben liegen jede Menge Dinge, die er einpackt.

»Was ist los?«, frage ich.

»Ein kleines Kind«, erwidert er knapp. »Akute Mandelentzündung. Hohes Fieber.« Er greift in seine Westentasche. Ich halte die Luft an, als er den Schlüssel herausholt und zu seinem Schreibtisch geht. Ich kann mich nicht erinnern, welches der Mittel gegen Fieber oder Mandelentzündung ist. Ich kann mich an gar nichts erinnern. Ich kann nur vor mich hinstarren, während er die Schublade öffnet und den Schlüssel zum Giftschrank herausnimmt. Er greift nach einer blauen Flasche. Er wird nicht den ganzen Inhalt verwenden, sondern einen kleinen Teil in die Phiole abfüllen, die er zusammen mit seiner anderen Ausrüstung auf den Tisch gestellt hat. Und plötzlich erkenne ich, dass dies meine Chance ist und ich sie nicht verpassen darf. Und das werde ich auch nicht, denn noch während ich diese Überlegungen anstelle, habe ich bereits meine Hand ausgestreckt, nach der leeren Phiole gegriffen und sie in meine Tasche geschoben. Einen Moment lang bin ich nicht sicher, was ich getan habe. Dann schon. Mein Vater entstöpselt die blaue Flasche und greift nach der Phiole. Er sucht sie überall auf dem Schreibtisch und in seiner Tasche. Kopfschüttelnd geht er in die kleine Kammer, wo er die Flaschen sterilisiert und lagert. Er wird die paar Meter bis zu der Stelle zurücklegen, wo er die Phiolen aufbewahrt. Er wird den Behälter öffnen und eine herausnehmen. Er wird sie ausspülen, obwohl sie bereits sauber ist. Er wird in das Arbeitszimmer zurückkehren. Dazu wird er nicht mehr als eine Minute brauchen. Doch in der Zeit, in der ich das denke, stehe ich bereits am Giftschrank und greife nach dem Conium. Ich ziehe am Stöpsel. Einen Moment lang klemmt er, doch dann lässt er sich herausziehen. Ich nehme die Phiole aus meiner Tasche und gieße mit zitternder Hand ein wenig von dem Gift hinein. Wie viel? Auf jeden Fall mehr als eine medizinische Dosis. Auf jeden Fall genug, um es so aussehen zu lassen, als wollte Alice sich tatsächlich umbringen. Ich fülle die Phiole bis zum Rand und schiebe den Stöpsel hinein. Als mein Vater zurückkommt, befindet sich das Conium wieder im Schrank und das Gift sicher in meiner Tasche. Mir ist kalt und übel. Ich warte, dass er Beschuldigungen gegen mich vorbringt, aber er sieht mich nicht einmal an. Ich helfe ihm, seine Tasche zu packen, und beobachte, wie er den Schrank abschließt und den Schlüssel zurück in die Schublade legt und diese ebenfalls verschließt. Ich küsse ihn auf die Wange. Ein Judaskuss. Sobald er fort ist, hole ich die Phiole heraus und starre darauf. Ich habe Schierling gestohlen.

Kapitel 49

»Wie geht es Ihnen?«

Der Arzt blickt mich freundlich an, als läge ihm tatsächlich etwas an meinem Befinden. Ich glaube jedoch nicht, dass dies der Fall ist. Wahrscheinlich ist das nur sein professionelles Gesicht, das er für Menschen wie mich bereithält. Trotzdem ist es nett von ihm, sich die Mühe zu machen.

»Wie geht es Ihnen?«, wiederholt er die Frage. Dieses Mal mit einem leichten Druck auf meinen Fingern, als wollte er mich aus meinen Gedanken zurückholen.

Mir ist kalt und übel. »So gut, wie man es erwarten kann«, sage ich.

Er schaut auf seine Uhr. »Ruhen Sie sich aus. Es ist spät.«

Er hat recht. Es ist sehr spät. Zu spät. Es ist Samstagabend, und jetzt kann ich sie nicht mehr aufhalten.

»Sie brauchen Ruhe«, sagt er. »Keine Aufregung.«

Ich nicke, aber als sie die Haustür hinter ihm schließt, hole ich die versteckten Notizbücher hervor und mache mich wieder ans Schreiben. Aus der Zimmerecke ist eine Stimme zu hören. »Danke.«

»Gern geschehen«, erwidere ich kühl.

»Aber im Ernst, Lacie, ich meine es ernst. Danke.«

»Ich tue es nicht für dich.«

»Ich weiß«, sagt sie bescheiden.

Aber wenn nicht für sie, für wen dann? Ich denke noch darüber nach, als ich von unten Johns Stimme höre. Er kommt jetzt jeden Abend. Und jeden Morgen. Er beaufsichtigt den Wechsel von Dorothy Maureen zu Mercy und von Mercy zu Dorothy Maureen. Über eine halbe Stunde setzt er sich zu mir ans Bett. Länger, falls ich wach bleibe. Ich muss es wohl akzeptieren, dass er sich sorgt. Ungeachtet all dessen, was ich versäumt habe, für ihn zu sein, empfindet er Zuneigung. Soll ich es mir gestatten, mich auf das Terrain der verbotenen Wörter zu begeben und zu sagen, dass er mich liebt? Besser nicht. Nach alledem kann ich kein sehr liebenswerter Mensch sein. Ich stelle mir zum wiederholten Mal vor, wie John dieses letzte Testament findet. Plötzlich bin ich froh, dass es so sein wird. Ich will, dass er versteht, was mich zu dem gemacht hat, was ich bin.

»Recht so«, sagt die Stimme in der Ecke.

Kapitel 50

Am nächsten Morgen gehe ich zur Schule, das Gift in der Innentasche meines Blazers. Dicht an meinem Herzen. Am Schultor entdecke ich vor mir Alice und fange an zu laufen, aber Ms Rafferty ist in der Nähe. Ihre wasserhellen Augen fixieren mich wie ein Raubvogel. Ich überhole Alice und schlüpfe in die Hecke. Es ist nicht unsere Schuld, dass wir Verstecken spielen und lügen müssen. Eine halbe Minute später ist sie bei mir. Ich ziehe die Phiole aus meiner Tasche. Sie sieht dunkel und gefährlich aus. Alice zögert, doch dann lacht sie plötzlich hell auf.

»Es wird alles gut«, beteuert sie und holt das kleine Buch heraus. Es ist mittlerweile so abgegriffen, dass man die Sterne darauf so gut wie nicht mehr sieht. Alice schreibt etwas auf, nimmt mir die Phiole aus der Hand und schiebt sie in ihren Kittel.

Als Nächstes müssen wir entscheiden, wann wir es tun werden. Ich habe immer angenommen, es würde am letzten Tag des Trimesters stattfinden, nach dem Tag der offenen Tür und der Aufführung des Stücks.

»Es muss vor dem Stück geschehen«, sagt Alice jedoch.

»Ich dachte, du würdest mitspielen wollen!«

Sie starrt mich an, als wäre ich verrückt. »Glaubst du wirklich, ich will Alfredas Julia sein? Glaubst du, ich könnte diese Worte für sie sprechen? Vor allen Zuschauern?« Einen endlosen Augenblick lang sehen wir einander an. Dann lacht sie, und ich auch. »Wann dann?«, fragt sie.

Ich überlege. »Am Tag der offenen Tür vor der Aufführung.« Plötzlich ist mir klar geworden, welchen Vorteil das bietet. »Mein Vater wird da sein. Dann ist es … sicherer.«

»Dein Vater wird wohl kaum mit einem Beatmungsgerät in der Tasche zum Tag der offenen Tür kommen.«

Ich denke an das Gift und die Lähmung, die von Alice' Beinen hinauf zu ihrem Herzen kriecht. »Trotzdem«, sage ich, »ich fühle mich sicherer, wenn mein Vater dabei ist.«

Sie zuckt die Schultern. Ihr ist es egal, solange es vor der Aufführung des Stücks stattfindet.

Der nächste Tag ist ein Freitag. Eine weitere Probe. Der Schmerz ist zu einem dumpfen Ziehen abgeflacht. Und ich habe das Wort gefunden für den Zustand, in dem ich mich befinde. Ich bin *immun* geworden. Es ist ein gutes Wort. Für mich vereint es die Verletzung, die ich erlitten habe, mit der Benommenheit, die ich jetzt fühle. Ohne größere Empfindungen vermag ich neben Celia zu sitzen und meine Gedanken schweifen zu lassen. Ich habe gelernt, meine Augen offen zu halten, ohne zu sehen, was davor geschieht. Wenn ich aufgerufen werde – was nicht oft der Fall ist –, gebe ich meine vier Textzeilen fehlerfrei wieder. Ich werde auch diesen Freitag überstehen, wie ich die anderen überstanden habe. Dieser Freitag wird nicht viel anders sein.

Aber als an diesem Morgen die Klassenliste aufgerufen wird, ist Alfreda nicht da.

»Ich bin sicher, es ist nichts Schlimmes«, sagt Ms Bertram. »Sie kommt sicher später.«

Aber sie kommt nicht. Und es ist doch etwas Schlimmes. Alfreda ist krank.

»Bestimmt nur eine Sommergrippe«, meint Ms Rafferty an diesem Nachmittag.

»Momentan haben viele eine Mandelentzündung«, sage ich.

Ms Rafferty wirft mir einen ärgerlichen Blick zu. »Nächste Woche ist Alfreda wieder da.«

Nicht, wenn es eine Mandelentzündung ist, denke ich. *Und außerdem ist heute Freitag, und wir müssen proben.* Diesen Gedanken hat offenbar auch Ms Bertram.

»Lacie?« Ihre Stimme klingt zögerlich, als befürchtete sie, es könnte falsch verstanden werden, was sie zu sagen hat. »Meine Liebe, würdest du für diese Probe als Romeo einspringen? Ich weiß, das ist viel verlangt, aber Alice muss ihre Szenen durchgehen. Würdest du das tun?«

Werde ich das tun? O ja. Ich würde mich dem größten himmelschreienden Unrecht unterwerfen für die Chance, diese Worte noch einmal sprechen zu dürfen. Ich sehe Alice an. Sie zögert erst, dann nickt sie.

Die Schulbänke werden zur Seite gerückt, um den Kirchhof anzudeuten. Mittlerweile können wir alle unseren Text auswendig, und da wir nicht mehr aus dem Buch ablesen müssen, schließt Ms Bertram die Vorhänge zum Schutz vor der gleißenden Sommersonne. Schlagartig umgibt uns die Düsternis der Familiengruft der Capulets. Drei Stühle werden zusammengeschoben. Sie dienen als Stein, auf dem Julia ruhen wird.

»Bereit, Lacie?«, fragt Ms Bertram.

Ich ergreife Alfredas Schwert. Ich bin mehr als bereit. Wenn mein Herz hämmert, so deswegen, weil ich den ganzen Weg von Mantua hierhergerannt bin. Ich stehe am Eingang der Gruft und erwarte mein Schicksal. Meine Hände sind befleckt mit Paris' Blut. Meine Leidenschaft hat mich zum Tier werden lassen. Ich bin verdammt zu Finsternis. Es wird still im Klassenzimmer, während ich dastehe und zu Boden blicke. Meine Hände haben begriffen, welche Sünde sie begangen haben. Sie zittern. Ich lasse das Schwert fallen. Die Mädchen um mich herum weichen zurück, und ich bin allein mit Julia. Sie liegt sehr still. Ich gehe zu ihr und falle auf die Knie, weil ich mich nicht länger auf den Beinen halten kann. Ich ertrage den Schmerz nicht länger. Ich ergreife ihre Hand und halte sie, blass und rein, zwischen meinen sündhaften Händen. Es sind meine Worte. Ich bin Romeo. Meine Stimme bebt vor Angst bei dem Gedanken, dass dies meine einzige Chance ist. Dass ich diese Worte niemals mehr sprechen werde. Es schmerzt mich, mich von jedem Einzelnen von ihnen zu verabschieden. Ich sehe in Alice' Gesicht.

»›*Der Tod, der deines Odems Balsam sog,*
Hat über deine Schönheit nicht vermocht.
Noch bist du nicht besiegt: der Schönheit Fahne
Weht purpurn noch auf Lipp' und Wange dir;
Hier pflanzte nicht der Tod sein bleiches Banner …‹«

Und es ist wahr. Unter ihrer Blässe haucht ein Strom von Blut Alice' Gesicht Leben ein. Ich strecke die Hand aus und gestatte meinen Fingern, ihre Wange zu berühren. Ich höre ein Seufzen, ein Schluchzen. Ich drehe mich um in der Erwartung, Paris' Geist oder den von Tybalt zu sehen, doch stattdessen erblicke ich Bethany, die sich die Faust vor den Mund gepresst hat, daneben Susan und Mary, die weinend aneinanderlehnen.

»Das reicht«, sagt Ms Rafferty scharf. »Es ist nicht nötig, dass Lacie Romeos Text spricht. Susan, Mary, lasst das auf der Stelle sein. Und du, Alice, steh auf.«

Doch ehe jemand reagieren kann, ergreift Ms Bertram das Wort. »Ich finde, dass Lacie eine große Hilfe ist, die Szene für Alice atmosphärisch vorzubereiten. Ich denke, wir sollten sie weitermachen lassen.« Ms Rafferty sieht aus, als würde sie widersprechen wollen, aber Ms Bertram fügt hinzu: »Lacie, beginn mit ›*Augen, blickt euer Letztes*‹.«

Ich wende mich wieder Alice zu. Sie hat sich nicht bewegt. Um mich herum wird abermals alles ruhig; dann noch ruhiger. Die Worte liegen auf meiner Zunge bereit, doch ich habe alle Zeit der Welt, sie auszusprechen, denn der Tod ist zeitlos. Ich lasse sie Form annehmen und wie Tropfen von meiner Zunge gleiten.

»›… *Augen,*
Blickt euer Letztes! Arme, nehmt die letzte
Umarmung! und, o Lippen, ihr, die Tore
Des Odems, siegelt mit rechtmäß'gem Kusse
Den ewigen Vertrag dem Wuch'rer Tod!
…
Dies meiner Lieben! …‹«

Ich nehme die Flasche, die der Apotheker so oft in Alfredas Hand legte. Ich entstöpsele sie und führe sie an meinen Mund. Das Glas zittert in meinen Fingern. Ich bin gelähmt, als hätte ich den Schierling geschluckt. Schließlich hebe ich den Blick und schaue mich um in der dämmrigen Gruft. Entsetzte Gesichter blicken mir entgegen wie Geister junger Mädchen. Niemand holt Luft. Niemand wird Atem holen, bis ich es erlaube. Langsam beuge ich mich über Alice. Ich bin ihr so nahe, dass ich die Tränen sehe, die ihre Wimpern benetzen. Ich hebe die Phiole an meine Lippen.

»›O wackrer Apotheker!
Dein Trank wirkt schnell! – Und so im Kusse
Sterb' ich.‹«

An diesem Punkt soll Alfreda die Luft küssen und in einen Todeskampf verfallen, den auch die am weitesten entfernt sitzenden Eltern ganz hinten im Speisesaal noch als solchen wahrnehmen, aber ich bin nicht Alfreda. Ich bin Romeo. Unendlich langsam beuge ich mich vor und küsse Alice auf die Wange. Ich senke meinen Kopf auf Alice' Schulter. Mein Arm gleitet zur Seite, die Phiole fällt zu Boden. Es herrscht Stille. Stille. Und dann bricht sich ein lautes Geräusch Bahn.

Das ist Bruder Lorenzo, denke ich. *Oder Paris' Vater, der sich rächen will.* Doch keiner davon ist es. Es sind Susan und Mary; dann Jacqueline und Ernestine und Bethany; schließlich alle; sogar Ms Bertram. Sie sind aufgestanden und applaudieren. Nur Dimity bleibt mürrisch auf ihrer Bank sitzen, während Ms Rafferty das Staubtuch an der Tafel ausklopft und inmitten einer Kreidewolke alle anfaucht, sie sollen gefälligst damit aufhören.

Kapitel 51

Als ich am Sonntagmorgen erwache, sitzt John an meiner Seite. Es ist taghell, doch um diese Jahreszeit ist es das immer. Mercy stemmt sich aus dem Sessel am anderen Ende des Zimmers hoch. Wenn Mercy noch da ist, dann ist es wirklich noch sehr früh.

»Was treibst du um diese Tageszeit hier?«

Er zuckt die Schultern. »Ich dachte mir, ich wäre jetzt gern bei dir.«

»Solange das noch möglich ist, meinst du wohl.« Mir kommt eine Idee. Vielleicht hatte sich mein Zustand verschlimmert, und ich habe unbewusst den ganzen Sonntag verschlafen. Vielleicht war sie hier und ist schon wieder weg. Ich klammere mich an diese Hoffnung, als die Kirchenglocken anfangen, den Sonntag einzuläuten. Folglich liegt noch alles vor mir. Muss noch alles durchgestanden werden, falls möglich.

Mercy geht hinunter, um uns eine Tasse Tee zu machen. Sie ist eine nette Frau, sagt John. »Doreen ebenfalls«, fügt er hinzu.

»Ich erwärme mich allmählich für sie. Sie hat Seiten an sich, die man auf den ersten Blick nicht an ihr vermuten würde. Sie mag dich. Sie hält dich für einen guten Sohn.« Ich ergreife seine Hand, die kühl und fest in der meinen liegt. Ich starre auf diese Vereinigung von Fleisch mit Fleisch, die ich herbeigeführt habe. So sitzen wir da, bis Mercy mit dem Tee zurückkommt.

»Gehen Sie ruhig, wenn Sie wollen, Mercy«, sagt er.

Sie zögert. Sie hat es sich zur Aufgabe gemacht, mich wohlbehalten an Doreen zu übergeben, und sie ist eine Frau, die tut, was sie sich vornimmt. Mann, Kinder, schwierige Patienten … Bis zum Ende wird sie uns allen beistehen.

»Das wäre sehr freundlich von Ihnen«, fügt er hinzu. »Ich würde nämlich gern ein wenig Zeit mit meiner Mutter verbringen.«

Sie beugt sich über mich, um mir einen Kuss zu geben. »Bis heute Abend.«

Aber vielleicht werde ich sie heute Abend nicht mehr sehen. Wer weiß, was ich heute Abend sehen werde. »Gehen Sie in die Kirche?«, frage ich.

»Wo soll ich sonst schon hin an einem Sonntag?«

Ich stelle sie mir mit allen ihren Kindern vor. Im Sonntagsstaat. Ich stelle mir vor, wie sie in der Kirchenbank kniet, im Einklang mit Gott. »Beten Sie für mich, Mercy.«

»Das tue ich immer«, erwidert sie und küsst mich erneut.

Kapitel 52

Am Montag ist Alfreda wieder gesund, und ich bin wieder der Apotheker. Ich tröste mich mit dem Gedanken, dass eine Mandelentzündung häufig zurückkehrt.

Die Vorbereitungen für den Tag der offenen Tür nehmen allmählich unsere ganze Zeit in Anspruch. Die Vorschulkinder stolpern über ein Gewirr aus bunten Bändern, Baumwolle und Filz. Die Übergangsklasse rezitiert ohne Unterlass »*The Boy Stood on the Burning Deck*«. Von den Wänden strahlen unsere Bilder. Der Bunsenbrenner ist mein und Ernestines naturwissenschaftliches Projekt. Alice arbeitet zusammen mit Jacqueline an Schwefel. Alice scheint ständig Theaterproben zu haben, und ich bekomme sie immer weniger zu Gesicht. Einmal in der Pause stehen Celia und ich draußen vor dem Fenster der Vorschule und hören zu, wie sie Haydn übt. Celia runzelt die Stirn.

»Sehr exakt«, sagt sie.

»Ist das gut?« Sie lässt sich Zeit. »Besser als nicht exakt«, antwortet sie schließlich.

Sogar ich kann hören, dass Alice' Spiel etwas fehlt. Die Noten klirren wie Eiszapfen, spitz und hell, aber es steckt nichts von Alice darin.

»Haydn erfordert ein gewisses Maß an Freude«, erklärt Celia streng.

Ich widerspreche ihr nicht. Ich bin sicher, dass Celia recht hat. Als ich Alice das erste Mal getroffen habe, steckte sie voller Freude, doch die letzten Monate haben ihr diese Freude vollständig ausgetrieben. Ich spüre, dass meine Augen sich mit Tränen füllen. Angesichts meines Kummers versucht Celia, mich zu beschwichtigen.

»Wenigstens spielt sie exakt«, meint sie.

Erst am Donnerstag ergibt sich nach dem Mittagessen die Gelegenheit, uns endlich wieder in der Hecke zu treffen. Zwischen uns liegt das blaue Buch. »Du hast deinen Part erfüllt«, sagt Alice. »Jetzt bin ich an der Reihe. Ich muss den Abschiedsbrief schreiben.« Ich bin zwar die Schriftstellerin, aber es ist Alice' Selbstmord, und es wird sich wahrhaftiger anhören, wenn sie ihn schreibt. Das haben wir zumindest am Anfang so ausgemacht, aber sie tut sich schwer damit.

»So viel wie möglich soll der Wahrheit entsprechen«, meint sie. »Wir lügen nur, wenn es nicht anders geht.«

»Aber das Ganze ist eine Lüge.« Als ich ihren Gesichtsausdruck sehe, füge ich rasch hinzu: »Selbstverständlich mit bester Absicht, aber …«

Sie errötet. »Es *ist* wahr, dass der Professor Celia etwas Schreckliches antut. Und es *ist* wahr, dass er es anderen antun wird, wenn wir ihn nicht aufhalten.«

Ich frage sie nicht, wie sie sich dessen so sicher sein kann. Stattdessen sage ich »natürlich« und »er muss bestraft werden«. Schließlich ist sie meine beste Freundin. Und schließlich ist der Abschiedsbrief ihr Problem.

Genau eine Woche vor dem Tag der offenen Tür, am darauffolgenden Donnerstag, steckt sie das blaue Büchlein in meine Tasche. Es wiegt schwer, aber ich wage nicht, es gleich herauszuholen, erst, als ich allein bin. Ich bekomme mein Abendessen nicht hinunter und gebe vor, Kopfschmerzen zu haben. Ich lege mich in mein Bett und lese, was sie geschrieben hat. Nach vielen Fehlstarts und durchgestrichenen Passagen ist die letzte Fassung mit klarer, sicherer Hand geschrieben, als hätte sie lang um eine Lösung für alle Probleme gerungen und schließlich gefunden.

»Liebste Mutter, liebster Vater«, lese ich, *»ich entschuldige mich für das, was ich jetzt tue und von dem ich weiß, dass es sehr schmerzhaft für euch sein wird. Ich entschuldige mich auch bei meinen Freunden. Und ich entschuldige mich für den entsetzlichen Schock, den ich demjenigen zufügen werde, der mich findet. Ich weiß, es ist eine schreckliche Sache, und ich würde es auch nicht tun, wüsste ich einen anderen Ausweg. Aber mir fällt keiner ein, und ich halte es nicht mehr länger aus. Die Schuld trifft einzig und*

allein Professor Chambers. Nur ihn allein. Ich habe euch gesagt, was er Celia antat, und ihr habt mir nicht geglaubt. Stattdessen habt ihr mich zu ihm geschickt, in sein Zimmer, allein.«

Die ganze erste Seite hat sie vollgeschrieben. Als ich darüber nachdenke, muss ich feststellen, wie geschickt Alice sich dabei angestellt hat. Nichts davon ist unwahr, aber eine Täuschung ist es trotzdem. Ich versuche, mir einzureden, dass es sich um eine ehrenwerte Täuschung handelt. Immerhin hat sie versucht, nicht zu lügen. Als ich umblättere, sehe ich jedoch, dass sie den Versuch bald aufgegeben hat. Die zweite Seite ist von hinten bis vorn gelogen. Und das alles, um mich zu schützen. Mir war nicht bewusst, welche Gefahren auf mich zukommen könnten. Ihr offenbar schon.

»Jetzt habe ich noch etwas anderes zu gestehen. Ich weiß, ihr werdet euch fragen, woher das Gift stammt. Ich habe es gestohlen. Ich weiß, es ist eine Sünde, aber ich hoffe, dass Gott mir vergeben wird. Eines Tages, es war im vergangenen Jahr, als Lacie mich zum Tee einlud, waren wir beide allein im Arbeitszimmer ihres Vaters. Dabei sah ich den Giftschrank ihres Vaters. Er sei immer verschlossen, sagte sie, aber ich probierte es aus, und er war offen. Ihr Vater war wohl weggefahren, um jemanden zu retten, und hatte keine Zeit mehr gehabt, den Schrank zu verschließen. Später verließ Lacie kurz das Zimmer, und ich ergriff die Chance, ein wenig von dem Gift in eine leere Tintenflasche zu füllen, die ich in meiner Tasche hatte. Ich wollte nur einen Streich spielen. Ich nahm das Gift mit nach Hause und versteckte es. Ich wollte Lacie später davon erzählen, aber dann vergaß ich es, bis … nun, bis die Zeit gekommen war, es einzusetzen.«

Die zweite Seite ist nicht ganz voll geworden. Als ob sie alles gesagt hätte und nun andere die Lücke füllen müssten.

Alice hat gelogen, um mich vor dem zu schützen, was danach kommen wird. Wenn wir den Plan ausgeführt haben und man ihr das Beatmungsgerät abgenommen hat, wenn Professor Chambers für immer gegangen und Celia in Sicherheit sein wird, und mit ihr auch all die anderen Mädchen, die nach ihr kommen werden, was dann? Dann wird Alice noch immer eine gebrandmarkte Diebin sein, obwohl ich diejenige bin, welche. Am Lady Margaret's nimmt man keine Diebinnen auf. Alice will sich für mich opfern. Langsam dämmert es mir, dass sie die Entscheidung traf, dies zu tun, lang bevor wir begonnen haben, uns die ersten Gedanken über den Professor zu machen. Mir fällt der Tag wieder ein, es ist schon länger als ein Jahr her, als sich mein Rocksaum unter Ms Raffertys zornigem Blick auflöste. Da streckte Alice ihr ihren eigenen, übel zugerichteten Saum entgegen und fragte lächelnd: »Soll ich auch vor die Tür gehen wie Lacie, Ms Rafferty?«

Und jetzt sehe ich, was mir nie zuvor bewusst war. Alice wird sich immer opfern für das, was sie als Sache der Gerechtigkeit ansieht. Sie wird jedes Risiko auf sich nehmen, um die Schwachen gegen Ungerechtigkeit zu verteidigen. Sie wird es tun, weil sie es tun muss. Sie wird es wegen dem tun, was ihr in einem Musikzimmer zustieß, das ich nie gesehen habe, in einer Schule, die ich niemals besuchen werde.

Ich klappe das blaue Buch zu und breche in Tränen aus.

Wir sind also bereit. Wir haben das Gift. Wir haben den Abschiedsbrief. Die letzte Woche des Trimesters bricht an. Alle Mädchen reden über das neue Schuljahr. Meine neue Uniform für das Lady Margaret's hängt hinten in meinem Schrank. Nur Ernestine wird die gleiche Kleidung tragen. Die anderen gehen woandershin, die meisten in ein Internat; nur Alice nicht.

»Wo wirst du hingehen?«, frage ich sie.

Sie zuckt die Schultern. »Sie scheinen sich nicht entscheiden zu können. Mutter wollte mich in die Schweiz schicken, aber …«

Wir denken beide an Èvian. Ich bin gut genug in Geografie, um zu wissen, dass die Schweiz eine Grenze mit Deutschland hat. Dann lieber nicht in die Schweiz.

»Was soll's«, meint Alice. »Wer weiß schon, was bis September noch alles passieren wird.«

Hilflos erleben wir, wie die letzten Tage vergehen; der letzte Naturkundeunterricht; der letzte Grießpudding. Als der letzte Mittwoch überstanden ist, ich im Bett liege und wieder aufwache, bin ich gleichzeitig überrascht und auch wieder nicht, dass der letzte Donnerstag vor mir liegt. Der Tag der offenen Tür. Der Tag, an dem wir unseren Plan ausführen werden.

Es fällt mir schwer, mich auf die Dinge zu konzentrieren, die ich erledigen muss, bevor ich nach unten gehe; ich muss mich waschen, mich anziehen, meine Sachen packen – alles scheint plötzlich neu und schwierig zu sein. Als ich endlich ins Frühstückszimmer trete, sieht meine Mutter mich seufzend an und holt eine Haarbürste und einen Waschlappen. Sie bedeutet mir, still zu stehen, während sie meinen Nacken wäscht und mein Haar mit unnötiger Energie bürstet. Erst kämmt sie meinen Pony nach rechts, dann nach links, dann schüttelt sie den Kopf. Mein Vater lächelt aufmunternd.

»Lass uns deinen Text hören, Lacie.«

»Ich bin doch erst im fünften Akt dran.«

»Wir werden so lange da sein.«

Ich sehe ihn an. Mir kommt der Gedanke, dass er ein guter Mensch ist. »›*Wer ruft so laut?*‹«, sage ich.

»Ist das alles?«

»›*So tödliche Arzneien hab' ich wohl, doch Mantuas Gesetz ist Tod für jeden, der feil sie gibt*‹«, fahre ich fort. »›*Nur meine Armut, nicht mein Wille weicht.*‹« Und schließlich: »›*Tut dies in welche Flüssigkeit Ihr wollt, und trinkt es aus; und hättet Ihr die Stärke von Zwanzigen, es hülf' Euch gleich davon.*‹«

Ich verstumme.

»Erst im fünften Akt?«, fragt meine Mutter.

Ich nicke. Ich kann ihr schlecht sagen, dass es keinen fünften Akt geben wird.

Am Tag der offenen Tür haben wir stets gutes Wetter. Die Sonne strömt durch die Fenster und fällt auf Aufsätze, die übersät sind mit glänzenden Goldsternen. Die Aufführungen sind vorbereitet, alle Versuchsanordnungen fein säuberlich aufgebaut. Die Garderobe ist voller kurzer Röcke aus Musselin, voller Musikinstrumente und bunter Bänder. Der Garten ist geschmückt. Es ist alles wie immer; nur dass es das nicht ist. Alice und ich sitzen vor unseren Spinden und wechseln die Schuhe. Wir reden nicht viel. Es gibt nicht viel zu sagen. Vor uns liegt eine große Aufgabe, und wir denken beide daran. Celia beobachtet uns von der anderen Seite her. Schließlich kommt sie herüber und setzt sich zwischen uns. Seit vielen Wochen saßen wir nicht mehr so zusammen. Sie ergreift meine Hand, dann die von Alice und legt sie in ihrem Schoß aufeinander. Einen Augenblick lang sind wir wieder eins, Alice und Lacie und Celia, aus demselben Stoff gemacht. Einen atemberaubenden Moment lang überlege ich, dass Alice, wenn Celia die Wahrheit über Professor Chambers erzählt, das Gift nicht schlucken muss. Dass ich sie nicht finden und Hilfe holen muss. Dass das Beatmungsgerät nicht nötig sein wird. Doch der Moment verstreicht, und Celia lässt uns los und geht.

Ich bringe es nicht übers Herz, mich zu bewegen. Ich halte meinen Blick gesenkt, und als ich das nächste Mal aufschaue, steht Alfreda vor uns. Sie sieht blass und nervös aus. Mich ignoriert sie. Es ist Alice, die sie sprechen will.

»Wenn ich sterbe«, sagt sie, »solltest du mir dein Gesicht zuwenden.«

»Das mache ich, wenn du stirbst«, verspricht Alice.

»Ja«, sagt Alfreda, »aber ...«

»Du musst dir um mich keine Sorgen machen, Alfreda«, sagt Alice. »Ich werde meine Rolle schon spielen.«

Alfreda ist wirklich sehr blass. »Es ist nur, dass ...«

Ich trete zwischen sie und Alice. »Geh weg, Ick«, sage ich.

Es vergeht eine lange Zeit, in der wir uns anstarren, dann dreht sie sich um und geht. Ich frage mich, ob ihre Blässe von ihrer Nervosität herrührt oder ob es vielleicht wieder die Mandelentzündung sein könnte. Ich klammere mich an den Gedanken, sie könnte zu krank sein, um ihren Text zu sprechen. Ich könnte vielleicht aufgefordert werden, für sie einzuspringen und die Aufführung zu retten. Ich habe ein Buch, in dem ein Mädchen, das nicht im Hockeyteam mitspielen durfte, aufgefordert wurde, die Situation zu retten. Doch gleich darauf kommt mir ein weiterer Gedanke. Wann würde Alice dann das Gift nehmen? Und wenn sie es nicht nimmt, wer wird dann Celia aus ihrer misslichen Lage retten und all die anderen Mädchen, die auf sie folgen werden?

Den ganzen Vormittag über kontrolliere ich Alfreda auf Anzeichen von Fieber hin, aber ich kann nichts feststellen. Also gebe ich meinen Traum auf, Romeo zu sein, und konzentriere mich stattdessen auf den Albtraum, den Apotheker zu verkörpern. Bei dem Gedanken an das, was Alice und ich tun müssen, schwirrt mir der Kopf. Vor meinen Augen wird alles zu Papier. Ich bin es gewohnt, in Gedanken großartige Taten aus den Büchern, die ich lese, und sogar aus den Geschichten, die ich schreibe, durchzuspielen, aber sie in die Tat umzusetzen, das ist eine völlig andere Sache.

»Es wird alles gut gehen«, wiederholt Alice ein ums andere Mal.

»Und wenn nicht?«

Sie zögert. »Trotzdem«, sagt sie schließlich, »wir müssen es trotzdem tun.«

Ich weiß, dass sie recht hat. »Bist du bereit?«, frage ich.

Statt einer Antwort leert sie die Innentasche ihres Blazers. Neben dem kleinen blauen Buch legt sie den Abschiedsbrief, die Phiole mit dem Gift und einen sauber beschrifteten Karton auf den Boden. AUSSER BETRIEB. NICHT BENUTZEN, steht darauf.

»Wenn ich das Haydn-Stück zu Ende gespielt habe, werde ich mich zu meinen Eltern setzen müssen, aber ich werde nicht lang bleiben. Ich werde mir irgendeine Ausrede einfallen lassen und auf die Toilette gehen. Dort befestige ich das ›Außer-Betrieb-Schild‹ an der Tür der Kabine, die am weitesten hinten ist, gehe hinein und warte. Um Punkt halb fünf Uhr werde ich das Gift schlucken. Um Punkt Viertel vor fünf wirst du mich finden und um Hilfe rufen. Das ist ziemlich einfach. Fünfzehn Minuten, nachdem ich den Schierling geschluckt habe, wird sich bereits ein Arzt um mich kümmern. Und im Handumdrehen werde ich im Krankenhaus liegen und an ein Beatmungsgerät angeschlossen sein. Siehst du? Was soll da schiefgehen?«

Das ist keine Frage, da sie nicht glaubt, es könnte etwas schiefgehen. Aber wenn ich mich nur ein bisschen anstrenge, fallen mir hundert Sachen ein, Sachen wie … nein, ich werde nicht darüber nachdenken. Es ist, wie Alice sagt, alles recht einfach. Und wenn wir es getan haben, wird dies das Ende von Professor Chambers sein.

Jetzt müssen wir nur noch den Vormittag hinter uns bringen. Die Minuten verstreichen auf den Uhren, die überall in der Schule hängen. Ich suche nach einem Wort, das ihren langsamen, gleichmäßigen Takt beschreibt. Und ich finde es. »Erbarmungslos«. Draußen scheint die Sonne. Am Himmel sind nur wenige Wolken zu sehen, die jedoch ein kaltes Lüftchen vor sich hertreibt. Um zwei Uhr stellen sich alle Mädchen auf, um ihre Eltern zu empfangen. Die meinen sind pünktlich. Ich führe sie in mein Klassenzimmer, um ihnen meine Arbeit zu zeigen. Auf dem Weg nach oben begegnen wir Ms Rafferty, die eben herunterkommt.

»Ah, Ms Rafferty«, setzt meine Mutter an, »ich …« Aber Ms Rafferty marschiert mit hocherhobenem Kopf an ihr vorbei. Meine Mutter bleibt stehen, um ihr nachzuschauen. »Tja«, meint sie, »sehr seltsam.«

Im Klassenzimmer wartet Ms Bertram bereits, um mit allen Eltern ein kurzes Gespräch zu führen. Zu den meinen sagt sie: »Es war kein leichtes Schuljahr für Lacie, aber sie hat ihr Bestes gegeben. Sie verfügt über einen beweglichen Geist und wird sich sehr gut am Lady Margaret's entwickeln.«

Meine Eltern bedanken sich bei ihr.

»Das meine ich ernst«, sagt sie und legt mir einen Arm um die Schultern. Unter anderen Umständen würde mich ein solches Lob vor Freude erröten lassen, aber heute scheint das Blut in meinem Herzen gefangen und dringt nicht bis zu meinen Wangen vor. Es folgt ein kurzer unangenehmer Moment, als wir dabei sind, das Klassenzimmer zu verlassen, und Alice mit ihren Eltern hereinkommt. Die Erwachsenen sehen einander an. Dann strecken mein Vater und der von Alice gleichzeitig die Hände aus und begrüßen einander. Meine Mutter gestattet es Mrs Fairfax, sie zur Begrüßung auf die Wange zu küssen. Das ist nicht nur eine bloße Geste von Mrs Fairfax, ein angedeuteter Kuss in die Luft. Kein Wort fällt zwischen den beiden Frauen, aber Mrs Fairfax' Lippen drücken sich sanft auf das Gesicht meiner Mutter, während ihre Hand auf ihrem Arm liegt. Als wir das Zimmer verlassen, drehe ich mich noch einmal um. Alice schenkt mir ein kleines, angestrengtes Lächeln. Ich nicke.

Um Viertel vor drei Uhr schlüpfe ich in meinen Musselinkittel. Um drei Uhr bin ich draußen auf dem Rasen, eine Jungfrau aus Sparta. Zierliche Helme aus Pappendeckel sollen uns ein martialisches Aussehen verleihen. Die Kunstklasse der dritten Jahrgangsstufe hat sie gestaltet. Sie sind unbequem, aber im Vergleich zum letzten Jahr, als wir griechische Musen darstellten, lassen sie uns in der Tat vollkommen anders aussehen. Dimity ist Alfredas Partnerin, und die beiden wurden in der ersten Reihe postiert, wo Alice und ich im Jahr zuvor unsere rhythmischen Bewegungen vollführten. Alfredas Vater steht nur wenige Meter von Professor Chambers, der am Klavier sitzt, entfernt. Ich warte darauf, dass sie einander Blicke zuwerfen, aber sie tun es nicht. Trotz der sanften Brise hat der Professor einen leichten Schweißfilm auf der Stirn. Vielleicht ist ihm heiß in seiner Weste mit Hemd und Krawatte. Er stimmt drei Akkorde an, und ich sehe das schwache Pochen der Ader an seinem Hals.

Wir bringen unseren Auftritt fehlerlos hinter uns. Die Eltern applaudieren laut. Damit sollte eigentlich Schluss sein, doch dem ist nicht so, da plötzlich einer der Väter etwas Unerwartetes tut. Er nimmt Haltung an und salutiert. »Unsere jungen Kriegerinnen«, schnarrt er. Mein Vater runzelt die Stirn, aber nicht wenige der anderen Väter scheint dieser Anblick zu erheitern. Denn sie salutieren ebenfalls, woraufhin unsere Mütter noch lauter applaudieren.

»Was machen die da?«, flüstere ich Ernestine zu.

»Sie klatschen, weil wir Soldatinnen sind«, flüstert sie zurück.

Und wahrscheinlich ist es so. Wahrscheinlich ist es viel interessanter, Soldaten darzustellen als Bäume, wenn ein Krieg bevorsteht.

»Siehst du«, sagt Ernestine, »*manche* Leute finden, dass Marschieren etwas Gutes ist.«

Ich weiß, dass sie dabei an Ms Rafferty denkt. Was wird Ms Rafferty davon halten, dass hier unter Applaus salutiert wird? Ich halte Ausschau nach ihr, aber sie ist nirgendwo zu sehen. Nur Ms Potts lächelt, verbeugt sich und streckt einen Arm in Richtung des Professors aus. Sie lädt ihn ein, diesen Triumph mit ihr zu teilen, aber der Professor blickt auf seine Hände, die auf den Tasten liegen. Der Wind zerrt an seiner Krawatte, die für einen Moment in der Luft tanzt, er nimmt jedoch keine Notiz davon. Die Eltern klatschen immer noch, als Ms Potts uns das Zeichen gibt, uns auf dem Rasen in einer Reihe aufzustellen und zum Schulgebäude zurückzumarschieren.

Kapitel 53

John bleibt bei mir, auch als Dorothy Maureen kommt. Er ist an meiner Seite bei der morgendlichen Einnahme der Tabletten, hilft mir beim Frühstück und steht mir bei, als mich das dringende Bedürfnis nach der ersten Dosis Morphium des Tages überkommt. Ich will endlich zu meinem Bleistift. Mir bleibt noch Zeit bis zum nachmittäglichen Tee, und die muss ich nutzen, so gut es geht, aber John geht nicht.

»Gibt es noch was?«, frage ich.

Er schaut von seinem Roman auf. »Nein, nichts Besonderes«, antwortet er.

»Willst du auf etwas hinaus?«

Er überlegt. »Eigentlich nicht«, sagt er.

Ich lasse eine gedankenschwere Pause verstreichen. Als der Drehbuchschreiber, der er ist, lässt er sie in aller Bedeutungsschwere zu, ehe er hinzufügt: »Wenn es dich nicht stört, würde ich aber gern noch bleiben.«

Hätte sich sein kindlicher Mund diese Formulierung einfallen lassen können, hätte er genau das gesagt, als er sich damals in den dunklen Nächten unserer Vergangenheit unter meinem Schreibtisch an meine Knöchel klammerte. Das verschlägt mir die Sprache. Ich kann nur nicken.

»Macht es dir was aus, wenn ich weiterschreibe?«, sage ich schließlich.

»Genau darauf warte ich doch«, erwidert er.

Kapitel 54

Nachdem wir unsere Kittel ausgezogen haben, marschieren alle wieder zurück, die beim bunten Unterhaltungsprogramm mitmachen. Die anderen bleiben da, sprich ich als Einzige. Ich sitze unentschlossen vor einem Spind, lasse meine Hände hängen und versuche, zu erspüren, wie sich das Blut pulsierend darin staut, als Ms Rafferty auftaucht.

»Mach dich doch irgendwie nützlich, Lacie.«

»Ich habe nichts Nützliches zu tun, Ms Rafferty«, erwidere ich wahrheitsgemäß.

»In dem Fall kannst du mir helfen, die Bühne vorzubereiten.«

Ich folge ihr. Da es keine Rolle spielt, was ich bis halb fünf Uhr mache, kann ich ebenso gut helfen, Verona aufzubauen. Also gehe ich dem alten Bobkins und seinem Sohn beim Aufhängen der Vorhänge zur Hand, eigentlich nichts weiter als Bettlaken, und sage ihnen, ob die bemalten Bretter, die den Stadtplatz, einen Palazzo und die Familiengruft darstellen, gerade stehen. Während sie die Stuhlreihen aufstellen, gehe ich hinter ihnen her und lege auf jeden Platz ein Programm. Dann helfe ich Ms Rafferty, die Schwerter, Fächer und Dolche zusammenzutragen und sie auf einem Tisch auszulegen. Das Giftfläschchen des Apothekers stimmt mich nachdenklich. Eigentlich ist es ein sehr hübscher blauer Parfumflakon, den Ms Bertram beigesteuert hat, und viel zu klein für seinen Zweck. Ich hätte ihr das sagen können. Ms Rafferty tritt einen Schritt zurück, um den Zustand des Tisches zu überprüfen, und entdeckt dabei, dass etwas fehlt.

»Wo ist der Korb der Amme?«, fragt sie.

Ich habe keine Ahnung, wo der Korb der Amme ist.

»Die Amme braucht einen Korb«, sagt sie säuerlich.

Ich verkneife mir den Hinweis, dass es vollkommen egal ist, ob die Amme einen Korb hat oder nicht, da es heute Abend kein Theaterstück geben wird, und behalte den Gedanken für mich.

»Geh doch mal in den Kunstsaal und schau nach, Lacie«, weist sie mich an. Das ergibt Sinn, da dort, zusammen mit einem Kohlkopf aus Krepppapier und Karotten aus Pappe, auch der Laib Brot und die Rinderhaxe der Amme aus Knetmasse entstanden sind. Doch auch im Kunstsaal keine Spur von einem Korb.

»Dann versuch es mal in eurem Klassenzimmer«, sagt Ms Rafferty, als ich von meinem Misserfolg berichte.

Ich gehe hinauf ins Klassenzimmer. Dort ist der Korb auch nicht, aber durch das geöffnete Fenster höre ich die Musik für den Maibaumtanz. Ich schaue hinaus und sehe unter mir die Eltern klatschen, während die Vorschulkinder sich hüpfend zu ihnen gesellen und die Bettlaken-Vorhänge zugezogen werden. Gleich darauf wird Ms Parker vortreten, um ihre Rede zum Ende des Schuljahrs zu halten. Sie hat ein Händchen dafür, unsere Erfolgsliste länger erscheinen zu lassen, als sie ist. Unsere Misserfolge hingegen weiß sie zu verschweigen.

Ich frage mich, ob Alice bereits in der Toilettenkabine ist, und stelle mir vor, wie sie darauf wartet, das Gift zu schlucken. Diesen Teil des Plans haben wir ausführlich diskutiert und sind zu dem Schluss gekommen, dass sie kein Buch mitnehmen sollte, um sich die Zeit zu vertreiben. Es würde einen merkwürdigen Eindruck machen bei einem Mädchen, das sich selbst umbringen will. Ich stelle mir Alice hinter der verschlossenen Tür mit dem ordentlich daran befestigten Schild AUSSER BETRIEB vor. Ich stelle mir vor, wie sie die Phiole aus der Tasche nimmt und betrachtet. Sie ist um einiges größer als der Parfumflakon von Ms Bertram, nur mit weniger Inhalt. Nicht mehr als drei oder vier Teelöffel. Um sicherzugehen, dass es wirklich wie ein Selbstmordversuch aussieht, haben wir beschlossen, dass sie alles schlucken soll.

In der Zwischenzeit hält Ms Parker ihre Ansprache an die Eltern, und hinter den zugezogenen Vorhängen kann ich sehen, wie Old Bobkins und sein Sohn sich abmühen, das Klavier hochzuheben. Als sie es hochgehievt haben, schwanken sie damit außer Sichtweite. Eine Minute lang lausche ich dem Klang von Ms Parkers Stimme. Ich muss mich bald bereit machen, Alice zu finden, und als ich gerade vom Fenster weggehen will, tauchen Bobkins Vater und Sohn wieder auf. Sie sammeln den Klavierhocker, Celias Cellokasten, den Notenständer und die Aktenmappe des Professors ein und gehen wieder ins Haus. Auf der leeren Terrasse bleiben nur noch der Maibaum und – ich sehe es jetzt klar und deutlich vor mir – der Korb der Amme zurück. Als ich unten angekommen bin, haben Old Bobkins und sein Sohn den Maibaum in den Schuppen zurückgetragen, wo er überwintert. Jenseits des Vorhangs spricht Ms Parker inzwischen über Hockey. Ich überlege, ob es noch Sinn macht, den Korb zu Ms Rafferty zu bringen. Bald wird Alice das Gift schlucken. Um Viertel vor fünf wird Ms Parker ihre Rede beendet haben, und die Eltern werden im Haus an ihrem Sherry nippen. Die Oberstufe wird in ihrem Klassenzimmer sein und in ihre Kostüme schlüpfen. Da ich nicht will, dass Ms Rafferty sich fragt, wo ich war, hole ich den Korb und laufe durch die Tür hinter der Bühne wieder ins Haus hinein.

Die Kulissen und Requisiten sind bereit. Das Regiebuch mit Ms Raffertys winzigen Notizen an den Rändern liegt aufgeschlagen auf dem Tisch, aber von Ms Rafferty keine Spur. Ich gehe zum Bühnenrand und spähe in den kleinen Bereich, den Ms Bertram den Seitenflügel nennt. Dort ist auch niemand. Ich schaue um den Vorhang herum. Einen Moment lang denke ich, dass der Saal ebenfalls leer ist. Doch dann sehe ich sie. Sie befindet sich fast unterhalb von mir, neben dem Klavier, am Ende der drei Stufen, über die wir nach unten gelangen. Sie kniet, und das ist der Grund, warum ich sie zuerst nicht gesehen habe. Sie hat mir den Rücken zugewandt und dreht sich weder um, noch schaut sie hoch. Sie ist voll konzentriert auf etwas vor ihr. Noch ehe ich es sehe, weiß ich, was es ist. Es ist Professor Chambers Aktenmappe. Sie öffnet sie und starrt in ihr dunkles Innenleben. Dann greift sie hinein und zieht eine Handvoll Papiere heraus. Im ersten Moment sieht es so aus, als seien es alles Notenblätter. Sie blättert den Stapel durch, legt die Noten zur Seite und hält wie einen Fächer das in Händen, was übrig ist. Ein halbes Dutzend Fotografien. So, wie sie die Fotos hält, kann ich nur die Hälfte der Gesichter sehen, bis auf eines, das ganz oben liegt. Ich weiß nicht, was Ms Rafferty zu finden hoffte, aber das kann es nicht gewesen sein, denn sie starrt entgeistert darauf und greift ein weiteres Mal in die Aktenmappe. Auch ich starre darauf, unfähig und nicht willens, zu verstehen, was ich sehe. Eine Bewegung von Ms Rafferty, und mir bleibt nichts anderes übrig, als zu akzeptieren, dass das Gesicht des kleinen Mädchens auf dem obersten Bild, ein strahlendes, glückliches Gesicht, das von Celia ist.

Ich hole tief Luft. Unabsichtlich laut, denn die Luft scheint schmerzhaft in meine Lungen zu schneiden, und Ms Rafferty blickt auf. Einen Moment lang sehen wir einander an, und obwohl sie diejenige ist, die das Eigentum eines anderen durchsucht, die spioniert, spüre ich, wie mir die Tränen in die Augen schießen. Sie braucht einen Augenblick, um sich von dem Schreck zu erholen, aber sie lässt die Aktenmappe nicht los, als sie sagt: »Es ist nicht das, was du denkst.«

Ich weiß nicht, was ich denke.

Ein Anflug von Hektik und Verzweiflung liegen in ihrer Stimme, als sie fortfährt: »Ich musste es tun. Ich musste ihn entlarven.«

Aber das kann nicht stimmen, denke ich, *denn wir sind es, Alice und ich, die den Professor entlarven müssen.* Dümmlich strecke ich ihr den Korb der Amme entgegen.

Ihre Augen reißen sich von mir los und schießen durch den Raum. Sie ist so grau wie der Professor. Ihre Worte überschlagen sich. »Der Mann ist eine Art Spion. Das weiß ich ganz genau. Du verstehst das nicht. Du weißt nicht, wie es das letzte Mal war. Im letzten Krieg. Ich habe ihn erlebt. Ich weiß Dinge, die du nicht einmal erahnen kannst. Ich suche nach Beweisen. Ich sah ihn …«

Aber ich werde niemals erfahren, was sie sah, denn plötzlich sind wir nicht mehr allein. Alle Türen werden aufgerissen, und Leute fangen an, hereinzuströmen. Allen voran Ms Parker und der Professor. Sie redet mit lauter Stimme. Er schaut zu Boden, auf seine Füße, als hätte er jede Orientierung verloren, und nur sie allein könnten ihm noch den Weg weisen. Beim Anblick von Ms Rafferty bleiben beide stehen. Sie kniet noch immer, hält noch immer die Fotografien in Händen. Keiner bewegt sich. Nichts geschieht. Als wären wir alle eingefroren in einem Gemälde. Und dann geschehen eine ganze Reihe von Dingen gleichzeitig. Ms Rafferty packt die Aktenmappe und versucht, die Fotos wieder hineinzustopfen, aber ihre Hände scheinen nicht richtig zu funktionieren. Nackte Panik liegt in ihrem Blick. Der Professor starrt sie an, und der letzte Rest an Farbe weicht ihm aus dem Gesicht. Er scheint sich aufzulösen, und etwas in ihm scheint zu zerbrechen. Er stößt einen schrillen Laut aus, und im nächsten Moment ist er auf der anderen Seite des Saals, kniet neben Ms Rafferty, entreißt ihr die Fotografien und presst sie mit einer Hand an seine Brust. Mit der anderen greift er nach seiner Aktenmappe. Ms Raffertys Wildheit ist nichts im Vergleich zu der des Professors. Er ist wieder auf den Beinen und weicht mit riesigen, dunklen Augen vor ihr zurück. Als er sich umsieht, blickt er in einen Raum voller Menschen, die ihn alle anstarren; doch keiner ist ihm so nahe wie ich, die ich am Rand der Bühne stehe. Kann sonst noch jemand sehen, was ich sehe? Sieht jemand, dass er am ganzen Leib zittert? Er presst sich die Aktenmappe und die Fotos an die Brust, als würden sie ihm Schutz bieten.

»Warum können Sie mich nicht einfach in Ruhe lassen«, schreit er, dreht sich um, und ehe ich weiß, was geschieht, ist er auf den Stufen, stößt mich zur Seite und zu Boden und läuft an mir vorbei auf die offene Tür im hinteren Teil der Bühne zu. Der Korb der Amme rollt davon, das Essen aus Knetmasse und Krepppapier kullert über den Boden. Während ich versuche, mich wieder aufzurappeln, höre ich Ms Rafferty.

»Er ist ein Spion, ein deutscher Spion. Ich habe Papiere auf Deutsch in seiner Aktenmappe gesehen«, ruft sie laut.

Und auch Mr Hollerby erhebt seine Stimme. »Ein Spion! Ich

wusste, dass etwas nicht stimmt mit ihm. Ich habe es doch gesagt. Habe ich es nicht gesagt, Ms Parker? Nein?«

»Wieder ein Spion«, ruft Ms Rafferty. »Wieder ein Krieg. Wir sollen wachsam sein, heißt es, und ich war es. Erinnern Sie sich, wie es das letzte Mal war?«

Vielleicht erinnern sich die Väter daran, denn kaum bin ich wieder auf den Beinen, werde ich erneut zur Seite gestoßen, als die Männer an mir vorbeiströmen. Und dann werde ich nicht mehr gestoßen, sondern von ihnen mitgezogen. Sie laufen, und ich laufe mit ihnen, mitgerissen von ihrer Eile. Ich laufe mit ihnen durch die Tür, über die Terrasse und hinaus in den Garten. In der Ferne können wir sehen, wie der Professor an dem Gatter zerrt, das auf das Feld führt, aber es will nicht aufgehen, und dann klettert er darüber und läuft davon in Richtung des Bahngleises weiter unten in der Senke. Der Strom der Väter ergießt sich über den Rasen, hinter ihm her. Einer der Väter zertrümmert den Riegel am Tor, und sie rennen hindurch. Hügelabwärts läuft der Professor auf das Gleis zu, noch immer die Mappe an seine Brust pressend, mit steifen Beinen wie ein gejagtes Wild, das nicht weiß, wohin es sich wenden soll. Einmal fällt er hin und überschlägt sich, steht aber wieder auf. Die Männer sind hinter ihm her, schwenken die Fäuste, brüllen ihn an, dass er stehen bleiben soll, dass die Polizei ihn holen wird, dass er ihnen nicht entkommen kann, dass sie ihn letzten Endes zur Strecke bringen werden. Doch sie täuschen sich. Es sind nicht die Väter, die den Professor zur Strecke bringen werden. Es ist der Schnellzug aus London, der ihn zur Strecke bringt.

Der Professor schaut gerade über die Schulter zurück auf das Rudel seiner Verfolger und sieht die Dampfwolke nicht, die dem Zug entweicht. Er hört den gellenden Pfiff nicht, als der Zug am Hang um die Kurve fährt. Er sieht oder hört nichts. Und wird nie mehr etwas sehen oder hören.

Alle bleiben stehen. Als wären sie Sänger im Chor des Professors, der soeben seinen Taktstock gehoben hat, bleiben sie stehen, verstummen und schauen zu, wie der Zug mit kreischenden

Bremsen zum Halten kommt. Dann breitet sich eine lähmende Stille aus, während die Papiere des Professors, die hochgewirbelt worden waren, langsam zu Boden segeln.

Jemand greift nach mir. »Geh ins Haus«, sagt grimmig eine Stimme. Der Mann lässt mich los und läuft hinunter zum Gleis. Ich brauche lang, um in ihm meinen Vater zu erkennen. Dann kniet meine Mutter neben mir, aber es ist nicht meine Mutter. Es ist die von Alice.

»Lacie.« Sie hält mein Gesicht zwischen beiden Händen und zieht mich an sich. »Schau nicht hin, Lacie. Schau nicht hin, Liebes.«

Mir fällt nichts ein, was ich sagen könnte. Ich kann an nichts anderes denken als an den Anblick von Professor Chambers, der wie ein plumper Engel durch die Luft fliegt, ehe er fällt und fällt und fällt.

Mrs Fairfax versucht, meinen Blick auf sich zu ziehen. »Lacie, ist alles in Ordnung?«

»Ja«, sage ich. Doch es scheint nicht so zu sein, denn plötzlich höre ich ein Mädchen ihren Schmerz hinaus in die Abendluft schreien. Niemand, der ein solches Geräusch von sich zu geben vermag, ist in Ordnung. Doch Mrs Fairfax scheint das Interesse an mir und meinem Schmerz verloren zu haben. Sie steht auf und dreht sich um. Sie blickt zurück zum Tor. Und die anderen Eltern wenden sich ebenfalls in diese Richtung. Und ich stelle fest, dass nicht ich es bin, die dieses schreckliche Geräusch ausgestoßen hat. Das bin nicht ich. Es ist Celia, die an dem kleinen, zerbrochenen Gatter steht und ihren Kummer in den Himmel hinausschreit. Einen Moment denke ich, es ist wegen dem, was unten auf dem Bahngleis passiert ist, wo die Menschen vor dem Zug herumschwärmen wie Jäger um den Kadaver eines erlegten Feindes, aber vielleicht bekommt sie das noch gar nicht mit. Auf jeden Fall ist das nicht der Grund, weshalb Celia schreit. Niemand außer mir weiß das. Ich weiß es in dem Augenblick, in dem ich die leere Phiole in ihrer Hand erblicke.

»Lacie! Lacie, bleib hier!«

Sie versuchen, mich zurückzuhalten, aber man kann mich nicht halten. Zwei Männer können es nicht. Zehn wären nicht dazu in der Lage. Ich stürme an ihnen vorbei. Ich stürme vorbei an Celia und an den Gruppen verstörter Mädchen und Eltern. Ich stoße mit den Ellbogen jeden aus dem Weg, der versucht, mich aufzuhalten. Ich stürme über den Rasen, die Terrasse und den Weg hinunter, der zu den Toiletten führt.

Es gibt drei Kabinen, und an der, die am weitesten entfernt ist, sehe ich das mit Druckbuchstaben geschriebene Schild. »Außer Betrieb.« Die Tür ist nicht ganz geschlossen und hängt ein wenig schräg, als wären die Angeln beschädigt. Ich gehe darauf zu, und niemand hält mich auf. Ich schiebe, aber die Tür will nicht aufgehen. Irgendetwas blockiert sie. Ich schließe die Augen und atme tief ein. In der Luft liegt ein merkwürdiger, unbekannter Geruch. Ich schiebe entschlossen, aber nicht fest genug. Ich will ihr nicht wehtun. Aber Alice kann man nicht mehr wehtun.

Sie ist ganz still. Still von innen heraus. Aus ihrem Mundwinkel läuft ein dünnes, grünliches Rinnsal aus Erbrochenem. Nur ganz wenig. Ich zerre an dem Taschentuch, das sie festhält, und wische ihr übers Gesicht. Ich kann nicht verstehen, was passiert ist. Wir haben doch einen Plan. Dieser Plan sieht vor, dass eine langsame Lähmung sie erfasst, aber sie ist nicht gelähmt. Wir haben einen Plan. Der Plan sieht vor, dass Professor Chambers wegen ihres Abschiedsbriefs weggeschickt werden soll, aber wo ist der Brief? Hektisch schaue ich mich in der winzigen Kabine um, aber ich kann ihn nirgends entdecken. Ich hebe ihren Arm, um nachzuschauen, ob er vielleicht darunterliegt, aber da ist er nicht. Er ist nirgendwo. Vielleicht hat sie ihre Meinung geändert. Vielleicht hielt sie es für besser, alles von ihrem Krankenhausbett aus zu erklären. Vielleicht … Ich halte noch immer ihren Arm, als ich erkenne, dass er sich überhaupt nicht nach Alice anfühlt. Sanft lege ich ihn ab. Mir kommt ein Wort in den Sinn, welches ich jedoch sofort wieder verbanne, da es nicht sein kann. Sie kann nicht tot sein. Sie ist Julia. Sie wird wieder aufwachen. Sie wird ihre Augen aufschlagen und lächeln. Sie wird …

»Was hast du getan?« Es ist mein Vater, der zu mir spricht, aber ich erkenne seine Stimme nicht. »Was, zum Teufel, hast du getan, Lacie?«

»Paracelsus«, sage ich dümmlich. »Es ist allein die Dosis, die das Gift macht. Ich … ich muss die falsche Dosis erwischt haben. Oder die Zeit. Ich …« Ich stottere und stammele. Ich weiß es, aber ich schaffe es nicht, die Wörter richtig herauszubekommen.

Mein Vater kniet neben Alice, obwohl in der Kabine eigentlich kein Platz für ihn ist. »Sag mir einfach, was es ist«, fleht er mich an. »Sag es einfach.«

Das Wort bleibt mir im Mund stecken. Ich muss es herauszwingen. »Schierling«, flüstere ich.

Er starrt mich an. »Wie viel?« Als ich nicht schnell genug eine Antwort gebe, packt er mich an den Schultern und rüttelt mich. In seinen Händen liegt keinerlei Zärtlichkeit. »Wie viel hat sie genommen?«

»Eine Phiole.«

»Eine ganze Phiole?«

Ich sage nichts. Ich habe keine Worte mehr. Ich werde für eine sehr lange Zeit keine Worte mehr haben.

Kapitel 55

Ich höre das Läuten der Türglocke. Stimmengemurmel, als John die Tür öffnet. Unter meinem Plumeau halte ich den Brief umklammert. Ich überlege kurz, eine ausgiebige Dosis Morphium zu nehmen, entscheide mich aber dagegen. Dann ändere ich erneut meine Meinung, aber es ist zu spät. Ihre Schritte auf dem polierten Holz der Treppe kommen langsam und entschlossen näher. Flache Absätze, denke ich, vernünftig, aber dennoch elegant. Ich wünsche mir wirklich, ich hätte mich mit ein wenig Morphium gewappnet.

Es klopft an der Schlafzimmertür, obwohl sie offen steht.

»Komme herein, Celia«, sage ich.

Und da ist sie.

Ihr widerspenstiges Haar ist grau geworden. Die verträumten Augen sind eingebettet in ein Oval aus weichen Falten. Die Nase ist breiter und größer. Aber als sie ihr zaghaftes Lächeln lächelt, ist es so, wie es immer war. Und als sie spricht, dann mit derselben seltsamen Präzision. Es ist eine alte Frau, die ich vor mir sehe. Aber es ist noch immer Celia.

»Es ist freundlich von dir, dass du mir erlaubt hast, zu kommen«, sagt sie.

»Vermutlich.«

Schweigen. »Ich stelle mir vor, dass es nicht leicht für dich ist«, sagt sie schließlich.

»Ich breche damit mit einer lebenslangen Angewohnheit, die mich beträchtliche Mühe gekostet hat, nämlich die, allen Neuigkeiten über dich aus dem Weg zu gehen. Ich habe deine kometenhafte Karriere nie verfolgt.«

»Aha«, sagt sie. »Und mich hat es beträchtliche Mühe gekostet, die deine immer zu verfolgen.«

Gegen meinen Willen muss ich schmunzeln.

»Ich habe jedes deiner Bücher gelesen.«

»Ich hoffe, sie haben dir gefallen.«

»Nein«, erwidert sie. »Das Wort ›gefallen‹ würde ich in dem Zusammenhang nicht benutzen.«

Jetzt bin ich an der Reihe, »Aha« zu sagen. Sie ist der zweite Mensch, der das in den letzten paar Tagen zu mir gesagt hat.

»Ich habe sie mit großem Interesse und mit großer Traurigkeit gelesen.« Sie geht ans Fenster und schaut hinaus. Dann kehrt sie zurück zu mir. »Kann ich mich setzen?«

Ich deute mit dem Kopf auf den Boudoir-Stuhl. Bei ihr hege ich keinerlei Befürchtungen für seine Unversehrtheit. Sie zieht ihn an mein Bett. Die Tür wird weiter aufgeschoben, und Dorothy Maureen erscheint mit dem Tee. Es gibt auch Feigenkekse. Sie stellt das Tablett auf den Frisiertisch. »Soll ich eingießen?«, fragt sie.

»Das kann ich machen«, sagt Celia.

»Sind Sie sicher, dass Sie zurechtkommen?« Dorothy Maureen will nicht gehen. Sorgt sie sich um meine Sicherheit wegen dieser Fremden? Doch Celia will nichts davon wissen.

»Würden Sie die Tür hinter sich schließen?«, sagt sie, und als wir wieder allein sind: »Ich habe dir etwas mitgebracht.«

Veilchenkonfekt dürfte wohl zu viel verlangt sein. Aus ihrer Handtasche holt sie eine kleine, durchsichtige Hülle heraus.

»Heutzutage ist alles auf einer Compact-Disk gespeichert. Hast du einen CD-Player?«

Ich erwäge kurz, dies zu verneinen, aber sie hat den Apparat auf meinem Nachttisch bereits erspäht. Sie drückt auf ein paar Knöpfe, und als die verborgene Schublade herausfährt, legt sie die CD hinein, die gehorsam von dem Apparat verschluckt wird. Sie ist weitaus mehr in der modernen Welt zu Hause, als ich es je war. Ihre Finger sind noch wie früher. Ohne geschwollene, arthritische Gelenke. Ohne Verdickungen. Auch wenn die Knöchel ein wenig knotig erscheinen, so sind sie doch noch immer geschmeidig unter der mit Leberflecken übersäten Haut. Sie drückt auf einen anderen Knopf, und in die Stille hinein ergießt sich der Klang einer englischen Cello-Suite von Bach.

»Das ist das erste Stück, das ich je aufgenommen habe«, erklärt sie. »Ich denke, es gehört noch immer zu meinen besten Arbeiten,

obwohl es mir auf CD nicht so gut gefällt.« Sie macht eine Pause und sucht nach den passenden Worten, wie sie es immer tat. »Zu steril«, sagt sie schließlich.

Ich nicke.

Ich denke an das Grammofon im Arbeitszimmer meines Vaters, wo wir drei dieser Musik lauschten.

»Sie ist zu mir gekommen«, sage ich schließlich. »Oder vielleicht sollte ich besser sagen, sie ist gekommen, um mich zu holen. Um mich zu führen den Pfad des stäub'gen Tods.« Ich erahne einen leichten Lufthauch in der Zimmerecke.

Celia schließt die Augen. Ich weiß nicht, ob sie mich verstanden hat oder ob sie nur Bach hört oder … Nach einer Weile beugt sie sich vor und drückt wieder auf den Knopf. Die Musik verstummt.

»Der Tee«, sage ich.

»Ah, ja, der Tee.«

Sie geht zur Frisierkommode und gießt zwei Tassen ein. Dann kehrt sie mit dem Teller voller Kekse zurück und platziert ihn zwischen uns auf dem Bett. Sie überbrückt die Zeit. Sie wird nicht eher gehen, bis sie das getan hat, weswegen sie gekommen ist, aber jetzt, da sie da ist, fällt es ihr schwer, damit anzufangen. Ich helfe ihr, auch wenn ich nicht weiß, warum.

»Wieso bist du gekommen, Celia?«

Sie antwortet nicht. Stattdessen steht sie auf, geht erneut zum Fenster und schaut hinaus. Sie ist gekommen, um sich von einer Last zu befreien, um Absolution zu erlangen; aber sie kann nicht anfangen. Wie lächerlich. Warum es nicht einfach sagen. Sag einfach: »Lacie, ich bin missbraucht worden und habe gelogen, und es ist alles meine Schuld.« Sag es, und dann geh. Aber sie tut es nicht. Sie blickt weiter auf die Straße und auf den Park dahinter hinaus. Nach einer Weile dreht sie sich zu mir um.

»Lacie«, sagt sie, »ich will nicht, dass du stirbst, ohne die Wahrheit zu kennen.«

Jetzt kommt es, denke ich.

»Die Wahrheit ist«, fährt sie mit fester Stimme fort, »dass die Schuld einzig und allein bei mir lag.«

Natürlich. Ich warte, während sie um Worte ringt. Ich werde ihr Zeit lassen, sie zu finden, und dann … dann werde ich ihr ein oder zwei Dinge zu sagen haben. Falls mein Herz das aushält.

Sie seufzt und kommt zurück, um sich neben mich zu setzen.

»Ich muss von vorn anfangen«, sagt sie. »Ich muss damit anfangen, dir zu erzählen, dass ich nicht Celia bin.«

Darauf bin ich nicht vorbereitet. »Natürlich bist du Celia«, entgegne ich verärgert.

»Nein«, beharrt sie, »nicht Celia.« Sie legt eine Hand auf die meine und nimmt sie wieder weg. »Ich heiße Silke. Das ist zumindest der Name, der mir bei der Geburt gegeben wurde und unter dem ich die ersten zehn Jahre meines Lebens bekannt war. Ich nannte mich erst Celia, als ich nach England kam.«

Ich liege ganz still und gestatte ihren Worten, mich zu durchdringen. Die Konsequenzen sind zu gewaltig, um sich mir sofort zu erschließen. Wäre Celia Silke gewesen, würde Alice noch leben. Es dauert einen Moment, bis ich die Schritte nachvollzogen habe, die zu diesem Schluss führen. Es dauert, bis ich sehe, was passiert wäre, hätte Ms Bertram damals gefragt: »Wer wird sich Silkes annehmen?« Sie wäre nicht aus unserem Stoff gemacht gewesen, und Alice' Hand wäre nicht in die Höhe geschossen, und obwohl wir freundlich zu ihr gewesen wären, wäre sie keine spezielle Freundin von uns geworden, und wir wären niemals auf den Gedanken gekommen, uns für sie zu opfern. Nicht für Silke. Als ich das alles begriffen habe, öffne ich den Mund und richte mich auf, um etwas zu sagen, aber Celia lässt mich nicht zu Wort kommen.

»Bitte«, sagt sie, »das fällt mir nicht leicht. Lass es mich einfach erzählen.« Also mache ich meinen Mund wieder zu und sinke auf mein Kissen zurück, um zu ertragen, was ertragen werden muss. Nach einem Moment versucht sie es erneut.

»Hinter alldem steckten, so könnte man vermutlich sagen, unlautere Motive.« Sie öffnet ihre Handtasche, zieht ein Taschentuch heraus und spielt damit. Immer wieder faltet sie das steife Leinen. »Du weißt ja nicht, wie es 1938 in Deutschland war. Selbst wenn du die geschichtlichen Zusammenhänge kennst, weißt du nicht, wie es

wirklich war. Alle Juden lebten in Angst, aber meine Familie noch mehr als die meisten. Meine musikalische Begabung zeigte sich bereits damals, und sie hatten entsetzliche Angst, sie könnte verloren gehen oder Schlimmeres. Sie mussten mich unbedingt aus Deutschland hinausschaffen. Ich hatte einen Verwandten hier in England.«

Ungeduldig zupfe ich an meinem Plumeau. Das weiß ich doch alles. Ich weiß von ihrem Großvater, der in dem großen Haus hinter der hohen Hecke wohnte und einen Mann hatte, der seinen Wagen fuhr.

»Mein Verwandter organisierte es für mich, dass ich ans Dorset House gehen konnte, befürchtete jedoch, man könnte mich dort nicht wohlwollend und mit offenen Armen aufnehmen. Er wollte, dass ich Freunde und Beschützer habe. Er wusste von dir und Alice und eurer Freundschaft, die daraus erwachsen war, dass eure Namen aus den gleichen Buchstaben bestanden. Alle wussten es. Er dachte …«

Ich protestiere, und sie hört zu reden auf.

Das ist doch lächerlich. Das kann nicht stimmen. Ich will das nicht zulassen. »Woher konnte dein Großvater von mir und Alice gewusst haben?«

Sie steckt das Taschentuch zurück in die Tasche, aber ihre Finger finden keine Ruhe. Sie knetet sie mal in die eine, mal in die andere Richtung. »Nicht mein Großvater, Lacie. Mein Onkel.«

Ich starre sie an. Welcher Onkel?

Jetzt schaut sie mich an, und ich kann sehen, welche Mühe sie das kostet. Automatisch greife ich nach der Morphiumpumpe, aber ich brauche jetzt einen klaren Verstand.

»Ich war Silke Zimmermann«, sagt sie. »Weißt du, was das deutsche Wort ›Zimmer‹ auf Englisch bedeutet?«

»Selbstverständlich weiß ich das. Es bedeutet ›room‹ *oder …« Ich starre sie an, als endlich das, was von meinem Gehirn noch übrig ist, zu begreifen beginnt. »*›Room‹*«, wiederhole ich, »oder … oder* ›chamber‹*.« Professor Chambers.*

Sie nimmt meine Hand, und ich habe keine Kraft, sie ihr zu entziehen. »Du musst wissen, wie das war, Lacie. Er war ein hervorra-

gender Musiker. Er baute sich gerade eine erfolgreiche Karriere in Osteuropa auf, aber Juden durften keinen Erfolg haben im Dritten Reich. Als er nach Deutschland zurückbeordert wurde, kehrte er heim, weil er befürchtete, seine Familie würde es ausbaden müssen, wenn er es nicht tat. Er wäre in den Tod gegangen, falls das nötig gewesen wäre, um seine Frau und Töchter zu retten …« Ich erinnere mich an die Fotos in Ms Raffertys Händen, und wieder fügt sich ein Stück in das Puzzle.

»… aber es war nicht sein Tod, den sie wollten. Das, was sie wollten, konnte er nicht tun. Sie verlangten von ihm, sich von seiner Religion loszusagen und sich ihrer Propagandamaschinerie anzuschließen. Er sollte bei Aufmärschen und Konzerten für ihre Sache spielen. Er konnte nicht zusagen. Er wagte aber auch nicht, abzulehnen. Und so fand er eine andere Lösung. Er verschwand einfach. Sie nahmen an, er habe sich in die Spree gestürzt und sei ertrunken. Sie erfuhren nie, dass er geflohen war.«

Sie sieht mich an, als erwartete sie Verständnis von mir, aber dieses Mal werde ich ihr nicht helfen. Ich kann nicht. Mehr als zuhören kann ich nicht. Als das klar ist, seufzt sie und fährt fort.

»Er war viel in der Welt herumgekommen. Sein Englisch war ausgezeichnet. Alles, was er brauchte, war eine neue Identität.« Sie lächelt traurig. »Und schließlich, was ist ein Name?«

Früher einmal kannte ich die Erwiderung auf diese Frage, doch jetzt muss ich feststellen, dass ich nichts mehr weiß.

»Und so wurde aus ihm Professor Chambers. Damit seine Familie in Deutschland in Sicherheit war, war es von größter Wichtigkeit, dass seine neue Identität nicht enthüllt wurde. Mein englischer Großvater konnte ihm helfen. Was gab es für ein besseres Versteck für ihn als eine Mädchenschule außerhalb von London?«

Mein Herzschlag dröhnt mir in den Ohren. Meine Hände zittern. Als sie das bemerkt, runzelt sie die Stirn und macht Anstalten, aufzustehen.

»Soll ich …«

Ich schüttele den Kopf. Sie ist gekommen, um es mir zu sagen, und ich muss es mir anhören. »Fahr fort«, flüstere ich.

Sie setzt sich wieder. »Wo sollte ich sonst wohnen als bei meinem Großvater? In welche andere Schule sollte ich gehen als in die, an der mein Onkel unterrichtet? Natürlich musste das Geheimnis bewahrt werden – seines und meines –, aber er konnte auf mich aufpassen und mich beschützen. Der beste Schutz sei der, sich seiner Umgebung anzupassen, sagte er. Dazu sollte ich mich mit dem englischsten aller englischen Mädchen anfreunden.«

»Mit Alice.«

»Er wollte, dass Alice meine Freundin wurde, und er wusste, wie er das zu bewerkstelligen hatte. Alle kannten die Geschichte von Alice und Lacie, deren Namen aus denselben Buchstaben gemacht waren. Und so wurde aus mir Celia.«

»Du hast sie benutzt«, flüstere ich.

»Celia ist das englische Pendant zu Silke«, sagt sie flehend.

»Du hast ihre Gutherzigkeit und ihren Mut ausgenutzt.«

Sie nickt. »Und deine Gutherzigkeit und deinen Mut, meine liebe Lacie.«

Es kostet mich meine letzte Kraft. »Du solltest dich schämen!«, sage ich.

»Glaubst du denn, das tue ich nicht?«, ruft sie. »Aber kannst du dir vorstellen … du, die du dir alles so gut vorstellen kannst … wie das war? Ich hatte mich gerade am Dorset House eingewöhnt, als mich die Nachrichten von der Kristallnacht erreichten. Und danach geschah wieder etwas und wieder etwas, und es wurde immer schlimmer. Meine Eltern befanden sich nie in Sicherheit. Jeden Tag musste ich befürchten, zu erfahren, dass man sie in ein Konzentrationslager gesteckt hatte. Ich hatte unbeschreibliche Angst.«

Ich erinnere mich an ihre Verstörtheit, ihre Traurigkeit. »Dein Onkel?« Ich versuche, die Situation aus diesem neuen Blickwinkel zu begreifen. Plötzlich stellt sich alles ganz anders dar als damals. Ich schließe die Augen und sehe zwei kleine Mädchen in adretten Uniformen vor dem Schlüsselloch der Tür zum Musikzimmer kauern. Ich schaue durch das Schlüsselloch. Ich sehe den Professor, wie er Celia im Arm hält. Ich sehe einen besorgten Onkel, der seine kleine Nichte tröstet. Ich sehe Alice, die etwas anderes sieht. Und dann ändert sich der Einfall des Lichts. Und alles fällt. Alice fällt auf die Knie. Celia fällt von einem hohen Baum. Der Professor fällt durch die Luft, in die der Zug ihn hochgeschleudert hat.

Ich zwinge mich, ganz flach zu atmen, für den Fall, ein tiefer Atemzug könnte mir das Herz brechen. Ich spüre, dass Celias Hand zaghaft nach der meinen tastet. Ich öffne die Augen und reiße mich von ihr los.

»Warum hast du uns nichts gesagt? Wir waren deine Freundinnen, Alice und ich.«

»Lacie, wenn ich auch nur die geringste Ahnung gehabt hätte, dass du und Alice euch so einen Plan ausdenken könntet! So zu tun, als ob Alice … Gift zu nehmen, um … Das war doch völlig unvernünftig.«

Aber völlig unvernünftig sind die Worte, die sie soeben gesprochen hat. Ich starre sie an und versuche zu verstehen, was nicht verstanden werden kann. Mein entsetzter Blick lässt sie verstummen. Weil sie nicht wissen kann, was wir geplant hatten. Niemand kann das wissen außer Alice und mir. Und ich habe es nie jemandem erzählt. Ich habe nie jemandem auch nur irgendetwas erzählt. Ich schlug meine Erinnerungen in Trümmer und verstreute die Teile im Hinterland meines Gehirns. Niemals erlaubte ich es mir, mich zu erinnern, bis sie – die in der Ecke – mich dazu veranlasste. Celia kann das nicht wissen. Aber Silke tut es.

Sie blickt zu Boden. Zuerst denke ich, es liegt daran, dass sie es nicht ertragen kann, mir ins Gesicht zu sehen, aber das ist nicht der Grund. Sie greift nach ihrer Handtasche, öffnet sie und zieht zwei gefaltete Seiten Papier heraus. Sie sind hauchdünn, dünn wie Zwiebelschalen. Es dauert einen Moment, bis ich begreife, was ich sehe.

»Der Brief.« Plötzlich befinde ich mich wieder in der stickig heißen, winzigen Kabine, auf der hektischen Suche nach Alice' Brief. Ich bin über sie gebeugt, wische über ihr bleiches Gesicht, hebe ihren schlaffen Arm, schiebe meine Hand in die Taschen ihres Blazers und komme zu dem Schluss, dass sie sich dagegen entschieden hatte, ihn dazulassen, ohne zu begreifen, warum … »Du hast ihn genommen.«

Sie beißt sich auf die Lippe. Eine alte Angewohnheit. »Ich hörte mir an, wie Alice Haydn spielte, und wollte ihr sagen, wie gut sie war.« Celia verzieht das Gesicht. Auch eine alte Angewohnheit. »Wenigstens, wie exakt es war. Ich sah, wie sie in Richtung der Toilette ging. Ich wartete, dass sie wieder herauskam, aber sie tauchte nicht auf. Die Leute strömten allmählich in den Saal, und sie kam immer noch nicht zurück, bis ich sie schließlich suchen ging. Sie lag auf dem Boden, als ich sie fand. Sie war sehr still und sehr weiß. Sie atmete nicht. In der einen Hand hatte sie die Phiole und in der anderen das.« Celia hält die gefalteten Seiten in die Höhe.

Ich bringe es nicht über mich, danach zu greifen, und sie legt sie vor mir auf das Bett. Ich ertrage es nicht einmal, sie anzusehen … die Seiten, die ich vor fast siebzig Jahren das letzte Mal gesehen habe. Ich kann nicht sprechen. Ich bin sprachlos, so wie damals. Jenseits aller Wörter.

»Deine Eltern schickten dich weg«, meint sie zögernd.

Ich nicke. Ich hole tief Luft und konzentriere mich darauf, die Silben aneinanderzureihen, um die Wörter zu formen, die ausdrücken sollen, was ich sagen muss. Ich schließe die Augen und sehe wieder alles vor mir. »Ein Polizist kam. Er setzte sich zu mir. Er war freundlich, aber seine Freundlichkeit machte alles nur noch schlimmer. Er stellte mir Fragen, doch ich konnte ihm keine Antworten geben. Ich konnte nicht darüber sprechen. Ich konnte überhaupt nicht reden. Sie sagten, das sei der Schock. Sie schickten mich zu meiner Großmutter nach Wales.«

Sie nickt. »Das war es, was sie bei den Untersuchungen angaben … dass du unter Schock stündest und keine Aussage machen könntest.«

Ich starre sie an. »Untersuchungen?«

»Selbstverständlich. Es gab zwei. Eine wegen Alice und eine wegen meinem Onkel.«

Selbstverständlich muss es Untersuchungen gegeben haben. »Ich habe nie daran gedacht«, sage ich, doch das stimmt nicht. Die Wahrheit ist, dass ich nie einen Gedanken daran zuließ. Stattdessen ließ ich zu, dass die graugrünen Nebel der walisischen Berge mich vor alledem verbargen. Und dann stand plötzlich innerhalb weniger Wochen Minnies versprochener Krieg vor der Tür. Welchen Stellenwert hatten da Alice und Professor Chambers? Sie waren nichts weiter als zwei Tote unter vielen Toten. Und was war ich? Nichts anderes als eines von Tausenden von Kindern, die wie Glasmurmeln in einer Zentrifuge hinausgeschleudert wurden, helle Spiralen aus Farbe, die sich taumelnd vom Zentrum entfernen, bis das Zentrum selbst verloren war. Zumindest das meine. Da gab es kein Heim mehr am Rand von London. Kein Dorset House und auch kein Lady Margaret's. Nicht für mich. Mein Vater ging weg, um verletzte Männer zusammenzuflicken. Meine Mutter wurde Krankenschwester. Meine Großmutter stellte mich, so gut sie konnte, wieder auf die Beine. Nie trat jemand mit der Bitte an mich heran, über Alice oder Professor Chambers zu reden. Aber andere wurden befragt.

»Musstest du zu diesen Untersuchungen?«

Celia nickt.

»Erzähl mir davon.«

Sie stockt. »Bist du sicher, dass du das hören willst?«

Bin ich sicher? Wahrscheinlich nicht. »Ja«, sage ich.

Kapitel 56

Anfang August«, sagt sie, »beide am selben Tag.« Sie schließt die Augen, um sich besser erinnern, um mir ein genaueres Bild zeichnen zu können. »Ein großer Raum, eingerichtet wie ein Gerichtssaal. An einem Ende hinter einem Schreibtisch der Untersuchungsrichter. Neben ihm ein Gerichtsangestellter, der das Protokoll führt. Zu seiner Rechten der Zeugenstand. Vor ihm eine Reihe von Stühlen. Jeder Platz ist besetzt. Die Fairfaxes, dein Vater, Mr Hollerby, Ms Parker, Ms Bertram und Ms Rafferty. Polizeibeamte. Die Presse. Eltern.«

»Und du.«

»Und ich. Und Alfreda und Georgina und Ernestine.«

Ich sehe das alles vor mir. Die Mädchen, die aufrecht auf ihren Stühlen sitzen und einander ernste Blicke zuwerfen.

»Zuerst kam die Sache mit meinem Onkel zur Sprache. Der Lokführer, der arme Mann, polterte in den Zeugenstand, stolperte durch seinen Bericht und polterte wieder hinaus. Dann trat Ms Parker vor, um auszusagen. Sie sagte …« Celia trifft den bekannten Tonfall perfekt, und aus einer fernen Vergangenheit dringt Ms Parkers Stimme an mein Ohr. »… sie sagte aus, sie habe ihre vorherige Musiklehrerin unter unglücklichen Umständen verloren und die Stelle kurzfristig ausgeschrieben. Der Professor sei der einzige Bewerber gewesen. Und schließlich war er ein Professor von einem Konservatorium, wie sie dachte. Er war charmant, und bei der damaligen Lage in Europa konnte sie keinerlei Referenzen einholen. Aber er sei ganz sicher ein guter Lehrer gewesen, und sie könne wirklich nichts anderes über ihn sagen.«

Ich warte, dass Celia fortfährt. »Dann wurde Ms Rafferty aufgerufen. Sie stand im Zeugenstand, als« – kurze Pause, in der Celia die richtigen Wörter sucht –, »als säße sie als Angeklagte auf der Anklagebank. Sie bestand darauf, von Anfang an misstrauisch gewesen zu sein und absolut sicher, dass er etwas zu verbergen habe … und *zweifellos« – Celia seufzt –, »zweifellos auch hatte. Sie beschrieb, wie sie ihm zweimal folgte, als er in die Stadt fuhr. Jedes Mal sei er zur Hauptpost gegangen und habe eine internationale Fernmeldeverbindung gebucht, immer eine Stunde gewartet, bis sein Name aufgerufen wurde, und …« Celia lässt Ms Raffertys Auftritt vor Gericht lebendig werden. »… und hatte sie nicht den letzten Krieg miterlebt? Hatte sie nicht einen Verlobten und einen erst fünfzehnjährigen Bruder verloren? Hatte der nicht wegen seines Alters gelogen, um für sein Land zu kämpfen, die einzige Lüge, die sie ihn jemals sagen hörte und die ihn das Leben kostete? Und hatte sie nicht intuitiv gewusst, dass der Mann, der sich Professor Chambers nannte, ein Vorbote all dessen war, was wieder passieren würde? Ein neuer Krieg? War er denn nicht ein Spion, obwohl keiner auf sie hören wollte?«*

»Das alles hat sie gesagt?«

Celia nickt.

»Was hat sie denn geglaubt, das er am Dorset House ausspioniert?«

»Wer weiß? Ich frage mich, was sie gesagt hätte, hätte sie diese Telefonate mit anhören können – verzweifelte Nachrichten an seine Frau, ein Kuss, eine Umarmung für seine Kinder.«

»Du hättest ihr davon erzählen können«, sage ich so kalt, wie ich kann, auch wenn es mir nicht länger leichtfällt, angesichts all dessen kalt zu bleiben.

»Nicht, wenn ich wollte, dass sie weiterhin unbeschadet leben würden.«

Ich mache eine leichte Bewegung mit dem Kopf. Man könnte es als Nicken interpretieren.

Sie kehrt zu den Untersuchungen zurück. »Als Nächster trat ein Polizist in den Zeugenstand. Kein Gefühl. Nur Fakten. Der Verstorbene, sagte er, sei unter dem Namen Professor Charles Chambers bekannt gewesen, aber das Konservatorium in Paris, von dem er behauptete, dort unterrichtet zu haben, habe noch nie von ihm gehört. Seine Aktenmappe sei in Deutschland angefertigt worden, ebenso sein Anzug. Und selbstverständlich seien seine Anrufe ins Ausland nach Deutschland gegangen. Dann wurde Alfredas Vater aufgerufen, und er sagte, er sei sicher gewesen, dass der Mann Ausländer war. Zumindest benahm er sich nicht wie ein englischer Gentleman. Dass er etwas Unseriöses an sich hatte, dass er sich für etwas Besseres hielt und Alfreda ihre Tonleitern üben ließ, bis sie damit das ganze Haus verrückt gemacht hatte. Dann wurde ich in den Zeugenstand gerufen, zusammen mit Georgina und Ernestine, um auszusagen, dass er ein guter Lehrer war. Und schließlich Alfreda mit ihrer Aussage, dass er ein schlechter Lehrer war. Und das war es dann. Der Untersuchungsrichter verlas den Bericht des Gerichtsmediziners, und das Urteil lautete auf Unfalltod während des Versuchs, sich einer rechtmäßigen Verhaftung zu entziehen. Der Verstorbene sei nicht identifiziert worden, habe jedoch einen falschen Namen benutzt.«

»Sie fanden seine wahre Identität nie heraus?«

Celia schüttelt den Kopf. »Das war im August 1939. Damals hatten sie andere Sorgen. Und außerdem hatten sie es eilig, mit Alice' Fall weiterzumachen.«

Alice. Ich schließe die Augen. Ich will Celias Gesicht nicht sehen, während sie mir erzählt, was der forensische Pathologe aussagte. Dass die Wirkung des Gifts schwer einschätzbar war. Dass es mehrere Stunden hätte dauern können, bis es tödlich wirkte. Doch da die Dosis sehr hoch war und das Mädchen von zartem Körperbau, war sein Herz einfach stehen geblieben, wie er erklärte.

Ihr Herz blieb einfach stehen. Alice hörte einfach auf zu sein.

»Dann war dein Vater an der Reihe.«

Ich stelle mir meinen Vater in seinem dunklen Anzug vor, die Uhrenkette quer über seiner Weste, die Rose im Knopfloch. Nein. Keine Rose bei einer gerichtlichen Untersuchung

»Er identifizierte die Phiole als denen sehr ähnlich, die er bei sich aufbewahrte«, fährt Celia fort. »Er könne bestätigen, das gleiche Mittel in seinem Giftschrank zu haben, könne jedoch nicht sagen, ob das Gift, das Alice umbrachte, von dorther stamme. Er halte den Schrank stets verschlossen, aber der Schlüssel befände sich in seinem Schreibtisch. Außerdem wärt ihr, Alice und du, bei mehr als einer Gelegenheit in seinem Arbeitszimmer gewesen.«

Ich sehe mich, wie ich über Alice' Körper hinweg das Wort »Schierling« flüstere. Ich sehe, wie er sanft eine Hand auf Alice' Wange legt. Ich sehe ihn vor dem Untersuchungsrichter stehen. Er war ein ehrenwerter Mann. Seine Lüge war Ausdruck seiner Liebe für mich. Als ich wieder sprechen kann, frage ich: »Und Alice' Eltern?«

»Nur ihr Vater. Er sah aus …« Sie verstummt, um die passenden Wörter zu finden, um zu beschreiben, wie Mr Fairfax aussah. Dann schüttelt sie den Kopf, und ich verstehe, dass es keine Worte gibt für einen Mann, der am Ende seiner Kräfte ist, verbraucht, reduziert auf einen Körper, ein Mann, der vortritt, den Eid ablegt und sich nur deshalb äußert, weil es das ist, was er tun muss.

»Dann wurde Ms Parker wieder aufgerufen. Es habe zwar ein kleines Problem mit Alice gegeben, sagte sie, aber sie sei ein wertvolles Mitglied ihrer Gemeinschaft gewesen. Ms Bertram brach bei ihrer Aussage im Zeugenstand in Tränen aus, ohne sich dafür zu schämen. Dann wurde ich aufgerufen. Der Untersuchungsrichter fragte mich, ob ich irgendeinen Grund wüsste, warum Alice sich das Leben genommen haben könnte. Ich wüsste keinen, sagte ich. Und das war die Wahrheit.« Wieder seufzt sie. Allmählich wird es in meinem Schlafzimmer recht zugig von ihren Seufzern. »Und das war alles.«

Ich überlege. »Wie kann das alles gewesen sein?«, frage ich schließlich. »Hat denn keiner wissen wollen, wie sie an das Gift gekommen ist? Fragten sie sich nicht, warum sie es vor ihrem Auftritt in dem Stück genommen hat? War ihnen das egal?«

»O nein, es war ihnen nicht egal. Deswegen fragten sie auch nicht. Sie beschützten sie. Der Untersuchungsrichter befand schließlich, dass er nicht entscheiden könne, ob es sich um einen kindischen Streich handelte, der schiefgegangen war, oder ob es Ausdruck eines Wunsches war, die Menschen in ihrer Umgebung zu alarmieren, dass es ihr nicht gut ging. Und so lautete sein Urteil auf Tod durch Unglücksfall.«

Ein Unglücksfall. Vermutlich war es das in gewisser Weise auch.

Ich denke an Alice, aber es ist klar, dass Celias Gedanken ihrem Onkel gelten.

»Sie konnten ihn einfach nicht in Ruhe lassen«, sagt sie schließlich. »In ihm war nichts als Güte und Sorge um diejenigen, die er liebte – seine Frau, seine Töchter, mich … Er war ein guter Mann, aber sie sahen nur, dass er anders war.«

Auch das lasse ich mir durch den Kopf gehen. Ich denke nach über Alice' Fixierung auf ihn, über die Besessenheit von Ms Rafferty und Mr Hollerby, von denen jeder seine eigenen Unsicherheiten und Ängste auf ihn projizierte. Mir wird klar, wie lange er ihre Furcht und ihren Hass und seine eigene Angst ertrug, bis er nicht mehr konnte. Ich verstehe nun, wie blind wir alle waren und lediglich unsere eigene Beschränktheit sahen. Ich sehe Silke, wie sie während der gerichtlichen Untersuchung auf einem Stuhl sitzt, mit den Beinen schlenkert und an ihrer Krawatte zerrt, sie, die als Einzige die Wahrheit kennt. Sie ist zwölf Jahre alt und weit weg von zu Hause. Sie trauert um ihren Onkel und um ihre Freundin. Sie hat Angst um ihre Mutter, ihren Vater, ihre Schwestern. Sie sitzt da und hält die Wahrheit in ihrer schmächtigen Brust verschlossen. Und sie wird sie für sich behalten über all die langen Jahre hinweg.

Jetzt endlich begreife ich das alles. Ist es das, was der Tod mit sich bringt? Die Auflösung der Geschichte, die Lösung, die Erklärung für das, was unklar war? Wie ein Buch? Kann es wirklich so einfach sein?

Ich kann nicht atmen. Ich kann keine Luft in meine Lungen pressen. Meine Hände greifen nach etwas, ohne zu wissen, wonach. Einen Moment später hat Celia die Sauerstoffmaske gefunden und getan, was nötig ist.

»Soll ich deinen Sohn rufen? Deine Schwester?«

Ich schüttele den Kopf. »Eine Minute«, keuche ich. »Gib mir eine Minute.« Bald bekomme ich wieder Luft, wenigstens genug, um nach der Morphiumpumpe zu greifen. Noch eine Minute später durchströmt mich der vertraute, warme Frieden.

Ich lasse mir von Celia die Maske abnehmen und gestatte ihr, meine Hand zu ergreifen. Ich schließe die Augen und strecke meine andere Hand nach Alice aus. Ich bin nicht sicher, welche von beiden mit sanfter Stimme sagt: »Es ist lang her, dass wir alle so zusammensaßen.«

Als ich aufwache, ist Celia gegangen, und John sitzt an ihrer Stelle. Plötzlich ist es sehr wichtig für mich, ihm etwas zu sagen, aber das, was ich zu sagen habe, ist zu kompliziert. Ich habe keine Kraft mehr. Ich schaffe es nicht. Dann sehe ich eine Lösung für uns.

»John?«

Er beugt sich über mich, um meine Worte zu verstehen.

»Das Buch«, flüstere ich. »Es ist für dich.«

»Danke, Mutter.«

»Ich habe noch ein paar letzte Worte hinzuzufügen.«

Er stopft mir die Kissen in den Rücken, richtet mich auf und legt das Notizbuch vor mich hin. Ich schlage es auf der letzten Seite auf. Meine Finger zittern, als sie die zwei dünnen Seiten Papier hinten in den Umschlag schieben. Ich bin fast am Ende. Ich ergreife den Stift und fange langsam und unsicher zu schreiben an. Als ich fertig bin, blicke ich auf die letzten Worte meiner Geschichte. Ich lege meine Hand darauf, entferne sie wieder und lese die beiden Zeilen.

»›Denn niemals gab es ein so herbes Los
Als Juliens und ihres Romeos.‹«